보쌈 운명을 훔치다 2

일러두기

· 이 책은 작가의 최종 대본이며 방송된 드라마와 다른 부분이 포함되어 있습니다.

· 이 책은 작가의 드라마 대본 집필 형식을 최대한 따랐습니다.

· 드라마 대사의 입말을 살리기 위해 한글맞춤법에서 벗어난 표현이라도 그 표현을 살렸습니다.

· 쉼표, 마침표, 물음표, 느낌표, 말줄임표 등의 문장부호는 작가의 의도를 따릅니다.

용어 정리

E	효과음(Effect)을 뜻한다. 등장인물은 보이지 않고 목소리만 나는 경우에 사용한다.
O.L	오버랩(Over-lap). 앞 장면에 겹쳐서 다음 장면이 나오는 기법이다. 대사에서 앞사람의 말을 끊고 말할 때 사용한다.
F.O	페이드 아웃(Fade-out). 화면이 서서히 어두워지는 것을 말한다.
인서트	인서트(Insert). 화면의 특정 동작이나 상황을 강조하기 위해 삽입한 화면이다. 인서트 화면이 없어도 장면을 이해하는 데 지장이 없으나 인서트를 삽입함으로써 상황이 명확해진다. 대개 클로즈업으로 사용한다.
몽타주	따로따로 촬영한 장면들을 짧게 끊어서 붙인 화면을 말한다.

2

무삭제 오리지널
김지수 박철 대본집

lihan

차례

사람을 강제로 보에 싸서 약탈하는 '보쌈'은 조선시대에 있었던 약탈혼 성격을 띤 풍습이다. 그중 하나인 일명 과부 업어가기, 즉 과부 보쌈은 과부 재가 금지와 재가에 대한 죄를 자손까지 미치도록 국법으로 정한 데서 생긴 풍습이었다.

그런가 하면 수절을 한 여인에게는 나라에서 열녀문이 내려지고, 이를 가문의 영광으로 여기던 그 시절엔, 홀로 된 수많은 여인이 가문의 체통과 영광을 위해 심지어 자결마저 강요받는 비정한 관습 또한 뿌리 깊게 존재하고 있었다.

이에 보쌈과 은장도, 그리고 열녀문으로 상징되는 그 시절의 혼인 습속, 어찌 보면 상반되기도 하고 혼란스럽기도 한 그 습속의 굴레에서 아니, 그 굴레 때문에 연을 맺고 애와 증으로 엮여가는 두 남녀의 이야기를 통해 또 다른 '사랑'의 정의에 접근해 보고자 한다.

▒ 주요 인물

바우

20대 후반. 노름, 도둑질, 싸움질, 보쌈 등에 이골이 난 밑바닥 건달.

그저 그런 보통 사람이었으나 마누라가 한 동네 살던 친구와 눈이 맞아 핏덩이 아들을 내버리고 야반도주한 후부터 사람이 바뀌었다. 그 결과 사람을 불신하기 시작했고 특히 여자는 절대로 믿지 않는다. 그러나 유년기 이후로는 사랑을 받아본 적이 없어 표현도 잘하지 못할 뿐 아들 차돌에 대한 속정은 누구보다 깊다.

원래 이름은 김대석. 바우는 아명. 선조의 계비인 인목대비의 아버지 김제남의 손자다. 어린 시절 이이첨의 모략으로 역모에 휘말려 멸문지화의 위기에 처하자 혼자 탈출에 성공, 신분을 숨긴 채 밑바닥 인생을 살아왔다.

수경

20대 중반. 광해군과 소의 윤씨 사이에서 난 옹주.

궁에서 지내던 시절부터 대엽을 좋아했으나 이이첨과 광해군의 정치적 밀약으로 그의 형과 혼약을 맺게 되고, 설상가상 신혼 첫날밤도 못 치르고 남편이 죽자 청상과부가 된다. 어려서부터 사내아이들과 어울리는 것을 더 좋아해 대궐 내 어른들을 당황케 할 만큼 화통하고 대범한 성정에 넘치는 재기, 불같은 열정을 지녔으나 시대와 관습에 치이고 신분의 한계에 가로막혀, 기품과 위엄이란 가식으로 자신을 감싼 채 살아가다가 바우를 만나 그 거추장스러운 꺼풀을 차츰차츰 벗겨낸다.

대엽

20대 후반. 수경의 시동생. 이이첨의 아들.

어린 시절, 같은 또래 왕자들의 벗이 되어주기 위해 궁궐 출입을 하면서 수경을 보게 되었고, 그때부터 수경을 좋아해 성년이 되어서도 그녀만을 사모하지만, 수경이 형의 처가 되자, 삶의 의미를 잃을 만큼 절망한다.

그러나 형이 죽은 후, 혼자가 된 수경을 다시 가슴 속 깊이 품게 되고… 결코 이루어질 수 없는 해바라기 사랑이었지만, 끝내 그 사랑을 포기하지 못하고 수경의 주변을 서성인다.

실제 태생은 광해군의 동복(同腹) 형인 임해군의 아들. 집안을 멸문시킬 수도 있는 화근이었기에 이이첨은 대엽에게 차갑고 엄한 아버지였고, 진실을 알고 있는 이이첨의 부인 또한 은연 중 대엽을 차별하였다. 집 안에서 고모인 해인당 이씨만이 그를 아껴주었고, 수경만이 유일한 안식을 준다.

차돌

7살 김호. 바우의 아들.

어려운 살림살이와 함량 미달인 아버지로 인해 빨리 철이 들어버린 애어른. '남한텐 보쌈도 잘해주는 아버지가 왜 집에는 한 명 안 업어오는지… 설마 엄마를 아직도 못 잊고?' 아버지를 세상에서 가장 좋아하면서도 동시에 가장 만만하게 생각하지만, 가끔 아버지 입에서 문자가 튀어나온다거나 어설픈 양반 냄새(?)가 날 때면 딴 사람 같이 낯설고 무섭게 여겨져 바로 꼬리를 내리기도 한다.

그 밖의 인물

이이첨

수경의 시아버지이자 대엽의 아버지. 대북의 수장.

선조가 영창대군을 세자로 삼으려 하자 선조를 독살해 광해군을 왕으로 만들었고, 이후 인목대비의 아버지이자 바우의 할아버지인 김제남을 역모로 몰아 계축옥사를 일으켜 바우의 집안을 몰살시켰다.

임해군과 광해군을 놓고 저울질하던 이이첨은 여자를 밝히던 임해군을 꾀어 남몰래 집으로 불러들여 자기 여동생 해인당 이씨를 임해군과 엮어주었다. 그러나 광해군이 세자로 책봉되자 임해군과의 사이를 끊어버렸고, 후일 임해군과의 사이가 광해군에게 들통날까 두려워 임해군을 역모로 몰아 죽여버렸다. 그러나 그사이 이미 여동생의 배 속에는 대엽이 자라고 있었다. 이이첨은 대엽마저 죽이려 했지만, 해인당 이씨가 목숨을 걸고 막았고, 결국 이이첨의 자식으로 키우는 대신 임해군에 대해 영원히 입을 다물기로 해인당 이씨와 약속한다.

광해군이 자신을 비롯한 대북을 버리고 서인들과 손을 잡으려 하자, 대엽을 앞세워 광해군마저 폐위시키려다 대엽과 바우의 활약에 결국 사사된다.

광해군

수경의 아버지.

무과에 급제해 선전관이 된 바우와 인간적인 교류를 가지다, 바우가 자신의 사위임을 알게 되자 최후의 순간에 바우를 선택한다.

조상궁

은퇴한 상궁. 수경의 유모.

생명의 은인이나 다름없는 수경의 생모 소의 윤씨와의 인연 때문에 수경의 곁에 머물며 그녀를 돕게 된다.

해인당 이씨

이이첨의 여동생. 사실은 대엽의 생모.

언제나 대엽의 편이 되어주고, 비슷한 처지인 수경을 안쓰러워한다. 오라비 이이첨이 대엽을 자식이 아니라, 권력다툼의 이용물로 삼으려 한다는 것을 알고 있다. 그래서 아비의 사랑을 갈구하는 대엽이 더 안타깝고 가슴 아프다.

김개시

상궁. 민첩하고 꾀가 많아 광해군의 총애를 받았던 비선실세.

궁녀임에도 국정에 수시로 관여하여 권신인 대북의 영수 이이첨과 쌍벽을 이룰 정도로 권력을 휘두르고, 매관매직을 일삼는 등 국정을 크게 문란시켰다. 죽은 줄 알았던 옹주 수경을 직접 목격하지만, 자신의 권세를 위해 이를 정치적으로 이용, 수경이 스스로 도망칠 수밖에 없게 만든다.

소의 윤씨
수경의 어머니.
죽은 줄 알았던 수경이 살아있다는 사실을 알고는, 어떻게든 수경을 살리기 위해 노력하지만 뜻대로 되지 않는다. 인조반정 후 바우와 대엽이 서인들과의 거래를 통해 몰래 빼돌려 사사된 것으로 처리된다.

한씨
바우의 어머니.
양반집 마님에서 졸지에 관비 신세로 전락했다가 다시 사면 복권이 되어 원래의 신분을 되찾는다. 오랜 관비 시절의 습성이 나올세라, 혹은 그 한풀이를 하듯, 사사건건 양반 체통부터 내세우는 등 우스꽝스러울 만큼 양반입네 하는 인물.

연옥
바우의 여동생.
젖도 제대로 떼기 전에 관비로 끌려갔던 탓에 원래 신분을 되찾고도 관비 시절의 성정을 바꾸지 못한다. 그러나 나름대로는 양반연하려다 보니 평소엔 양갓집 여인네 같았다가도 불시에 상스러운 말이 튀어나와 스스로도 낭패스러워한다.

김자점
서인.
비록 몰락한 서인 세력이나, 광해군의 총애를 받는 김개시에게 뇌물을 바쳐 병조좌랑에 오른다. 그러다 보니 항상 적대세력인 이이첨에게 핍박받을 수밖에 없었고, 복수하기 위해 이이첨의 약점을 찾던 중 수경의 일을 알아내고 바우의 뒤를 쫓는다.

제11회

S#1 제물포 관아 옥사(밤)
- 10회 S#104의, 인기척에 고개를 돌리다가 흠칫 의식하는 바우. 바우가 갇혀있는 방 앞으로 다가오는 수경. 벌떡 일어나려다 족쇄 때문에 비틀하는 바우.

바우   (다가와) 제정신이오? 여기가 어디라고… (주위 둘러보며) 돌아가시오, 어서.

하다가 멈칫 의식하는 바우. 바우의 초췌한 모습에 자기도 모르게 울컥하는 수경.

바우   (놀라) 무슨 일이라도 생겼소?

울음이 터질까 차마 대답 못 하고, 고개만 젓는 수경.

바우   헌데 어찌 이러는 거요? 정말 괜찮은 거요?

다시 고개만 끄덕이고는 눈물을 흘리고 마는 수경. 바우, 수경의 눈물에 똑바로 못 쳐다보고 머뭇거리다가.

바우   (괜히) 강한 척은 혼자 다 하더니… 나까지 기운 빠지니까… 그만하고… 식구들은 다들 무탈하오?
수경   (고개 끄덕이고, 애써 감정 억누르고) 어디 다친 덴 없느냐… 아픈 데는?
바우   (일부러 더 괜찮은 척 과장해서) 보면 모르나… 내가 원체 강골이라… 끄떡없으니… 내 걱정은 붙들어 매시고… 그쪽이나 몸조심하시오. 아, 우리 차돌이도 좀 챙겨주고…
수경   (비로소 바우 얼굴을 제대로 쳐다보다가) …얼굴이 많이 상했구나… 미안하다… 늘 내가 화근이구나… 나 때문에… 죄인은 난데… (말을 못 잇고 다시 눈물을 쏟는)

바우	(자기도 모르게 울컥해서 짐짓 퉁명스럽게) 누가 죽었소? 가시오. 그만…
수경	(온통 젖은 눈으로 바우를 바라보는)
바우	(일부러 시선 피하며) 가라니까. 그리고 다신 오지 마시오.

아무 말 없이 울고만 있는 수경. 수경이 아무 반응이 없자 다시 쳐다보는 바우. 두 손으로 나무 창살을 움켜쥔 채 바우를 바라보며 울고 있는 수경. 그런 수경을 바라보다 자기도 모르게 바짝 다가가는 바우. 다가온 바우의 얼굴을 아프게 바라보는 수경.

| 수경 | (E) 죽어도 죽은 게 아닌… 그 외롭고 서러운 세월을… 그동안 어찌 참고 살았느냐? |

본능적으로 바우의 얼굴을 어루만지는 수경. 홀린 듯 꼼짝도 못 하고 그런 수경을 바라만 보는 바우.

| 수경 | (E) 그 억울함을 다 어찌하려고… 나 때문에… 원한도, 가문도 다 버리고… 다 포기했단 말이냐? |

하염없이 눈물을 흘리는 수경. 온통 젖은 수경의 얼굴을 조심스럽게 닦아주는 바우. 그런 바우의 손을 감싸 쥐며 절절한 눈빛으로 바라보는 수경. 그런 수경의 눈빛에 온몸이 굳어버린 듯, 아무 말도 아무것도 못 하고 그저 마주 바라만 보는 바우. 잠시 정적 속에 꿈꾸듯 서로를 바라보다가 일순, 꿈에서 깨듯 먼저 정신을 차리는 바우.

| 바우 | (수경의 얼굴을 감싸 쥔 자신의 손 의식하고, 손 빼려 하며) 미안하오. |
| 수경 | (본능적으로 바우의 손 더 꼭 감싸 쥐며) 괜찮다… |

바우, 예상 못 한 수경의 반응에 흠칫 봤다가 다른 쪽 손으로 수경의 손을 가만히 어루만져 주고는.

바우	(다시 손을 거두려 하며) 미안하오… 내가 잠시…
수경	(간신히 눌렀던 감정이 터져버린 듯) 괜찮다고 하지 않았느냐… 괜찮다고…
바우	!

애끊는 가슴을 주체치 못하고 오열하는 수경. 더는 어쩌지 못하고 바라보던 바우의 눈가도 젖어들고.

S#2   의금부 옥사 앞(밤)
       나졸1에게 술을 권하는 춘배.

춘배	한잔 드시면 배 속이 뜨듯한 게 딱입지요.
나졸1	근무 중에 술은 안 되는데…
춘배	아이구, 조선 땅에서 안 되는 게 어딨습니까. 자, 쭉쭉 들이키시고… (싸온 닭다리를 찢으며) 여기 안주도 드시고…

못 이기는 척 닭다리를 받아드는 나졸1. 나졸1에게 술을 권하면서도 슬쩍슬쩍 옥사 쪽을 보는 춘배.

S#3   동 옥사(밤)
       눈가를 닦아내며 감정을 추스르려고 애쓰는 수경. 바우, 그런 수경을 안타깝게 바라보다가.

바우	…괜찮소?
수경	(끄덕이는)
바우	됐소, 그럼… 이제 그만 돌아가시오. 그리고 다신 오지 마시오. 절대로 오면 안 되오. 알겠소?
수경	허나…
바우	(O.L) 이러다 나 때문에 당신까지 무슨 일을 당하게 되면… 그땐… 내가

	정말 미쳐버릴지도 모르니까… 제발… 제발 내 말대로 하시오. 알겠소?
수경	…
바우	어찌 대답이 없는 거요? 이러지 마시오. 안 그래도 머리가 터질 지경인데… 당신까지 이러면…

하다가 아차 싶어 입 다무는 바우. 다시 가슴이 아파오는 듯, 겨우 눈물을 참고 보는 수경.

바우	저기, 그니까… 내 얘긴…
수경	알았다. 알았으니… 너도 약조해다오. 다시 만날 때까지… 절대 죽지 않겠다고… 반드시 살아있겠다고…
바우	(일부러 농처럼) 세상에 죽고 싶어 죽는 사람 봤소?
수경	(눈물이 그렁그렁) 더 이상 날 위해서 네 목숨을 걸지는 말란 얘기다. 나 때문에 네가 위험해지는 모습을 더 이상 보고 싶지 않단 말이다.
바우	(얼른) 알았소. 내, 어떻게든 이놈의 목은 붙어있게 애써보리다.
수경	그렇게 가볍게 말하지 말고, 제대로 약조하거라.
바우	(멈칫했다 진지하게) 알겠소. 내 반드시 몸 성히 그대 옆으로 돌아가리다. 그때까지 그대도 무사히 기다려주시오.
수경	…알았다.
바우	못다 한 이야기는 그때 합시다.
수경	(고개 끄덕이고, 겨우 눈물을 참으며 애틋하게 바우를 바라보는데)
바우	부탁이 있소.
수경	뭐든 말하거라.
바우	(품속에서 서신을 꺼내) 이 서신을 최대한 빨리 상원사에 있는 대원스님께 전해주시오. 춘배 형님한테 부탁하면 될 것이오.

S#4	동 옥사 앞(밤)
	나오는 수경.

| 춘배 | (얼른 다가가) 바우는? 바우는 좀 어떻소? 어디 상한 데는… |
| 수경 | (나졸1 의식하고) 가세. 가서 얘기하세. |

수경, 춘배 가는데. 저만치서 만수를 데리고 옥사 쪽으로 오는 대엽과 나졸3, 4. 수경을 발견하고 멈춰 서는 대엽. 얼른 춘배 잡아끌고 돌아서는 수경.

수경	(서신 꺼내 건네주며) 이 서신을 상원사에 계시는 대원스님께 전해드리고 여기 사정을 전하게.
춘배	무슨 서신이길래?
수경	차돌 아비가 준 것일세. 자세한 사정은 모르나 화급을 다투는 일이라 했으니 지금 출발하게.
춘배	(대엽 쪽 돌아보고는) 혼자서 어쩌려고…
수경	내 걱정은 말고 어서 가게.
춘배	(망설이다) 알겠소.

냅다 뛰어가는 춘배. 만수와 나졸을 옥사로 보내고, 수경에게 다가오는 대엽.

| 대엽 | (굳은 얼굴로) 따라오십시오. |

S#5   동 관아 객사 (밤)
원망스러운 얼굴로 대엽을 바라보는 수경.

대엽	…알고 계셨습니까?
수경	!
대엽	알고 계셨군요.
수경	그 사람이 연흥부원군의 손자라는 사실 말입니까? 아니면… 그 사람을 죽이려고 그 사람의 어머니와 누이동생까지 인질로 잡고 있다는 사실

말입니까?

대엽   !

수경   그 사람이 바우든 김대석이든… 내겐 중요치 않습니다. 날 살려주고… 살게 만들어준 고마운 사람이… 알고 보니 나 때문에 원한도 묻고 복수도 접어야 했던 불쌍한 사람이었다는 것… 그 사실만이 애가 끊어지게 사무칠 뿐입니다.

대엽   !

수경   (나가려는데)

대엽   자가께서 그자를 포기하면 그자는 살 겁니다. 내가 살려줄 겁니다.

수경   !

대엽   그자를 포기한다는 말… 한마디면 됩니다. 그 한마디면…

수경   제가… 거짓 약조라도 하길 원하십니까?

대엽   !

수경   (안타깝게 바라보다) 제발 더는… 저를 위해 아무것도 하지 마십시오. 무엇을 하든 도련님 자신을 위해 하십시오.

돌아서는 수경의 눈에 주르륵 눈물이 흐른다. 그런 모습 보이지 않으려 도망치듯 나가는 수경. 닫힌 문을 노려보는 대엽의 눈가가 파르르 떨린다.

대엽   (E) 저를 위해 하는 겁니다. 저 자신을 위해 이러는 겁니다.

S#6   제물포 집 마당(밤)
       조상궁, 수경을 기다리는 듯 초조한 얼굴로 서성거리는데. 들어오는 수경.

조상궁   자가… 대체 어딜 다녀오신 겁니까?

수경   안 자고 있었나.

조상궁   춘배 놈도 안 보이던데… 설마 관아에 다녀오신 것은 아니시지요?

수경	…
조상궁	어쩌려고 이러십니까? 정녕 소인이 애가 타서 죽는 꼴을 보셔야 되겠습니까?
수경	…차돌 아비에 대해 유모도 알아야 할 게 있네.
조상궁	?

S#7   제물포 관아 옥사(밤)
       바우, 무거운 얼굴로 앉아있는데.

만수	빌어먹을 잡설 좀 만들어 팔아먹은 게 뭐 그리 큰 죄라고… (바우 옆으로 다가앉으며) 보아하니, 우리 잡아온 양반이랑 좀 아는 사이 같던데… 앞으로 어떻게 될 거 같아?
바우	…

S#8   제물포 집 안방(밤)
       너무 놀라 입이 딱 벌어지는 조상궁.

조상궁	이게 다 무슨 소립니까? 차돌 아비가 사실은 연흥부원군의 손자고… 대감마님이 역모를 꾸미고… 아이구, 맙소사… 세상에 어찌 이런 일이…
수경	…
조상궁	(흠칫) 가만… 그럼 도련님도 그 사실을 다 알고 계신단 말씀이세요?
수경	(고개 끄덕이는)
조상궁	(기가 막힌 듯 보다) 그럼… 서로 원수지간인데… 도련님이 입만 열면 바우 그 인간은 죽은 목숨이나 다름없는 거잖습니까?
수경	…

S#9   제물포 관아 옥사(밤)
       만수는 자고 있고, 바우는 골똘히 생각에 잠겨있는데. 들어와 바우에게

호패 던지는 대엽.

바우	?
대엽	호패다. 잘 외워두고 있거라.
바우	고맙다고 해야 하나?
대엽	널 위한 것이 아니니 고마워할 필요 없다. 너는 (만수 힐끗 보고) 저자의 입을 막는 데만 신경 쓰거라.
바우	알았다.
대엽	(나가려는데)
바우	우리 어머니와 누이는 어쩌고 있느냐?

S#10   이이첨의 집 별당 수경의 방(밤)
        누워있는 연옥. 그 옆에 이마를 고이고 앉아있는 한씨. 계속 뒤척이며
        한씨 눈치를 보는 연옥. 딴생각에 잠겨 의식 못 하는 한씨. 안 되겠는
        듯 일어나 앉는 연옥.

한씨	(그제야 보며) 안 자고 왜 일어나?
연옥	잠이 안 와.
한씨	(한숨 쉬며) 하긴… 이 마당에 잠이 술술 오면 그게 더 이상한 거지.
연옥	그게 아니라…
한씨	칠성이 보고 싶어서 그래?
연옥	아니…
한씨	그럼?

        (E) 꼬르륵 소리.

연옥	배가 너무 고파서… 잠이 안 와.
한씨	이리 와. (연옥을 품에 안고 머리를 쓰다듬어주는) 마음 단단히 먹어야 한다. 무슨 일이 있어도 니 오라비는 지켜야 해. 알았지?

연옥	걱정 마. 내 굶어 죽어도 입에다 쳣대 채울 테니까.

S#11   동 집 사랑방(새벽)
고민에 잠겨 앉아있는 이이첨. 깊은 한숨을 내쉬다가 의식한다. 동이
터오는 듯 희뿌옇게 빛이 새어드는 창가.

S#12   상원사 요사채 일실 앞(새벽)
숨이 턱에 닿아 헐떡거리며 오는 춘배.

춘배	(방문 앞에 와서) 스님… 스님, 안에 계세요?

요사채 방문을 열어보다가 의아해지는 춘배. 아무도 없는 빈방이다.
난감한 얼굴로 주위를 살피는 춘배.

S#13   제물포 집 마당
방 쪽을 처다보고 있는 대원.

대원	차돌아… 차돌아.
차돌	(안방에서 나오다 놀라는) 어… 스님… (꾸벅 인사하며) 안녕하세요?
대원	오냐, 잘 있었느냐.
차돌	예, 스님…
대원	애비는?
차돌	아부지 천안에 할머니 보러 갔는데요.
대원	!?

S#14   제물포 관아 앞
포승줄에 묶여 끌려 나오는 바우와 만수. 바우와 만수에게 용수를 씌우
는 포졸. 대엽이 말을 타고 앞서자 종사관과 포졸들이 따르고. 끌려가
는 바우와 만수. 먼발치에서 지켜보는 수경과 조상궁.

조상궁	(애써 가벼운 투로) 너무 걱정 마세요. 춘화도 아니고, 기껏해야 장 몇 대 맞으면 풀려날 겁니다.
수경	그런 거라면 얼마나 좋겠나…
조상궁	(흠칫 보는) ?
수경	몽두(蒙頭)를 씌웠잖은가. 중죄인이란 뜻이네.
조상궁	에이… 기껏해야 그림 좀 그런 게 단데 중죄인은 무슨…

하다가 의식하는 조상궁. 젖은 눈으로 바우를 바라보다 입술을 깨무는 수경.

조상궁	(착잡하게 보다가) 그만 가시지요. 어제부터 아무것도 못 드시고… 이러다 쓰러지시겠어요.
수경	…
조상궁	어서요… 차돌이가 또 저만 놔두고 다들 어디 갔나 하겠어요.

차돌 소리에 애써 감정 추스르고 돌아서는 수경.

S#15   제물포 집 사립문 앞
        쪼그리고 앉아 흙장난을 하다가 벌떡 일어나는 차돌.

차돌	다녀오셨어요?

조상궁과 함께 오는 수경.

수경	배고프지? 들어가자. 얼른 아침 차려줄게.
차돌	상원사 큰스님 오셨어요.
수경	!

S#16   동 집 안방
무거운 얼굴로 마주 앉아있는 수경과 대원.

대원   그럼 어제…

수경   스님 말씀을 들어보니… 스님께 가려고 집을 나서려다 그리된 것 같습
니다.

대원   (기가 막힌 듯) 나무아미타불 관세음보살…

수경   …

S#17   동 집 바우의 방
아침을 먹고 있는 차돌. 심란한 얼굴로 옆에 앉아있는 조상궁.

조상궁   서로 길이 어긋난 모양이네. (한숨 쉬며) 아휴… 일이 꼬여도 어째 이리
꼬이누…

차돌   (보는)

조상궁   (의식하고 아차 싶어) 아무것도 아냐. 얼른 먹어.

S#18   동 집 안방
막막한 얼굴의 수경, 대원.

대원   계획은 다 세워놨으니… 바우가 없어도 그 서신만 있으면… 나라도 가
서… 되든 안 되든… 준비한 대로 한번 해볼 수 있었을 텐데… 서신이
없으니…

수경   날짜를 미룰 방도는 없겠습니까?

대원   …

수경   그쪽도 그 서신을 쉽게 포기할 순 없을 테니… 어쩌면 우리 요구에 응
해 줄지도 모르고… 그럼 오늘 계획을 다시 시도해 볼 기회가 생길 수
도 있을 거 같아서 드리는 말씀입니다.

대원   예. 춘배 그 사람이 서신을 가지고 무사히 돌아오면… 그땐 기별할 방

도를 찾아봐야지요. 허나 오늘은 약속한 술시 전에 미리 기별할 방도가
없으니…

수경   …

대원   그 막내 도령을 통할 수는 없겠습니까?

수경   !

S#19   좌포청 마당
          바우와 만수를 끌고 오는 대엽과 종사관.

원엽   이놈들이냐?

대엽   이놈이 그림을 그린 놈이고, 이놈이 책을 만들어 판 놈입니다.

원엽   (건성으로 봐주고) 수고했다. (종사관에게) 옥에 가두고 신문할 준비를 하
          거라.

          바우와 만수를 끌고 가는 종사관. 끌려가면서 대엽과 원엽을 훔쳐보는
          바우.

원엽   뭐 나온 것이라도 있느냐?

대엽   (장부책을 내밀며) 거래 장부입니다.

원엽   (받으며) 그래?

대엽   꼼꼼한 놈인지 그동안에 유통시킨 내역이 고스란히 적혀 있습니다. 한
          번 보십시오.

원엽   나중에 보마. 지금 이게 문제가 아니다.

대엽   무슨 일이라도 생겼습니까?

원엽   실은… (주위 살피고는) 따라오너라.

S#20   좌포청 일실
          경악한 얼굴로 원엽을 보는 대엽.

대엽	아버지께서 반정을 준비하고 계셨단 말입니까?
원엽	만일을 대비하셨던 것인데… 이번에 옹주 일 때문에 주상과 완전히 틀어졌으니… 결심을 굳히신 게지… 가만히 앉아서 당할 수야 없지 않느냐…
대엽	아버지 혼자의 계획이십니까? 아니면 다른 동조자가 있는 것입니까?
원엽	원래는 서신을 보내 위태감의 내락이 담긴 답장을 받으면… 그 답장을 이용해 믿을 만한 자들을 끌어들일 생각이었다… 헌데 서신을 그놈이 가져갔으니…
대엽	(잠시 생각하다) 만일 그놈이 안 나타나면 어떻게 되는 겁니까?
원엽	안 나타날 리가 있겠느냐? 제 어미와 누이가 죽을지도 모르는데…
대엽	…
원엽	무슨 수를 쓰든 그 서신을 찾아야 해. 만에 하나라도 그 서신이 주상 손에 들어가면 우리 가문은 그날로 끝이야.
대엽	…
원엽	일단 집에 가거라. 나도 급한 일만 처리해 놓고 바로 퇴청하마.
대엽	(선뜻 대답 못 하고 머뭇거리는)
원엽	왜?
대엽	좀 전에 잡아온 놈들에게 물어볼 게 생각나서… 옥사에 잠시 들렀다 가도 되겠습니까?
원엽	뭔데? 중요한 일이냐?
대엽	별건 아닌데… 신문 중에 빠트린 게 있는 거 같아서요.
원엽	됐다. 신문이야 어차피 다시 할 거고… 금서 일은 이제 내가 알아서 할 테니 걱정 말고 어서 집으로 가거라. 아버지께 나도 곧 간다고 아뢰고.
대엽	예…

S#21   이이첨의 집 사랑채 사랑방
        이이첨이 글씨를 쓰고 있고, 대엽은 옆에서 지켜보고 있다. '寧我不人
        (영아부인) 毋人不我(무인부아)'라고 쓰는 이이첨.

이이첨	읽어보아라.
대엽	영아부인, 무인부아.
이이첨	무슨 뜻이냐?
대엽	위무제 조조가 한 말로… 내가 세상을 저버릴지언정, 세상이 날 저버리게 하지 않겠다는 뜻으로 알고 있습니다.
이이첨	이것이 내 뜻이고, 반정을 준비한 이유다.
대엽	!
이이첨	너는 어릴 때부터 순후하고 충직해, 한번 정을 주면 배신하지 못하는 성정이었지. 옹주 때문에라도 주상 전하와 대립하는 내 뜻을 좇기 싫어 과거도 미룬다는 것을 내 짐작하고 있다.
대엽	!
이이첨	내암 대감의 손녀와 혼인을 미룬 것도 같은 연유겠지. 아니더냐?
대엽	…송구합니다.
이이첨	내가 채근하면 니가 더 엇나갈까 싶어 그동안 모른 척하고 있었다만… 이제 옹주도 죽었고, 너도 마음을 바꿔 먹은 듯하니… 다시 한번 묻겠다. 앞으로 이 아비의 뜻을 따르겠느냐?
대엽	예… 아버지. 두 번 다시 실망시켜 드리는 일 없도록 하겠습니다.
이이첨	그래. 그래야지.
태출	(E) 대감마님, 서방님 퇴청하였습니다.

S#22   동 사랑채 마당
나오는 이이첨, 대엽. 막 퇴청한 듯 구관복 차림의 원엽과 무장을 갖춘 태출과 가병들이 한씨와 연옥을 데리고 서있다. 이이첨에게 고개 숙여 인사하는 원엽.

이이첨	준비는 다 되었느냐?
태출	예.
이이첨	(대엽에게) 앞장서거라.
대엽	예.

대엽 나서자, 가병들이 한씨와 연옥을 끌고 따라가려는데.

한씨	(뿌리치며) 또 어디로 끌고 가는 것이냐?
원엽	니 아들놈을 보게 해줄 테니 따라오너라.
한씨	(흠칫 굳어졌다, 뒷걸음질 치며) 안 간다. 아니, 못 간다.

가병들에게 눈짓하는 원엽. 가병들이 잡아끌려 하자 얼른 근처의 기둥을 붙잡고 버티는 한씨.

한씨	(이이첨 보고 악을 쓰는) 차라리 나를 죽여라! 내가 순순히 네놈들 뜻대로 미끼가 되어줄 것 같으냐? 어림도 없다, 이놈들아!
원엽	(짜증스러운) 뭣들 하느냐. 당장 끌어내지 않고.

가병들 달려들어 한씨를 끌어내는데. 한씨, 필사적으로 기둥을 잡고 버티려 해보지만, 가병들의 힘을 당하지 못하고 질질 끌려간다.

한씨	(버둥거리며) 이 천벌 받을 놈들아! 하늘이 무섭지도 않느냐. 천하에 죽일 놈들아! 차라리 날 죽여라! 날 죽이란 말이다!

가병들 난감한 듯 이이첨 보는데. 대엽, 옆에 있는 가병의 칼을 확 빼서 연옥의 목에 겨눈다.

대엽	닥치시오. 순순히 따르지 않으면 당신 딸은 베고 갈 것이오.
한씨	!
연옥	(겁먹은) 어머니…
한씨	(도리가 없는 듯 몸에서 힘을 빼는)
대엽	가자!

S#23   남묘 근처 일각(밤)
              향과 제기를 파는 상인, 엿장수, 짚신 장수 등으로 위장한 이이첨의 가
              병들이 지나가는 사람들을 살펴보고 있다.

S#24   동 남묘 앞(밤)
              한씨와 연옥을 데리고 서있는 이이첨과 대엽, 원엽, 태출과 서너 명의
              가병들. 사람들이 남묘를 들락거린다. 지나가는 사람들을 유심히 살피
              는 일동. 대엽은 생각이 많은 얼굴이다.

이이첨   술시가 되었지 않느냐? 〈자막 ─ 술시(戌時): 오후 7시에서 오후 9시 사
              이〉
원엽   예. 어두워진 지 반 시진은 족히 넘었으니 술시가 되었을 것입니다.
이이첨   …

S#25   의금부 옥사(밤)
              만수와 함께 하옥되어 있는 바우.

바우   (캄캄해진 옥사 안을 의식하며) 술시… 지났겠지?
만수   지나도 한참 지났지. 캄캄해진 지가 언젠데…

              엄습해 오는 불안, 초조함에 어쩔 줄 모르는 바우. 그 얼굴에 스쳐 지나
              가는 비전.
              - 9회 S#94의, 머리채를 잡혀 끌려가는 한씨와 연옥.
              절망감에 주저앉으며 머리를 감싸 쥐고 마는 바우.

S#26   남묘 앞(밤)
              남묘는 닫혔고, 이이첨 일행 말고는 아무도 없다. 굳은 얼굴로 서있는
              이이첨.
              (E) 멀리서 은은하게 들리는 종소리.

도성 쪽으로 돌아보는 일동.

원엽	인정을 알리는 종소리 같습니다. 〈자막 - 인정(人定): 밤 10시쯤 통행 금지를 알리는 28번의 종소리〉
이이첨	…
한씨	꼴좋구나. 걸음마도 떼기 전에 신동으로 소문날 만큼 총명했던 아이다. 그런 내 아들이 고작 함정이나 파놓고 기다리는 네놈들 수작에 놀아날 것 같으냐?
이이첨	…
한씨	하늘이 두 쪽 나도 그럴 일은 없을 테니… 꿈도 꾸지 말거라.
원엽	닥쳐라. 감히 어느 안전이라고 천한 것이 함부로 입을 놀리느냐. 당장 저 입을 막아라.
가병들	(한씨와 연옥의 입에 재갈을 물리는)
원엽	어떡할까요?
이이첨	(몸부림치는 한씨와 연옥 일별하고는) 올 놈이면 진작 왔겠지. 돌아가자.
대엽	(E, 선행) 일부러 안 나타난 것은 아닐 겁니다.

S#27   이이첨의 집 사랑방(밤)
생각이 많은 얼굴로 앉아있는 이이첨. 그 앞에 앉아있는 대엽, 원엽.

대엽	소자 생각엔 갑자기 뭔가 사정이 생긴 것 같습니다.
원엽	무슨 사정? 어미랑 누이 목숨이 달린 일보다 더 급한 사정이 뭐가 있단 말이냐.
대엽	사고를 당했을 수도 있습니다. 자칫하면 제 어미나 누이는 구하지도 못하고 서신만 뺏길 수도 있다는 걸 그놈도 알고 있을 테니… 성치 못한 몸으로 나왔다가 화를 자초하느니… 다음 기회를 노리는 걸 수도 있습니다.
이이첨	일리가 아주 없는 말은 아니구나.
대엽	이 방까지 침입해서 이 나라의 좌의정이신 아버지를 협박한 놈입니다.

아무리 제 어미와 누이를 구하기 위해서라지만… 목숨을 내놓지 않고는 결코 할 수 없는 짓입니다.

이이첨　　…

대엽　　그런 놈이 갑자기 어미나 누이야 죽든 말든… 상관 않기로 했다? 그럴 수 있다고 생각하십니까?

이이첨　　그래서 하고 싶은 얘기가 무엇이냐? 이대로 기다려보자는 얘기냐?

대엽　　예. 어차피 달리 손 쓸 방도도 없지 않습니까?

원엽　　그랬다가… 그 서신을 정말 주상에게 넘기기라도 하면?

대엽　　그럴 생각이면 왜 목숨 걸고 아버지를 찾아왔겠습니까… 그냥 바로 주상 전하한테 가면 될 일을…

대엽의 말에 동의하는 듯 끄덕이는 이이첨의 얼굴에.

이이첨　　(E) 날 죽이면 너도 죽는다.

S#28　　동 집 사랑방(밤, 회상)
　　　　- 10회 S#67의,

바우　　내가 죽는 걸 두려워할 거 같소?

이이첨　　네놈이 죽는 건 두렵지 않아도, 네놈 어미와 누이가 죽는 건 두려울 텐데…

바우　　!

이이첨　　그동안의 네놈 행적을 쫓아보니… 옹주 일도 그렇고… 원한을 숨기고 왈짜로 산 놈치고는 정이 너무 많아.

바우　　!

이이첨　　절대 복수 때문에 어미와 누이를 포기할 놈이 아니지. 내 말이 틀렸느냐?

바우　　염병! 내 이럴 줄 알았어. 하여튼 나쁜 놈들이 대갈통 하나는 기똥차게 돌아간다니까.

S#29   동 집 사랑방(밤)

서탁을 손가락으로 두드리다 뚝 멈추는 이이첨. 이이첨을 보는 대엽,
원엽.

이이첨   일단 좀 두고 보자꾸나.

원엽   아버지… 그 서신이 잘못되는 날엔…

대엽   그놈 어미와 누이가 우리 손에 있는 한… 그럴 일은 절대 없을 겁니다.

원엽   (언짢은) 그놈 속에 들어가 보기라도 했느냐? 무슨 수로 확신하느냐?

이이첨   (손짓으로 원엽 말리고) 그래도 혹시 모르니… 병력들은 나누어 숨기고…
        무기를 만들거나 보관하던 장소들도 옮기거나 정리를 하거라.

원엽   알겠습니다. 하오나 그걸로 대비가 되겠습니까.

대엽   정 불안하다면… 한 가지 방도가 더 있긴 합니다. 주상 전하를 한번 찔
        러 보는 것입니다.

이이첨   ?

대엽   금서 말입니다. 애초에 금서로 논란을 일으켜 형님을 공격한 게 김자점
        이라 하지 않았습니까? 이참에 김자점과 서인들의 버릇을 고쳐놓는 게
        어떻겠습니까?

이이첨   (멈칫했다가) 서인들을 공격해서 주상을 흔들어보자?

대엽   예. 만약 그 서신이 주상 전하의 손에 들어갔다면… 서인들을 보호하기
        위해 그 서신을 이용할 수밖에 없을 겁니다. 만약 서인들이 공격을 당
        하는데도 손을 놓고 있다면…

이이첨   그 서신이 주상의 손에 없다는 증거겠지.

원엽   (그제야 알아들은 듯) 아버지… 좋은 생각인 것 같습니다. 주상도 찔러보
        고… 주상의 총애만 믿고 나대는 서인들에게 경고도 하고… 일석이조
        아닙니까.

이이첨   서인들을 공격할 수 있는 근거는 충분한 것이냐.

원엽   예. 대엽이가 압수한 거래 장부에… 금서를 사간 놈, 빌려간 놈 다 적혀
        있습니다.

이이첨   우리 쪽 사람들은 없느냐?

원엽	있긴 하지만 다행히 소수고… 문제가 될 만한 이름은 미리 다 빼버리면 되지 않겠습니까?
이이첨	실수가 있어서는 안 되는 일이니 철저히 준비하거라.
원엽	예, 아버지.
대엽	(내심 안도하는) !

S#30   동 집 수경의 방 앞(밤)
        가병1, 2가 방 앞을 지키고 서있고. 태출이 주변을 점검하고 있는데. 오
        는 대엽.

태출	도련님께서 어인 일이십니까?
대엽	뭘 좀 확인할 게 있어서…
태출	?

S#31   동 방(밤)
        들어오는 대엽.

한씨	왜 또 왔느냐? 아무 말도 하지 않겠다는 말 못 들었느냐?

손가락을 입에 가져다대고 조용히 하라고 신호하는 대엽. 무슨 수작인
가 싶어 보는 한씨, 연옥. 품속에서 작은 보자기 뭉치 꺼내 내놓는 대
엽. 보자기 뭉치를 펼치자 주먹밥이 나온다. 놀라서 보는 한씨와 연옥.

대엽	경거망동을 삼가십시오. 특히 제 아버지 앞에서는 그 입도 귀도 다 닫 으십시오. 살아있는 아들을 다시 보고 싶다면 제 말을 명심하십시오.

안색 변하는 한씨. 나가는 대엽.

S#32	동 방 앞(밤)
	나오는 대엽.

태출	원하는 것은 알아내셨습니까?
대엽	쉽게 입을 열지 않는군.
태출	독한 것들입니다. 하오나 며칠 굶다 보면 생각이 달라지겠지요.

S#33	동 방(밤)
	대엽이 두고 간 주먹밥에 눈이 가는 연옥. 연옥, 슬쩍 한씨 눈치를 살피는데. 눈치채고 연옥을 노려보는 한씨.

연옥	(말 돌리는) 아까 그 도령 말이야. 이 집 아들이 분명해 보이던데… 무슨 수작일까?
한씨	보나마나 먹을 것으로 회유해 보려는 수작이겠지. 신경 끊어.
연옥	그냥 먹고 배 째면 안 돼?
한씨	안 돼!
연옥	쪼끔만… 아주 쪼끔만 먹으면 안 돼? 쪼끔만 먹을게… 응?

외면해 버리는 한씨. 한씨의 침묵을 허락으로 생각한 듯, 슬그머니 주먹밥 앞으로 다가가는 연옥. 연옥, 한씨 눈치 살피며 주먹밥 드는데.

한씨	내려놔.
연옥	…
한씨	안 내려놔?

에라 모르겠다, 그냥 먹는 연옥. 입안 가득 밥을 우겨넣는데, 확 낚아채는 한씨.

한씨	넌 자존심도 없냐. 저놈들이 주는 건… 물 한 모금도 삼키지 않겠다고

한 지 얼마나 됐다고…

연옥   …

한씨   니 아버질 죽이고 니 오라빌 저리 만든 놈들이 바로 저놈들이야. 씹어 먹어도 시원치 않을 철천지원수 놈들한테 개처럼 끌려온 것만도 억울 하고 분해서 피가 거꾸로 솟는데… 여기서 얼마나 더 무시를 당하고 얼 마나 더 모욕을 당해야…

연옥   (O.L) 좀 당하면 어때? 우리가 양반이야? 굶어 죽어도 체면은 차려야 되 고, 체통은 지켜야 되는 건 양반들이나 하는 짓 아냐? 근데 우린 이제 양반이 아니잖아.

한씨   !

연옥   우리 같은 천것들은 쌩으로 굶어봐야 아무도 안 알아줘. 저놈들? 눈도 깜짝 안 한다구.

기가 막힌 듯 보다 손 놓아주는 한씨. 멈칫했다가 주먹밥 먹는 연옥. 한 씨, 서글픈 얼굴로 바라보다가.

한씨   못난 것… 하나밖에 없는 오라빈 저 원수 놈들 손에 언제 죽을지 모르 는데… 저놈들이 준 밥이 목구멍으로 넘어가?

연옥   오라버니가 왜 죽어? 여태도 잘만 숨어 살았는데… 그렇게 또 꽁꽁 숨 어있음 되지…

한씨   우리가 잡혀오는 걸 지 두 눈으로 똑똑히 봤는데… 니 오라비가 가만있 을 거 같아? 너랑 나 때문에 니 오라비까지…

울컥하는 듯 눈가 찍어내는 한씨. 주먹밥 내려놓는 연옥.

연옥   나라고 뭐 마음이 편한 줄 알아? 혼례 치르다 잡혀온 년이 편하면 얼마 나 편하겠어? 나까지 질질 짜긴 싫어서 아닌 척하는 거지… (울먹거리 며) 나도 오라버니가 어떻게 될까 봐 무서워 죽겠단 말야…

누워서 이불 뒤집어 쓰는 연옥. 소리죽여 우는 듯 들썩거리는 이불. 깊은 한숨을 내쉬는 한씨.

S#34   좌포청 옥사(새벽)
        만수는 한쪽 구석에 웅크리고 자고 있고. 벽에 기대앉아 초조한 얼굴로 손톱을 물어뜯고 있는 바우. 밤새 물어뜯은 듯 손톱에서 피가 흐른다.
        (E) 육모 방망이로 옥사를 탕 치는 소리.
        바우, 흠칫 보면. 대엽과 포졸이 서있다.

바우   !

S#35   좌포청 일실
        들어오는 대엽과 바우. 선뜻 말을 꺼내지 못하고 망설이는 대엽.

바우   니 아버지 서신 때문에 찾아왔나?
대엽   !
바우   뭘 모른 척해. 어제 만나기로 했었으니 너도 다 들었을 거 아냐.
대엽   …서신을 어떡했느냐? 지금 가지고 있느냐?
바우   왜? 너도 역적의 자식이 되어 나처럼 살까 봐 겁나냐?
대엽   !
바우   걱정 마. 니가 내 정체에 대해 관심 없듯이… 나도 니 아버지가 반정을 하든 역모를 하든 전혀 관심 없으니까. 난 내 어머니와 누이만 구하면 돼.
대엽   알고 있다. 그래서 아버지에게 알리지 않는 것이다.
바우   그거 참 고맙네.
대엽   그 서신, 지금 어딨느냐?
바우   대답할 거라고 생각하고 묻는 건 아니지?
대엽   네 정체가 들통나면 옹주 자가의 안위도 위험해지니까, 나도 알아야겠다.
바우   !

대엽	몸수색이라도 당하면 큰일이니, 지금 가지고 있다면 내놓거라.
바우	…없어.

바우를 직시하는 대엽. 바우도 눈 피하지 않고.

대엽	…알았다. 어디 있는지는 묻지 않으마. 대신 그 서신으로 허튼짓을 하지 않겠다고 내게 약조해라. 그럼 나도 그 서신에 대해서는 잊으마.
바우	(의외인 듯 보다) 내 약조를 믿어?
대엽	니가 마음에 들진 않지만, 한 입으로 두 말 하는 놈이 아니라는 것은 안다.
바우	염병… 세상에서 날 제일 잘 아는 놈이 원수 놈의 아들이라니… 세상 참 개 같네.
대엽	내게 너와 니 어미를 구할 계획이 있다. 너도 날 믿고 따를 수 있겠느냐?
바우	!?

S#36   창덕궁 선정전
        상참 중이다. 짜증스러운 얼굴로 원엽의 보고를 받고 있는 광해군.

원엽	평산 부사 이귀, 의금부 부진무 정구율, 사간원 정언 김용부, 좌부승지 민한상 등의 부인과 딸이 금서를 사거나 빌려 보았사옵니다. 그리고…
광해군	또 있느냐?
원엽	망극하옵게도 능양군의 군부인 한씨 또한 있었사옵니다.
광해군	참이더냐?
원엽	한 치의 가감도 없는 사실이옵니다.
광해군	이리 가져오라.

장부책을 광해군 앞에 가져다 펼쳐 놓는 원엽. 장부책을 확인하다 굳어지는 광해군. 물러나며 김자점을 힐끗 보는 원엽. 일그러지는 김자점.

대사헌	전하. 신 대사헌 남근, 삼가 아뢰옵니다. 국법을 어기고, 왕명을 가벼이 여긴 죄인들을 엄히 다스려야 하옵니다. 통촉하여 주시옵소서.
신하들	통촉하여 주시옵소서.
광해군	!
대사간	신 대사간 윤인. 삼가 아뢰옵니다. 예로부터 수신제가 후에 치국평천 하라 하였사옵니다. 금서를 본 아녀자들뿐만 아니라… 식솔들 관리를 제대로 못 한 이귀, 정구율, 김용부, 민한상 또한 벌해야 마땅하다 사료 되옵니다. 특히 능양군은 종친의 신분을 망각하고, 왕실의 명예를 떨어 뜨린 죄를 물어 더 엄히 벌하셔야 하옵니다. 통촉하여 주시옵소서.
신하들	통촉하여 주시옵소서.

노기 서린 얼굴로 김자점과 이이첨을 보는 광해군. 이이첨은 모른 척 외면하고, 김자점은 고개를 조아린다.

광해군	단지 치부책만으로 시시비비를 가릴 수 없으니, 죄인들을 당장 의금부 로 압송하라. 여가 친국할 것이다.

S#37 　　동 선정전 근처 일각
　　　　이야기를 나누고 있는 이이첨, 원엽.

원엽	(선정전 일별하고) 아무래도 서신에 대해서는 모르는 것 같습니다.
이이첨	(고개 끄덕이고는) 그래도 혹시 모르니 궁인들에게 귀를 열어놓으라 전 하거라.
원엽	예.
이이첨	금서와 관련된 놈들이 의금부로 압송되면, 김자점 그놈이 다시 신문할 게 뻔한데… 입단속은 단단히 했느냐?
원엽	안 그래도, 혹시 몰라서 대엽이가 좌포청에 가있습니다.
이이첨	잘했다. 이런 일은 아는 사람이 적을수록 좋지. 결국 믿을 수 있는 건 핏줄뿐이야. 대엽이도 마음을 바꿔 먹었으니 니가 잘 챙기거라.

원엽	예, 아버지.

원엽의 어깨를 두드려 주는 이이첨의 얼굴 위에.

광해군	(E) 김자점 그놈이 또 일을 망쳤구나.

S#38 　　동 창덕궁 희정당 서실
　　　　김개시를 노려보고 있는 광해군.

김개시	(눈치 살피다) 김자점을 불러 해결책을 찾으심이…
광해군	이이첨 그자가 작정을 하고 덤비는데 그놈이 무슨 수로?
김개시	하오나 이대로 있다간, 기껏 승차시킨 서인들의 세가 꺾이고 말 것이옵니다. 또 능양군도 동생 능창군처럼 역모죄로 몰아…
광해군	닥치거라.
김개시	!
광해군	중영이 밖에 있느냐?
중영	(들어와 한쪽 무릎 꿇는)
광해군	죄인들이 의금부에 압송되면, 모두 죽여라.
중영	예, 전하.
김개시	그냥 죽이면 논란이 일지 모르니, 자진한 것으로 꾸미는 것이 어떻겠사옵니까?
광해군	알아서 하라.
김개시	(중영에게 눈짓하는)
광해군	쉬어야겠다. 물러들 가거라.

S#39 　　동 희정당 근처 일각
　　　　김자점, 초조한 듯 서성거리고 있는데. 저만치서 오는 김개시.

김자점	(얼른 다가가) 어찌 되었습니까? 주상 전하께서는…

김개시	(O.L) 그대 말대로 했다가 이 사달이 난 것 아니오. 그대가 벌인 일이니 그대가 해결하시오.
김자점	!
김개시	만일 이 일 때문에 능양군 신변에 무슨 일이 생긴다면, 그대 또한 무사 치 못할 것이오. 알겠소?
김자점	!

S#40   **이이첨의 집 근처 일각**
대엽, 생각에 잠겨 걸어오는데. 발치에 떨어지는 작은 돌. 멈칫 서서 돌 아보는 대엽. 골목 뒤에 숨어서 손짓하고 있는 춘배.

대엽	!

S#41   **제물포 집 안방**
수경, 조상궁 앉아있는데. 들어오는 춘배.

조상궁	어떻게 됐어? 도련님은 만났어?
수경	차돌 아비는 어찌 될 거라 하던가?
춘배	의금부로 압송할 거라는 얘기만 들었소.
조상궁	의금부?
춘배	저 집 시아버지… 그러니까 그 대감새끼… 아니 그 대감…
수경	그 집과는 연을 끊었네. 이제 나랑 상관없는 집안이니 편하게 말해도 되네.
춘배	그 대감 놈이… 금서 일을 키워서 서인들을 다 잡아먹을 생각인가 봐.
수경	!
춘배	개놈 자식들, 지들도 다 봤으면서…
조상궁	뭔 소리야? 자세히 좀 얘기해 봐.
춘배	장부에서 지들 당파인 대북 사람들은 쏙 빼고, 서인들만 봤다고 뒤집어 씌우는 바람에 임금님이 노발대발해서 난리가 났나 봐.

조상궁	(임금 소리에 수경 눈치 보는)
수경	…혹시 도성 안 세책방과 거래한 장부가 있는가?
춘배	그거야 벌써 싹 털어갔지. 그건 뭐 하시게?
수경	자네 말대로… 서인뿐만 아니라 대북 사람들까지 다 봤다면, 사건을 키우기보다는 적당히 덮을 거 아닌가. 그럼 차돌 애비도 쉽게 풀려날 테고…
조상궁	그런 건 못 훔쳐오나?
춘배	어딨는지도 모르고, 설혹 안다 해도 무슨 재주로? 그럴 재주 있으면 바우를 빼오겠다.
조상궁	개똥도 약에 쓰려면 없다더니… 딱 그 짝이네.
춘배	어떻게 방도가 없겠소? 이대로 의금부로 끌려가면 바우 놈 죽는단 말이오.
조상궁	그만한 일로 죽긴 누가 죽어. 말이 씨가 된다는 말도 몰라?
춘배	국청인지 뭔지가 열리면 그 대감도 바우를 볼 거 아냐. 그 대감이 바우 얼굴을 봤다는데… 살려두겠어?
수경	!

S#42   의금부 일각

바우와 만수를 금부도사에게 인계하는 종사관과 포졸들. 함께 온 듯 좀 떨어진 곳에서 지켜보고 있는 대엽, 원엽. 바우와 만수를 끌고 가는 금부도사.

대엽	가시지요.
원엽	(대꾸 없이 끌려가는 바우 쪽을 쳐다보는)
대엽	뭐가 마음에 걸리십니까?
원엽	좌포청에 있을 때 단단히 일러두긴 했는데… 그래도 걱정이 되는구나.
대엽	형님도 저도 몇 번이나 다짐을 받지 않았습니까. 너무 걱정 마십시오.
원엽	주상이 친국한다고 하지 않느냐. 차라리 영원히 입을 열 수 없게 만들 방도를 찾아봐야겠다.

대엽	살인멸구 하자는 것입니까?
원엽	그게 안전하지 않겠느냐?
대엽	그럴 수만 있다면야 최선이긴 하겠지만… 좌포청도 아닌데 무슨 수로요.
원엽	자객을 쓰든, 금부도사 중에 한 놈을 엮든 수를 내봐야지.
대엽	실패할 가능성이 너무 큽니다. 차라리 저에게 맡겨주십시오. 제가 처리하겠습니다.
원엽	니가? 진심이냐?
대엽	예.
원엽	아니야. 니 마음은 알겠다만… 자칫하다 발각되기라도 하면… 너무 위험해.
대엽	면회만 시켜주시면, 제가 직접 나서지 않고 해결할 수 있습니다.
원엽	?

S#43   동 의금부 옥사
        만수가 구석에 앉아있고, 바우와 대엽이 입구에 서서 작게 이야기하고
        있다.

대엽	저 세책방 주인 놈을 죽여라.
바우	미쳤구만.
대엽	저놈이 입을 열면 옹주 자가께서 위태로워진다는 것을 모르느냐?
바우	절대 입 안 열 테니까 걱정 마.
대엽	내 계획대로 따르기로 약조하지 않았느냐?
바우	!
대엽	오늘 밤 안으로 저놈을 죽여야 한다.
바우	!

S#44   제물포 집 안방(밤)
        생각에 잠겨 앉아있는 수경, 춘배, 조상궁. 답답한 듯 수염을 잡아 뜯으며 한숨을 내쉬는 춘배.

조상궁	그만 좀 뜯어. 더러워 죽겠네.
춘배	(가슴을 두드리며) 답답해서 그러지. 답답해서.
수경	아무리 생각해도 장부를 구하는 것만이 차돌 아비를 살릴 수 있는 유일한 길인 거 같네.
춘배	어딨는지 알아야 구하든 말든 할 거 아뇨.
수경	좌포청에서 수사를 했으니, 분명히 좌포도대장 손에 장부가 있겠지.
조상궁	맞습니다. 아무도 못 믿는 작자들이니 분명 자기들 집에 보관하고 있을 겁니다.
수경	장부를 빼내 와야겠네.
춘배	알겠소. 내가 무슨 수를 쓰든 그 집에 가서…
수경	아니. 내가 갈 것이네.
춘배	(당황) 예?
수경	자네는 광에만 갇혀있었으니, 그 집 구조를 모르지 않나.
조상궁	(수경을 꽉 붙잡으며) 절대, 절대 안 됩니다. 꿈도 꾸지 마세요.
수경	(단호히) 가야 하네. 유모가 뭐라 하든 내 마음은 안 바뀌니 말릴 생각은 하지 말게.
조상궁	(다급히) 자가. 그러면 차라리 도련님께 부탁해 보시지요.
수경	안 될 말일세. 무슨 염치로 그런 부탁을 한단 말인가.
조상궁	자가께서 도련님을 따르시면… 도련님이 차돌 아비는 살려준다 했다면서요… 차돌 아비도 차라리 자가께서 도련님과 함께하길 원할 겁니다.
춘배	이건 또 뭔 소리야? 이쪽이 왜 도령을 따라가.
조상궁	넌 빠지거라.
춘배	와! 처음으로 조상궁이 미워지려고 하네. (수경에게) 도대체 뭔 소리요. 나도 좀 압시다.
조상궁	나서지 말고 좀 가만히 있으래두.
춘배	내가 어떻게 가만히 있어. 우리 바우가 어? …무슨 마음으로 잡혀갔는지 뻔히 알면서… 이제 와서 도령을 따라간다니… 그게 말이야 방구야… 조상궁 그렇게 안 봤는데… 실망이야. 대실망.
조상궁	가만두면 죽는다며? …일단 사람은 살려놓고 봐야지.

춘배	그래서 장부 훔치러 가잖아.
수경	둘 다 그만하게.
조상궁	자가…
수경	(안색 굳히며) 유모!
조상궁	예. 자가…
수경	(춘배에게) 장부를 구하면 다 해결될 일이니, 자네도 그만하게.
조상궁	그럼 저도 따라가겠습니다.
수경	유모!
조상궁	망이라도 보겠습니다. 저놈보다는 제가 그 집에 대해서 더 잘 압니다.
춘배	!
조상궁	아무튼 죽어도 따라갈 테니 그리 아십시오.
수경	!

S#45   의금부 옥사(밤)
고민에 빠져있다 힐끗 만수를 보는 바우. 몸을 웅크린 채 자고 있는 만수. 생각이 많은 바우의 얼굴 위에.

대엽	(E) 저 세책방 주인 놈을 죽여라… 저놈이 입을 열면 옹주 자가께서 위태로워진다는 것을 모르느냐? 오늘 밤 안으로 저놈을 죽여야 한다.

바우, 한숨을 내쉬는데.
(E) 누군가 들어오는 인기척.
바우, 보면 복면을 한 중영이 옥사 문으로 다가온다. 후딱 만수를 돌아보는 바우. 고리에 걸린 여러 개의 열쇠를 자물쇠와 맞춰보는 중영.

바우	(만수를 걷어차고) 일어나, 어서!
만수	(화들짝 놀라서 깨는)
바우	자객이야. 못 들어오게 막아야 해.

다급히 옥사 문을 못 열게 몸으로 막는 바우. 발로 옥사 문을 걷어차는 중영. 뒤로 나동그라지는 바우. 품에서 천을 꼬아 만든 밧줄을 꺼내며, 옥사 안으로 들어가는 중영. 엉거주춤 일어나다 어쩔 줄 모르는 만수. 번개같이 달려들어 밧줄로 만수의 목에 감아 조르는 중영. 버둥거리는 만수. 얼른 일어나 달려드는 바우. 만수의 목을 조르면서도, 교묘하게 피하며 바우에게 타격을 가하는 중영. 쓰러지는 바우. 만수가 축 늘어지자, 밧줄을 풀고는 바우에게 다가가다 흠칫 굳어지는 중영의 얼굴 위에 스쳐가는 비전.
- 5회 S#19의, 바우를 지켜보고 있는 중영.
중영, 당혹스러운 듯 망설이는데. 급하게 뛰어 들어오는 대엽.

중영   !
대엽   웬 놈이냐? 정체를 밝혀라.

옥사로 들어와 중영에게 달려드는 대엽. 중영의 솜씨에 대엽이 밀리자, 바우도 달려들고. 두 사람이 합세하자 비등해지는 싸움. 안 되겠다 싶은 듯 적당히 틈을 봐 옥사 밖으로 도망치는 중영. 급히 쫓아가는 대엽. 얼른 만수에게 다가가는 바우.

바우   만수 형! 만수 형!

S#46   동 옥사 앞(밤)
           급히 뛰쳐나오는 대엽. 아무도 없고. 입구에 쓰러져 있는 금부도사1, 2.
           다시 안으로 들어가는 대엽.

S#47   동 옥사(밤)
           들어오는 대엽. 만수를 안고 있는 바우.

대엽   살았나?

바우	(고개 젓는)
대엽	…
바우	(빈정거리며) 니 뜻대로 죽었으니 좋겠네. 속이 시원하냐?
대엽	(벌컥) 누군 좋아서… (누르며) 누군지 짐작 가는 바가 있느냐?
바우	(고개 저으며) 니 아버지가 보낸 놈 아니냐?
대엽	아니야.
바우	니 아버지도 아니면 누구지?

S#48   창덕궁 희정당 서실(밤)
         의외라는 듯 중영을 보는 광해군.

광해군	이이첨의 막내아들이 막았다?
중영	예, 전하.
광해군	화인을 보쌈한 놈과 이이첨의 막내아들이 한패라… 전에도 두 놈이 화인과 함께 있었다고 했었지?
중영	예.
광해군	그 바우란 놈이 제물포에서 잡혀 왔다고?
중영	예.
광해군	당장 제물포로 가서 그놈 주변을 샅샅이 조사해 오너라.
중영	예, 전하.

         물러나는 중영. 생각에 잠기는 광해군.

원엽	(E, 선행) 주상의 짓이 분명합니다.

S#49   이이첨의 집 사랑방(밤)
         서탁을 두드리며 생각에 잠겨있는 이이첨.

원엽	서인들을 구하고자 증인의 입을 막은 것입니다.

대엽	제 생각도 그렇습니다.
이이첨	주상의 손에 서신이 없는 것은 확실한 것 같구나.
대엽	예.
원엽	이왕이면 두 놈 다 죽이게 놔두지 그랬느냐?
대엽	상황이 좋지 못했습니다.
이이첨	아니다. 어차피 내막을 아는 건 금서를 만들고 유통한 놈이지, 그림을 그린 놈은 아무것도 모르는 놈이지 않느냐. 고생했다. 그만 가서 쉬거라. 원엽이 너도…
대엽	예.
원엽	내일 상참에서 주상이 무슨 말을 할지 궁금해서 잠이 올까 모르겠습니다. 하하.

S#50   창덕궁 선정전
           상참 중이다.

광해군	(노기등등해) 의금부 관리들은 도대체 무얼 했길래 자객이 드나든단 말인가? 판사 지사 동지사는 허수아빈가? 그 많은 경력과 도사들은 다 무얼 하고 있었냐는 말이다. 입이 있으면 말해보라.
신하들	(쥐죽은 듯 머리만 조아리고 있는)
광해군	다들 입이 붙었는가? 왜 말이 없는가?
신하들	…
이이첨	(고개 들며) 전하. 신, 좌의정 이이첨 아뢰나이다.
광해군	말하라.
이이첨	의금부 관리들을 징치하는 일보다, 자객을 보낸 자들의 정체를 밝혀내는 것이 우선되어야 마땅하다 사료되옵니다.
광해군	자객을 잡아야 정체를 밝힐 것 아닌가? 경이 잡아 올 것인가?
이이첨	자객을 잡지 못해도, 보낸 자들의 정체는 추측할 수 있사옵니다.
광해군	!
이이첨	무릇 범죄란 반드시 그 일로 인해 이득을 보는 자가 있사옵니다. 의금

부에 갇힌 죄인을 군이 자객까지 보내서 죽일 때는, (김자점을 보며) 증인을 죽여 자신들의 죄를 숨기려는 자들의 짓이 명백하옵니다.

김자점　　　！

이이첨　　　금서를 본 자들을 잡아들여 조사하면 자객을 부린 자가 누군지 알 수 있을 것이라 사료되옵니다. 청컨대, 금서를 본 자들을 조사하라 명하시옵소서.

광해군　　　국청을 열어 확인하기 전까진 그 일의 시시비비는 가릴 수 없다 하였다. 서둘러 국청을 열 준비를 하라.

이이첨　　　예, 전하.

S#51　　　창경궁 김개시의 방
　　　　　미심쩍은 얼굴로 김개시를 보는 김자점.

김자점　　　제가 다 확인해 보았는데, 우리 쪽에서는 자객을 보낸 사람이 없습니다… (조심스럽게) 혹시 주상 전하께서…

김개시　　　어허… 어디서 감히 그런 불경한 생각을 하는 게요.

김자점　　　송구합니다. 시생도 하도 답답하여… 그래도 혹시 모르니 의금부에 가서 다시 한번 알아보도록 하겠습니다.

김개시　　　그런 쓸데없는 짓 할 여유가 있으면, 이이첨 그자를 막을 방도나 궁리하세요.

김자점　　　！

S#52　　　동 창덕궁 일각
　　　　　걸어 나오다 궁 쪽을 미심쩍은 얼굴로 돌아보는 김자점.

S#53　　　의금부 옥사
　　　　　들어오다 바우 알아보고 흠칫 놀라는 김자점. 바우도 김자점을 알아보고 굳어지는.

김자점	자네가 왜 여기… 설마 자네가 그림을 그린 것인가?
바우	예.
김자점	어디 먼 곳에 가서 숨어 살 줄 알았더니…
바우	어쩌다 보니… 그렇게 되었습니다.
김자점	화인옹주도 그렇고 자네는 매번 풍파를 일으키는구만…
바우	…

S#54   의금부 일각
원엽과 함께 오는 이이첨.

이이첨	옥사가 어디냐?
원엽	이쪽입니다.

S#55   동 옥사
탐색하듯 바우를 보는 김자점.

김자점	혹시 자객을 보았는가?
바우	보긴 했지만 복면을 하고 있어서 얼굴을 알 수 없었습니다.
김자점	…
바우	한 가지 부탁이 있습니다.
김자점	말해보게.
바우	이이첨이 제 얼굴을 알고 있습니다. 그자가 여길 못 오게 막아주십시오.
김자점	어차피 국청이 열리면 그자도 참관할 텐데…
바우	그때까지만 막아주시면 됩니다.

S#56   동 옥사 앞
오다가 멈칫 서는 이이첨과 원엽. 옥사에서 나오다 역시 멈춰 서는 김
자점. 원엽, 무시하고 지나가려는데, 막아서는 김자점.

김자점	못 들어가십니다.
원엽	뭐요?
김자점	주상 전하께서 외인의 출입을 엄금하라 명하셨습니다.
원엽	외인? 외인이라니… 나나 아버지께서 외인이란 말이오?
김자점	좌상 대감이 상참에서, 범죄란 그 일로 이득을 보는 자가 반드시 있다 하셨지요. 혹시 또 압니까? 좌포청에서 물증을 위조해 놓고 입막음하기 위해 증인을 죽였을지?
원엽	네놈이 정녕 죽고 싶은 게로구나. 어디서 감히 그런 망발을 입에 담느냐. (칼을 빼려는데)
이이첨	(말리고, 김자점에게) 입은 화를 부르는 문이라는 말… 잊지 말게. (원엽에게) 가자.
원엽	아버지!
이이첨	때가 아니다.

돌아서 가는 이이첨. 김자점을 노려봐 주고 이이첨을 따라가는 원엽.

| 김자점 | (안도의 한숨을 내쉬는) 저들도 아니면… 누가 죽였단 말인가? |

S#57   제물포 집 밖
중영, 담 너머로 바우 집을 살피고 있는데.

| 차돌 | (뒤에서) 누구세요? |

중영, 흠칫 놀라 돌아보면, 차돌이 서있다.

차돌	누구신데 도둑괭이마냥 남의 집을 훔쳐보고 계세요?
중영	이 집 주인이랑 아는 사람… (차돌 알아보고) 이 집 아들이구나.
차돌	(빤히 쳐다보다, 천연덕스럽게) 아닌데요.
중영	(맹랑한 듯 보다) 어른한테 거짓말하면 못쓴다.

차돌	저 아세요?
중영	집에 어른은 아무도 없느냐? 주변에 듣기론 엄마가 있다 들었는데… 이 집에 너 혼자 살진 않을 거 아니냐?
차돌	!

S#58   이이첨의 집 담 밖(밤)
남장과 복면을 한 수경, 춘배, 조상궁이 담벼락에 붙어있다. 주위를 살피고는 춘배의 도움을 받아 담을 넘는 수경. 춘배도 담을 넘으려는데.

조상궁	(잡으며) 무슨 일이 있어도 자가는 무사하셔야 한다. 알겠지?
춘배	걱정 마. 봐서 위험하다 싶으면 도로 나올 테니까.
조상궁	그래. 너만 믿으마.
춘배	(갑자기 조상궁을 와락 안는)
조상궁	!
춘배	(얼른 떨어져) 갑자기 힘이 팍 솟네. 후딱 갔다 올게. (담에 오르는)
조상궁	(혼잣말) 조심하거라.

S#59   동 집 후원 일각(밤)
조심스럽게 와 숨는 수경과 춘배.

춘배	(작게) 사랑채가 어느 쪽이오?
수경	(손짓으로 가리키며) 저쪽…

앞으로 나가려다 얼른 숨는 춘배. 수경, 보면 순찰을 도는 듯 횃불을 들고 지나가는 가병1, 2. 수경의 옷깃을 당겨 돌아가자는 시늉하는 춘배. 고개 젓고는 나가버리는 수경. 춘배도 따라가려는데. 저만치서 다시 돌아오는 가병1, 2.

춘배	(얼른 다시 숨으며) 아우씨…

S#60　　　　동 집 사랑채 마당(밤)
　　　　　몰래 들어오는 수경. 조심스럽게 원엽의 방 쪽으로 다가간다.

S#61　　　　동 사랑채 원엽의 방(밤)
　　　　　원엽, 깊이 잠이 든 듯 코를 골며 자고 있는데. 몰래 들어오는 수경. 술
　　　　　을 마시고 잔 듯 한쪽에 놓인 개다리소반에 술병과 안주가 놓여있다.
　　　　　조심스럽게 방 안을 뒤지기 시작하는 수경. 방 안을 뒤지다 실수로 개
　　　　　다리소반을 툭 치고 만다. 술병이 흔들리다 바닥에 툭 떨어지고. 그 소
　　　　　리에 잠에서 깨려 하는 원엽. 수경, 조마조마해서 지켜보는데, 다시 잠
　　　　　이 드는 듯 코를 골기 시작하는 원엽. 수경, 안도의 한숨 내쉬고 다시
　　　　　방 안을 뒤지는데.

원엽　　　(E, 잠결에) 누구요? 부인이오?

　　　　　수경, 후딱 돌아보면 원엽이 부스스 일어난다. 당황히 바라보다 문갑
　　　　　위에 놓여있는 커다란 백자 항아리를 원엽에게 집어 던지는 수경. 백자
　　　　　에 맞고 쓰러지는 원엽. 다급히 밖으로 도망치는 수경.

원엽　　　도적이다, 잡아라!

S#62　　　　동 사랑채 마당(밤)
　　　　　급하게 행랑채 문 쪽으로 가는 수경. 문이 확 열리며 들어오는 가병들.
　　　　　안채 쪽으로 도망치는 수경.

원엽　　　(이마를 부여잡고, 방에서 나오며) 안채 쪽으로 도망쳤다. 어서 쫓아라.

　　　　　수경을 쫓아가는 가병들.

S#63	동 집 안채 마당(밤)
	급히 도망쳐 오는 수경. 사방에서 잡으라고 외치는 소리가 들리고. 수경, 어디로 가야 하나 망설이는데.

춘배	(E, 작게) 이쪽이오.

수경, 놀라서 돌아보면. 부엌에서 고개를 내밀고 손짓하는 춘배. 급히 부엌으로 들어가는 수경.

S#64	동 부엌(밤)
	수경이 들어오자, 얼른 부엌문을 닫는 춘배.

춘배	숨 좀 고르시오.
수경	(부뚜막에 앉아 숨을 몰아쉬는)
춘배	(부엌문에 얼굴을 대고 바깥을 살피는)

S#65	동 부엌 앞(밤)
	주위를 수색하다 부엌 앞으로 오는 태출과 가병들. 태출이 부엌을 가리키자 다가오는 가병들.

S#66	동 부엌(밤)
	흠칫 놀라 뒤로 물러서는 춘배.

수경	들킨 것이냐?
춘배	(입에 손가락 가져다 대며) 쉿!

급히 주변을 둘러보다 아궁이를 보는 수경. 문이 확 열리고, 수경과 춘배를 발견하는 태출.

태출	(밖으로 돌아보며) 여기다. 도적이 여기 있다.

태출 들어오려는데, 아궁이의 재를 확 뿌리는 수경. 눈에 재가 들어가 소리를 지르는 태출. 얼른 춘배를 잡아끌고 반대쪽 문으로 도망치는 수경.

S#67 동 집 후원(밤)
급하게 도망쳐 오는 수경과 춘배. 사방에서 나타나 막아서는 가병들. 수경, 둘러보지만 다 막혀있자 막막해지는데.

가병1	잡아라!

가병들 달려드는데. 갑자기 지붕 위에서 뛰어 내려와 기습하는 복면의 대엽. 놀라서 보는 수경과 춘배. 대엽이 몇 명의 가병들을 쓰러뜨리자 틈이 생기고, 춘배에게 가라고 턱짓하고는 다시 가병들에게 달려드는 대엽. 망설이는 수경을 확 잡아끌고 도망치는 춘배. 수경이 도망치자, 적당히 상대하다 태출이 달려오는 것 확인하고는 수경과 반대편으로 도망치는 대엽.

S#68 동 집 내별당 일각(밤)
급히 달려오는 태출과 가병들.

태출	샅샅이 뒤져라.

흩어져 수색하는 가병들. 주변을 둘러보다 뭔가 떠오른 듯 눈이 확 커지는 태출의 얼굴에 스쳐가는 비전.
- S#67의, 칼을 휘두르다 태출과 눈이 마주치자 도망치는 대엽.
급히 사랑채 쪽으로 뛰어가는 태출.

S#69   동 집 사랑채 마당(밤)
          급히 오는 태출. 대엽 방 앞에 가 신발을 확인한다. 가지런히 놓여있는
          신발. 잠시 바라보다, 방문을 확 여는 태출.

S#70   동 사랑채 대엽의 방(밤)
          속곳 차림으로 이불에 누워있다 놀라서 보는 대엽.

대엽   (일어나 앉으며) 무슨 일인가?

태출   집 안에 도적이 들어서, 도련님이 무사하신지 확인하였습니다.

대엽   도적?

태출   예, 밖이 많이 소란하였을 텐데 모르셨습니까?

대엽   알았으면 이러고 있었겠는가.

태출   (탐색으로 보는)

대엽   내 오랜만에 술을 한잔했더니… 잠이 깊이 들었던 모양일세. 그래, 도
          적은 잡았는가?

태출   놓쳤습니다.

대엽   대체 어떤 놈이 감히… (하다가 흠칫) 설마 김대석 그놈이?

태출   큰 서방님 처소로 숨어들었다 들켰다는 걸 보니… 그놈은 아닌 것 같습
          니다.

대엽   그래도 혹시 모르니 별당부터 확인해 보게. 나도 바로 나가겠네.

          나가는 태출. 방문 닫히자, 이불을 슬쩍 들춰보는 대엽. 이불 밑에 복면
          과 옷이 숨겨져 있다.

조상궁   (E, 선행) 혹시 도련님 아닐까요?

S#71   상엿집(밤)
          6회에 나온 상엿집이다.

수경	…
조상궁	도련님께서 이렇게까지 자가를 도와주시는데… 그만 마음을 돌리시는 게…
춘배	(얼른) 조상궁 그렇게 안 봤는데… 막 서운해지려고 하네… 그동안의 정은 어디 가고 조상궁은 맨날 그 도령 편이야?
조상궁	도련님을 이십 년 넘게 봤다. 그 정은? … 그리고 차돌 애비는 죽게 내 버려 둬?
춘배	꼭 도령한테 안 가도, 바우를 구할 방도가 있지 않을까? 바우한테 기다 린다고 약조했다며… 아니 인간적으로다가 약조는 꼭 지켜야지. (수경 들으라고) 난 세상에서 약조 안 지키는 인간이 제일 싫더라.
조상궁	그만 좀 징징대라.
춘배	징징대긴 누가? 내가 없는 소리 했어?
수경	정 안 되면 그 서신으로 장부와 교환하면 되니까 너무 걱정하지 말게.
춘배	그 서신으로 바우 어머니와 누이를 구해야 되는데?
수경	일단 차돌 아비부터 구하고, 또 방도를 찾아보면 되지 않겠나.
춘배	바우가 좋아할지 모르겠네.
수경	일단 집으로 가세. 차돌이 기다리겠네.

S#72   제물포 집 마당
           수경, 춘배, 조상궁에게 인사하는 차돌.

차돌	다녀오셨어요?
춘배	어. 별일 없었지?
차돌	별일은 없었는데, 수상한 아저씨가 집을 살펴보고 갔어요.
수경	수상한 아저씨?
차돌	예. 아, 그리고 안방에 못 보던 장부책이 한 권 있어요.
춘배	장부책?

후딱 조상궁 보는 춘배. 조상궁도 춘배를 보고. 동시에 깨달은 듯 후딱

방으로 뛰어가는 춘배와 조상궁. 차돌도 따라가려는데.

수경	(잡으며) 넌 몰라도 되는 일이니, 저 방에 있거라.
차돌	예.
수경	(얼른 안방으로 가는)

S#73   동 집 안방
       수경, 들어온다.

조상궁	(장부책을 들어 보이며) 자가, 우리가 찾던 세책방 거래 장부입니다.
수경	(얼른 자리에 앉아 장부를 펼쳐보는)
춘배	(황당한) 뭐지? 이게 왜 여기 있어?
조상궁	도련님이 갔다 논 거 아닐까요?
춘배	왜 자꾸 그 도령은 갔다 붙여. 뭔 말만 하면 도령이래.
조상궁	그럼 도련님 말고 누가 이 장부를 갔다 놨단 말이냐. 대보거라.
춘배	거 차돌이가 말한 이상한 사람이 갔다 놨을 수도 있지… 막말로 바우는 그 집 원순데… 그 댁 도령이 미쳤다고… 우리한테 장부를 줘? 안 그래?
조상궁	그거야 우리 자가 때문에…
수경	(버럭) 좀 조용히들 하게. 정신이 사나워 볼 수가 없지 않은가?

찔끔해서 입을 다무는 춘배와 조상궁. 거래 일자와 구매, 대여한 사람 이름을 손가락으로 짚으며 확인하는 수경. 조상궁도 옆에서 같이 확인하고. 춘배도 슬쩍 머리를 들이밀고.

| 조상궁 | 머리 치워. 본다고 알아? |
| 춘배 | 그래도 나도 뭔가 동참을 해야 할 거 같아서… |

수경, 노려보는. 조상궁, 얼른 책 보다가.

조상궁	(화들짝 놀라며) 여기 보십시오. 마님도 있습니다.

'일월 이십일, 재동 좌의정 정경부인 김씨 구매'라고 적혀있다.

춘배	마님? 무슨 마님?
조상궁	좌상 대감 부인 말이다.
춘배	(수경 턱짓하며) 시어머니?
조상궁	그래.
춘배	뭐? 야 이것들 봐라. 뒤로 호박씨 엄청 깠네.
수경	됐다. 이 장부만 있으면 차돌 아비를 구할 수 있겠어. (장부를 들고 일어나는)
조상궁	어디 가시게요?
수경	한양을 다시 가야겠네.
조상궁	(울상이 되는) 또요? (춘배 가리키며) 저놈 시키시지요.
수경	저 사람이 할 수 없는 일이야. 내가 가야만 할 수 있는 일이네.

S#74   이이첨의 집 사랑채 사랑방
생각에 잠겨있는 이이첨을 쳐다보고 있는 대엽, 원엽.

원엽	김제남의 손자가 아닐까요?
대엽	그건 아닐 겁니다. 그놈의 어미와 누이가 있는 곳엔 얼씬도 하지 않았고… 그놈이면 형님 방을 뒤질 이유가 없지 않습니까?
원엽	그럼 그냥 도적인가?
대엽	제 생각엔 아마, 김자점이 아닐까 합니다.
이이첨	김자점?
대엽	예. 형님이 죄인들을 신문했으니, 뭔가 다른 물증이 있는 게 아닐까 해서 사람을 보냈을 수도 있지 않겠습니까?
원엽	(무릎을 탁 치며) 김자점 그 씹어 먹어도 시원치 않을 놈이 분명합니다, 아버지.

이이첨	!

S#75   김자점의 집 사랑방(밤)
          김자점, 자고 있는데. 조심스럽게 들어오는 수경. 김자점을 흔들어 깨
          운다. 일어나다 수경 보고 놀라는 김자점.

김자점	누구냐?
수경	(조용히 하라고 신호하고는 복면을 벗는)
김자점	(알아보고 놀라며) 오, 옹주 자가께서 어찌…
수경	드릴 것이 있어서 왔습니다.
김자점	?
수경	(품에서 장부 꺼내 놓으며) 금서와 관련된 또 다른 장부입니다.
김자점	!
수경	보시면 아시겠지만, 좌의정 대감의 부인은 물론이고, 대북 사람들 이름이 잔뜩 들어있습니다. 이 장부를 이용하면, 서인들은 위기에서 벗어나고 도리어 좌의정과 좌포도대장을 궁지에 몰 수 있을 것입니다.

          김자점, 믿기지 않는 듯 수경을 일별해 주고는 급히 장부를 보려 하는
          데. 장부를 자기 앞으로 당겨서 막는 수경.

수경	대신 부탁이 있습니다.
김자점	?

S#76   창덕궁 희정당 서실
          광해군, 보던 장부를 탁 덮고 내려놓으며.

광해군	그러니까 이 장부를 이용해 좌의정을 굴복시키고, 계축년 옥사와 관계된 이들을 신원 복권시키자?
김개시	예, 전하.

광해군	(시큰둥하게) 됐다. (김자점 보며) 저놈이 꾸며서 잘된 일이 하나라도 있느냐?
김개시	마지막 기회를 주시지요.
광해군	기회를 받고 싶으면 제대로 된 계책을 가져와야지. 계축년 옥사와 관련된 이들 중 멀쩡한 이가 누가 있느냐?
김개시	!
광해군	정협은 죽었고, 한준겸과 신흠은 이미 사면되었고, 박동량 이놈은 서궁을 무고하였으니 서인들이 싫어할 거라 쓸모가 없다. 게다가 제일 중요한 서궁의 아비, 김제남의 식솔 중에 살아있는 자가 누가 있느냐? 말해 보아라.
김개시	…
광해군	사내들은 모두 죽었고, 며느리와 손녀만 살아있는데… 신원 복권을 해 보았자 어디에 쓰느냐? 물러가라.
김개시	(도리 없는 듯 일어서려는데)
김자점	(눈치 살피다) 전하, 아뢰옵기 황공하오나 김제남의 장손이 살아있사옵니다.
광해군	!
김개시	그게 무슨 소립니까?
김자점	장손이 도망쳐 살아있사옵니다. 신이 얼마 전에 보았사옵니다.
광해군	(멈칫했다) 보았다? 그럼 지금 어딨는지도 알고 있느냐?
김자점	…의금부에 갇혀있는 죄인이 바로 김제남의 장손이옵니다.
광해군	(자기도 모르게 중영을 보는)
김개시	(후딱 광해군 일별하고) 김좌랑이 그 사실을 어찌 아는 게요? 아니, 그 같은 사실을 왜 이제야 고하는 것이오!
김자점	(부복하며) 죽여주시옵소서.
광해군	…

일동, 광해군의 눈치만 살피는데.

광해군	모두 물러가라.

S#77   동 서실 복도

김개시, 가다 말고 휙 돌아보며.

김개시	또 나에게 숨기는 것이 없소?
김자점	!
김개시	만일 또 한 번 나를 속이면 절대 그냥 넘어가지 않을 것이오.
김자점	저… 마마님… 잠시만…
김개시	?

S#78   동 희정당 서가

낮지만 서슬 퍼런 목소리로 김자점을 질책하는 김개시.

김개시	제정신입니까? 어찌 화인옹주가 살아있단 사실을 숨겼단 말이오.
김자점	당시에는 그 방법밖에 없었습니다. 용서해 주십시오.
김개시	(잠시 생각하다) 옹주를 잡아 가두세요.
김자점	예?
김개시	그럼 어떡합니까? 이제 와서 주상 전하를 기망했다고 고할 자신 있습니까?
김자점	!
김개시	거짓을 진실로 만드는 방법밖에 없습니다. 옹주가 살아있음을 주상 전하께서 아시면 절대로 아니 됩니다. 그랬다간 그대는 물론 그대를 추천한 나까지 주상 전하의 눈 밖에 나게 됩니다.
김자점	!
김개시	할 수 있겠지요? 아니 살고 싶다면 무조건 해내세요.
김자점	예, 마마님.

S#79   동 희정당 서실
        충격과 혼란으로 굳어있는 광해군.

광해군   김자점 저놈도 결국 면종복배하는 놈이었구나.
중영   …
광해군   바우란 놈이 김제남의 손자였다니…
중영   그보다, 김자점이란 자의 행태를 보면 옹주 자가도 아직 살아있을 가능
        성이 있습니다.
광해군   화인이 살아있다? (의미심장해지며) 화인이 살아있다… 이 말이지…
중영   …
광해군   (뭔가 결심한 듯) 당장 국청을 열어야겠다.

S#80   창덕궁 숙장문 앞
        국청이 열리고 있다.

광해군   죄인을 대령하라.

        바우를 끌고 오는 금부도사들. 무심코 바우를 보다 굳어지는 이이첨의
        얼굴 위에.
        - 10회 S#67의, 두건을 벗는 바우.
        경악으로 눈을 부릅뜨는 이이첨. 고개 들다 이이첨과 시선이 마주치는
        바우에서.

제12회

S#1	창덕궁 숙장문 앞
	국청이 열리고 있다.

광해군	죄인을 대령하라.

바우를 끌고 오는 금부도사들. 무심코 바우를 보다 굳어지는 이이첨의 얼굴 위에.
- 10회 S#67의, 두건을 벗는 바우.
경악으로 눈을 부릅뜨는 이이첨. 고개 들다 이이첨과 시선이 마주치는 바우. 그런 이이첨과 바우를 유심히 바라보는 광해군. 일순 정신을 차리고 후딱 광해군을 보는 이이첨. 이이첨의 시선 의식하면서도 모른 척하는 광해군.

광해군	문초를 시작하라.

광해군에게 고개 숙여 보이고 바우 앞에 가 서는 김자점. 금부도사 두 명이 호패와 장부 등 물증을 들고 옆에 선다.

김자점	(호패를 들어 보며) 한성 남부 사는 갑진년생, 갑남 (의외인 듯 바우 보고는) 맞나?
바우	예.
이이첨	!
김자점	너는 죽은 세책방 주인 만수의 청탁으로 운영전이란 금서의 그림을 그렸다고 자복했다. 인정하느냐?
바우	예.
김자점	(장부를 바우에게 보여주며) 이 장부를 본 적이 있느냐?
바우	예, 세책방 거래 장부입니다.
김자점	확실한 것이냐?
바우	권당 돈을 받느라 매번 확인하였기에 확실합니다.

김자점	장부는 이것뿐인가?
이이첨	!
바우	…소인이 알기론 장부가 하나 더 있습니다.
신하들	(웅성거리는)
원엽	(얼른 나서며) 거짓을 고하면 어찌 되는지 알고 하는 소리냐?
바우	참입니다.
원엽	전하, 신이 죽은 세책방 주인을 조사하고, 신문할 때는… 본 적도 들은 적도 없는 사실이옵니다. 장부는 분명 하나뿐이옵니다. 이자가 거짓을 고하는 것이 분명하니, 중벌로 다스려야 하옵니다.
김자점	아니옵니다, 전하. 장부는 여기 있사옵니다.
원엽	!

수경이 준 장부를 품속에서 꺼내 들어 보이는 김자점. 당황해 이이첨 보는 원엽.

이이첨	!
김자점	(원래 장부도 들고) 신이 필법에 능한 예문관 관리들에게 확인한 결과… 이 두 책의 필적이 완전히 같사옵니다.
이이첨	!
광해군	장부를 가져오라.

광해군에게 장부를 가져다 바치는 김자점. 장부를 보는 광해군.

광해군	여가 보기에도 두 장부는 한 사람이 쓴 것이 분명하다.
이이첨	!
광해군	(김자점에게) 읽어라.
김자점	형조판서 한찬남의 며느리, 조씨… 병조참판 박정길의 처, 정부인 박씨… 대사간 윤인의 처, 숙부인 정씨… 좌승지 박홍도…는 본인입니다.
이이첨	!

놀라서 웅성거리는 신하들. 특히 이름이 불린 신하들은 사색이 되고.

대사간	(이이첨 보며) 이게 어떻게 된 겁니까? 얘기가 다르지 않습니까?

대꾸 없이 광해군을 노려보는 이이첨. 이이첨을 바라보며 의미심장한 미소를 짓는 광해군.

S#2 　　숙장문 근처 일각
당혹스러운 기색을 감추려 굳은 얼굴로 걸어오다 멈춰 서는 이이첨. 원엽, 전전긍긍하며 뒤를 따라오는데.

대사헌	(E, 화면 밖에서) 대감.
이이첨	(돌아보는)
대사헌	(급히 다가와) 다들 빈청에 모여있습니다. 일단 그리 가시지요.
이이첨	바로 뒤따라갈 테니… 먼저 가있게.
대사헌	예… 그럼… (돌아서 가는)
원엽	이 모든 게 대엽이 그놈의 수작입니다. 당장 가서 그놈부터 족쳐야 합니다.
이이첨	목소리 낮추거라. (후딱 멀어지는 대사헌 뒷모습 확인해 주고) 난 빈청에 가서 대신들을 좀 다독여놓고 갈 것이니… 너 먼저 집으로 가거라… 가서…
원엽	(얼른) 대엽이부터 찾아보겠습니다.
이이첨	서둘러라.

급히 가는 원엽. 불안한 얼굴로 봐주고, 돌아서 가는 이이첨.

S#3 　　동 창덕궁 빈청(밤)
상석을 비워두고 회의 중인 대북파 관료들.

대사간	이거 괜히 긁어 부스럼 만든 거 아닙니까? 좌의정 대감께선 뭐라십니까?

대사헌	…
형조판서	빨리 대책을 세워야지, 이러다 큰 봉변을 당하게 생겼어요.
대사헌	설마 그렇게까지야 되겠습니까?
대사간	대사헌께서는 장부에 자기 이름이 없다고 너무 무사태평한 거 아니오?
대사헌	(벌떡 일어나며) 뭐요?
대사간	(같이 일어나며) 내 말이 틀렸소?

두 사람 서로 노려보는데. 들어오는 이이첨. 순식간에 조용해지면서 일제히 일어나는 관료들. 상석에 앉는 이이첨. 자리에 앉아 이이첨의 눈치를 살피는 관료들. 좌중의 시선이 대사간과 대사헌에게 몰리고.

대사간	어찌하실 생각이십니까?
이이첨	(바우 생각에 머리가 복잡한) …
대사간	대감!
이이첨	뭐라 하였나?
대사간	(작심한 듯, 강하게) 이 일을 어찌 해결하실 거냐고 여쭸습니다.
이이첨	!

S#4   이이첨의 집 사랑채 마당(밤)
관복 차림으로 들어오는 이이첨과 따라오는 태출. 마당에 서있다 고개 숙여 맞이하는 원엽.

이이첨	대엽이는?
원엽	작심을 하고 사라진 듯합니다. 옷가지랑 귀중품까지 챙겨서 나갔습니다.
이이첨	당장 대엽이 놈을 찾아서 데려오너라. 당장!
태출	예. (급하게 나가는)
원엽	처음부터 계획하고 저지른 짓인 거 같습니다. 갑자기 마음을 바꾼 척하고 나서서, 직접 그놈을 잡아온 것부터, 장부를 조작해 서인들을 공격하자고 부추기고, 장부를 빼돌리고… 이 모든 것이 철저히 계획된 일이

었던 게 분명합니다.

이이첨   …도대체 이해할 수가 없구나. 왜 대엽이가 그런 짓을…?

원엽   혹시 대엽이가 지 비밀을 알아낸 것 아닐까요? 고모님이 알려주었을
수도 있잖습니까?

이이첨   상원사로 사람을 보내서 니 고모를 데려오너라.

원엽   예.

이이첨   그리고 그놈을 죽일 방도를 찾거라. 대엽이를 찾지 못하면 김제남의 손
자라도 죽여야 한다.

S#5   의금부 옥사(밤)
주먹밥을 먹는 바우를 옥사 밖에서 지켜보고 있는 김자점.

김자점   좌의정이 무슨 짓을 할지 모르니 당분간은 내가 주는 음식 말고는 절대
입에도 대면 안 되네. 알겠는가?

바우   예.

김자점   (슬쩍 떠보는) 아 참! 옹주 자가께서는 자네와 함께 계셨나?

바우   그럴 리가요. 진즉에 떠나셨습니다.

김자점   (입맛 다시며) 하긴 같이 있었으면 자네가 잡혀올 때 이미 사달이 났겠지…

바우   (탐색으로 보며) 갑자기 옹주 자가는 왜?

김자점   그냥 생각이 나서… 하여튼 몸조심하게.

바우   예. 살펴 가십시오. (가는 김자점을 경계의 눈빛으로 보는)

S#6   동 의금부 일각(밤)
구석진 곳에 복면을 쓴 태출과 가병들이 나타난다. 짚을 쌓고, 기름을
붓고, 불을 붙이는 가병들. 불이 붙자 칼을 빼드는 태출. 가병들도 칼을
빼들고.

태출   만에 하나라도 잡히면 그 즉시 자진하거라. 입을 여는 자는 그 가족까
지 모두 죽일 것이다.

가병들	예.
태출	가라.

가병들 가려는데, 갑자기 나타나는 중영과 내금위 병사들. 싸움 벌어지고.

태출	도망쳐라.

도망치는 가병들. 내금위 병사들이 쫓으려는데.

중영	멈춰라.

돌아보는 내금위 병사들.

중영	우리의 임무는 의금부를 지키는 것이다. 돌아가자.

S#7	창덕궁 희정당 서실
	광해군에게 보고하고 있는 중영.

광해군	이이첨 그자가 몸이 달았구나. 또 무슨 짓을 벌일지 모르니 철저히 감시하거라.
중영	예.
내관	(E) 전하, 김상궁 들었사옵니다.
광해군	들라 하라.
김개시	(들어오는)
광해군	무슨 일이냐?
김개시	좌포청 종사관이 유서를 써놓고 목을 매어 자진하였다 하옵니다.

S#8	좌포청 일실
	죽은 종사관의 시신을 수습하고 있는 포졸들을 지켜보는 원엽. 대엽과

함께 제물포로 갔던 종사관이다.

S#9   창덕궁 희정당 서실
      어이없는 얼굴로 중영을 보는 광해군.

광해군 모든 게 자기 잘못이라는 유서를 남기고 자진했다?
김개시 에, 죽은 종사관에게 모든 죄를 덮어씌울 모양입니다.
광해군 이이첨 그자가 발악을 하는구나.
김개시 어찌하시겠습니까.
광해군 김자점에게 서인과 유림을 움직이라고 전하거라.

S#10   김자점의 사랑방
      서인들을 모아놓고 열변을 토하는 김자점.

김자점 이번 기회를 놓치면 언제 다시 이런 기회가 올지 모릅니다. 이이첨과
     대북의 콧대를 꺾어놔야 합니다… 우리 서인들이 아직 살아있다는 것
     을 유림들에게 알려야 합니다. 힘을 모아주세요.

S#11   창덕궁 희정당 서실
      광해군, 짐짓 골치 아프다는 표정으로 이이첨을 보며.

광해군 좌포도대장을 삭탈관작하고 귀양 보내라는 상소가 줄을 잇고 있어요.
     이번 일은 좌포도대장이 너무 무리를 했어요.
이이첨 …
광해군 경의 체면을 생각해서 말은 안 했는데, 이 장부에 경의 부인 이름도 있
     어요.
이이첨 !
광해군 수사를 담당한 사람들이 그럽디다. 고양이한테 생선을 맡겼다고…
이이첨 망극하옵니다, 전하.

광해군	서인들을 달래려면, 최소한 좌포도대장을 삭탈관작하고 유배 정도는 보내야 할 거 같은데…
이이첨	!
광해군	경의 생각에 이 일을 어찌 해결하면 좋겠소?
이이첨	…
광해군	서인들의 입을 다물게 하려면 큼지막한 고기를 물려야 할 텐데… 서인들의 소원 중 하나인… 계축년 옥사에 얽힌 이들의 신원을 복권하면 어떨까 싶소만…?
이이첨	!
광해군	과인도 곰곰이 따져보니… 어차피 다 죽거나 이미 사면되어… 딱히 큰 파장은 없을 듯싶은데… 어찌 생각하시오?
이이첨	하오나…
광해군	대신 경이 늘 주장하는 대로 서궁의 유폐는 풀지 않겠소.
이이첨	…
광해군	시간이 없어요. 속히 결정하도록 하세요.
이이첨	예, 전하.

물러가는 이이첨. 기분이 좋은 듯 혼자 키득거리기 시작하다 좌대를 두드리며 대소하는 광해군.

S#12   동 서실 앞 복도
(E) 광해군의 웃음 소리.
걸어가다 멈칫 서는 이이첨. 이를 악물고 다시 가는 이이첨.

S#13   동 창덕궁 일각
이이첨, 심란한 얼굴로 걸어오는데. 급히 다가오는 대사간, 대사헌.

대사간	대감! 대감! 큰일났습니다.
이이첨	?

S#14	동 창덕궁 앞

유생들이 창덕궁 앞에 돗자리를 깔고 앉아 농성 중이다.

유생1	권력을 남용하여, 사건을 조작한 좌포도대장과 그 아비인 좌의정을 삭탈관작하고 엄벌에 처하소서.
일동	엄벌에 처하소서.
유생1	국정을 농단하고, 군왕의 눈과 귀를 가리는 대북파 간신배들을 처단하소서.
일동	처단하소서.

군은 얼굴로 바라보는 이이첨, 대사간과 대사헌.

S#15	이이첨의 집 사랑방

이이첨과 대사간, 대사헌, 형조판서, 병조참판 등 대북파 관료들이 회의를 하고 있다.

대사간	여론이 좋지 않습니다… 서인들이 남인들과 손을 잡고 전국 팔도의 유생들과 연대하여 만인소를 준비하고 있답니다. 〈자막 — 만인소(萬人疏): 만 명의 유생들이 집단 연대하여 올리는 상소〉
대사헌	모든 잘못은 종사관이 했다고 유서에 남기지 않았습니까? 좌포도대장은 죄가 없어요.
대사간	눈 가리고 아웅 하는 것도 정도가 있지. 그걸 누가 믿겠습니까?
대사헌	믿든 안 믿든, 명분이 중요한 거 아닙니까. 명분이!
대사간	명분 타령하다가 여론에 밀려서 주상 전하께서 서인들의 손을 들어줄 수도 있습니다. 피바람이 불 수도 있어요.
일동	(웅성거리는)
대사간	(일동 보며) 차라리 신원 복권시켜 줍시다. 어차피 김제남의 식솔들도 다 죽었고, 별 피해도 없을 거 같은데 뭘 망설이십니까?
일동	(고개를 주억거리며 찬동하는)

대사헌	(반응 보고는) 아무래도 이번 일은 이쯤에서 물러서는 게 좋을 듯싶습니다.
이이첨	…

S#16   동 집 앞
가는 관료들에게 고개 숙여 인사하는 원엽.

대사간	잘 좀 하게. 이게 뭔가. (혀를 차는)
대사헌	기운 내게.
원엽	살펴들 가십시오.

S#17   동 집 사랑방
무거운 얼굴의 이이첨, 원엽.

원엽	저들이야 몰라서 그러지만, 절대로 김제남의 손자를 신원 복권시켜 줄 수는 없습니다. 그놈은 우릴 노리고 옹주를 보쌈한 놈입니다. 그놈이 주상과 손을 잡으면 어떤 일이 일어날지 모릅니다.
이이첨	…
원엽	차라리 제가 죄를 청하고 유배를 가겠습니다.
이이첨	안 된다. 넌 우리 집안의 장손이야. 니 앞길에 흙탕물이 튀게 할 순 없다.
원엽	하오나…
이이첨	쓸데없는 생각 말고 내 결정에 따르거라.

S#18   창덕궁 선정전
상참 중이다.

광해군	좌포도대장은 나오라.
원엽	(긴장한 얼굴로 광해군 앞에 무릎 꿇는)
광해군	좌포도대장은 좌포도청을 잘 관리하지 못하여 정국의 혼란을 야기하

	였다. 스스로의 잘못을 인정하느냐?
원엽	예, 전하.
광해군	좌포도대장 이원엽을, 관리 책임을 물어 일품계 강등한다.
원엽	!

자기도 모르게 입꼬리가 올라가는 김자점. 분한 듯 이를 악무는 원엽.
슬쩍 고개 들어 광해군을 보는 이이첨.

광해군	(이이첨을 일별하고는) 다만 그 정도 허물로 파직하기엔 그간의 공이 크니, 직책을 거두지는 않겠다.
이이첨	(다시 고개 숙이는)
원엽	(부복하며) 성은이 망극하옵니다.
광해군	김제남을 비롯하여 계축년 옥사에 관련된 모든 이들을 신원 복권하라.
이이첨	!

S#19   의금부 옥사 앞
        바우를 데리고 나오는 금부도사. 기다리고 서있는 김자점. 고개 숙여
        인사하는 바우.

김자점	자네와 자네 집안의 신원이 복권되었네. 축하하네.
바우	(만감이 교차하는 듯 하늘을 올려다보는)
김자점	앞으로 어쩔 계획인가?

선뜻 대답 안 하고 김자점을 보는 바우의 얼굴에.

대엽	(E) 니 정체를 우리 아버지에게 말한 건 김자점이다.
김자점	왜 그렇게 보는가?
바우	너무 감사해서 그럽니다.
김자점	(계면쩍은) 해야 할 일을 했을 뿐이니, 괘념치 말게… 어디로 갈 건가?

바우	식구들부터 만나야지요.

S#20   제물포 집 마당
상기된 얼굴로 바우를 바라보는 일동.

조상궁	축하하네.
바우	고맙소.
춘배	이제 너도 양반님네 되는 거냐? 우리 차돌이도 도령님 되는 거네. 차돌아, 너 아재 모른 척하면 안 된다.
차돌	걱정 마세요.

대화에 끼지 않고, 땅바닥만 쳐다보고 있는 수경. 그런 수경을 착잡하게 바라보는 바우.

춘배	(바우 보고) 넌 얼굴이 왜 이래? 다 잘 풀렸는데… 어째 우거지상이야. (수경 보고) 어라, 이쪽도 그러네? 왜들 그래? 나 모르게 또 뭔가가 있는 건가? (조상궁에게) 그런 거야?
수경	(슬그머니 밖으로 나가버리는)
조상궁	자가. (쫓아나가려는데)
춘배	(얼른 조상궁을 붙잡으며) 바우야… 뭐 하냐? 자가께서 빨리 따라오라고 하시잖냐.
조상궁	뭔 소리야? 자가께서 언제…
춘배	(O.L, 더 크게) 바우야! 자가 기다리신다~
바우	(나가는)
춘배	(얼렁뚱땅 조상궁 양손을 쥐고 조몰락대며) 조상궁… 우린 잔칫상이나 준비합시다. 오늘같이 좋은 날… 떡 벌어지게 한 상…이야 차릴 수 없겠지만… 소소하게 탁주라도 한 사발씩 해야지… 안 그래?
조상궁	그래. 미운 정도 정이라고… 이별주는 한잔… (하다가 그제야 잡힌 손 의식하고 확 뿌리치며) 애 앞에서 이게 뭐 하는 짓이냐? (안방으로 들어가 버리는)

춘배	(씩 웃으며) 지도 좋으면서 부끄러워하기는… (하다가 흠칫) 이별주? 갑자기 뜬금없이 웬 이별주?

S#21   바닷가 일각
착잡한 얼굴로 바라보는 바우. 그 시선으로, 바닷가에 서있는 수경의 뒷모습. 한참을 바라보다 다가가는 바우.

바우	(옆에 가서 서며) 춥지 않소?
수경	(흘깃 보고는) 괜찮다… (쓸쓸하게 바라보며) 앞으론 너에게 이렇게 말하면 안 되겠구나. 이제 신분이 바뀌었으니…
바우	(멈칫 보고는) 그냥 하던 대로 하시오.
수경	그럴 수는 없지요. 법도라는 게 있는데…
바우	하던 대로 하라니까… 나 원래 법도니 예의니… 그런 거 모르잖소… 무엇보다… 갑자기 낯선 사람이 된 것 같아서 난 싫소.
수경	!
바우	(보는) !
수경	(시선 피하며) 싫어도 잠시만 참아주세요. 어차피 이리 얼굴 보고 얘기할 시간도 이제 얼마 남지…

하는데, 와락 수경을 끌어안는 바우. 멈칫했다가 그대로 몸을 맡기는 수경. 더 힘주어 수경을 끌어안는 바우의 얼굴에서.

S#22   바우의 집 방(회상)
- 2회 S#6의, 망설이다 일순 벌떡 일어나 자루를 벗기는 바우. 갑작스러운 빛에 눈살을 찌푸리는 수경.

S#23   강물 속(회상)
- 4회 S#5의, 밑으로 가라앉는 수경. 간신히 수경을 붙잡는 바우. 수경이 정신을 잃은 듯 보이자 수경에게 입을 맞추고 숨을 불어 넣는 바우.

S#24   장단현 근처 일각 (회상)
           - 6회 S#5의, 얼결에 팔을 뻗어 간신히 수경의 손을 잡는 바우. 사력을
           다해 바우를 끌어 올려 간신히 자기 앞에 엎드려 태우는 수경. 바우를
           태우자마자 말에 박차를 가해 도망치는 수경.

S#25   제물포 집 마당 (밤, 회상)
           - 10회 S#47의, 와서 앉으라는 뜻인 듯 옆으로 슬쩍 비켜 앉으며 자리를
           내주는 바우. 아무 말 않고 옆에 가 앉는 수경. 무심하게 달을 바라보는
           바우. 수경도 함께 달을 쳐다본다. 그렇게 나란히 앉아 달을 올려다보
           는 바우와 수경.

S#26   제물포 관아 옥사 (밤, 회상)
           - 10회 S#104의, 하염없이 눈물을 흘리는 수경. 온통 젖은 수경의 얼굴
           을 조심스럽게 닦아주는 바우. 그런 바우의 손을 감싸 쥐며 절절한 눈
           빛으로 바라보는 수경.

S#27   바닷가 일각
           나란히 앉아있는 바우, 수경.

바우   화인옹주 말고, 이름 같은 것 없었소? 아명이라도…
수경   수경…입니다. 물 수에 거울 경.
바우   수경… 이수경… 고운 이름이오.
수경   갑자기 이름은 왜?
바우   그쪽을 옹주로 기억하고 싶지 않아서…
수경   !
바우   미안하오.
수경   뭐가 말이냐?
바우   그대를 지킬 거란 약조를 지키지 못했소.
수경   그대 잘못이 아니니 자책하지 마세요.

바우	…
수경	앞으로 어찌 될지는 들었습니까?
바우	…적몰된 재산을 돌려준다고 들었소.
수경	한양에 있는 집도 말입니까?
바우	그렇소.
수경	다행입니다.
바우	다 그쪽 덕분이오. 고맙소.
수경	몇 번이나 목숨을 구해준 그대에 비하면 아무 일도 아니니 괘념치 마세요.
바우	…
수경	…한양으론 언제 출발할 예정입니까?
바우	아직… 급할 것 없으니 천천히…
수경	(O.L) 안 됩니다. 최대한 서둘러야 합니다. 이젠 좌의정이 눈에 불을 켜고 그쪽을 감시할 게 빤한데… 여기서 더 지체하다간 화를 자초할 수도 있습니다.
바우	(아프게 보는) !
수경	저 때문이라면 마음 쓰지 마세요. 전, 신원 복권 소식을 들었을 때 이미 모든 걸 다 내려놨습니다.

애써 미소로 바라보지만, 그 눈가가 젖어드는 수경. 바우, 말없이 수경의 눈가를 닦아주려는데.

수경	(일어서며) 그만 들어가지요. 다들 기다리겠습니다.

마지못해 따라 일어서는 바우. 먼저 돌아서 걸어가는 수경. 그 얼굴에 참았던 눈물이 흘러내리고.

S#28 제물포 집 마당
믿을 수 없다는 얼굴로 조상궁을 보는 춘배.

춘배	뭐야. 그럼 같이 못 가는 거야?
조상궁	생각 좀 하고 살아. 신원이 복권되면 이이첨 그자가 눈이 시뻘게져서 차돌 아비만 감시하려고 들 텐데… 옹주 자가께서 그 집엘 어떻게 같이 가.
춘배	그럼 우리 헤어지는 거야?
조상궁	지금까지 뭐 들었어?
춘배	(일순 결심한 듯) 그럼 나도 조상궁이랑 같이 갈란다.
조상궁	미쳤어? 니가 왜 우리랑 같이 가. 저쪽 따라가야지.
춘배	바우는 이제 양반 됐으니, 나 없어도 잘 살 거 아냐. 근데 옹주랑 조상궁은 내가 있어야지.
조상궁	!

들어오는 바우, 수경. 춘배, 조상궁 궁금하긴 한데 차마 먼저 물어보진 못하고 눈치만 살피는데. 말없이 방으로 들어가는 수경. 조상궁도 얼른 따라 들어가고. 바우, 쓸쓸하게 안방 쪽을 보는데.

춘배	(와락 안으며) 잘 살아, 인마.
바우	(왜 이러나 싶은) ?
춘배	형 없어도 밥 굶지 말고…
바우	어디 가?
춘배	니가 없으니 나라도 옹주랑 우리 조상궁 보살펴야지. 아녀자 둘이서 이 험한 세상을 어찌 헤쳐나가. 나 같은 사내가 딱 버티고 있어야 의지도 되고…
바우	됐어.
춘배	되긴 뭐가 돼.
바우	그럴 필요 없어.
춘배	왜?
대엽	(들어오는)
춘배	!

S#29	동 집 안방

짐을 싸면서 수경 눈치를 살피는 조상궁. 바우가 사준 당혜를 멍하니 쳐다보고 있는 수경.

조상궁	자가… 정말 도련님과 같이 가실 거지요?
수경	…
조상궁	잘 생각하셨습니다. 아무려면 차돌 아비보다야 도련님이 백배는 믿음직하지요. 암요.
수경	제물포만 벗어나면 따로 갈 것이니 그리 알게.
조상궁	자가! 그럼 왜 같이 간다고 하셨습니까?
수경	내가 도련님과 함께 간다고 해야 차돌 아비도 마음 편히 날 보내주지 않겠나.

S#30	동 집 앞

대엽과 마주 서있는 바우.

바우	니 뜻대로 다 되었으니 좋겠어?
대엽	너도 이렇게 되리란 걸 짐작하고 있었지 않느냐?
바우	그랬지. 그랬는데… 염병…
대엽	옹주 자가와 너, 그리고 니 어미와 누이를 구할 길은 이 방도밖에 없었다.

S#31	좌포청 일실(회상)

- 11회 S#35의,

대엽	내게 너와 니 어미를 구할 계획이 있다. 날 믿고 따를 수 있겠느냐?
바우	!?

S#32	제물포 집 앞

착잡한 얼굴로 대엽을 보는 바우.

바우	어디로 갈 거냐?
대엽	아무도 못 찾는 곳으로…
바우	(보는)
대엽	(보는)
바우	그래. 알아서 잘하겠지. (잠시 망설이다) 넌 나처럼 울게 만들진 마라.
대엽	…
바우	떠날 채비 다 했겠다. 데리고 나오마.

S#33   동 집 마당
바우, 들어서는데. 춘배와 조상궁이 짐 보따리를 들고 서있고. 차돌을
꼭 안고 있는 수경.

차돌	(애써 눈물을 참으며) 안녕히 가세요, 자가…
수경	(눈물을 참으며) 그래, 너도 잘 지내거라. 아버지 말씀 잘 듣고, 글공부도 열심히 해서 훌륭한 사람이 되어야 한다.
차돌	예, 자가도 건강하셔야 해요.
수경	그래, 그러마.
춘배	(지켜보다 울음 터지는, 누가 죽은 거처럼 펑펑 울기 시작한다)
조상궁	그만 좀 울어. 차돌이도 안 우는데 니가 왜 이래?
춘배	하늘이 너무 무심해서… 내가 대신 운다… 세상에 이런 법이 어딨어… 기껏 같이 고생해서… 좋은 날이 왔는데… 이렇게 헤어지는 게 말이 돼? 말이 되냐구…
조상궁	(시큰해지는데)
차돌	울지 마세요. 우리가 울면 자가께서 더 마음 아프시잖아요.
수경	(멈칫했다 차돌을 다시 안는)
조상궁	(얼른 눈물 찍어내며) 차돌이만도 못한 놈.
춘배	!
조상궁	우리 차돌이 다 컸네, 다 컸어.
바우	(차돌 떼어내며) 차돌이 넌 들어가.

차돌	아부지!
수경	!
바우	적당히 하고 이만 가시오. 어차피 헤어질 거 이별은 짧을수록 좋소.
춘배	야! 너…!
바우	(무시하고) 나오시오들… (나가버리는)
춘배	저 자식, 갑자기 왜 저렇게 매정해?
조상궁	(콧방귀) 신원 복권도 됐으니, 우리는 거추장스럽다 이거지. (수경에게) 가시지요, 자가.

S#34   동 집 앞
대엽과 바우 서있는데. 나오는 수경, 조상궁, 춘배.

바우	조심히 가시오. (매정하게 돌아서, 춘배를 끌고 집으로 들어가 버리는)
수경	!
조상궁	저런 매정한 놈은 잊어버리십시오, 자가.
수경	…
대엽	갈 길이 멉니다. 가시지요.
수경	…예.

돌아서 가는 대엽, 수경, 조상궁. 세 사람 멀어지자 집에서 나오는 바우.

바우	(E) 부디 무탈하게만 계시오. 우린 반드시 다시 만날 거요. (멀어지는 수경을 아프게 바라보는)

S#35   거리 일각
대엽이 앞장서고, 수경과 조상궁이 따라가는데.
(E) 말발굽 소리.
세 사람 보면, 말을 달려오는 사대부 차림의 내금위 병사들. 대엽, 수경과 조상궁을 자기 뒤로 물리고 긴장한 얼굴로 쳐다보는데. 말을 세우고, 뛰어내려 주변을 포위하는 내금위 병사들. 대엽, 칼을 빼드는데. 말을 타고 오는 사대부 차림의 광해군과 중영. 광해군을 알아보고 굳어지는 수경. 대엽도 알아보고, 얼른 칼을 내려놓고 부복한다. 조상궁도 따라 부복하고.

광해군   (중영에게) 적당한 곳을 찾아 주위를 물리고, 김제남의 손자를 데려오너라.

수경   !

S#36   제물포 집 안방
수경의 흔적을 느껴보려는 듯 방 안을 천천히 훑어보다, 빗물이 샌 자국이 남아있는 천장에 시선이 머무는 바우. 어느새 눈가가 젖어들기 시작하는 그 얼굴에서.

S#37   동 집 안방(밤, 회상)
- 9회 S#43의, 멍하니 물 떨어지는 것을 바라보고 있는 수경. 수경의 이마 위로 떨어지는 물방울. 수경, 본능적으로 이마의 물기를 닦으려고 손이 가는데. 자기도 모르게 수경의 이마를 닦아주려고 손을 내뻗는 바우. 수경의 손 위를 덮는 바우의 손.

S#38   동 집 안방
바우, 눈물을 참으려 애써보지만. 끝내 떨어지는 눈물.

S#39   바닷가 일각
절벽 같은, 인적이 드문 곳이다. 광해군에게 큰절을 하는 수경. 만감이 교차하는 얼굴로 수경을 바라보는 광해군. 시선을 내리깐 채 광해군 앞에 서는 수경.

광해군   고개를 들어라.

수경	(고개 들어 바라보는) …
광해군	네 눈빛에 원망이 가득하구나. 그래… 원망스럽겠지… 이 아비가 죽도록 밉겠지.
수경	(담담하게 보는) …
광해군	허나, 화인아…
수경	화인은 죽었습니다.
광해군	!
수경	아바마마께서 화인이 죽길 원하셨기에… 아바마마의 뜻대로 화인은 죽었습니다.
광해군	네 마음은 알겠다만… 내 어찌 하나밖에 없는 딸이 죽길 바랐겠느냐… 나라를 구하고… 조정에 또다시 피바람이 부는 것만은 막아야겠기에… 어쩔 수 없이 한 선택일 뿐이었다.
수경	…
광해군	널 그리 버리고… 나 또한 피눈물을 흘렸느니라… 허나… 나는 네 아비이기 이전에 이 나라의 군주가 아니더냐. 사사로운 정에 얽매이어 또다시 이 나라를 도탄에 빠트릴 수는 없었다.
수경	…
광해군	네가 이해해 주길 원해서 하는 말은 아니다. 용서해 주길 원하는 것은 더더욱 아니다. 그저… (목이 메는 듯 말을 못 잇다가) …아니다. 이리 무사한 널 봤으니 그걸로 됐다.
수경	…
광해군	화인아…
수경	수경입니다. 수경이 되었기에 살아남을 수 있었음을 부디 헤아려 주십시오.
광해군	(잠시 착잡하게 보다가) 네게 왜 수경이란 아명을 지어주었었는지… 기억하느냐.
수경	타고난 성정이 불같다 하여… 물을 거울삼아 스스로를 다스리라는 뜻으로 지어주셨다 들었습니다.
광해군	그래… 그랬지… 넌 어려서부터 사내아이처럼 활쏘기나 말타기를 더

좋아했지… (추억을 떠올리는 듯 아련해지는 얼굴에)

어린수경   (E) 아바마마… 빨리… 더 빨리요…

S#40   창덕궁 희정당 서실(회상)

말타기 놀이를 하는 중인 듯, 곤룡포 차림의 광해군이 어린 수경을 등
에 태우고 말 달리는 시늉을 하며 서실 안을 돌아다니고 있다.

어린수경   이리 느리게 달리다간 여우며 토끼며 다 놓칩니다. (발을 구르며) 이랴…
               빨리요, 빨리… 아바마마…

광해군   오냐… 어디 더 빨리 달려볼까… (말 울음 소리 흉내 내며) 히이잉… (말 달
               리는 소리) 따그닥… 따그닥…

다시 신이 나서 광해군의 등위에서 들썩거리다가 넘어지는 어린 수경.

광해군   (놀라서 안으며) 수경아… 괜찮으냐… 다치지 않았느냐.

어린수경   예, 하온데 진짜 말이 타고 싶습니다. 아바마마 사냥 가실 때 소녀도 데
               리고 가주시면 안 됩니까?

광해군   사냥?

어린수경   (광해군의 목을 끌어안고 매달리며 어리광을 부리는) 예, 데리고 가주십시오,
               아바마마… 네?

수경이 마냥 사랑스러운 듯, 함박웃음을 터트리는 광해군.

광해군   그럼 말 타는 연습을 조금 더 해야 되겠는걸?

어린수경   (다시 좋아서 광해군의 등에 올라타는)

광해군   꼭 잡거라. (다시 어린 수경을 태우고 말 달리는 시늉을 하는데)

내관   (E) 전하… 소의마마님 들었사옵니다.

마치 이미 약속이라도 돼있었던 것처럼 후다닥 광해군의 등에서 내려

와 서책 앞에 앉는 어린 수경. 광해군도 급히 자리에 앉는다.

광해군   (어린 수경과 얼른 눈빛 교환하고는) 들라 하라. (밖에서 들으라고 일부러 큰 소리로) 옛 성현께서 이르시길…

S#41   바닷가 일각
        광해군, 애잔한 미소로 수경을 보며.

광해군   종내 진짜 사냥에도 몇 차례 따라나섰었지, 아마…
수경   …
광해군   (손 내밀며) 이리… 이리 가까이 좀 오너라.

        잠시 망설이다 다가오는 수경. 수경의 손을 잡는 광해군.

광해군   (수경의 손을 어루만지며) 그 곱던 손이 어찌 이리 거칠어졌을꼬… 다 내 탓이다. 못난 아비 탓이다. 미안하구나…
수경   …
광해군   이제 내가 널 지킬 것이다. 다시는 그 누구도 널 해치지 못하도록 이 아 비가 널 지킬 것이니… 한 번만 날 믿어다오.
수경   …
광해군   왕으로서 옹주 화인에게 하는 말이 아니다. 아비로서 딸 수경에게 하는 말이다. 날 믿고 따라주겠느냐.
수경   (자기 설움에 참았던 눈물을 흘리며 입술을 깨무는)
광해군   다신 네 눈에 눈물 나는 일은 없게 할 것이다. 내, 이 나라 군주의 자리 를 걸고 약조하마.
수경   …

S#42   제물포 집 마당
        걱정된 얼굴로 마당을 서성거리고 있는 춘배, 조상궁.

춘배	기껏 신원 복권시켜 놓고 죽이지는 않겠지?
조상궁	차돌 아비도 걱정이지만… 자가께서 끌려갈까 봐 불안해 죽겠다.
춘배	아이구… 그것도 문제네…

S#43   동 바닷가 근처 일각
무릎 꿇고 있는 바우와 대엽 앞에 서있는 광해군. 중영만이 옆에서 감
시하고 있다.

광해군	너희 두 놈 다 날 기망했다. 그 죄는 백번 죽어도 모자라나… 화인을 구한 공을 참작해 기회를 주겠다.
바우	!
대엽	!
광해군	너희 둘이 내 명을 한 치의 어김 없이 따른다면, 후일 둘 중 한 사람과 화인을 맺어주마.

놀라서 광해군을 쳐다보는 바우, 대엽.

중영	(나서며) 당장 고개 숙이지 못할까?
바우	(무시하고) 진심이십니까?
중영	(칼 빼려 하며) 이놈이 감히 어느 안전이라…
광해군	(손들어 말리는) 개차반으로 불린다더니… 천하게 산 세월이 너무 길었나? 많이 다듬어야 되겠구나.
바우	!
광해군	약조하마. 이제 와서 너희 둘 말고 화인을 어디로 보내겠느냐?
바우	!
대엽	소생 한 가지 여쭙고 싶은 것이 있습니다.
광해군	말하라.
대엽	그때까지 옹주 자가의 거취는 어찌할 생각이시옵니까?
광해군	왜? 다시 못 볼까 걱정되느냐?

대엽	…
광해군	화인은… 김대석 네가 데리고 있거라.
바우	!
대엽	불가합니다.
광해군	(어이없는) 불가?
대엽	소생의 아비가 이자를 그냥 두고 볼 리 없습니다. 옹주 자가가 이자와 같이 있으면 바로 발각될 것입니다.
광해군	그건 내가 막는다.
대엽	!
광해군	대신, 넌 니 아비의 일거수일투족을 내게 보고하라.
대엽	!
광해군	둘 다 할 수 있겠느냐?
바우	…
대엽	…
광해군	자신 없으면 이 자리에서 말하라. 화인은 내가 데려가겠다.
바우	할 수 있습니다.
대엽	(O.L) 하겠습니다.
광해군	첫 번째 명을 내리마. 다음 달에 별시를 열 것이니 둘 다 무과에 응시하여 합격하거라.
바우	!
대엽	!
광해군	두고 보겠다. (돌아서려다, 바우에게) 화인이 까막과부임을 너도 알고 있겠지?
바우	(멈칫했다) 예.
광해군	화인의 몸에 손을 대는 순간 이 약조는 파기다. 알겠느냐?
바우	예.
대엽	!
광해군	(중영에게) 가자.

얼른 조아리는 바우와 대엽. 가는 광해군과 중영.

바우   (슬쩍 고개 들어 멀어진 거 확인하고, 일어나며) 염병… 빼도 박도 못하게 생
         겼네. 아주 뼛골까지 뽑아먹을 심사구만.

대엽   (일어나는)

바우   할 거야?

대엽   해야지. 할 수밖에 없지 않느냐?

바우   집에는 어떻게 돌아갈 건데. 니 아버지가 널 받아주겠어?

대엽   …

바우   (혀를 차고는, 품속에서 서신 꺼내 건네며) 이걸로 어떻게 비벼봐.

대엽   !

바우   옹주 때문이었겠지만… 어쨌든 니 덕분에 풀려났으니 보답이라고 생
         각해도 좋고…

대엽   …

바우   대신, 옹주는 절대 양보 못 하는 거 알지?

대엽   양보 따위가 필요할 거 같으냐?

서로 노려보는 바우와 대엽.

S#44   바닷가 일각
         무표정한 얼굴로 먼 곳을 멍하니 쳐다보고 있는 수경. 한참을 그렇게
         멍하니 바라보다 일순 정신을 차리고 돌아서다 멈칫 서는 수경. 지켜보
         고 서있는 바우.

수경   아바마마께서는?

바우   가셨소.

수경   무슨 말씀을 하셨습니까?

바우   내게 큰 선물을 주고 가셨소.

수경   선물이요?

바우	그대와 함께 있으라 명하셨소.
수경	!
바우	어명이니, 내 목숨을 걸고 지킬 생각이오.
수경	!
바우	그리고, 도령은 집으로 돌아갔소.
수경	(흠칫 굳어지는) !
바우	너무 걱정 마시오.
수경	좌의정은 자식이라 하여 자비를 베푸는 자가 아닙니다.
바우	지 아비보다 백배는 나은 사람이니 잘 이거낼 거요.

S#45   이이첨의 집 사랑채 마당
마당에 무릎을 꿇고 앉아 석고대죄를 하고 있는 대엽. 노한 얼굴로 보고 있는 원엽. 뒤에 서있는 태출.

대엽	(이이첨 방을 향해) 아버지… 소자, 죽을죄를 지었습니다. 허나 그 서신을 되찾기 위해선 달리 방도가 없었습니다.
원엽	변명을 하려거든 좀 더 그럴듯하게 해보거라. 단지 그 서신을 되찾기 위해 아버지와 날 속였다는 게 말이 되느냐.
대엽	김대석은 만만한 상대가 아닙니다. 그자에게서 서신을 빼내려면 그자를 완벽하게 속여야…
원엽	(O.L, 버럭) 그래도 이놈이? 네가 아버지께 거짓을 아뢰고, 날 기만하고… 가문에 반하는 짓을 해온 게 어제오늘 일이 아니거늘… 어디서 끝까지 서신 핑계를 대는 것이냐.
대엽	다 설명할 수 있습니다, 아버지! 소자의 말을 들어주십시오.

S#46   동 집 사랑채 사랑방
굳은 얼굴로 미동도 않고 앉아있는 이이첨. 앞에 놓여있는 서신.

대엽	(E) 아버지!

이이첨	(버럭) 원엽인 뭐 하고 있는 게냐? 당장 그놈을 끌어내지 않고!

S#47   동 집 사랑채 마당
                원엽, 태출에게 눈짓하면. 태출, 대엽을 일으켜 세우려는데.

이씨	(들어서며) 멈추게!
태출	(원엽을 보는)
원엽	물러가 계십시오. 고모님이 관여하실 일이 아닙니다.
이씨	(무시하고 이이첨 방 앞에 가서) 잠시 들어가겠습니다.
원엽	(이씨 막으며 태출에게) 고모님을 처소로 모셔라.
태출	예. (이씨에게 다가서려는데)
이씨	(대엽 의식해 주며, 원엽에게) 저 아이에 대해 내가 무슨 소릴 하든… 책임질 자신이 있느냐?
원엽	(당황) 그게 무슨 말씀이신지…
이씨	무슨 말인지는 네가 더 잘 알지 않느냐… 내 입이 열리는 순간 벌어질 모든 일들을 감당할 자신이 있거든 날 막아라.
이이첨	(E) 들어오너라.
이씨	네 아버지의 명이 다시 있을 때까지… (대엽 가리키며) 저 아이의 털끝 하나도 건드려선 아니 될 것이다.
원엽	…

                이이첨의 방으로 들어가는 이씨. 대엽, 뭔가 의아한 듯, 원엽과 태출을 탐색으로 보다가.

대엽	(원엽에게) 저 없는 동안 무슨 일이라도 있었습니까… 고모님 말입니다.
원엽	…
대엽	고모님이 하신 말씀이 무슨 뜻입니까?
원엽	닥쳐라.
대엽	형님…

원엽	(벌컥) 닥치라지 않았느냐… (아차 싶어 후딱 이이첨 방 쪽을 쳐다보는)
대엽	(역시 이이첨의 방을 쳐다보는)

S#48   동 집 사랑방
이이첨과 마주 앉은 이씨.

이이첨	그래서… 네 말대로 해주지 않으면 죽기라도 하겠다는 것이냐.
이씨	제가 죽는다고 눈이나 깜짝하시겠습니까. 오히려 원하는 바 아니십니까?
이이첨	말을 삼가라! 아무리 대엽이 때문에 마음이 상했다고 해도… 어찌 그런 막말을 함부로 입에 담는 것이냐.
이씨	저를 불쌍히 여기십니까? 이리 사는 제가 가슴 아프신 적이 있으십니까.
이이첨	너는 내게 하나뿐인 동생이다… 대답이 되었느냐.
이씨	진심이라 믿겠습니다.

벌떡 일어나 뒤쪽 구석에 놓여있던 장검을 들고 오는 이씨. 흠칫 보는
이이첨. 칼을 뽑아 이이첨에게 놔주는 이씨.

이씨	대엽이를 용서치 못하시겠다면… 지금 이 자리에서 저를 베십시오.
이이첨	!
이씨	제가 이 방에서 살아 나가게 되면… 대엽이 저 아이에 대해 온 세상이 다 알게 될 것입니다.
이이첨	(부들부들) 지금 이 오라비를 겁박하는 것이냐.
이씨	(눈물 쏟으며) 겁박은 오라버니가 먼저 하셨습니다. 저 아이만 용서해 주신다면… 뭐든 하겠다고… 입도 닫고 귀도 닫고 저 아이와 함께 죽은 듯이 살겠다고… 그리 애원을 했건만… 오히려 그래서 죽기라도 할 거냐고 하신 건 오라버니십니다.
이이첨	저 아이가 무슨 짓을 했는지는 알고 이러는 것이냐.
이씨	예, 압니다. 저 아이에 관한 것이라면 전부 다 알고 있습니다. 저 아이만이 제가 살아있는 유일한 이유인데… 어찌 모를 수가 있겠습니까…

이이첨	그럼 가문의 안위가 걸린 일임도 분명 알진데… 어찌 이런단 말이냐.
이씨	가문을 지키고 싶으시면… 저 아일 용서해 주십시오. 만일 저 아일 잃고 저만 살아남는다면… 오라버니는 비밀도 가문도 결코 지키실 수 없을 것입니다.
이이첨	!
이씨	그러니 저 아일 용서할 수 없다면… 저부터 베십시오.

이이첨 앞에 꼿꼿하게 앉아 의연한 얼굴로 일별해 주고는 눈을 감는 이씨. 온통 눈물로 젖은 이씨의 얼굴을 갈등으로 바라보는 이이첨.

S#49   동 집 사랑채 마당
        나오는 이씨.

이씨	(대엽에게) 일어나거라.

멈칫 보는 대엽. 원엽도 당황스러운 얼굴로 이이첨의 방과 이씨를 번갈아 보는데.

이씨	따르거라.

먼저 대엽의 방으로 가는 이씨. 일어나 따라가는 대엽. 기가 막힌 듯 보는 원엽.

S#50   동 집 대엽의 방
        죄인처럼 고개를 떨어트리고 있는 대엽.

이씨	용서하신 것도… 널 다시 받아주신 것도 아니니… 전보다 더 엄히 널 지켜보실 것이다. 무슨 뜻인지 알겠느냐.
대엽	예.

이씨	(뭔가 얘기하려다가) ⋯그만 쉬거라. (일어나려는데)
대엽	죄송합니다. 늘 심려만 끼쳐드리고⋯ 고모님 뵐 면목이 없습니다.
이씨	(잠자코 보는)
대엽	당장은 말씀드릴 수 없는 사정이 좀 있어서⋯ 조금만 기다려주십시오. 고모님께는 언제고 다 말씀드리겠습니다.
이씨	다 옹주 때문인 거 안다.
대엽	(흠칫 보는)
이씨	이번이 정말 마지막이다. 다시 한번 옹주로 인해 문제가 생기면⋯ 그땐 내가 먼저 네 아버질 찾아가 옹주가 살아있음을 고할 것이다.
대엽	(안색 변하며) 고모님⋯
이씨	네가 옹주 때문에 다치고 망가지는 꼴⋯ 다신 못 본다. 아니⋯
대엽	(O.L) 그 사람 때문이 아닙니다. 제가⋯ 제가 그 사람을⋯
이씨	(O.L) 그 입 다물지 못하겠느냐.
대엽	⋯
이씨	이제라도 네 갈 길 가는 것만이⋯ 너도 살고 옹주도 사는 길이다. 내 말 명심하거라.

나가는 이씨. 착잡해지는 대엽.

S#51   인서트
                창덕궁 전경.

S#52   동 창덕궁 희정당 서실
                멈칫 이이첨을 보는 광해군.

광해군	김제남이 살던 집을 돌려줄 수 없다니 그게 무슨 소리요?
이이첨	이미 다른 사람이 살고 있는 데다, 집을 헐고 새로 지어서 그대로 돌려 주기가 난감하옵니다.
광해군	⋯

이이첨	마침, 신의 집 근처에 빈집이 하나 있으니… 그 집을 대신 돌려줄까 하옵니다.
광해군	김제남의 손자가 그 집에 들어가서 살려고 하겠소? 대놓고 감시하는 느낌이 들 텐데…
이이첨	감시라니 당치 않사옵니다.
광해군	(잠시 바라보다) 그럼 이렇게 합시다.
이이첨	?
광해군	당장 살 집이 필요하니, 경이 말한 그 집에 들어가 살게 하고… 과인이 내금위 병력을 보내 그 집을 보호하리다. 그럼 그들도 안심하고 살 수 있지 않겠소?
이이첨	…알겠사옵니다.
광해군	아! 그리고, 김제남의 며느리와 손녀를 경이 데리고 있다 들었소만…
이이첨	!

S#53   이이첨의 집 앞
중영과 내금위 병사들이 기다리고 서있고. 한씨와 연옥을 데리고 나오는 원엽과 태출. 원엽, 중영에게 고개 숙여 인사하는데. 얼른 중영 쪽으로 연옥을 데리고 가는 한씨.

한씨	이 오줌통에 코 처박고 똥통에 빠져 뒈질 놈들… 니놈들이 얼마나 잘 먹고 잘 사는지 두고 보자.
원엽	!
한씨	뭘 봐?

가래침을 배 속에서 끌어올려 탁 뱉는 한씨. 놀라는 일동.

연옥	(인상 쓰며, 얼른) 어머니!
한씨	왜?
연옥	(작게) 체통, 체통. 우리 이제 양반이야.

한씨   (아차 싶어 헛기침하는)

S#54   바우의 기와집 앞
              내금위 병사 둘이 문 앞을 지키고 서있는데. 함께 오는 바우, 수경, 차
              돌, 춘배, 조상궁.

S#55   동 집 마당
              들어오는 바우 일행.

차돌   아부지… 여기가 할머니네 집이야?
춘배   이제 차돌이 집이야. 너랑 니 아부지 집…
차돌   우와… 좋다.

              차돌의 머리를 쓸어주다 의식하는 수경. 울컥한 얼굴로 집 안을 둘러보
              는 바우. 수경도 바우의 심경이 느껴지는 듯 따라서 착잡해지는데.

연옥   (방에서 나오다가) 오라버니? 어머니! 어머니! 오라버니 왔어!
한씨   (뛰어나오는) 대석아! (버선발로 뛰어와 바우를 부둥켜안는)
바우   어머니…
한씨   (눈물 쏟으며) 아이구, 대석아… 내가 이제 죽어도 여한이 없다… 어디
              우리 아들 얼굴 좀 보자… (바우의 얼굴을 감싸 쥐고 어루만지며 벅차오르는
              감정을 주체치 못하는)
바우   (눈물 보이며) 어머니… 이 불효자 이제야 뵙습니다. 죄송합니다, 어머니…
한씨   아니다. 살아있어 줘서 고맙다… 아이구, 부처님, 천지신명님… 고맙습
              니다… 고맙습니다.

              다시 바우를 끌어안으며 그간의 설움이 폭발해버린 듯, 통곡하는 한씨.
              연옥도 따라 울고. 수경도 눈가를 찍어내고. 차돌은 물론이고 춘배까
              지 훌쩍거리고. 잠시 눈물바다가 되는.

연옥	어머니… 이제 그만하고 오라버니 좀 놔줘. 나도 오라버니 얼굴 좀 보자.
한씨	(그제야 바우를 풀어주며 진정하는)
연옥	오라버니…
바우	고생 많았지? 미안하다.
연옥	아니야. 고생이야 오라버니가 더 많았지. (수경 손을 잡고 있는 차돌 보고) 얘가…?
바우	응… 우리 아들… 차돌아, 할머니랑 고모한테 인사드려야지.
차돌	(넙죽 땅바닥에 엎드려 큰절하며) 할머니… 그간 강녕하셨어요?
한씨	아이구… 내 새끼…

차돌을 끌어안는 한씨. 바우한테 했듯이 차돌의 얼굴을 어루만지고 감
개무량해 어쩔 줄 모르다 일순 수경을 의식하는 한씨.

차돌	(한씨 시선 의식하고 얼른 다시 수경 손을 잡으며) 엄마예요.
한씨	어? 어, 그… 그래…

한씨에게 깊숙이 고개 숙여 인사하는 수경. 불안하게 지켜보는 바우.

연옥	(춘배랑 조상궁 보고) 거기는요?
춘배	아, 난… 오라버니하고 쭉 생사고락을 같이한 둘도 없는 동무고… (조상궁 가리키며) 이쪽은… 내 마…
조상궁	(얼른) 차돌 어멈하고 동기간처럼 의지하고 산 사람입니다. 안성댁이라고 불러주세요.

내내 뭔가 석연찮은 표정으로 수경만 쳐다보는 한씨. 난감한 수경.

바우	(얼른) 저… 어머니… 마당에서 이러실 게 아니라… 들어가시죠. 들어가서 절부터 받으셔야죠.
한씨	어, 그래… 들어가자… (차돌을 잡아당기며) 차돌아… 들어가자.

차돌을 데리고 안방으로 들어가는 한씨. 따라 들어가는 연옥.

바우 (수경에게) 들어갑시다.
춘배 조상궁… (하다 아차 싫어 입 막았다가) 우린… 집 구경이나 하고 있을게.

수경을 데리고 안방으로 들어가는 바우. 못내 걱정스러운 듯 바라보는 조상궁.

S#56 동 집 안방
      한씨에게 절을 하는 바우와 수경. 수경을 유심히 지켜보는 한씨.

한씨 (수경에게) 아범이랑은 어떻게 만난 것이냐?
수경 !
바우 (얼른) 오다가다 만났다고 했잖습니까.
한씨 나이는 몇이냐? 고향은? 양친은 살아계시나? 집안은?
바우 뭐가 그렇게 궁금한 게 많으세요. 천천히 알아가도 되잖습니까?
한씨 집안에 새 식구를 들이는 일이야. 아범은 좀 빠지거라.
바우 어머…
수경 (바우를 슬쩍 찌르는) 병오년생이옵고, 한양에서 출생했으나 전주가 본향입니다. 어릴 때 사고무친하여 집안에 대해서는 알지 못합니다, 어머님.

의외인 듯 서로 눈을 마주치는 한씨와 연옥.

한씨 (헛기침하고는) 어릴 때 혼자가 됐으니, 고생이 많았겠구나.
수경 아닙니다, 어머님. 어찌 어머님과 아가씨가 겪은 고초에 비하겠습니까.
한씨 뭐 그건 그렇다 치고… 너도 들어서 알겠지만, 우리 집안은 보통 집안이 아니다. 너도 우리 집안 며느리가 되었으니, 행동거지를 각별히 조심해야 할 것이야. 알겠느냐?
수경 예, 어머님의 말씀을 유념해 가문의 누가 되는 일이 없도록 하겠습니다.

몰래 안도의 한숨 내쉬는 바우.

S#57   동 안채 마당
            나오는 바우, 수경. 구석에서 기다리고 있다가 오라고 손짓하는 춘배,
            조상궁.

S#58   동 집 일각
            으슥한 곳에 모여있는 바우, 수경, 춘배, 조상궁.

춘배   (안도의 한숨 내쉬며) 다행히 잘 넘어갔네…
수경   다들 조심해야 합니다.
춘배   걱정 붙들어 매라니까.
수경   그 말투부터요.
춘배   (찔끔) !
조상궁   내 저럴 줄 알았지.
수경   (조상궁에게) 저녁 하러 가요.
조상궁   예.
바우   잠깐만…
춘배   왜…요?
바우   (피식 웃고는) 앞으로 이 집에 노비를 들일 생각이 없어. 노비를 들이면
            필시 이이첨 그자가 사람을 넣을 거야. 아니면 돈으로 회유하겠지.
춘배   맞아. 전에 보니까 김자점인가 하는 사람 집 노비도 돈 받아먹고 첩자
            질하더만.
바우   그래서 고생스럽겠지만 조상궁, 아니 안성댁이랑 형님이 집안일을 좀
            봐줘야겠어.
춘배   걱정 마. 내가 또 옛날에 머슴살이할 때… 일을 하도 잘해서 새경을 남
            들 두 배 받았잖아.
조상궁   (어이없는) 도대체 안 해 본 일이 무어냐?
춘배   안성댁이 맞혀봐.

바우	난 알지.
조상궁	뭐?
바우	혼인.

특유의 큰 웃음 터지는 조상궁. 수경도 미소 짓고. 춘배만 붉으락푸르락.

S#59   동 집 안방(밤)
연옥, 속곳 차림으로 이불을 펴는 등 잘 채비를 하며.

연옥	내 팔자에 원앙금침은 꿈도 못 꿀 줄 알았는데… 아직도 꿈만 같긴 하네… (하다가 한씨 보며) 어머니… 나, 혼례 다시 치를까? 다시 치러주라. 연지곤지 찍고 족두리도 쓰고… 제대로 된 초례청에서…

하다가 흠칫 의식하는 연옥. 이마를 고인 채 방구들이 꺼져라 한숨을 쉬는 한씨.

연옥	또 왜? 집도 찾고… 오라버니도 같이 살게 되고… 금쪽같은 손자도 생기고… 이보다 좋을 순 없는데… 왜 또 한숨은 그리 쉬서?
한씨	(다시 한숨만) …
연옥	아휴, 답답해… 왜 그러냐니까?
한씨	생긴 건… 딱 지체 높은 집안의 자손인데…
연옥	누구? 새언니? 하긴 오기 전에 오라버니한테 교육이라도 따로 받았는지… 양반 흉내 하난 진짜 잘 내던데?
한씨	그래봤자… 개꼬리 삼 년 묵어도 황모 못 된다고 했어.
연옥	뭔 소린진 모르겠지만… 며느리가 영 맘에 안 든다는 얘기 같은데… 역시 모녀지간이라 통했나 보네. 실은 나도 뒤로 호박씨나 깔 거 같은 게… 쫌 별로였거든.

S#60   동 집 수경의 방(밤)
           어색하게 앉아있는 바우, 수경.

바우   저…

수경   (동시에) 저…

바우   얘기하시오.

수경   아닙니다. 먼저 얘기하세요.

바우   난 좀 더 있다 식구들 다 잠들면 그때 사랑채로 건너가야 될 것 같으
           니… 고단하면… (이불 의식해 주며) 먼저 주무시오.

수경   괜찮습니다. 그보다 어머니께 저녁 문안 인사는 드리고 와야 하지 않겠
           습니까.

바우   내일 아침에 가면 되지… 뭘 저녁 문안 인사까지…

수경   한 집에서 모시게 된 첫날이 아닙니까… 오늘 하루만이라도 이부자
           리도 살펴드리고, 자리끼도 챙겨드리고…

바우   그런 건 안사람이 해야지… (하다 아차 싶어) 아니, 그러니까 내 얘긴…
           사내놈이 자리끼까지 들고 왔다 갔다 하는 건 좀…

수경   제가 했으면 좋겠지만… 어머니께서 절 불편해하시니…

바우   불편해하시는 것이 아니라… 오늘 처음 봤으니까… 낯을 가리시는 거
           요. 그러니 마음 쓸 거 없소. 그리고 이부자리나 자리끼는 연옥이가 이
           미 다 챙겼을 거요.

수경   그럼 저녁 문안 인사만이라도 드리고 오세요.

바우   (내키지 않는 듯 미적거리는)

S#61   동 집 안방(밤)
           한씨, 세상 고민은 다 짊어진 얼굴로.

한씨   그럼 걱정이 안 돼? 니 말처럼 니 오라비가 천하게 살 때 만났을 테니
           까… 개도 분명 천것일 텐데…

연옥   (정색하며) 어머니… 어머니랑 나도… 바로 며칠 전까지 관비였어. 우리

도 천것이었다구.

한씨	우린 근본이 다르잖아, 근본이… 차돌 어민 원래가 천것이니… 근본을 바꿀 수도 없고…
연옥	그러니 그냥 살아야지… 차돌이가 저리 컸는데 이제 와서 뭘 어쩔 거야?
한씨	이 답답한 것아… 차돌이 땜에 이러는 거야, 차돌이 땜에…
연옥	차돌이가 왜? 어미가 천것이라고 이마에 써 붙이고 다닐 것도 아닌데…
한씨	이것아. 어미가 천출이면 자식도 출사를 못 한다는 거 몰라?
연옥	그러네. 차돌이도 벼슬을 못 하는 거네.
한씨	우리 집안이 어떤 집안인데… 천출의 자식이 대를 잇는다는 건 있을 수도 없고… 있어서도 안 될 일이야.
연옥	그럼 오라버니가 새장가를 가는 수밖에 없네. 우리처럼 뼈대 있는 집안 딸한테 새장가를 보내면… 그 사이에서 낳은 자식은 아무 문제도 없는 거잖아.
한씨	(솔깃해서 보는데)
바우	(방문 벌컥 열고 들어오며) 꿈도 꾸지 마십시오.

놀라서 보는 한씨, 연옥.

바우	누구 맘대로 새장가를 보냅니까?
한씨	어디서 언성을 높이는 게냐? 아무리 천것으로 산 세월이 길다 해도 그렇지…
바우	(O.L, 버럭) 천것, 천것 하지 마십시오. 천하게 태어나고 싶어서 태어난 사람은 없습니다. 어머니도 저도 연옥이도… 천것이 되고 싶어서 됐습니까?
연옥	그건 아니지. 아니지만… 새언니가 천출이면 차돌이도 천출이니까…
바우	(O.L) 닥쳐!
연옥	!
바우	말조심해. 차돌이 들어.
연옥	(아차 싶어) 아니 난 걱정이 돼서…

바우	걱정을 해도 내가 해.
연옥	!
바우	어머니, 전 새장가 따위 절대 안 갑니다. 죽으면 죽었지… 조강지처는 못 버립니다. 그리고 차돌이가 우리 집안 장손입니다. 그러니 어머니도 다시는 그런 생각, 꿈에서도 하지 마십시오. (나가서 방문 쾅 닫는)
연옥	새언니가 인물값을 해도 톡톡히 하나 보네. 마누라한테 홀랑 빠져도 분수가 있지… 첫날부터 어머니 앞에서 어떻게 저럴 수가 있대?
한씨	(충격으로 말도 못 하고 멍하니 방문만 바라보는)

S#62   동 집 안방 앞(밤)
열 받은 얼굴로 나오다가 흠칫 의식하는 바우. 마당에 서있는 수경.

바우	(후딱 안방 쪽 뒤돌아보고는 난감한 듯 다가가며) 저기… 어머니나 연옥이는…
수경	(안방 쪽 의식해 주며) 들어가서 얘기하지요.

방으로 가는 수경. 곤혹스럽게 바라보는 바우.

S#63   동 집 수경의 방(밤)
마주 앉은 바우, 수경.

바우	미안하오.
수경	아닙니다. 어머님 입장에선 충분히 하실 수 있는 생각이고, 하실 수 있는 말씀이십니다. 설사 아니라고 해도… 신분을 속이고 차돌이 엄마라고 거짓말까지 한 제 탓입니다.
바우	그게 왜 당신 탓이오. 굳이 따지자면 내 탓이지.
수경	누구 탓이든… 저는 이제 이 집 며느리로 어머님을 모시고 살아야 합니다. 그러니, 앞으론 어머님을 거스르거나… 어머님 마음을 상하게 하는 일은 하지 말아주세요.
바우	진짜 며느리도 아닌데 뭘 그리 마음을 쓰는 거요? 그냥 대충 적당히 맞

쳐 삽시다.

수경	당신은 진짜 자식이지 않습니까. 당신이라도 어머님께 잘해야… 그래야 제가 어머님을 속인 죄책감을 조금이라도 덜 수 있을 것 같습니다… 그러니 도와주세요. 부탁드립니다.
바우	(착잡하게 보다) 앞으로도 계속 이럴 거 같은데 견딜 수 있겠소?
수경	걱정 마세요. 이보다 더한 냉대와 시집살이도 견뎠습니다. (짐짓 장난스럽게) 그래도 지금은 편들어 주는 서방님이라도 있지 않습니까?
바우	(애틋하게 보며) 고맙소.
수경	(민망한 듯 고개 돌리며) 정말 고마우면 앞으로 어머님과 제 일에 나서지 마세요. 고부간에 아들이 끼면 오히려 방해만 됩니다. 알겠습니까?
바우	그리하겠소.
수경	그럼 사랑채로 건너가서 주무세요.
바우	첫날부터 따로 자면 어머니나 연옥이가 의심하지 않겠소?
수경	원래 시어머니는, 아들이랑 며느리가 사이가 안 좋아야 좋아하신답니다.
바우	(어이없다는 눈으로 보며, 장난스럽게) 어찌 이리도 빈틈이 없으신지… 진짜 부인이었으면 진작 숨 막혀 죽었겠습니다.
수경	(역시 장난스럽게) 언제는 선물이라면서요.
바우	물리면 안 되겠소?
수경	못 물려줍니다.
바우	그렇게 나오겠다면… 어차피 물리지도 못할 거 (벌렁 이불에 누우며) 난 마누라 옆에서 자야겠소.
수경	마음대로 하세요.
바우	(의외인 듯) 내가 뭔 짓 할지도 모르는데 겁 안 나오?
수경	왜? 뭔 짓 하게요?
바우	!
수경	겁쟁이.
바우	!
수경	(일어나는)
바우	어디 가오?

수경	이불 한 채 더 깔아야지요. 설마 한 이불 덮고 잘 생각이었습니까?
바우	!
수경	(이불 가지러 가는)
바우	(그런 수경을 보며, E) 숨이 막혀 죽어도 좋으니, 당신이 진짜 부인이었으 면 좋겠소. 이 방에서 함께 잠들고 함께 깰 수 있다면 좋겠소.

나지막이 한숨을 내쉬는 바우의 얼굴 위에.

광해군	(E) 그놈은 미끼다. 이이첨을 낚기 위한 미끼.

S#64   희정당 서실
광해군에게 술을 따르는 김개시.

광해군	이이첨을 주시하거라. 그자가 미끼를 무는 순간 바로 낚아채야 하니 까… 잘못하면 미끼만 떼일 수 있어.
김개시	!

S#65   이이첨의 집 사랑방(밤)
심각한 얼굴로 앉아있는 이이첨, 원엽.

이이첨	노비를 안 받는다고?
원엽	예. 내금위 병사들 때문에 감시하기가 용이치 않아서, 그 집에 사람을 심어볼까 했는데, 노비 대신 재물로 달랍니다.
이이첨	분명히 뭔가 숨기는 게 있는 거 같은데…

S#66   바우 본가 사랑방
수경, 옷고름을 다는 중이다. 옆에서 책을 보다 글이 눈에 들어오지 않 는 듯 수경을 힐끔거리는 바우. 갑자기 신음을 내뱉는 수경.

바우	(화들짝 놀라) 다쳤소?
수경	그게 아니라 고름을 반대로 달았습니다.
바우	난 또…
수경	자꾸 처다보니 신경이 쓰여서 그렇잖습니까.
바우	자꾸 봐지는 걸 어쩌란 말이오.
수경	(민망한 듯 외면하며) 과거가 코앞인데 어쩌려구 이럽니까?
바우	걱정 마시오. 손자병법, 맹자, 소학은 벌써 다 외웠고, 이 경국대전만 외우면 끝이니…
수경	지금 경서가 중요한 게 아닐 텐데요. 무예 과목은요? 조총은 쏴본 적도 없다면서요.
바우	아!
수경	(답답한) 아,가 아니잖아요. 아,가…
바우	걱정 마시오. 내게 무예를 알려줄 좋은 스승이 있으니…
수경	스승이오?

S#67   동 집 사랑채 마당
중영이 지켜보는 가운데 편곤을 연습하고 있는 바우. 마무리를 하고 숨을 몰아쉬며 중영을 돌아보는 바우.

중영	많이 늘었다만, 아직 부족하니 부단히 노력하거라.
바우	예. 근데, 조총은 언제 가르쳐주실 겁니까?
중영	(요놈 보라 싶은) 맡겨놓은 것처럼 구는구나.
바우	무과에 합격하길 바라는 건, 제가 아니라 주상 전하십니다만. 시험 보지 말까요?
중영	(어이없는) …알았다. 내일 조총을 가져오마.
바우	이왕이면 좋은 놈으로 가져다주십시오. 방포하다 터지는 놈도 있다고 들었습니다.
중영	제발 무과에 합격만 하거라. 곡소리가 나게 굴려주마. (돌아서는데)
바우	(고개 숙이며) 살펴 가십시오, 스승님.

중영	(자기도 모르게 피식 웃으며 가려다, 돌아보며) 편전은 언제 배울 생각이냐?
바우	그건 또 다른 스승님이 계시니 걱정 마십시오.
중영	?

S#68 　동 집 뒤 마당
편전을 들고 나란히 서있는 바우와 수경.

수경	편전은 일반 활과 쏘는 법이 다릅니다. (행동을 하며) 먼저 통아 끈을 손목에 걸고… 통아를 시위 뒤쪽으로 매긴 다음… 애기살을 촉부터 넣어서 죽 밀면 됩니다.
바우	(유심히 지켜보고 따라하는)
수경	마지막으로 활을 겨눌 때… 통아가 처지거나 홈이 바닥을 보게 하면 절대 안 됩니다. 자칫하면 애기살이 통아에서 튀어나가 팔이나 발등에 맞을 수도 있습니다.
바우	걱정 마시오. 어렵지도 않구만.
수경	그럼 쏴보세요.

조심스럽게 편전의 시위를 당기는 바우. 담벼락에 붙여 놓은 과녁을 향해 활을 쏜다. 통아가 튕겨 나오며 바우의 얼굴을 탁 때리고, 화살은 과녁에서 떨어진 벽에 박힌다. 자기도 모르게 피식 웃는 수경.

바우	이건 실수요, 실수.
수경	실수가 아니라 실력이겠지요.
바우	!
수경	실제 과장에선 훨씬 멀리 있는 과녁을 맞춰야 할 텐데, 바로 코앞에 있는 과녁은커녕 코나 때리고 있으니… (혀를 차는)
바우	그럼 어디 한번 실력을 보여주시오.

신중하게 살을 먹이고 활을 당기는 수경. 유심히 과정을 지켜보는 바

우. 활을 쏘자마자 실수를 깨달은 듯 신음 소리를 내는 수경. 과녁 앞 땅바닥에 처박히는 화살.

수경	이건, 실숩니다. 실수.
바우	(미소 지으며) 누가 뭐랬소?
수경	정말 실숩니다. 손이 곱아서 살을 놓친 겁니다. 다시 쏘겠습니다.
바우	(다시 애기살을 꺼내려는 수경의 손을 덥석 잡는)
수경	(손 빼려 하며) 왜 이러십니까? 누가 보면 어쩌려구…
바우	손이 곱아서 실수했다면서요. 가만있으시오. 손 좀 녹여줄 테니… (수경의 양손을 비벼주다, 입김을 불어주는)
수경	!
바우	(수경 손을 자기 얼굴에 가져다 대고) 내 손도 차가워 소용이 없구려.
수경	괜찮…
바우	(수경의 양손을 잡아 자기 겨드랑이 사이에 끼우는) 손이 녹을 동안만 이렇게 있읍시다.
수경	!

그렇게 마주 선 채, 서로를 애틋하게 바라보는 두 사람에서 F.O.

S#69   훈련원 마당
광해군과 이이첨, 김자점, 중영 등이 단상에서 지켜보고 있는 가운데 무과 시험을 치르고 있는 바우와 대엽.
- 편곤으로 허수아비를 내려치는 바우와 대엽. 대엽은 정확하게 머리를 내려치지만, 바우는 몸통을 친다.
- 편전을 쏘는 바우와 대엽. 대엽은 정확하게 명중시키지만, 바우는 중심에서 약간 떨어져 맞는다.
그런 두 사람을 주시하고 있는 광해군과 이이첨.

S#70   동 훈련원 샘터 일각
            바우, 목이 타는 듯 바가지로 물을 퍼 마시는데.

이이첨   (뒤에서) 무예가 제법이더구나.

            바우 돌아보면, 이이첨이 서있다.

바우   누구 덕분에 도망쳐 다니느라 배운 바가 없어서… 급하게 익히느라 죽
            을 똥을 쌌소.
이이첨   그런데도 불구하고 굳이 무리해서 지금 무과를 보는 이유는?
바우   왜? 내가 당신 때려잡는다고 설칠까 봐 겁나오?
이이첨   (가소롭다는 듯 보며) 니가? 나를?
바우   내일은 내가 알아서 할 테니 당신 일이나 신경 쓰시오.
이이첨   적당히 나대거라. 니놈 할애비나 애비처럼 되기 싫으면.
바우   아이고 무서워라. 당장 저기 있는 주상 전하한테 가서 고해바쳐야겠
            네. 좌의정이 역모를 꾸민다고.
이이첨   어디 고해보거라. 니놈 아들과 어미의 목이 달아나는 걸 보고 싶으면…
바우   (노려보는)
이이첨   (노려보는)
바우   관둡시다.
이이첨   !
바우   어차피 서로 밑천 다 까발렸는데 싸워봐야 뭐 하겠소? 저기 용상에 앉
            은 어떤 분만 좋아하겠지.
이이첨   !
바우   우리 서로 소 닭 보듯 합시다. 당신이 날 먼저 건드리지 않는 이상, 나
            도 당신 일에 상관하지 않겠소.
이이첨   (지그시 보다) 두고 보면 알겠지.

            이이첨, 돌아서는데. 맞은편에서 오다가 이이첨을 보고 고개 숙여 보이

는 대엽.

이이첨	(혀를 차고는) 못난 놈.
대엽	!

가버리는 이이첨. 이이첨을 착잡하게 바라보는 대엽의 얼굴 위에.

이이첨	(E) 김제남의 손자를 죽여라. 그럼 너를 용서하고 받아들이겠다.
대엽	…아버지와 무슨 얘길 했느냐?
바우	걱정 마라. 사고 안 쳤으니까.
대엽	아버지를 자극하지 말거라.
바우	니 아버지가 먼저… 됐다. 그보다 나 합격할 수 있을 거 같냐?
대엽	위태위태하지.
바우	젠장… 조총에서 만회해야 하나?

S#71   동 다른 일각
사람들 시선이 없는 조용한 곳이다. 이이첨과 원엽이 지켜보고 있는
데. 응시자1에게 엽전이 가득 든 궤짝을 열어 보이는 태출. 탐욕스러운
눈빛으로 궤짝을 바라보는 응시자1.

이이첨	조총 시험을 볼 때 오발로 위장해 김대석을 쏴라… 착호갑사 출신인 너에겐 어려운 일이 아닐 것이다… 김대석만 죽이면 이 돈은 모두 네 것이다. 〈자막 – 착호갑사(捉虎甲士): 호랑이 잡는 특수부대〉
응시자1	!
이이첨	그 후의 일은 내가 수습하마. 김대석만 죽여라. 그럼 내가 너의 뒷배가 되어 출세를 보장하마.

S#72   동 훈련원 마당
조총 시험 중이다. 과녁 앞으로 나오는 세 명의 응시자.

| 중영 | 향이 다 탈 동안 세 발을 쏘면 된다. |

중영이 턱짓하면 향로에 향을 꽂고 불을 붙이는 훈련원 병사.

| 중영 | 방포하라. |

급하게 조총에 화약과 탄환을 쟁이고 화승에 불을 붙이는 응시자들. 준비가 된 응시자부터 조총을 쏜다. 대기열에 서있는 바우와 대엽. 그 근처에서 바우를 힐끔거리며 보는 응시1. 전혀 의식하지 못하고, 조총을 쏘는 응시생들을 주시하며 쏘는 과정을 시늉하며 연습하고 있는 바우.

S#73   동 훈련원 마당 단상
단상에서 그런 바우를 지켜보는 이이첨. 이이첨의 시선이 그 옆으로 향하고. 바우 근처에 서있는 응시생1과 눈이 마주친다. 이이첨을 향해 슬쩍 고개를 끄덕이는 응시생1. 만족한 듯 미소를 머금는 이이첨. 그런 이이첨을 의식하는 광해군. 뭔가 찜찜한 듯 보다 김자점을 불러 귓속말을 하는 광해군. 급히 가는 김자점.

S#74   동 훈련원 마당
조총을 쏘는 바우, 응시자1, 대엽. 재빨리 앉아서 화약과 탄환을 쟁이며 다시 사격할 준비를 하는 바우. 역시 사격 준비를 하면서 바우를 힐끔 보고는 탄환을 슬쩍 떨어뜨리며 허둥거리는 척하는 응시자. 얼른 다시 탄환을 집으며 조총의 방향을 바우 쪽으로 향하는 응시자1. 준비를 마친 바우는 과녁을 겨누느라 알지 못하고. 사격을 마치고 옆을 확인하다 응시자1의 총구 방향을 보고 기겁해 눈이 커지는 대엽. 실수인 척 방아쇠를 당기는 응시자1. 탄환이 날아가 바우의 가슴에 정확히 박히고. 조총을 가슴에 맞고 쓰러지는 바우에서.

제13회

S#1   훈련원 마당
          조총을 쏘는 바우, 응시자1, 대엽. 재빨리 앉아서 화약과 탄환을 쟁이
          며 다시 사격할 준비를 하는 바우. 역시 사격 준비를 하면서 바우를 힐
          끔 보고는 탄환을 슬쩍 떨어뜨리며 허둥거리는 척하는 응시자. 얼른 다
          시 탄환을 집으며 조총의 방향을 바우 쪽으로 향하는 응시자1. 준비를
          마친 바우는 과녁을 겨누느라 알지 못하고. 사격을 마치고 옆을 확인
          하다 응시자1의 총구 방향을 보고 기겁해 눈이 커지는 대엽. 실수인 척
          방아쇠를 당기는 응시자1. 탄환이 날아가 바우의 가슴에 정확히 박히
          고. 조총을 가슴에 맞고 쓰러지는 바우.

S#2   동 훈련원 마당 단상
          바우에게 달려가는 대엽이 보이고. 자기도 모르게 입가에 미소를 머금
          는 이이첨. 벌떡 일어나며 돌아보다 이이첨의 미소를 발견하고는 일그
          러지는 광해군.

S#3   동 훈련원 마당
          대엽, 급히 피가 배어나오는 바우의 옷가슴을 헤치는데. 갑의지(종이 갑
          옷)가 슬쩍 보이고. 기침을 하며 깨어나는 바우.

대엽   이봐? 괜찮나?

          신음 소릴 내며 힘겹게 대엽을 밀치고 일어나려는 바우.

대엽   (말리며) 일어나면 안 된다.
바우   비켜. (기어코 대엽을 밀어내고, 거의 다 타들어가는 향을 일별하고는) 아직 한
          발 남았어.
대엽   !

          힘겹게 일어나 앉아 화약과 탄약을 재기 시작하는 바우.

S#4   동 훈련원 마당 단상
               놀란 얼굴로 바우를 쳐다보는 광해군, 이이첨.

S#5   동 훈련원 마당
               비틀거리며 서서 진땀을 흘리며 과녁을 겨누는 바우. 그러나 과녁이 흐
               릿하게 보인다. 정신을 차리려, 입술을 짓씹는 바우. 그러나 여전히 제
               대로 보이지 않는 과녁.

대엽   (바우를 뒤에서 보다) 낮아. 한 치쯤 위로 조준해!
바우   (대엽이 시킨 대로 조총을 살짝 위로 조준하는)
대엽   쏴!

               조총을 당기는 바우. 후딱 과녁을 쳐다보는 대엽.

바우   (힘없이) 어찌 됐어?
대엽   관중이야.

               그대로 쓰러져 버리는 바우. 얼른 받쳐주는 대엽. 기절한 바우의 입술
               이 피투성이다.

대엽   !

S#6   동 훈련원 마당 단상
               광해군 앞에 읍하고 있는 이이첨, 형조판서 등 신하들.

광해군   형조판서는 죄인을 신문해 홀로 벌인 짓인지 아니면 (이이첨을 보며) 배
               후가 있는지 반드시 밝혀내시오.

형조판서   예, 전하.

이이첨   !

S#7   동 훈련원 의방
           의방 침상에 가슴에 면포를 감고 누워있는 바우. 김자점, 걱정스레 지
           켜보고 있는데. 눈을 뜨는 바우.

김자점   정신이 좀 드는가?
바우   (둘러보며) 여긴…
김자점   훈련원 의방일세. 기억이 안 나나?
바우   조총에 맞은 거까지는 기억이 나는데…
김자점   (갑의지 들어 보이며) 이게 아니었다면 큰일 날 뻔했어.
바우   !

S#8   동 훈련원 마당 일각(회상)
           바우에게 갑의지를 건네는 김자점.

김자점   갑의질세. 옷 속에 받쳐 입게.
바우   !

S#9   동 훈련원 의방
           힘겹게 몸을 일으켜 인사하는 바우.

바우   덕분에 살았습니다. 은혜는 잊지 않겠습니다.
김자점   주상 전하께 감사드리게. 난 전하의 명에 따랐을 뿐이네.
바우   …
김자점   몸은 좀 어떤가? 의원 말로는, 너무 가까이에서 맞는 바람에… 탄환이
           갑옷을 뚫고 살갗에 박혀 갈비뼈가 상했다던데…
바우   견딜 만합니다. 그보다 무과는 어찌 되었습니까?
김자점   합격했으니 걱정 말게.
바우   !
김자점   아직 공표한 건 아니니 자네만 알고 있게.

바우	예. (억지로 일어나려는데)
김자점	무리하지 말게. 그랬다가 탈이라도 나면 어쩌려고?
바우	집에 가야지요… 설마 벌써 집에다 알린 것은 아니겠지요?
김자점	그럴 정신도 없었네만… 왜? 집에단 숨길 생각인가?
바우	알아봐야 걱정밖에 더하겠습니까?

S#10   동 의방 앞
              통증을 참으며 나오다 멈칫 보는 바우. 대엽이 기다리고 서있다.

대엽	괜찮은가 보군. (돌아서 가려는데)
바우	니 아버지가 먼저 시작한 거야.
대엽	(멈칫 섰다 그냥 가는)
바우	…

S#11   바우 본가 안채 마당
              수경, 춘배, 차돌 기다리고 있는데.

한씨	(나오며) 아범은 왜 이리 늦는 것이냐. (춘배 보고) 자네가 한번 나가보게.

              춘배, 나가려는데 들어오는 바우.

춘배	저기 옵니다.
차돌	아부지!

              달려가 덥석 안기는 차돌. 애써 고통을 참으며 차돌을 들어 올리는 바우.

차돌	과거 시험은 잘 봤어?
한씨	어허… 차돌아. 아버지한테 존대를 해야지.
바우	놔두세요. 차차 나아지겠지요.

한씨	과거는 잘 봤는가?
바우	예.
한씨	고생했네. 피곤할 테니 가서 쉬게.
바우	예. (가면서 눈짓으로 춘배에게 따라오라고 신호하는)
한씨	(수경에게) 아범에게 우리 가문의 명운이 달려있으니… 어깨가 무거울 것이야. 옆에서 잘 살피거라. 알겠느냐?
수경	예.

S#12   동 본가 사랑방
        기함하는 춘배.

춘배	조총을 맞았다고? 어디 봐.
바우	됐어. 괜찮아.
춘배	(살펴보려 하며) 좀 보자니까…
바우	(뿌리치다 통증이 오는지 얼굴 찌푸리는)
춘배	(걱정스럽게 보다) 이러다 진짜 죽겠다… 이젠 예전처럼 도망도 못 치고… 꼼짝없이 앉아서 당하게 생겼는데… 어쩌냐?
바우	뭘 어째? 되갚아 줘야지.
춘배	!
바우	나나 우리 식굴 건드리면, 지들도 최소한 팔 하나쯤은 잘릴 각오를 하게 만들어야… 앞으로는 고민이라도 좀 할 거 아냐.

S#13   이이첨의 집 사랑채 사랑방
        고민에 잠겨있는 이이첨.

원엽	이 기회에 죽였어야 하는데, 명이 질긴 놈입니다.
이이첨	그래도 충분히 경고는 되었겠지.

S#14   동 본가 사랑방
              바우, 기침을 하다 고통스러운 듯 가슴을 부여잡는데. 들어오는 수경.
              얼른 아무렇지도 않은 척하는 바우. 아무 말 않고 다가와 얼굴을 들이
              미는 수경.

바우   (쩔끔해서) 왜, 왜 이러시오.
수경   (입술을 보며) 입술은 왜 이리된 겁니까?
바우   너, 넘어졌소.
수경   (보는)
바우   (시선 흔들리는)
수경   가족들 걱정할까 봐 숨기는 마음은 알겠으나, 때론 힘들면 힘들다고 기
              대는 것도… 가족들을 위하는 일입니다.
바우   !
수경   쉬세요. 저녁상 봐오겠습니다.

              나가는 수경. 안도의 한숨 내쉬는 바우.

S#15   동 본가 조상궁 방
              놀라서 보는 춘배, 조상궁.

조상궁   모른 척하셨다구요?
수경   가족들 걱정할까 봐 숨기는 그 마음이 뻔히 보이는데 차마 묻기가 그래
              서…
조상궁   갈비뼈가 상했다면서요. 약 수발은 누가 들구요?
수경   (춘배 보며) 부탁 좀 하리다.
춘배   걱정 마시오.
조상궁   조총을 쏜 그자는 어찌 되었는지도 못 물어보셨겠네요?

S#16   형조 앞
        원엽과 함께 나오는 응시자1.

원엽   고생했다. 때가 되면 부를 테니, 조용해질 때까지 숨어 지내거라.
응시자1 예, 영감.

        고개 숙여 보이고 가는 응시자1. 원엽, 지켜보는데.

대엽   (뒤에서) 그냥 풀어주는 겁니까?
원엽   (흠칫 돌아보며) 니가 여긴 어쩐 일이냐?
대엽   너무 무리하는 거 아닙니까? 주상께서 가만히 계시진 않을 텐데요.
원엽   가만 안 있으면 어쩔 건데?

S#17   창경궁 희정당 서실
        분노한 얼굴로 이이첨과 신하들을 보는 광해군.

광해군   누구 마음대로 풀어줬단 말이오!
형조판서 전하, 법대로 처결한 것이옵니다. 경국대전에 보면 실수로 사람을 상하
        게 한 자는… 장형에 처하고 매장은을 받게 되어 있사옵니다.
광해군   실수? 실수?!
형조판서 예, 전하. 그자가 조총의 탄환을 떨어뜨리는 바람에, 당황하여 그만 실
        수로…
광해군   (O.L) 과인이 직접 문초할 것이니 그자를 다시 잡아오시오.
대사헌   아니 되옵니다, 전하. 명확한 물증도 없이 사감으로 일을 처리할 수는
        없사옵니다. 통촉하여 주시옵소서, 전하.
신하들   통촉하여 주시옵소서.
광해군   (버럭) 그대들은 도대체 누구의 신하란 말인가!
신하들   (흠칫 놀라 읍한 채로 이이첨의 눈치를 보는)
이이첨   전하, 어이 그런 망극한 말씀을 하시옵니까. 거두어주시옵소서.

신하들	거두어주시옵소서.
광해군	(애써 억누르며) 다들 물러가시오.

S#18   동 서실 앞 복도
이이첨과 신하들 나오는데.
(E) 부서지고, 깨지는 소리.
신하들, 놀라서 돌아보는데. 급히 안으로 들어가는 내관들.

이이첨	(혀를 차고는) 어의 말로는… 광중이 점점 심해진다는데… 조선의 앞날이 큰일이구려.

침중해지는 신하들. 대사간을 슬쩍 보는 이이첨.

대사간	(작게 고개 끄덕이고는) 세자 저하의 대리청정이라도 주청해야 하는 거 아닌가 모르겠습니다.
신하들	!
이이첨	자자… 여기서 이럴 게 아니라, 대리청정이든 양위든 빈청에 가서 의논해 봅시다. (신하들을 몰고 가는)

S#19   동 서실
엉망이 된 서실 안을 조심스럽게 치우는 내관들.

광해군	머리가 깨질 것 같구나. 약을 가져오라.
중영	(급히 서탁 서랍에서 종이에 싼 환약을 꺼내 바치는)
광해군	(약을 먹으려) 김대석과 이대엽에게 당장 입궐하라 전하라.

S#20   바우 본가 안채 마당
내금위 복장을 한 바우를 배웅하기 위해 나와있는 수경, 한씨, 연옥, 차돌.

한씨	(뿌듯하게 바라보며) 내금위면 주상 전하를 지근거리에서 모시는 일이니 성심을 다해야 하네.
바우	에, 다녀오겠습니다. (수경에게 다가가) 다녀오리다.
수경	(낮게) 아바마마를 조심하세요.
바우	걱정 마시오.

가는 바우. 걱정스럽게 바라보는 수경.

S#21   창덕궁 희정당 서실
광해군 앞에 부복해 있는 바우와 대엽. 그런 두 사람을 쳐다보지도 않고, 난을 치고 있는 광해군. 오래도록 그렇게 있었는 듯 땀을 흘리는 바우와 대엽. 특히 바우는 갈비뼈의 통증까지 있어 땀이 비 오듯 한다.

중영	(난감한 듯 보다) 전하, 경연에 가서야 할 시각이옵니다.
광해군	(들은 척도 않는)
중영	전하…
광해군	(붓을 내려놓고) 고개를 들라.

고개를 드는 바우와 대엽.

광해군	쓸모없는 것들… (대엽 보며) 분명 니 아비의 일거수일투족을 고하라 했는데, 니 아비가 (바우 가리키며) 저놈을 죽이려 할 때 너는 무엇을 했느냐?
대엽	!
광해군	(바우에게) 너는… 그냥 당하고만 살 것이냐?
바우	!
광해군	신원이 복권되고 화인이 안전하게 숨어있으니, 너희 두 놈이 배가 불러 나태해진 모양인데… 당장이라도 화인을 궁으로 불러들여 그간의 일을 밝혀주랴?

바우	!
대엽	!
광해군	그럼 아마도, 다른 일이 어찌 되든… 화인은 비구니가 되어 평생 절간에 갇혀 살게 될 터인데… 지금이라도 그리 만들어주랴?
바우	!
대엽	!
광해군	선택은 너희 두 놈에게 달렸다. 어찌하겠느냐?
대엽	…
바우	장번을 빼주십시오. 방도를 찾아오겠습니다. 〈자막 － 장번(長番): 궁중에서 장기간 유숙하며 교대 없이 근무하는 일〉
대엽	!
광해군	(대엽 보며) 너는?
대엽	…
광해군	(중영에게) 김대석 저놈은 장번에서 빼주거라.
중영	예, 전하.
광해군	(바우 보며) 보름을 주마. 답을 가져오너라.
바우	예, 전하.
광해군	물러가라.

대엽을 일별하고는 물러나는 바우. 일어나 대엽에게 다가가는 광해군.

광해군	너는 왜 대답이 없느냐? 화인을 포기한 것이냐?
대엽	!
광해군	왜? …여가, 니가 준 정보로… 니 애비를 죽이기라도 할까 봐?
대엽	!
광해군	걱정하지 마라. 여가 바라는 건… 전대 수장인 정인홍처럼… 니 아비 스스로 조용히 물러나는 것이다.
대엽	!
광해군	화인 때문에 이리되어 버렸지만… 어쨌든 니 아비는 지금까지 여를 뒷

	받침해 준 공신이다… 허니 그런 니 아비를 죽음으로 몰기엔 여도 부담이 만만치 않아.
대엽	!
광해군	(대엽의 반응 살피며) 게다가 니 아비가 순순히 죽어줄 리도 없고… 결국 조정에도 정쟁이 번져 혼란이 불가피할 터… 그리 만드는 것보다는 니 아비의 약점을 쥐고 조용히 물러나게 하는 쪽이 최선이라는 게 여의 생각이다.
대엽	!
광해군	어찌할 테냐?
대엽	…전하의 명을 따르겠습니다.
광해군	(어깨를 다독이며) 어려운 결정을 내렸구나.
대엽	…
광해군	여는, 너와 화인이 어린 시절부터 서로 은애했다는 것을 기억해 두겠다.
대엽	!
광해군	물러가라.

광해군을 일별하고는 물러가는 대엽. 미심쩍은 듯 대엽을 보는 중영.

광해군	왜 여의 말을 안 믿는 거 같으냐?
중영	아닙니다. 신은 그저 우려가 되어…
광해군	사람은 본디 믿고 싶은 걸 믿는 법… 저놈에게는 화인을 차지할 유일한 길이니, 믿기 싫어도 믿을 수밖에…

S#22	동 희정당 앞
	대엽, 생각이 많은 얼굴로 나오는데. 기다리고 서있는 바우.

바우	뭐라시냐?
대엽	…
바우	같이 목줄 잡힌 사인데, 협조 좀 하지?

대엽	착각하지 마라. 내가 너랑 벗이라도 된 줄 아느냐?
바우	!
대엽	너에게 나는 원수의 아들이고, 나에게 넌 우리 집안을 무너뜨리려고 하는 적이다. 옹주 자가만 아니면 넌 내 손에 죽었을 것이다.

차갑게 바우를 일별해 주고 가버리는 대엽. 예상치 못한 대엽의 반응에 당혹스러운 듯 굳어지는 바우.

S#23   바우 본가 수경의 방
모여 앉은 수경, 춘배, 조상궁.

수경	예전에 밀무역할 때 말이오. 비단을 가져오면 어디다 판다고 들었소?
춘배	시전 장사치한테 판다고 듣긴 했는데… 포목점이 한두 군데도 아니고…
수경	(조상궁에게) 예전에 좌의정 집에서 옷감이나 비단을 주로 거래하던 포목점이 어딘지 아는가?
조상궁	예. 시전에 있는… (화들짝 놀라) 설마 직접 가시게요? 제가 가겠습니다.
수경	포목점 주인이 자네 얼굴을 알아볼 거 아닌가.
조상궁	그렇긴 하지만… 그래도… 아직 바깥출입은 너무 위험합니다.
수경	너무 걱정 말게. 내금위 병사들 덕분에 수상한 자들은 얼씬도 않는다고 들었네.
조상궁	그럼 혼자 가시게요?

S#24   시전 포목점 앞
장옷을 쓴 수경이 지켜보고 있고. 연옥, 신이 난 얼굴로 이것저것 살펴보는데.

수경	(심드렁하게 보다) 물건이 별롭니다. 가시죠, 아가씨.
주인	(옆에서 지켜보다, 얼른) 찾으시는 물건이 없습니까?

| 수경 | 이런 것 말고… 물 건너온 물건은 없는가? |

S#25   동 포목점 안채 마당
        주인을 따라 오는 수경과 연옥.

| 주인 | 이쪽으로 오십시오. |

        안쪽에서 오다, 연옥을 보고 후다닥 숨는 칠성.

S#26   동 포목점 일실
        궤짝을 여는 주인. 색색의 비단이 가득 들어있다. 눈이 휘둥그레지는
        연옥.

주인	(수경에게 다가와) 얼마나 필요하신지?
수경	일단 색깔별로 다섯 필 정도하고… 어른들께서 흡족해 하시면 다시 오겠네.
주인	(비단에 정신이 팔린 연옥 보며) 아이구… 혼례라도 있으신가 봅니다.
수경	보면 모르겠는가?
주인	그럼 예단도 있으셔야 되겠고, 새 옷에 이불에… 다섯 필로는 부족하실 거 같은뎁쇼?
수경	자네 하는 거 봐서… 헌데 여기 있는 물건이 전부인가?
주인	(좋아서, 입이 벌어지며) 말씀만 하시면 물건은 언제든 가져다 놓겠습니다.
수경	!

S#27   바우 본가 안채 마당
        마루에 놓인 비단들.

| 한씨 | 뭘 이렇게 많이 산 것이냐? |
| 연옥 | 많기는 뭐가 많아. |

한씨	(연옥에게) 쏩!
연옥	(입 삐죽이는)
수경	곧 봄이 다가오니, 식구들 새 옷도 지어야 하고, 봄 이불도 마련해야 할 거 같아서 미리 준비했습니다.
한씨	하긴… 그래, 알았다. 방으로 들이거라.

S#28 　동 본가 안방
　　　　비단 등 옷감들과 노리개 등 패물들을 잔뜩 늘어놓은 채 옷감들을 정리
　　　　해서 장롱 서랍에 넣고 있는 한씨.

연옥	(비단을 몸에 대보며) 어때? 내 얼굴색이랑 잘 어울리는 게… 참말로 곱지? (다른 비단 대보며) 이게 더 곱나?
한씨	그렇게 좋냐?
연옥	좋지, 그럼. 아직도 꿈인가 생신가 싶다니까…
한씨	그러니까 니 오라비한테 잘해. 니 오라비 아니었으면… 죽을 때까지 이런 비단 구경도 못 했어. 다 니 오라비 덕분이야…
연옥	에이… 오라버니도 고맙긴 하지만… 신원 복권은 오라버니가 아니라 임금님이 시켜준 거니까… 임금님 덕분이지.
한씨	신원 복권됐다고 다들 이렇게 잘 풀리는 줄 알아? 니 오라비가 바로 과거 급제도 하고… 잘나가니까…
연옥	알았어. 알았어… 다 오라버니 덕분이야… (은근슬쩍 노리개 챙기며) 그럼, 그럼… 다 훌륭한 어머니 아들 덕분이지.
한씨	(손 탁 쳐서 노리개 뺏으며) 어딜… 확 손모가지를 분질러버리기 전에 저리 못 가?
연옥	또, 또… 제발 체통 좀 지키셔, 어머니… 손모가지라니… 며느리가 들으면 어쩌려고…

　　　　아차 싶은 듯, 후딱 바깥쪽 쳐다보는 한씨. 그 틈에 얼른 노리개 하나
　　　　챙겨 넣는 연옥. 미처 못 보고, 문갑 서랍을 열다가 흠칫 의식하는 한

씨. 땅문서가 들어있는 봉투가 두 장 들어있다.

한씨   이상하네. 내가 분명히 (옆 서랍 열며) 여기다 놔뒀었는데…

못 들은 척, 패물 구경하며 딴전 피우는 연옥. 땅문서 봉투 꺼내 확인해
보다가 굳어지는 한씨. 연옥, 그사이에 슬그머니 일어나 한씨 몰래 나
가려는데. 연옥의 치맛자락을 확 잡아당기는 한씨. 그 서슬에 자빠지
며 엉덩방아를 찧는 연옥.

한씨   어쨌어?
연옥   뭘?
한씨   이천 땅 땅문서! 이 집에서 나 몰래 이 문갑에 손댈 사람이 너밖에 더
           있어? 아니야?
연옥   맞아.
한씨   뭐? 맞아? 이런 미친…
연옥   (O.L) 어허! 체통!
한씨   (연옥의 등짝을 마구 때리며) 제정신이냐? 제정신이야? 손을 댈 게 따로 있
           지… 어쩌자고 땅문서를…
연옥   그럼 어떡해? 혼례까지 치렀는데… 이러고 그냥 과부로 살아? 어떻게
           든 칠성 오라버니 속량시켜서 데려와야 될 거 아냐?
한씨   그렇다고 땅문서를…
연옥   (훌쩍거리며) 그럼 어째. 어머니도 오라버니도… 아무도 신경을 안 쓰는
           데… 나까지 모른 척 내버려둬?
한씨   (미안해지는 듯) 알았다. 니 오라비하고 상의해 볼 테니까… 땅문서나 내
           놔. 어서.
연옥   없어. 천안으로 이미 보냈어.
한씨   뭐? 언제?
연옥   좀 됐어. 지금쯤은 기별이 오든 사람이 오든 왔어야 되는데…
한씨   (한숨 쉬고는) 니 오라비 알면 난리 날지도 모르니까 입 꽉 닫아. 알았어?

S#29	바우 본가 수경의 방
	바우 앞에 비단 내놓는 수경.

수경	좌의정이 명나라에서 밀수한 비단입니다.
바우	비단에 이름이 쓰여 있는 것도 아니고, 어떻게 확신하시오?
수경	북쪽 오랑캐 때문에 명나라로 향하는 육로가 다 막혔는데, 어디서 비단을 들여오겠습니까? 밀수선으로 들여오는 게 분명합니다… 아니면 따로 뇌물을 받는 것도 아닌 좌의정이 무슨 수로 역모 자금을 마련하겠습니까?
바우	!

S#30	시전 포목점 앞
	바우, 춘배와 함께 물건을 보는 척하며 가게를 살펴보고 있는데. 손님을 따라 나오는 칠성.

칠성	살펴 가십시오, 나리.

무심코 쳐다보다 흠칫 굳어지는 바우의 얼굴에 스쳐가는 비전.
- 9회 S#93의, 맞절을 하는 연옥과 칠성.

바우	(황당한) 저놈이 왜 여기서 나와?

S#31	동 근처 일각
	칠성의 뒷덜미를 잡고 끌고 오는 바우와 춘배.

칠성	도대체 왜 이러십니까? 누구시길래…
춘배	(바우 가리키며) 니 색시 연옥이 오라비.
칠성	!
바우	니가 왜 여기 있어?

S#32	주막집
	마주 앉은 바우, 춘배, 칠성.

칠성	처가는 신원 복권돼서 양반가가 됐는데, 전 노비 출신 아닙니까? 마누라 덕분에 속량까지 됐는데, 빈손으로 들어갈 순 없어서…
바우	(못 마땅하게 보다) 됐고… 당장 가서 관둔다고 해.
칠성	싫습니다.
바우	뭐?
칠성	돈은 못 벌었지만 제가 할 수 있는 게 있다면 연옥이와 처가를 위해서 꼭 하고 싶습니다. 시켜만 주십시오.
바우	안 돼. 너무 위험해.
칠성	뭐라도 알아내고 나면 바로 몸을 빼겠습니다.
바우	위험해서 안 된다고 했잖아. 당장 나와!
칠성	(도와달라는 듯, 춘배 보는) …
바우	일어나. 집으로 가자.
춘배	(바우 말리며) 정성이 갸륵하잖아. 얘기라도 좀 해보자고… (칠성에게) 혹시 비단을 어디서 가져오는지는 알아?
칠성	아직 신입이라… 거기까지는 모르지만… 알아보겠습니다.
춘배	그럼, 일단 니들 주인에 대해서나 좀 말해봐.
칠성	잘은 모르고, 듣기로 노름이라면 사족을 못 쓴다고…
춘배	노름?!
바우	(O.L) 노름?!

후딱 서로를 보는 바우와 춘배.

S#33	어느 골방(밤)
	심각한 얼굴로 투전 패를 쪼고 있는 주인. 투전 패를 들고, 몰래 시선을 교환하는 바우와 춘배.

S#34   동 골방(밤)
            바우 앞에 수북이 쌓인 엽전.

주인   급전 좀 땡겨 씁시다.
춘배   담보는 있고?
주인   내 포목점 물건을 걸겠소.
춘배   오승포 이백 필에 백 냥.
주인   백 냥이라니… 너무하는 거 아니오?
춘배   따서 갚으면 되지. 싫음 말고.
주인   알았소. 주시오.
춘배   (차용증 꺼내며) 차용증부터 쓰셔야지?

S#35   동 골방(밤)
            바닥에 걸린 엽전을 싹 쓸어가는 바우.

주인   차용증 한 번 더 씁시다. 비단 백 필에 얼마 줄 거요?
춘배   웬만하면 그만하시지?
주인   얼마냐니까?
춘배   (슬그머니 차용증 꺼내며) 이러면 안 되는데…

S#36   시전 포목점 앞
            차용증을 흔들어 보이는 춘배.

춘배   (차용증 건네며) 약조대로 빚 갚으셔야지?
주인   (받아서 찢어버리며) 노름빚은 빚이 아니지.
춘배   (가슴에서 새 차용증 꺼내며) 또 있네!
주인   (뒤쪽에 대고) 얘들아!

            우르르 나와 팔뚝을 걷는 등 위협적으로 노려보는 사내들.

춘배	어이구 무서워라. 그럼 나도… (뒤돌아서 손을 모으고 외치는) 얘들아!

뒤쪽에서 몽둥이를 들고 달려 나오는 두칠과 패거리들. 놀라서 굳어지는 주인과 사내들.

춘배	(주인 가슴에 차용증 팍 안기며) 비단은 우리가 잘 쓸게.
주인	!

춘배가 신호하자, 사내들을 밀어내고 안으로 달려 들어가는 두칠 패거리들. 두칠 패거리들이 비단을 막 끄집어내 수레에 싣는다. 망연자실하게 바라보다 주저앉는 주인.

춘배	내 안쓰러워서 일러주는 거니 귀담아들어 두쇼. 담부터 노름할 땐… 주변을 한번 둘러봐… 그런데 아무리 봐도 호구가 안 보이잖아. 그럼 댁이 호구야… 무슨 말인지 알지?
주인	!
춘배	(두칠 패거리에게) 야야! 조심, 조심. 귀한 물건인데 상하면 어떡하려구…

S#37   주막
막걸리로 건배를 하는 바우, 춘배, 두칠.

춘배	앞으로도 잘 부탁합니다, 형님.
두칠	다음 계획은 뭐냐?
바우	창고를 비웠으니, 다시 채우게 만들어야지.

S#38   시전 포목점 앞
포목점 주인, 실의에 잠겨 앉아있는데. 오는 수경. 마지못해 일어나 인사하는 주인.

수경	물 건너온 비단 좀 보여주게.
주인	비, 비단이오? 얼마나 말입니까?
수경	전에 말한 대로… 시누이 혼례도 있고, 어머님 환갑잔치까지 있어서, 꽤 많이 필요한데… 바로 준비되겠나?
주인	(난감) 그게… 사정이 좀 생겨서… 당장은 힘든데… 급하십니까?
수경	이런 낭패를 보았나. 자네 말만 믿고 어른들께 이미 말씀을 다 드렸는데… 지금이라도 다른 데를 알아봐야겠구먼.
주인	(다급해져) 잠시만… 잠시만 기다려주십시오. 무슨 수를 쓰든 물건을 준비해 놓겠습니다, 마님.
수경	돈은 얼마가 들어도 좋으니, 꼭 좀 부탁하네.
주인	예, 걱정 마십시오.

S#39   동 근처 일각
바우, 기다리고 있는데, 오는 수경.

수경	미끼를 물었어요. 비단 창고가 텅 비었으니 새로 가져다 채우는 수밖에 없을 거예요.
바우	고생했소… 그리고 집 밖은 위험하니, 앞으로의 일은 내게 맡겨주시오.
수경	아닙니다… 당신이 날 지켜주듯, 나도 당신을 지키기 위해서라면 무엇이든 할 것입니다.
바우	(수경의 얼굴을 빤히 쳐다보는)
수경	왜 그리 보는 겁니까?
바우	참 곱소.
수경	그걸 이제 알았습니까?
바우	이리 보고 있자니… 이마도 반듯하니 곱고… 콧날도 오뚝하니 곱고… 입술도…
수경	그만 돌아가는 게 좋겠습니다. 식구들이 둘 다 안 보이는 걸 알면…
바우	아, 거 참… 사람 말하는데… 중간에 끊는 법이 어디 있소?
수경	언제는 이만한 얼굴은 기생집에 가면 널렸다면서요?

바우	(말문이 막혀 멈칫했다가) 거 참 쓸데없이 기억력이 좋소. 그땐 내가 눈이 삐어서…
수경	그럼 지금은요?
바우	조선 팔도에서 당신보다 고운 사람은 없소.
수경	!
바우	(수경을 뜨겁게 바라보며) 적어도 내 눈엔 그렇소.
수경	(감당 못 하고 시선 피하며) 어머님 기다리시겠어요. (가는)
바우	(미소로 봐주고 좇아가며) 같이 갑시다.

S#40 바우 본가 안채 수경의 방 앞
바우가 사준 당혜를 정성스럽게 닦아 마루에 기대놓고 말리는 수경.

조상궁	아까워서 신지도 못하는 신발은 뭘 그렇게 맨날 닦나 모르겠네요.
수경	(미소로 봐주고) 부러우면 자네도 춘배 그 사람한테 한 켤레 사달라고 하든가…
조상궁	아니 제가 왜 그 인간한테 사달라고 합니까?
수경	(의미심장한 미소로 조상궁을 보는)
조상궁	왜 웃으십니까?
수경	(대꾸 없이 일어나서 부엌으로 가는)
조상궁	(따라가며) 왜 웃으시냐니까요?

S#41 동 집 앞
집 앞을 쓸다 귀를 후비는 춘배.

춘배	누가 내 얘길 하나? (하다 연옥 보고) 또 저러고 있네.

우두커니 서서 길 쪽을 바라보다 한숨을 푹푹 내쉬고는 안으로 들어가는 연옥.

춘배	(안쓰럽게 보다) 말을 해줘? 말아?
차돌	(뒤에서) 뭘요? (책보를 들고 있는)
춘배	서당 갔다 오냐?
차돌	예.
춘배	어여 들어가 봐. 니 엄마가 너 오면 준다고 엿 사왔다더라.
차돌	(신이 나서 뛰어가는데)
춘배	어허! 양반은 뛰는 거 아니야.
차돌	(얼른 뒷짐 지고 천천히 팔자걸음을 걷는)

S#42   바우 본가 마당
칠성이 때문에 심란한 듯, 마루에 걸터앉아 한숨을 내쉬다 당혜 발견하는 연옥.

연옥   예쁘다. (당혜를 만지작거리다 마음에 쏙 드는 듯 미소가 저절로 머금어지고) 요런 당혜를 신고 칠성이 오라버니랑… 에휴, 말자 말어.

연옥, 다시 당혜를 내려놓으려 하지만 선뜻 손이 안 떨어진다. 갈등으로 흔들리는 연옥. 들어오다가 그런 연옥을 보는 차돌. 무심코 다가가려다가 뭔가 의아한 듯 멈춰 선다. 그 시선으로, 뒤쪽의 차돌은 미처 못 본 듯 고개만 양쪽으로 돌려 주위 살피고는 후딱 당혜를 품에다 숨기는 연옥. 눈이 똥그래지는 차돌. 그대로 안방으로 들어가 버리는 연옥. 고개를 절레절레 젓는 차돌.

바우   (E, 선행) 뭔 소리야? 고모가 뭘 가져가?

S#43   동 집 사랑방
놀라서 차돌을 보는 바우.

바우   참말이지? 참말로 엄마 당혜를 고모가 가져갔단 말이지?

차돌	(연옥 흉내 내며) 요러고 보고 있다가… 요렇게 품에다 집어넣고 방으로 들어가는 걸… 내가 바로 뒤에서 봤다니까.
바우	!

S#44   동 집 안방
당혜를 요리조리 살펴보다가, 방바닥에 내려놓고 일어서는 연옥. 당혜를 막 신어보는데, 방문 벌컥 여는 바우.

연옥	아이구… 깜짝이야… (제풀에 당황해 털퍼덕 주저앉아 치마폭 속으로 당혜를 숨기며) 아무리 오라버니라도 남녀가 유별한데… 이리 방문을 벌컥벌컥 열면 어떡해?
바우	(들어오며, 무섭게) 일어나봐. 어서!
연옥	(앉은 채로 엉기적엉기적 뒤로 물러나며) 왜 이래? 무섭게?
바우	(당혜 보고) 이리 내!
연옥	뭘?
바우	왜 남의 신에 손을 대?
연옥	!
바우	벗어, 얼른!
연옥	싫어. (벌떡 일어나 밖으로 뛰어나가는)

S#45   동 집 마당
연옥의 가죽 신발을 들고 쫓아와서 막아서는 바우.

바우	(연옥 발 앞에 가죽 신발 던져주며) 벗어!
연옥	더럽고 치사해서 정말…
바우	얼른!

소란 소리를 들은 듯, 급히 오는 수경.

수경	(바우에게) 왜 이래요? 그만하세요.
바우	(버티는 연옥 때문에 이미 열 받은) 안 벗어? 내가 벗겨?
수경	(바우 말리며) 그만하세요, 제발… 아가씨… 그냥 신으세요.
한씨	(뒤쪽에서 오는)
연옥	(한씨를 보고는 일부러 얼른) 벗을게. 벗으면 될 거 아냐. (당혜를 발로 차 획 벗어 던져버리는)
바우	(벌컥) 너, 이게 지금 뭐 하는 짓이야? (한씨 다가오는 것 모르고 당혜 집어 들며) 이게 어떤 당혠지나 알아!
연옥	어떤 당혠데?
바우	(멈칫했다) 내가 사준 당혜다, 왜?
한씨	(표정 안 좋아지며) 웬 소란들이냐?
수경	(당황히 물러서는)
연옥	아니… 새언니 방 앞에 저 당혜가 있는 거야. 근데 그냥 딱 봐도 되게 비싼 당혜 같아 보여서… 구경이나 좀 해보려고 그런 거뿐인데… 세상에… 둘이서 날 도둑년으로 모는 거 있지?
바우	(기가 막힌) 뭐? 둘이서? 야! 니 새언니가 언제…
수경	(한씨 몰래 얼른 바우 옷자락 잡아당기는) …
한씨	내, 아범이 그간 어찌 살았는지 모르는 바 아닌데… 그 찢어지게 가난한 살림에 넌 이런 신발을 신고 다녔냐?
수경	…
연옥	(끼어들며) 오라버니가 사준 거라잖아요.
바우	(후딱 연옥을 노려보는) !
한씨	사준다고 냉큼 받아 신어? 넌 니 처지에 이런 비싼 당혜가 가당키나 하다고 생각하냐?
연옥	(한씨에게 짐짓) 그만하셔. 다 내 잘못이야. 나라도 칠성 오라버니가 이런 비싼 신발을 사줬으면 아무도 손 못 대게 애지중지했을 거야… 그러니까 손댄 내가 잘못이지, 뭐.

S#46   동 마당 일각
떨어진 곳 구석에 선 채 보고 있는 조상궁, 춘배. 가까이 가지도 못하고 속이 타는 조상궁.

S#47   동 마당
죄인처럼 고개를 숙인 채 듣고만 있는 수경.

한씨	뭐? 아가씨가 겪은 고초에 비하겠냐고? 어이구… 시누이 생각은 혼자 다 하는 것처럼 그래 놓곤 이깟 신발 구경 좀 했다고… 서방까지 동원해서 도둑년으로 몰고 망신을 줘?
바우	(더는 못 참고) 어머니!
한씨	왜? 뭐? 넌 빠져. (했다 아차 싶어 얼른 근엄하게) 어딜 아녀자들 일에 체통 없이 끼어드는 게야? 아범은 나서지 말게.
수경	(바우가 또 뭐라 할까 봐, 얼른 나서며) 잘못했습니다, 어머니… 다시는 이런 일 없도록 주의하겠습니다.
한씨	이 난리법석을 피워놓고도 끝까지 그냥 신으라는 소린 안 하는구나… 집안 꼴 참 잘 돌아간다. 새사람 하나 잘못 들어오면 집안이 망한다더니…

마땅찮은 듯 봐주고는 안방으로 들어가 버리는 한씨. 얼른 쪼르르 따라 들어가는 연옥.

바우	미안하오.
수경	아니에요. 아무 생각 없이 당혜를 꺼내놓은 제 잘못이에요.
바우	내, 연옥이 저것의 버릇을 단단히 고쳐놓을 테니…
수경	(O.L) 어머님이나 아가씨 일은 상관 않기로 약조했잖아요…
바우	…알았소. 암튼 오늘 일은 마음에 담아두지 마시오.
수경	제 걱정은 말고… 얼른 들어가서 잘못했다고 말씀드리세요.
바우	내가 뭘…

하다가, 수경의 강력한 눈빛에 주춤하는 바우. 돌아서 자기 방으로 가는 수경. 난감한 얼굴로 안방 쪽을 바라보는 바우.

S#48   동 집 부엌
        조상궁, 심란한 얼굴로 앉아있는데 들어오는 춘배.

춘배   왜 또 이러고 앉았어? 너무 마음 쓰지 마. 시집살이라는 게 다 그런 거지 뭐…

조상궁   …

춘배   (곶감 꼬치 내밀며) 이거나 먹고 기분 풀어.

조상궁   (보지도 않고 밀어내는)

춘배   (다시 들이대며) 그러지 말고 하나만 먹어봐.

조상궁   (밀어내며) 생각 없다니까.

춘배   생각 없어도 좀 먹어주면 안 되나? 이거 사느라고 반 시진 넘게 뛰어다녔구먼.

조상궁   (그제야 보며) 뭔데… 반 시진이나… (하다가) 웬 곶감이야?

춘배   조상… 아니, 안성댁 곶감 좋아하잖아? 귀한 상주 곶감이니까 먹어봐. 기분이 꿀꿀할 땐 좋아하는 걸 먹으면 금방 기분이 좋아진다니까…

조상궁   (문득 뭔가 생각난 듯 얘기하려다가 벌떡 일어나며) 따라와 봐.

S#49   동 집 조상궁의 방
        흠칫 조상궁을 보는 춘배.

춘배   소의마마님? 그게 누군데?

조상궁   밤새 울다가 누가 죽었냐고 묻는다더니… (흘기며) 옹주 자가 어머니!

춘배   아! 바우 장모님?

조상궁   (때리려고 손부터 쳐들며) 죽을래?

춘배   (잽싸게 피하며) 가짜… 바우 가짜 장모님!

조상궁   가짜든 진짜든 감히 소의마마님을 엇다 갖다 붙여?

춘배	왜? 옹주도 시어머니에 시누이까지 생겼는데… 바우도 하나 만들어줘야지.
조상궁	그럼 주상 전하는 장인어른이냐?
춘배	(입이 딱 벌어지며) 와! 그러네. 그게 또 그렇게 되네.
조상궁	(기어이 춘배 등짝 두들겨 패며) 그놈의 주둥이 땜에 언제고 경을 쳐도 크게 치지, 크게 쳐!
춘배	이 여편네가 누굴 동네북으로 아나… 툭하면 패?
조상궁	뭐? 여편네?
춘배	(얼른 자기 입을 막 때리며) 미쳤냐? 미쳤어? 여편네라니? 죽으려고 환장했냐, 이놈아? 이 썩을 놈아…
조상궁	(어이가 없는 듯) 참 가지가지 한다.
춘배	(씩 웃으며) 하던 얘기나 하자고… 그래서? 옹주랑 소… 아무개 마마님을 만나게 해주고 싶은데…
조상궁	무슨 방도가 없을까?
춘배	대궐에 사는 양반을… 우리가 무슨 수로? 차라리 바우한테 얘기하는 게 빠르지.
조상궁	얘기할 거면 내가 그냥 했지… 뭐 하러 널 붙잡고 이러고 있어?
춘배	그야 내가 워낙 믿음직스러우니까…
조상궁	(O.L) 됐다. 됐으니까 믿음직스럽게 장작이나 패셔. (나가버리는)
춘배	(쫓아 나가며) 뭘 어쩌려고? 안성댁은 대궐 근처에도 가면 안 되는 건 알지?

S#50   민가 일각
장옷을 깊숙이 덮어쓴 채 누군가 기다리고 있는 조상궁. 조심스럽게 전방을 살피다가 발견한다. 저만치 오는 궁녀. 심호흡하고는 궁녀 앞으로 나서는 조상궁. 흠칫 놀라서 보는 궁녀.

궁녀	조상궁마마님?
조상궁	잘 지냈느냐?

궁녀	살아계셨어요? 소문엔…
조상궁	걱정 마라. 귀신은 아니니까… 소의마마님은 강녕하시냐?
궁녀	그럴 리가 있겠어요? 옹주 자가께서 돌아가신 후론 내내 자리보전하고 계세요.
조상궁	(걱정으로 얼굴 어두워지는)

S#51 창경궁 집복헌 윤씨의 방
상궁의 부축을 받으며, 약을 마시고 있는 윤씨.

S#52 바우 본가 조상궁의 방
무거운 얼굴로 조상궁을 보는 수경.

수경	얼마나 안 좋으신가?
조상궁	주상 전하께서 각별히 내의원에 명을 내리시어… 하루가 멀다 하고 탕약을 지어 올리는데도 전혀 차도가 없으신가 봐요.
수경	(기가 막힌) …
조상궁	몸이 아니라 마음에 병이 오신 거니… 탕약이 다 무슨 소용이겠어요.
수경	(겨우 눈물 참는) …
조상궁	(같이 눈물 찍어내며) 소의마마님… 많이 보고 싶으시지요?
수경	(참았던 눈물이 주르륵) …
조상궁	(마음이 아픈 듯 보다가, 조심스럽게) 저… 이제라도 소의마마님께 기별을 넣으시는 것이…
수경	(고개 저으며) 어마마마님께서 얼마나 상심이 크실지 몰라서 여태 숨긴 것이 아니지 않은가? 잘못하면 어마마마님까지 위험해지실 수도 있네.
조상궁	이젠 어차피 주상 전하께서도 다 아시는데… 설마 무슨 일이야 있겠어요?
수경	(흔들리는) !

S#53   동 집 수경의 방(밤)
           소의 윤씨에게 보낼 서찰을 쓰고 있는 수경.

수경   (E) 어마마마님… 불초소녀 서신으로나마 인사 올립니다… 불민한 소녀로
           인하여 얼마나 상심이 크셨습니까… 소녀, 이 불효를 다 어찌해야 할지…

           차오른 눈물이 앞을 가려, 어른거리는 서신의 글자들. 그 위로 뚝뚝 떨
           어지는 눈물방울들. 끝내 붓을 내려놓고, 터져나오려는 울음을 참으려
           고 입가를 틀어막는 수경.

S#54   민가 앞
           궁녀에게 수경의 서찰을 건네주는 조상궁.

조상궁   소의마마님 말고는 그 누구도 이 서찰의 존재조차 알아서는 아니 된다.
           만에 하나라도 이 서찰의 행방에 문제가 생길 시에는 너도 결코 무사치
           못할 것이다. 무슨 말인지 알겠느냐?
궁녀   예, 명심하겠습니다.

           서찰을 품에 넣고 돌아서 가는 궁녀. 걱정스러운 듯 봐주고 돌아서는
           조상궁.

S#55   창경궁 영춘헌 앞
           오는 궁녀. 주위를 살피고는 영춘헌으로 들어간다.

김개시   (E, 선행) 뭐라? 조상궁을 만났단 말이냐?

S#56   동 영춘헌 김개시의 방
           조상궁이 준 서찰을 김개시 앞에 놔주는 궁녀.

| 궁녀 | 예, 이 서찰을 소의마마님께 은밀히 전하라 했습니다. |
| 김개시 | (서신을 꺼내서 읽어보다가 안색 변하는, 인상 확 쓰며) 밖에 최상궁 있는가? |

봉투에 서신을 도로 집어넣는 김개시. 들어오는 최상궁.

김개시	(최상궁에게) 병조좌랑 김자점을 찾아… 당장 들라 하게.
최상궁	예. (나가고)
김개시	(궁녀에게 서찰 주며) 소의마마님께 전하거라.

S#57   동 창경궁 집복헌 윤씨의 방
병색이 짙은 얼굴로 이불 위에 앉아있는 소의 윤씨.

윤씨	(서찰을 손에 든 채) 방금 뭐라 했느냐? 조상궁이라 했느냐?
궁녀	예, 마마님.
윤씨	(믿기지 않는 듯 서찰을 잠시 보다가) 알았다. 그만 나가 보거라.

나가는 궁녀. 잠시 진정하고는 서신을 꺼내는 소의 윤씨. 서신을 펼치
자마자 숨이 멎을 듯한 충격으로 얼어붙는 소의 윤씨.

| 윤씨 | 화… 화인아… |

S#58   창덕궁 일각
금방이라도 쓰러질 듯한 모습으로 급히 오는 소의 윤씨.

| 상궁 | (뒤따르며) 마마님… 고정하시지요. 이러다 쓰러지십니다. 마마님… |

아무 소리도 들리지 않는 듯, 정신없이 걸어가는 소의 윤씨.

| 김개시 | (E) 화인옹주가 직접 쓴 서찰을 봤다고 하지 않았습니까. |

S#59   창경궁 영춘헌 김개시의 방
        김개시 앞에 앉아있는 김자점.

김개시   생모인 소의마마님께 보낸 서찰에 분명 그리 쓰어 있었어요. 지금은 안
        전한 곳에 잘 있으니… 심려 말라구요.

김자점   …

김개시   도성 안에 화인옹주가 숨어있을 만한 안전한 곳이 어디겠습니까? 화인
        옹주를 숨겨줄 만한 연이 있는 자는 김대석 그자밖에 없지 않습니까?

김자점   !

김개시   대체 어찌 된 겁니까? 지난번에 김대석을 만났다고 하지 않았습니까.
        그자를 만나긴 만났던 겁니까?

김자점   어느 안전이라고 제가 거짓을 아뢰겠습니까. 지난번에 제가 만났을 때
        는 화인옹주와는 저희 집에서 나간 그날 바로 헤어졌다고… 이후론 어
        찌 됐는지 전혀 모른다고… 분명히 그리 말했었습니다.

김개시   참으로 답답하십니다. 그자의 말이 참인지 거짓인지조차 구분이 안 되
        셨단 말입니까.

김자점   송구합니다.

김개시   당장 그자의 집으로 가서 다시 만나보세요. 분명 그자의 집에 숨어있
        거나, 그게 아니라도 최소한 그자는 화인옹주의 거취를 알고 있을 겁니
        다. 그러니 이번엔 제대로 알아내세요. 제대로!

김자점   …

S#60   바우 본가 앞
        오다가 흠칫 의식하는 김자점. 대문 앞을 지키고 있는 내금위 병사들.
        의아한 얼굴로 다가가는 김자점. 김자점을 막아서는 내금위 병사들.

김자점   병조좌랑 김자점일세. 내금위 병사들 같은데… 누구 명으로 이 집을 지
        키고들 계시나…

병사들, 대꾸 않고 경계하듯 김자점을 보는데. 집에서 나오다가 김자점을 보는 춘배. 먼저 김자점을 알아보고 내심 당황하는데.

김자점	이 집 식솔인가?
춘배	예. 뉘신지…?
김자점	병조좌랑 김자점이 뵙기를 청한다고 아뢰게.

S#61   동 집 마당
춘배, 황급히 들어와 우왕좌왕하는데. 사랑채 쪽에서 오는 바우.

춘배	(후다닥 바우 잡으며) 큰일 났어. 밖에 그놈이 와있어.
바우	그놈?
춘배	왜… 추노꾼들 풀어서 옹주랑 조상궁 잡아갔던 놈!
바우	!

S#62   동 집 부엌
수경, 조상궁 저녁 지을 준비하고 있는데. 춘배, 황급히 뛰어들며.

춘배	둘 다 여기 꼼짝 말고 있어. 절대로 나오면 안 돼! 절대로!

뭔 소린가, 영문을 몰라 쳐다보는 수경, 조상궁.

S#63   동 집 마당
춘배를 따라 들어오는 김자점. 집 안을 탐색으로 살펴보는데. 사랑채 쪽에서 오는 바우.

바우	오셨습니까.
김자점	급히 마련한 거처치곤 집이 쓸 만하구만.
바우	예… 뭐… (김자점 몰래 춘배에게 연신 눈짓하며) 들어가시죠.

춘배	(얼른 부엌 쪽으로 가는)
김자점	(그런 춘배 의식해 주며) 저치는 노비인가?
바우	노비…는 아니고… 집안일 봐주는 지인입니다… (사랑채 쪽 가리키며) 이 쪽으로…
김자점	(안방 쪽 쳐다보며) 저쪽은… ?
바우	자친과 누이가 쓰고 있는 안챕니다.
김자점	어이구… 그럼 온 김에 자당께 인사나 드려야겠네.
바우	지금 출타 중이십니다.
김자점	그래? 누이도?
바우	예, 같이… (다시 재촉하듯) 제 방으로 가시지요.

그제야 안방 쪽에서 시선 거두고 돌아서는 김자점. 김자점을 데리고 사
랑채 쪽으로 가는 바우.

S#64   동 집 부엌
        숨죽이고 있는 수경, 조상궁. 들어오는 춘배.

조상궁	어떻게 됐어?
춘배	바우가 제 방으로 데리고 갔어… 아휴… 내가 딱 맞춰서 밖으로 나갔으 니 망정이지… 그냥 들어오는 바람에 마주치기라도 했으면…
조상궁	(얼른 수경 기색 살피며) 그런 소릴 왜 해? 안 들키고 잘 넘어갔으면 됐지.
수경	(가슴 쓸어내리는) …
춘배	(그런 수경 의식하고) 여긴 안전하니까 맘 놔도 돼요. 설마 사대부가 남의 집 부엌까지 들여다보기야 하겠어?
조상궁	가만… 차돌이 할머니랑 고모… 들어올 때 되지 않았나.
수경	(다시 가슴이 철렁) !
춘배	그 두 사람은 저 인간이 봐도 상관없잖아.
조상궁	그게 아니라… 괜히 말실수라도 해봐. 어쩔 거야?
춘배	!

S#65   동 집 바우의 방
            마주 앉은 바우와 김자점.

바우   헌데… 어쩐 일로 저희 집까지 걸음을 하셨습니까.
김자점   지나다가 어찌 지내는지 궁금해서 들러봤네. 지난번에 조총에 입은 상
          처는 잘 치료가 됐는지… 걱정도 되고…
바우   (실소 머금으며) 제 걱정을 다 해주시고… 이거 황감해서 몸 둘 바를 모
          르겠습니다.
김자점   무슨 그런 서운한 소릴 다 하는가. 연원을 따져보면 자네나 자네 집안
          도 서인이 아닌가.
바우   아, 예… 뭐…
김자점   사실 자네 신원 복권도 우리 서인들이 나서지 않았다면 가능했겠는
          가… 거기다 자네 고모님이신 서궁의 유폐를 풀고자 끊임없이 애써 온
          것도 우리 서인들 아닌가.
바우   예.
김자점   자네도 이제 급제도 하고 출사까지 했으니 서인으로서 자네 몫을 해줄
          때가 된 걸세.
바우   말씀은 감사하나… 저는 아직 부족한 게 너무 많습니다…
김자점   아닐세. 이미 주상 전하의 눈에 든 자네가 아닌가… 그것만으로도 자네
          의 능력은 충분히 검증된 것이니… 지금부턴 우리와 함께 이이첨부터
          몰아내세.
바우   (이이첨 소리에 멈칫 보는)!
김자점   이이첨을 제거하는 것은… 사사로이는 자네 가문의 원수를 응징하는
          것이고… 나아가서는 이 나라 조선의 앞날을 위해 우리 사대부들이 당
          연히 해야 할 일이 아니겠는가.
바우   예… 지당하신 말씀이십니다.
김자점   (탐색으로 보며) 그래서 말인데… 화인옹주 말일세… 이이첨을 몰아내는
          덴 화인옹주만 한 무기가 없지 않은가.
바우   갑자기 무슨 말씀이신지…?

김자점	화인옹주… 지금 어디 있나? 자넨 알고 있지?
바우	(정색하며) 아니요. 제가 그걸 어찌 압니까? 전에도 말씀드렸잖습니까… 화인옹주 일이라면 더는 알지 못한다고…
김자점	참인가?
바우	(짐짓 기분 나쁜 듯 흥분하며) 제가 왜 거짓을 고한단 말입니까? 지금이라도 화인옹주가 어딨는지 알면 당장 밝혀서 이이첨 그 원수 놈에게 복수하지 왜 가만있겠습니까? 그놈 때문에 조총까지 맞은 놈입니다. 제가!
김자점	(그래도 왠지 찜찜한 듯 탐색으로 바우를 보는)

S#66 창경궁 영춘헌 김개시의 방
마땅찮은 듯 김자점을 보는 김개시.

김개시	그래서 이번에도 전혀 모른다는 김대석의 말만 듣고 그냥 돌아왔단 말입니까?
김자점	그게… 제 생각에도 김대석이 뭔가 숨기는 거 같긴 했는데… 그렇다고 집 안을 일일이 다 뒤져볼 수도 없고… 더는 어쩔 방도가 없었습니다.
김개시	방도가 없는 것이 아니라… 그대의 능력이 없는 거겠지요.
김자점	제가 한 번 더 확인해 보겠습니다.
김개시	그보다 나는, 그 집 앞을 내금위 병사들이 지키고 있는 게 더 마음에 걸려요.
김자점	혹시… 화인옹주를 그 집에 숨긴 게… 주상 전하 아닐까요?
김개시	!

S#67 창덕궁 희정당 서실
곤혹스러운 듯, 소의 윤씨의 눈길을 피하고 있는 광해군.

윤씨	(젖은 얼굴로) 정녕 너무하십니다. 어찌 신첩에게까지 숨기실 수가 있사옵니까?
광해군	…

윤씨	(눈물 쏟으며) 신첩, 그 아이를 보내고 하루하루가 지옥이었습니다. 청상과부가 된 것만 해도 가슴이 미어지는데… 그리 허망하게 가버린 그 아이가 너무나 가련하고 불쌍해서… 모든 게 신첩의 잘못인 것만 같아서… 그 아일 따라가고 싶다는 생각 말고는 아무 생각도 할 수가 없었습니다.
광해군	…
윤씨	하온데 이런 신첩을 조석으로 보시면서도 아무 말씀도 안 하시다니요. 이리 매정하실 수는 없습니다. 이리 잔인하실 수는 없습니다.
광해군	…그럴 수밖에 없는 피치 못할 연유가 있었소.
윤씨	당연히 그러셨겠지요. 아무런 연유도 없이 살아있는 아이를 죽은 아이로 만들지는 않으셨겠지요. 허나 신첩은 그 아이의 어미이옵니다.
광해군	어미이니 더욱 말을 아낀 것이오.
윤씨	그것이 무슨 말씀이시옵니까?
광해군	자식의 일이라면 물불 가리지 않고 뛰어드는 것이 어미 아니오? 소의 역시 화인이 살아있음을 알았다면, 바로 그 아이부터 찾으려 들었을 것이고… 그로 인해 화인의 목숨이 위태로워졌을 것이오.
윤씨	(흠칫) 그럼 살아있음을 알면서도 모른 척 내버려 둬야 화인이 안전하단 말씀이십니까?
광해군	화인이 자진했다고 한 자가 바로 좌의정이오. 날 속이고 온 조정을 속였는데… 이제 와서 화인이 살아있음을 알게 되면… 그자가 어찌 나올지는 소의도 충분히 짐작이 갈 거요.
윤씨	!
광해군	화인을 안전한 곳에 숨겨놓긴 했으나, 아직은 좌의정을 막을 대비책을 확실히 마련하지 못한 상태라… 더는 소상히 알려줄 수 없음을 이해해주시오.

더는 어쩌지 못하고 소리죽여 흐느끼는 윤씨. 골치가 아픈 듯 이마를 부여잡는 광해군.

S#68	바우 본가 뒷마당

다 마른 빨래들을 걷고 있는 수경. 문득 하늘을 올려다보는.

조상궁	(E) 소의마마님… 많이 보고 싶으시지요?

그리움 가득한 얼굴의 수경.

S#69	창덕궁 희정당 서실

소의 윤씨에게 수건을 건네주는 광해군. 받아서 눈가를 닦아내는 소의 윤씨.

광해군	그대의 슬픔이 얼마나 깊은지 잘 알면서도 알려주지 못해 미안하오. 허나 화인의 안전을 위해 선택한 궁여지책이었음을 알아주시오… 그리고 지금도 그 아일 지키기 위해서 최선을 다하고 있음 또한 믿어주기 바라오.
윤씨	그런 말씀 마시옵소서. 신첩이 전하를 믿지 않으면 누굴 믿겠사옵니까…
광해군	나도 화인을 생각하면… 바위라도 매달아놓은 것처럼 가슴이 무겁다오.
윤씨	압니다. 화인을 얼마나 아끼셨는지는 신첩이 가장 잘 알고 있사옵니다. 신첩, 어린 화인을 등에 태우시고 말놀이를 하시던 전하의 모습이 지금도 눈에 선하옵니다.
광해군	…
윤씨	신첩, 무슨 일이 있어도 전하께서 화인을 지켜주실 거라 믿고… 더는 아무것도 여쭙지 않겠사옵니다… 다만 청이 하나 있사오니… 부디 들어주시옵소서.
광해군	말해보시오.
윤씨	화인을… 한 번만… 한 번만 만나게 해주십시오. 그 아이가 너무나 보고 싶사옵니다.
광해군	(난감) …

윤씨	살아있다는 걸 알고 나니 더는 참을 수가 없습니다. 부디 신첩을 불쌍히 여기시어… 그 아이 얼굴만이라도 볼 수 있게 성은을 베풀어주시옵소서.
광해군	!

S#70　　동 희정당 앞
가는 윤씨를 지켜보고 서있는 광해군. 윤씨가 멀어지자, 뒤쪽에 서있는
바우를 손짓해서 부르는 광해군. 다가오는 바우.

광해군	소의가 화인의 생모라는 건 알고 있겠지?
바우	예.
광해군	소의와 화인이 만날 방도를 찾아보거라.
바우	!

S#71　　바우 본가 안채 마당
한씨, 수경과 마당에 서있는데, 후닥닥거리고 뛰어오는 연옥.

연옥	어머니! 어머니!
한씨	웬 호들갑이야. 조신하지 못하게.
연옥	조신이고 나발이고, 칠성 오라버니한테서 전갈이 왔어.
한씨	뭐?
연옥	조금만 있으면 집에 올 테니 기다리고 있으래.
한씨	(시큰둥) 아이구, 잘됐네. 니가 방구들이 꺼져라 한숨 쉬는 꼴은 더 이상 안 봐도 되겠구나.
연옥	오라버니 오면 깜짝 놀라게 만들어줘야지. 무슨 옷을 입을까? (급히 안방 쪽으로 가 발로 차듯 신발을 벗어 던지고 방으로 들어가는)
한씨	저… 저… 아이구, 머리야. (뒤에 서있는 수경 의식하고, 들으라는 듯) 남들 눈도 있는데 저걸 언제까지 저렇게 놔둘 수도 없고… 어디 품행을 가르치는 데라도 있으면 보냈으면 딱 좋겠구만…

수경	(조심스럽게) 어머니…
한씨	왜?
수경	저한테 맡겨주시면, 제가 한번 해보겠습니다.
한씨	니가?

S#72   몽타주
        - 책을 머리에 얹고 조신하게 걷는 연습을 하는 연옥.
        - 계속해서 책을 떨어뜨리는 연옥.

S#73   바우 본가 안채 마당
        저만치서 수경 쪽으로 걸어오다 책을 툭 떨어뜨리는 연옥.

수경	아쉽네요. 거의 다 오셨는데… 다시 하시죠.
연옥	언제까지 해요. 목 아프고 다리 아파 죽겠어요.
수경	그럼 오늘은 이만하고 식사하고 하실까요?
연옥	(반색) 예!

S#74   동 본가 안방
        손으로 갈비를 잡고 뜯는 연옥. 젓가락으로 손목을 탁 치는 수경.

수경	젓가락을 사용하시지요.
연옥	(후딱 한씨를 보는)
한씨	뭘 봐? 맞는 말이구먼.

입술을 삐죽이며, 젓가락을 이용해 음식을 먹는 연옥. 쩝쩝거리며 먹는 연옥.

수경	음식을 먹을 때 소리를 내서는 아니 되니, 음식을 씹을 땐 입을 다물고 드셔야 합니다.

연옥	(짜증) 어머니도 소리 내잖아요.
한씨	(움찔) 내가 언제?
수경	입안에 음식이 있을 때는 입을 벌리면 보기가 흉하니, 식사 중엔 말을 삼가는 게…
연옥	(수저 팍 내리치며) 안 먹어! (확 나가버리는)
한씨	(수경 보기 민망한) 쟤가, 쟤가…

S#75 　　동 본가 뒷마당

패다 만 장작 조각 하나를 발로 냅다 걷어차는 연옥. 홧김에 걷어찼다가 발이 너무 아픈 듯, 주저앉으며 발을 움켜쥐는데. 수경, 오다가 본 듯.

수경	(얼른 앞에 가서 앉으며) 괜찮으세요?
연옥	(민망함에 밀어내며) 죽기야 하겠어요?
수경	(발을 주물러주며) 힘드시죠? 반가의 여자로 사는 것이 꼭 좋은 것만은 아니에요. 체면과 체통 때문에 희생해야 하는 것들이 너무 많으니까요…
연옥	까놓고 체면이나 체통이 밥 먹여주는 것도 아니잖아요.
수경	예. 허나 조선의 법도가 그런 것을… 어쩌겠어요? 따르고 배울 수밖에요.
연옥	저라고 반가의 규수처럼 굴고 싶지 않겠어요? 헌데 너무 어릴 때부터 관비로 살아서, 양반이었던 기억조차 없는 걸 어떡해요.
수경	(안쓰러운 듯) 예. 허나 그래서 더 빨리 고치셔야 되는 거예요. 남들 눈이 중요한 건 아니지만… 어머님이나 아가씨가 관비로 산 과거 때문에 업신여김을 당하시면 안 되잖아요.
연옥	!
수경	그리고… 아가씨와 혼인하실 그분 생각도 하셔야죠. 아가씨나 저희 식구들이야 그분 신분이 어떻든 아무 상관이 없지만… 남들은 그렇게 생각하지 않는다는 거 아시잖아요.
연옥	(심란해지는) …
수경	힘드시겠지만… 그분을 위해서라도 한번 열심히 해보세요. 대신 제

가… 고생하시는 아가씨를 위해… 궁중에서만 전해 내려오는 비방을 하나 알려드릴게요.

연옥　(솔깃해서) 비방이요?

S#76　동 집 수경의 방
속곳 차림으로 엎드려있는 연옥의 몸에 간장을 발라주는 수경.

수경　목욕으로 땀을 쫙 뺀 후에, 이렇게 간장을 온몸에 발라주면 살이 빠진답니다.

연옥　정말 이렇게 하면 살이 빠져요?

수경　물론 이것만으론 금방 살이 빠지지 않지요. 연진복수법이라고 동의보감에도 나와있는 비법을 병행해야 효과가 빠르답니다.

S#77　동 집 안방
연진복수법을 행하고 있는 연옥의 얼굴 위에.

수경　(E) 입에서 힘을 뺀 후 자연스럽게 다물고, 혀로 입 내부를 구석구석 핥아서 침을 모은 후 삼키세요. 하루에 360번 반복하면 배고픔을 잊고 포만감을 느낄 수 있습니다.

한씨 들어오는데. 침을 꿀꺽 삼키는 연옥.

한씨　살 뺀다더니, 뭘 또 혼자 먹고 있어?

연옥　(아니라고 고개 젖고는 계속하는)

한씨　꿀 먹은 벙어리야? 왜 말을 못 해?

연옥　아이씨. 어머니 때문에 몇 번 했는지 까먹었잖아.

한씨　뭘 하는데?

연옥　그런 게 있어.

한씨　(코를 씰룩이며) 이게 무슨 냄새지? 어디서 이렇게 짠 내가 나?

연옥	무슨 냄새? 아무 냄새도 안 나는데?
한씨	간장 냄새 같은데… (코를 킁킁거리다, 점점 연옥에게 다가가) 너 간장 쏟았냐?
연옥	몰라! (벌떡 일어나 나가는)
한씨	저것이… 야, 너도 이제 반가의 규수야 규수.

S#78   동 집 수경의 방
연옥의 허리를 끈으로 재고 있는 수경. 긴장된 눈으로 지켜보는 연옥.

수경	이것 보세요. 반 치는 줄었습니다.
연옥	참말로요? 고마워요, 언니.
수경	(고맙다는 말에 흠칫 보며) 아니에요. 다 아가씨가 제 말을 믿고 따라준 덕분이죠.
연옥	(좋아서) 칠성 오라버니가 보면 놀라겠는걸요?

S#79   시전 포목상
슥 눈치를 살피다 사라지는 칠성.

S#80   동 근처 일각
칠성을 끌고 얼른 구석으로 숨는 바우.

칠성	곧 비단이 들어온답니다.
바우	수고했다.
칠성	뭘요. 다 집안일인데. 연옥이는 잘 있습니까?
바우	그래. 잘 있으니까 너나 조심해. 위험하면 바로 몸부터 빼고… 알았어?
칠성	걱정 마세요, 형님.

S#81   거리 일각
짐이 잔뜩 실린 수레를 끌고 오는 사내들. 무리 중에 칠성도 보이고. 갑

자기 앞뒤로 나타나 길을 막는 바우, 춘배, 두칠 패거리들.

주인	니, 니놈들은…
춘배	오랜만!

춘배가 눈짓하자 달려드는 두칠 패거리.

주인	막아라.

한바탕 싸움이 벌어지고. 자기 패거리가 밀리자 도망치려고 기회를 보는 주인.

칠성	(얼른 바우에게) 저자가 노인을 가지고 있습니다. 〈자막 — 노인(路引): 관청에서 발행하는 여행 및 매매 허가증〉

후딱 칠성을 노려보는 주인. 급히 쫓아가, 주인을 때려눕히는 바우. 품에서 서신 봉투 꺼내서 펼쳐보는 바우. 좌포도대장의 직인이 찍혀 있고, '노인, 시전 상인 배탁, 통행지 한양 제물포, 면포 이송… 계해년 일월 십사일. 좌포도대장 이원엽'이라고 쓰여 있다.

춘배	맞아?
바우	어, 좌포도대장 직인이 찍혀 있어.
춘배	딱 걸렸네. 여긴 우리가 정리할 테니 얼른 임금님께 갖다 드려.

S#82	창덕궁 희정당 서실
	노인을 보다 코웃음을 치는 광해군.

광해군	밀수범들의 뒷배가 좌포도대장이라… 이이첨 그자가 청렴한 척 고상을 떨더니 뒤로는 딴 주머니를 차고 있었구나. 표리부동한 늙은이!

바우	!
광해군	이 일을 어찌 처결할까? 묵혀 두었다 이이첨 그자를 몰아낼 때 사용할까, 아니면 좌포도대장부터 파직시킬까? 니가 원하는 대로 해주마.
바우	장수를 잡으려면 말부터 쏘아야 한다고 들었습니다. 시간을 주면 좌의정이 또 무슨 수작을 부릴지 모르니 바로 처결하심이 옳은 듯싶습니다.

S#83   창덕궁 선정전
상참 중이다.

광해군	국법을 어기고 밀무역을 행한 죄인들을 비호한 좌포도대장을 파직하고, 삭탈관작하라!

충격으로 굳어지는 이이첨. 그런 이이첨의 얼굴을 보며 흡족해지는 광해군.

S#84   동 선정전 앞
이야기 중인 대사간, 대사헌, 형조판서 등 대신들.

대사간	좌상 대감도 예전의 기세가 아닌 거 같습니다. 결국 큰아들을 못 지켜내지 않았습니까?
대신들	(고개를 끄덕여 동의하는)
대사헌	그거야 물증이 확실하니… 지난번 금서 일도 그렇고, 좌포도대장이 실책이 너무 커서 그런 거 아니겠습니까?.
대사간	아무리 그래도… 전 같으면 무슨 수라도 냈지… 저러고 그냥 당하고만 있을 좌상 대감이 아니지…

하다, 갑자기 흠칫 놀라 입 닫는 대사간. 신하들 보면, 무섭게 노려보고 서 있는 이이첨. 어맛 뜨거라 하고, 헛기침하며 흩어지는 신하들. 무표정한 얼굴로 선정전을 돌아보는 이이첨. 그 시선으로, 선정전 앞에서

번을 서고 있는 바우의 어깨를 두드려주는 김자점이 보인다. 굳은 표정으로 바라보다 다가가는 이이첨. 이이첨의 기세에 자기도 모르게 움찔 물러서는 김자점. 앞으로 나서는 바우.

이이첨   네놈 짓이냐?
바우   나도 물읍시다. 나한테 조총 쏜 거 당신이 시킨 짓이오?
이이첨   (노려보는)
바우   (지지 않고 노려보며) 어차피 이판사판 아닙니까. 가만히 있어도 죽이려 드는데, 나도 발버둥은 쳐봐야지요.
이이첨   !
바우   왜, 먼저 건드릴 땐 쥐새끼라고 만만하게 봤다가 콧잔등을 물려서 놀랐습니까?
이이첨   언제까지고 주상 전하께서 널 보호해 줄 거라고 생각하지 마라.
바우   그러는 대감께서도 지금 권세가 영원할 거라 믿지 마십시오.
이이첨   !

S#85   이이첨의 집 사랑채 마당
        대청마루에 서서 마당에 서있는 원엽을 노기에 찬 눈빛으로 노려보는 이이첨.

이이첨   당분간 밀무역은 금하라 하지 않았더냐?
원엽   처가에 일이 생겨… 딱 한 번만 더 한다는 것이 그만…
이이첨   (홱 돌아서는)
원엽   (풀이 죽어) 송구합니다, 아버지.
이이첨   그리 재물에 연연하지 말라 일렀거늘… 자숙하고 있거라.

들어가 버리는 이이첨. 기가 죽어 축 처지며 땅이 꺼져라 한숨을 내쉬는 원엽.

원엽	(E, 선행) 술 가져와, 술!

S#86 애월루 일실(밤)
만취해 상 위에 놓인 음식들을 팔로 쓸어버리는 원엽.

원엽	이것들이 내가 누군 줄 알고… 당장 술을 대령하란 말이다. 어서!

아예 상을 뒤엎어 버리는 원엽. 기녀들, 겁먹고 어쩔 줄 모르는데. 들어오는 태출. 태출이 나가라고 눈짓하자 얼른 도망가는 기녀들.

S#87 동 애월루 다른 일실(밤)
기녀들과 술을 마시고 있는 춘배, 두칠, 칠성. 두칠에게 술을 따라주는 춘배.

춘배	고생했수.
두칠	내가 니들 덕을 볼 때도 다 있구나.
춘배	(칠성에게도 술 권하며) 너도 고생했다.
칠성	(기생집의 화려함에 넋이 나간) 예, 예.
두칠	(웃으며) 이놈 이거 눈 돌아가는 거 봐. 촌놈이 출세했다.
춘배	앞으론 마누라 등쌀에 이런 덴 구경도 못 해볼 테니까… 마지막이다 생각하고… 실컷 마셔.
칠성	(부담스러운 듯 기녀를 보다 잔을 놓고 일어나는)
춘배	왜?
칠성	소피 좀 보고 오겠습니다.

S#88 동 애월루 복도(밤)
원엽, 태출의 부축을 받아 나오는데. 막 소피를 보고 오는 듯 허리띠를 묶으며 지나가는 칠성. 태출, 칠성을 알아보고 멈칫 쳐다보는데.

원엽	누구길래?
태출	(선뜻 대답 못 하는)
원엽	(눈빛 변하며) 너도 이제 내가 파직됐다고 날 무시하는 것이냐? 어?
태출	(할 수 없이) 저놈이 포목점에서 첩자질했다는 김대석의 매제 놈입니다.
원엽	(흠칫했다) 당장 잡아와!
태출	예?
원엽	당장 잡아오라지 않느냐!

S#89   동 애월루 후원(밤)
        칠성을 무자비하게 두들겨 패고 짓밟는 원엽.

원엽	(숨을 몰아쉬며) 버러지 같은 놈… 너 같은 놈 때문에… 내가…
칠성	(기어와 원엽의 발목을 붙잡으며) 사, 살려주십시오. 나리…

내려다보는 원엽. 도포 자락에 칠성의 피가 묻어있다.

칠성	살려…
원엽	이 더러운 놈이 감히 어디다…

옆에 있던 태출의 칼을 잡아 뽑는 원엽. 칠성, 겁에 질려 뒤로 기어가려
는데. 미친 듯이 칠성에게 칼을 휘두르는 광기에 찬 원엽.

S#90   바우 본가 안채 사랑방 앞(밤)
        사색이 된 얼굴로 급히 뛰어오는 조상궁.

조상궁	큰일 났습니다. 어서 좀 나와 보세요.
바우	(놀라서 나오는) 왜 그러시오? 무슨 일입니까?
조상궁	칠성이가… 칠성이가 죽었답니다.
바우	!

S#91   애월루 앞(밤)
급히 뛰어오다 멈칫 서는 대엽과 가병1. 반대편에서 급히 뛰어오다 멈
춰 서는 바우. 대엽, 안색 찌푸리는데. 그냥 안으로 뛰어 들어가는 바
우. 대엽도 뛰어 들어가고.

S#92   애월루 마당(밤)
급히 달려오다 멈칫 서는 바우. 대엽과 가병1도 들어오고. 무릎 꿇고
있는 춘배와 두칠을 감시하고 있는 포졸들. 그 옆에서 종사관의 어깨를
두드려주는 원엽과 태출.

춘배   (울먹) 바우야!

        일동, 보는.

바우   칠성이는?
춘배   …
바우   (버럭) 칠성이 어딨냐니까!
춘배   (칠성의 시신 보며) 저기…

        한쪽에 가마니로 덮인 칠성의 시신이 놓여있다. 다가가 가마니를 들어
        올리는 바우. 엉망이 된 얼굴에, 수없이 난도질을 당한 칠성의 시신. 이
        를 악무는 바우.

종사관   그쪽 식솔이오?
바우   매제요.
종사관   웬 괴한이 칼을 들고 도망가는 걸 포도대장 영감께서 보셨다니… 필시
        그 괴한 짓인 것 같소.
춘배   거짓말이야. (원엽 가리키며) 저 인간 짓이 틀림없어. 저 인간이 피 묻은
        칼을 들고 있는 걸 본 사람이 있어.

| 바우 | (후딱 원엽 보는)! |

바우를 보며 비릿하게 미소 짓는 원엽. 바우, 다가가려는데.

종사관	(막아서며) 괴한과 결투 중에 묻은 피라고 증언하셨습니다.
바우	!
종사관	수사결과는 차후에 알려드릴 테니 그만 돌아가시오. (원엽에게 인사하고) 들어가십시오, 영감.
대엽	형님, 이만 가시죠.

대엽, 원엽을 부축해 가려는데. 뿌리치고 바우에게 다가가는 원엽. 원엽을 노려보는 바우.

| 원엽 | (다가와) 아…니 매제였나? …그냥 버러지 한 마리가 거슬려서… 밟아 버렸거든. |

그대로 머리로 원엽을 박아버리는 바우. 나가 넘어지는 원엽. 태출, 칼을 빼려는데.

대엽	(말리고 나서며) 이쯤 했으면 됐다. 물러나거라.
바우	염병. 지랄하네… 너도 신분이 낮으면 버러지로 보이냐?
대엽	!
바우	(원엽을 노려보며) 하늘에 맹세컨대, 반드시 너희 집안을 멸문시켜서 너도 버러지로 만들어주마.

칼을 빼들고 원엽에게 달려드는 바우. 태출, 막아보지만 밀리고. 바우의 칼이 바로 원엽을 향하자, 어쩔 수 없이 바우를 막는 대엽. 몇 합을 겨루다 서로 칼을 맞대고 힘겨루기를 하는 바우와 대엽.

바우	비켜라.
대엽	내 형님이다.
바우	그래? 그렇군. 니 말처럼 우린 결국 원수구나.
대엽	!
바우	너랑 나 둘 중에 하나는 죽어야 이 거지 같은 악연이 끝이 나겠구나.

금방이라도 죽여버릴 듯, 살기에 찬 바우의 얼굴에서.

제14회

S#1   애월루 마당(밤)

대엽, 원엽을 부축해 가려는데. 뿌리치고 바우에게 다가가는 원엽. 원엽을 노려보는 바우.

원엽   (다가와) 아…니 매제였나? …그냥 버러지 한 마리가 거슬려서… 밟아버렸거든.

그대로 머리로 원엽을 박아버리는 바우. 나가 넘어지는 원엽. 태출, 칼을 빼려는데.

대엽   (말리고 나서며) 이쯤 했으면 됐다. 물러나거라.
바우   염병. 지랄하네… 너도 신분이 낮으면 버러지로 보이냐?
대엽   !
바우   (원엽을 노려보며) 하늘에 맹세컨대, 반드시 너희 집안을 멸문시켜서 너도 버러지로 만들어주마.

칼을 빼들고 원엽에게 달려드는 바우. 태출, 막아보지만 밀리고. 바우의 칼이 바로 원엽을 향하자, 어쩔 수 없이 바우를 막는 대엽. 몇 합을 겨루다 서로 칼을 맞대고 힘겨루기를 하는 바우와 대엽.

바우   비켜라.
대엽   내 형님이다.
바우   그래? 그렇군. 니 말처럼 우린 결국 원수구나.
대엽   !
바우   너랑 나 둘 중에 하나는 죽어야 이 거지 같은 악연이 끝이 나겠구나.

금방이라도 죽여버릴 듯, 살기에 찬 바우.

종사관   (다급히) 두 분 다 물러나십시오. 어서요!

바우를 확 밀어내고 물러나 칼을 거두는 대엽. 바우, 칼을 들고 다가가
려는데.

종사관	(막아서며) 이렇게 나오면 모두 추포할 수밖에 없습니다.
바우	(춘배와 두칠 일별하고는 도리 없이 칼을 거두는)
종사관	(얼른, 대엽에게) 먼저 가시지요.

원엽과 함께 가는 대엽, 태출, 가병1. 가는 뒷모습을 이를 악물고 지켜
보는 바우.

| 종사관 | (포졸에게) 놓아주거라. |

포졸들이 물러나자, 바우에게 달려오는 춘배, 두칠.

| 춘배 | 바우야… 이 일을 어쩌면 좋으냐. 어? 어쩌면 좋아… |
| 바우 | … |

S#2   이이첨의 집 사랑채 사랑방(밤)
           이이첨 앞에 고개를 푹 숙인 채 무릎 꿇고 있는 원엽과 생각이 많은 대엽.

이이첨	자숙하라 하였거늘 이 무슨 추태란 말이냐!
원엽	하오나 아버지. 그놈은 죽어 마땅한 버러지 같은 놈이었…
이이첨	(책상을 쾅 내려치며) 그깟 천한 놈 하나 죽였다고 너를 탓하는 것이 아니다. 앞뒤 생각 없이 행동한 너의 경솔함을 탓하는 것이다. 내 뒤를 이어야 할 장자라면, 결코 해서는 안 될 실수임을 모르겠느냐?
원엽	!
이이첨	이제 어찌할 생각이냐? 니가 김대석의 식솔을 건드렸으니, 그놈이 독을 품고 달려들 것은 불 보듯 빤한 일이 아니냐…
원엽	(멈칫 보는) ?

이이첨	(답답한) 그놈이 나에 대해… 우리 가문에 대해 뭘 알고 있는지 그새 잊었더냐?
원엽	(새파래지며) 미, 밀서… (고개 푹 꺾이며) 잘못했습니다.
대엽	…
원엽	용서해 주십시오. 그 버러지 같은 놈 때문에… 제가 잠시…
이이첨	(버럭) 버러지를 잡더라도 독이 있는지 없는지 정도는 확인했어야 할 것 아니냐!

버러지 소리에 흠칫 이이첨을 보는 대엽. 이이첨, 혀를 차다, 대엽 시선 의식하고.

이이첨	너는 이 지경이 됐는데도 그놈을 가까이하고, 이 아비에게 반항하며 집안을 위태롭게 만들 작정이냐?
대엽	!
이이첨	대답해 보거라! 지금이라도 이 아비의 명에 따라 그놈을 죽이고 가문을 지키겠느냐? 아니면 끝까지 네 알량한 양심이나 지키고 살 것이냐?
대엽	(선뜻 대답 못 하는) …
이이첨	꼴도 보기 싫으니 썩 물러가거라.

S#3   동 사랑채 마당(밤)
        마당으로 나와 무거운 얼굴로 하늘을 바라보는 대엽의 얼굴 위에.

바우	(E) 그래? 그렇군. 니 말처럼 우린 결국 원수구나… 너랑 나 둘 중에 하나는 죽어야 이 거지 같은 악연이 끝이 나겠구나.

답답한 듯 길게 한숨을 내쉬는 대엽.

S#4   바우 본가 안방(밤)
        무거운 얼굴로 연옥 앞에 앉아있는 바우.

연옥	(멍한 얼굴로) 오라버니… 방금 뭐라고 그랬어?
바우	…
연옥	아니지? 내가 잘못 들은 거지?
한씨	연옥아…
연옥	어머니… 오라버니가 뭘 잘못 알았나 봐. 금방 올 거라고… 조금만 기다리라고… 분명히 그랬단 말야… (벌떡 일어나 나가려는)
한씨	(다급하게 붙잡으며) 어딜 가려고?
연옥	칠성 오라버니한테 가봐야지. 오라버니가 잘못 안 거니까… 내가 가서… 데려와야지.
한씨	(울며) 아이구… 불쌍한 거…
연옥	울지 마. 칠성 오라버니 아무 일도 없을 거야. 내가 가서 데려올 거야. (한씨를 뿌리치고 나가려는)
한씨	(다시 붙잡으며) 정신 차려, 이것아. 칠성인 죽었어. 죽었다고!
연옥	아니… 그럴 리 없어… 죽긴 누가 죽어? 그럴 리가 없다구! (한씨를 뿌리치고 나가려는)
한씨	연옥아…

S#5   동 안채 마당(밤)
수경, 조상궁, 춘배 무거운 얼굴로 서있는데. 뛰쳐나오는 연옥.

| 수경 | 아가씨… |

쫓아 나와 연옥을 붙잡는 바우. 한씨도 쫓아 나오고.

| 바우 | 제발 진정해. 진정하고… |
| 연옥 | (몸부림치며) 놔, 이거! 나… 칠성 오라버니한테 가야 돼. 이거 놔… 놓으란 말야… 놔! |

미친 듯이 몸부림치는 연옥을 붙잡고 괴로워하는 바우. 수경, 한씨, 조

상궁도 눈물을 흘리고.

연옥	(울부짖으며) 칠성 오라버니… 오라버니… 안 돼… 난 어쩌라고… 어떡 하라고… 칠성 오라버니… 오라버니… 오라버니… (바우의 품에서 그대 로 실신해 버리는)
수경	아가씨!
한씨	(동시에) 연옥아!
바우	연옥아… 정신 차려. 연옥아…
수경	어서 방으로… 어서요.

연옥을 안아 들고 안방으로 들어가는 바우. 따라 들어가는 한씨, 수경.

조상궁	(눈가 찍어내며) 딱해서 못 보겠네.
춘배	(화가 치미는) 벼락 맞아 뒈질 놈들… 똥물에 튀겨 죽일 놈들… 사지를 찢어 죽여도 시원찮을 놈들…

S#6   인서트(밤)
       동 본가 전경.

S#7   동 본가 안채 마당(밤)
       빈 탕약 그릇을 쟁반에 받쳐들고 나오는 수경. 가려다가 못내 걱정스러 운 듯 다시 안방 쪽을 쳐다보는.

S#8   동 본가 안방(밤)
       잠들어 있는 연옥. 망연자실한 얼굴로 바라보고 있는 한씨.

S#9   동 집 사랑방(밤)
       무거운 얼굴의 바우, 수경.

바우	다 내 탓이오. 포목점에서 처음 봤을 때… 그때 강제로라도 끌고 왔어야 하는 건데…
수경	어찌 그런 약한 생각을 한단 말입니까. 그리 생각하면 싸우기도 전에 그들한테 지는 겁니다.
바우	…
수경	매제를 죽인 건 당신이 아니라 좌의정의 큰아들입니다. 살인을 하고도 빠져나가게 만든 건 좌의정의 그 더러운 권력이구요.
바우	나도 압니다… 알지만…
수경	안다면… 죄를 물어도 그들한테 물어야지요. 분하고 억울하면… 당한 만큼 아니, 그 백배 천배로 갚아줄 생각을 해야지요.
바우	나라고 그러고 싶지 않겠소? 마음 같아선 당장이라도… (하다가 입을 다무는)
수경	저나 다른 식구들이 마음에 걸리는 겁니까?
바우	!
수경	지금까지 그자들의 행태를 보고도 모르겠습니까? 그자들은 어차피 우릴 사람으로 안 봅니다. 우리가 뭘 하든 말든 상관없이 우릴 죽이려 들 겁니다.
바우	!

S#10   이이첨의 집 사랑채 마당
        이이첨, 마당에 서있는데, 다가오는 원엽.

원엽	송구합니다, 아버지.
이이첨	(힐끗 보고 마는) …
원엽	제가 벌인 일이니, 제가 끝을 보겠습니다.
이이첨	(그제야 보며) 어떻게?
원엽	그놈 입이 열릴까 봐 전전긍긍하느니 이참에 김대석 그놈을 죽여버리겠습니다.
이이첨	(답답한 듯 보며) 아직도 술이 덜 깼느냐?

원엽	하지만 그놈을 죽이지 않으면… 언제 또 그놈이…
이이첨	그놈을 죽이는 건 일도 아니다. 당장이라도 자객을 보내면 그만이지… 허나… 문제는 주상이다.
원엽	주상은… 반정 계획이 어그러졌으니 당장은 방도가 없지 않습니까?
이이첨	…

S#11   창덕궁 희정당 서실

어의에게 진맥을 받고 있는 광해군.

어의	숨이 차거나 어지럽진 않으시옵니까?
광해군	그보다… 가슴이 답답하고, 두통이 전보다 심하다. 어의가 준 환약만이 두통을 멈추게 했는데, 얼마 남지 않았으니 더 가져오라.
어의	전하, 그 환약은…
광해군	그만. 서둘러 환약이나 가져오라.

S#12   동 창덕궁 내의원 약방

들어서다 멈칫 보는 어의. 이이첨이 기다리고 앉아있다.

어의	대감께서 약방까진 어인 일이십니까?
이이첨	주상 전하께선 요즘도 그 환약을 계속 드시고 계신가?
어의	(흠칫해서 주변을 살피고는) 이미 전보다 양이 두 배로 느셨습니다.
이이첨	언제쯤 효과를 볼 수 있을 거 같은가?
어의	머지않을 것입니다.
이이첨	!

S#13   동 창덕궁 빈청

회의를 하는 이이첨과 당상관들.

이이첨	어의에게 듣기로 주상 전하의 옥체가 미령하시다고 하니, 어찌하면 좋

겠소?

대사간	주상 전하께서 강건한 옥체를 되찾으실 때까지만이라도 대리청정을 주청 드리는 것이 어떻겠습니까?
대사헌	좋은 방도이긴 한데… 주상 전하께서 어찌 받아들이실지…
이이첨	당장 주청을 드리자는 것이 아니라 만일을 대비해 준비는 하고 있자는 말이오.
대사헌	…
이이첨	손 놓고 있다가 불예한 일이라도 일어나면 그땐 어찌 감당들 하실 생각이오? (좌중을 둘러보며) 주상 전하를 위한 일입니다. 반대하는 분 있으시오?

S#14   동 창덕궁 희정당 서실
환약을 먹고는, 부복해 있는 바우를 보는 광해군.

광해군	니 매제 될 사람이 죽었다고?
바우	예… 전하.
광해군	가만히 있을 셈이냐?
바우	아닙니다.
광해군	알았다. 기다리고 있을 테니 좋은 소식을 가져오너라.

S#15   애월루 행수의 방
두칠과 행수를 보는 바우.

바우	부탁한 건 알아보았소?
두칠	(입맛 다시며) 애들 쫙 풀어서… 이런저런 소문 다 긁어모아 봤는데… 좌의정 그 인간… 의외로 깨끗해… 뒷구멍으로 뭔 수작을 벌이는지 몰라도 찾을 수가 없더라고.
바우	…다른 사람은요?
두칠	(행수 보는)

행수	형조판서의 아들이… 여색에 미친 난봉꾼일세. 우리 집 단골이지. 애들이 듣기로 얼마 전에도 찾아와서 여염집 여인네를 서방이 보는 앞에서 뺏어왔다고 함께 온 자들에게 자랑했다는군.
바우	미친… 그냥 뺏기고 가만있었답니까?
두칠	소지를 썼지. 근데 우리 같은 천것들 얘길 누가 귀 기울여주나… 다 한 통속이라 들은 척도 안 해. 〈자막 — 소지(所志): 백성이 관할 지방수령에게 올리는 청원서나 진정서〉
바우	(멈칫했다, 행수에게) 고맙소.
행수	그놈이 아주 진상 중에 진상이라… 우리 애들도 그놈이라면 진저리를 친다네… 자네 덕분에 그놈 얼굴 안 볼 수 있으면 좋아라 할걸세.
바우	그 소지를 낸 곳이 어디요?

S#16 **한성부 책고**
문서 더미를 일일이 확인해 소지를 찾고 있는 바우.

S#17 **창덕궁 희정당 서실**
광해군과 김개시가 함께 있고, 바우가 부복해 있다.

광해군	소지를 냈는데도 한성부에서 무시했다? …소지는 찾아왔느냐?
바우	예.

소지를 김개시에게 건네는 바우. 받아서 광해군의 서탁 앞에 놓는 김개시.

광해군	(소지를 힐끔 보고는, 김개시에게) 저놈이 재주가 좋은 것일까? 아니면 저 잣거리를 굴러다녀서 백성들의 사정을 잘 아는 것일까?
김개시	둘 다가 아닐까 하옵니다.
광해군	(고개 주억거리다) 한성부 판윤은 분명 이 소지를 본 적이 없다고… 서리에게 잘못을 미룰 것이니… 문책 정도로 하고… 형조판서를 파직시켜

야겠구나.

김개시	(얼른) 전하.
광해군	왜 그러느냐?
김개시	형조판서를 파직시키지 말고, 회유하는 것이 어떠하올는지요.
광해군	!
김개시	형조판서에게 힘을 실어주어 좌의정의 대항마로 삼는 것이 좋을 듯싶사옵니다.
광해군	(솔깃하는데)
바우	아니 되옵니다, 전하.
김개시	!
광해군	왜? 너를 조총으로 쏜 놈을 풀어준 게 형조판서라 반대하는 것이냐?
바우	전하, 전하께옵서 좌의정을 몰아내려는 연유가 무엇이옵니까? 전하께서 이 나라 조선과 백성들을 위한 큰 뜻을 펴시는 데 방해가 돼서가 아니옵니까?
광해군	!
바우	바른 정치의 기본은 백성들이 걱정 없이 편히 살게 만드는 것이라 배웠습니다. 그런데 어찌 백성의 가정을 짓밟은 줄 알면서도 자식이라고 감싸는 자를 중용할 수 있겠사옵니까. 그런 자는 결국 또 다른 좌의정이 될 뿐이옵니다.
광해군	!
김개시	!
광해군	생각해 보마. 물러들 가라.

S#18   동 희정당 앞 복도
나오는 김개시와 바우. 바우, 김개시에게 고개 숙여 보이고 가려는데.

| 김개시 | 잠깐 볼 수 있겠소? |
| 바우 | !? |

S#19	동 희정당 서고
	온화한 미소로 최대한 친밀한 투로 이야기하는 김개시.

김개시	화인옹주 자가랑 같이 있지요?
바우	!
김개시	이미 옹주 자가께서 살아계심을 병조좌랑 김자점에게 들었으니 숨길 생각은 마세요.
바우	…무슨 뜻입니까?
김개시	나랑 손을 잡자는 얘기예요.
바우	!
김개시	김좌랑이 옹주 자가께서 살아계심을 주상 전하께 숨기는 바람에… 내 입장이 아주 난처해요. 그대가 김좌랑을 겁박했다면서요.
바우	…
김개시	김좌랑을 살려두는 게 그대도 나도 좋지 않겠어요? …방도를 찾아주면… 나도 그대를 적극 돕지요.
바우	…생각해 보겠습니다.
김개시	그대의 결정을 도울 정보를 하나 드리지요. 중영 그자 말고 또 다른 내 금위장에게 좌의정이 접촉하고 있어요. 무슨 뜻인지 알겠지요?
바우	!

S#20	동 창덕궁 금군청 앞
	급히 오다 멈칫 서는 바우. 그 시선으로, 이이첨을 배웅하는 듯 고개 숙여 인사하는 내금위장1의 어깨를 다독여주는 이이첨이 보인다. 굳어지는 바우.

S#21	동 창덕궁 희정당 앞 복도
	굳은 얼굴로 바우를 보는 중영.

중영	석계가 좌의정을 만났다?

바우	예, 방금 금군청 앞에서 두 사람이 만나는 것을 보았습니다.
중영	…
바우	내금위를 믿을 수 있습니까? 자칫하면 옹주 자가께서 살아계심을 좌의 정이 알아낼 것입니다.
중영	니 집을 보호하고 있는 놈들은 모두 내 휘하에 있는 놈들이다. 다른 놈들은 몰라도, 그놈들은 믿어도 된다.
바우	만에 하나라도…
중영	믿어라. 그놈들은 주상 전하께서… 왜란 중에 분조를 이끄실 때 죽은 장수들의 자식들이다… 지금까지 거두고 키워주신 전하를 아버지처럼 믿고 따르는 이들이니 걱정 마라.
바우	…

S#22   바우 본가 사랑방(밤)
        놀란 얼굴로 바우를 보는 수경.

| 수경 | 김상궁이요? 김상궁이 손을 잡자 했단 말입니까? |
| 바우 | 그 여자가 당신한테 한 짓을 생각하면 무조건 거절해야 옳은데… 그랬다간 또 무슨 짓을 할지 몰라서… |

        굳어지는 수경의 얼굴에서.

S#23   창덕궁 후원 애련지(회상)
        - 3회 S#32의,

김개시	(잠시 보다가) 이 모든 것을 감당하실 수 있으시겠습니까, 옹주 자가?
수경	(자기 분에 마주 노려보는) !
김개시	(머리 조아리며) 죽어주십시오. 옹주 자가!
수경	!!

S#24 바우 본가 사랑방(밤)
      생각에 잠겨있는 수경을 보는 바우.

바우 아무래도 안 되겠소. 거절하겠소.

수경 아닙니다. 김상궁과 손을 잡으세요. 다만 자신에게 해가 된다 생각하면 언제든 배신할 여자니 절대 믿지는 마시구요.

바우 정말 괜찮겠소?

수경 지금 찬밥 더운밥 가릴 때가 아니지 않습니까?

바우 …

수경 헌데, 김자점을 구할 방도는 있습니까?

바우 (난처한 듯 보며) 그게… 내가 아직 주상 전하를 잘 몰라서 말이오. 어떤 수를 써야 할지…

수경 예로부터 군주의 자리는 외롭고 위태로워 고위하다 하였습니다.

바우 …

수경 아바마마는 그 누구도 믿지 않으십니다. 원래 군주의 자리는 아무도 믿지 말고, 끊임없이 의심하고 또 의심해야 하는 외로운 자리지만… 아바마마는 특히 그러하십니다… 세자 시절부터 함께했던 좌의정이 배신했으니… 내금위장 중영 빼고는… 아니 중영조차 완전히 믿지는 않으실 겁니다.

바우 !

수경 김상궁이 김자점을 구하려 할수록 아바마마는 김상궁을 의심할 것이니… 차라리 김자점을 죽이려 하면 김상궁을 믿고, 김자점 또한 쓸모가 있는 한 버리지 않으실 것입니다.

바우 (감탄으로 보다) 그대는 정말… 내가 만약 주상 전하라면 다음 대 보위는 당신 것이오.

수경 (쓸쓸하게 미소 지며) 철모를 때는 그런 꿈을 꾼 적도 있었지요.

바우 !

S#25   바우 본가 안채 마당(밤)
사랑채 쪽에서 오다 의식하는 수경. 안방 마루에 걸터앉아 멍하니 하늘
만 바라보고 있는 연옥. 마음이 안 좋은 듯 연옥을 바라보다가 다가가
는 수경.

수경   아가씨…
연옥   (그제야 멈칫 보며) 언니…
수경   잠이 안 와서 나왔어요?
연옥   네. 자꾸 뒤척이면 어머니 깨실까 봐…
수경   나도 잠이 안 오는데… 제 방에 가서 밤새 얘기나 할래요?
연옥   …

S#26   동 집 수경의 방(밤)
바느질을 하고 있는 수경. 이불 위에 두 무릎을 세운 채 웅크리고 앉아
서 방바닥만 쳐다보고 있는 연옥. 일순 고개를 들다가 수경과 시선이
마주치는 연옥. 그냥 미소만 지어 보이고는 다시 바느질을 하는 수경.

연옥   …미안해요.
수경   뭐가요?
연옥   …아무 얘기도 하고 싶지가 않아요.
수경   그럼 하지 말아요. 나도 아무 말도 하지 않을 테니까… 이 방에 아가씨
           혼자 있다 생각하고… 그냥 편하게 있어요.

머뭇거리다 다시 고개를 숙이고 방바닥만 보는 연옥. 수경, 무심한 척
다시 바느질하는데.
(E) 연옥의 흐느낌 소리.
수경, 멈칫 보면, 무릎에 얼굴을 묻은 연옥의 어깨가 들썩인다. 아프게
바라보다가 옆에 가 앉으며 연옥을 안아주는 수경. 수경의 품에 얼굴을
묻으며 더 서럽게 흐느끼는 연옥.

S#27	인서트
	창덕궁 전경.

S#28	창경궁 영춘헌 김개시의 방
	기대에 찬 눈으로 바우를 보는 김개시.

김개시	결심이 섰나요?
바우	예, 김상궁마마님과 함께하겠습니다.
김개시	(반색) 잘 생각했어요.
바우	대신! 부탁이 있습니다.
김개시	?
바우	소의마마님과 화인옹주 자가께서 만나실 수 있게… 김상궁마마님이 좀 도와주십시오.
김개시	!

S#29	창경궁 일각
	김개시와 소의 윤씨 등 후궁들이 지켜보고 있는 가운데, 산대놀음이 펼쳐지고 있다. 경비를 서는 대엽 곁으로 다가오는 이이첨.

이이첨	갑자기 산대놀음을 벌인 이유를 아느냐?
대엽	명나라 사신이 온다고 의주에서 파발이 와서, 산대도감을 점검한다고 들었습니다.
이이첨	다른 의도가 있는 것은 아니고?
대엽	소자가 알기엔 없습니다.
이이첨	(탐색으로 보는) 두고 보면 알겠지.
대엽	!

이이첨 돌아서려는데, 대엽의 시선으로 소의 윤씨가 자리에서 슬며시 일어나 뒤로 빠지는 것이 보인다.

대엽	(얼른) 아버지.
이이첨	?
대엽	명나라 사신이 오는 연유를 혹시 아십니까?
이이첨	가도에 동강진을 치고 있는 모문룡 때문이겠지. 그것은 왜?

그사이에 사라져 보이지 않는 윤씨.

대엽	아무것도 아닙니다.
이이첨	?

S#30   동 창경궁 영춘헌 김개시의 방

소의 윤씨, 초조한 얼굴로 기다리고 있는데. 탈을 쓴 수경과 함께 들어오는 바우. 자기도 모르게 벌떡 일어서는 윤씨. 윤씨에게 고개 숙여 인사하는 바우. 수경만 뚫어지게 쳐다보는 소의 윤씨. 조용히 나가는 바우. 방문 닫히면 그제야 탈을 벗는 수경. 이미 온통 눈물로 젖어있는 수경의 얼굴.

윤씨	화인아.
수경	어마마마님.

떨리는 손으로 수경의 얼굴을 어루만지는 윤씨.

윤씨	화인이냐. 정녕 우리 화인이가 맞는 것이냐.
수경	예, 어마마마님.

와락 수경을 끌어안는 윤씨. 참고 참았던 서러움과 그리움이 한꺼번에 터져버린 듯, 오열하는 수경. 윤씨도 체통마저 잊은 채 소리 내어 통곡을 하고. 한동안 그렇게 서로를 끌어안은 채 말도 못 하고 울기만 하는 두 모녀.

S#31   동 김개시의 방 앞
주위를 물린 듯, 아무도 보이지 않는다. 바우 홀로 방 앞을 경계하며 서
있는데.
(E) 방에서 들려오는 모녀의 울음소리.
울컥하려는 감정을 애써 누른 채 정면만 주시하는 바우.

S#32   동 김개시의 방
마주 앉은 수경과 윤씨. 간신히 울음은 멈췄지만, 여전히 젖은 얼굴인
두 모녀. 수경의 두 손을 꼭 잡은 채 놓을 줄 모르는 윤씨.

수경   소녀 불민하여 너무나 큰 불효를 저질렀습니다. 용서해 주십시오, 어마
        마마님.
윤씨   아니다, 아니야… 이리 살아있으니 됐다.
수경   어마마마님…
윤씨   살아있어 줘서 고맙다. 참으로 고맙다.
수경   얼굴이 너무 많이 상하셨어요. 다 저 때문에…

말을 못 잇고 다시 눈물을 흘리는 수경. 수경의 눈물을 닦아주는 윤씨.

윤씨   괜찮다. 널 이리 다시 봤으니… 이 어민 이제 아무래도 상관없다.
수경   그런 말씀 마세요. 소녀를 위해서라도 강건하게 버텨주셔야 해요. 오
        래오래 강녕하셔야 해요, 어마마마님.
윤씨   오냐. 내, 너를 다시 보려면 그래야지.
수경   약조하신 거예요.
윤씨   (끄덕이고) 너도 약조하거라. 무사히 살아남아서… 반드시 이 어밀 다시
        보러 오겠다고…
수경   예, 어마마마님… 약조할게요. 반드시 다시 찾아뵐게요.

애써 미소 지어 보이는 수경. 그 미소에 오히려 더 가슴이 미어지는 듯,

다시 눈물을 보이는 윤씨.

S#33 동 김개시의 방 앞
바우, 경계를 늦추지 않고 있는데.

윤씨   (E) 밖에 있으면 잠시 들어오겠나?

S#34 동 김개시의 방
들어오는 바우.

윤씨   앉게.
바우   (수경을 일별해 주고 앉는)
윤씨   그간 복잡한 사정이 있었다 들었네.
바우   !
윤씨   어찌 되었든… 화인을 지켜주고 돌봐줘서 고맙네… 내, 두고두고 잊지
       않겠네.
바우   황감한 말씀이십니다. 전 한 게 없습니다. 말씀 거두어주십시오.
윤씨   앞으로도 옹주를 부탁하네… 자네 말고는 아무도 믿을 수가 없으니…
       어쩌겠는가.
바우   …
윤씨   주상 전하께서 확실한 방비책을 강구하실 때까지만… 부디 우리 화인
       이를 무사히 지켜주게.
바우   예. 부족하지만… 전력을 다하겠습니다.
윤씨   고맙네. 자네만 믿겠네.
수경   …

S#35 동 창경궁 마당
이이첨, 산대놀음을 지켜보고 있는데, 급히 오는 형조판서.

형조판서	대감, 살려주십시오.
이이첨	?
형조판서	주상 전하께서 도승지에게 저의 파직을 명하셨답니다.
이이첨	!
형조판서	대감…
이이첨	희정당으로 갑시다.

급히 가는 이이첨과 형조판서.

S#36   창덕궁 희정당 서실 앞
        서실 앞에 기다리고 서있는 이이첨과 형조판서.

중영	전하, 좌의정과 형조판서 입시이옵니다.
광해군	(E) 몸이 편치 않다. 물러가라 이르라!
이이첨	전하, 신 좌의정 이이첨이옵니다.

S#37   창덕궁 희정당 서실
        두통이 이는 듯 관자놀이를 누르며 서있는 광해군.

이이첨	(E) 전하…
광해군	(무시하고 환약을 입에 넣고 씹어 삼키는)
이이첨	(E) 전하…
광해군	(물을 마시고는) 물러가라 하였…

물그릇을 툭 떨어뜨리는 광해군. 밖을 향해 뭐라 하려다 그대로 쓰러져 버린다.

S#38   동 서실 앞
        (E) 광해군이 넘어지는 소리.

흠칫 놀라 보는 이이첨과 형조판서. 급히 안으로 들어가는 중영.

S#39   동 서실
         쓰러져있는 광해군.

중영   (기겁해 달려가며) 전하! 전하!

         뒤따라 들어오다 혼비백산하는 형조판서. 쓰러진 광해군을 바라보며
         슬쩍 미소를 비치는 이이첨.

S#40   창경궁 마당
         우르르 달려와 산대놀음 하던 광대들을 포위하는 내금위 병사들. 놀라
         서 보는 김개시. 내금위장1과 함께 다가오는 이이첨.

이이첨   주상 전하께서 쓰러지셨습니다.
김개시   !
이이첨   만일의 사태를 대비하여 저들을 모두 구금하고 궐문을 모두 닫거라.

         이이첨을 주시하다, 슬그머니 뒤로 빠지는 대엽.

S#41   동 근처 일각
         바우, 탈을 쓴 수경을 데리고 조심스럽게 오는데. 불쑥 나타나는 대엽.
         흠칫 놀라서 서는 바우, 수경.

대엽   (수경을 일별하고는, 바우에게) 주상 전하께서 쓰러지시는 바람에 비상이
         걸렸다.
수경   !
바우   허면…
대엽   아버지의 명을 받은 금군들이 산대도감 사람들을 구금해 조사하고 있

으니, 이쪽으로 가면 안 된다. 나를 따라오너라.

수경   (바우를 보는)

바우   갑시다.

따라가는 바우와 수경.

S#42   **동 근처 일각**
대엽을 쫓아 구석진 곳에 있는 우물 앞으로 오는 바우와 수경.

대엽   오래전에 폐쇄된 우물입니다. 일단 이곳에 숨으십시오.

수경   (대엽을 착잡하게 바라보는)

대엽   (그 시선 의식하면서도 모른 척 바우에게) 지금쯤이면 인원이 한 사람 빈다
       는 것을 알아냈을 것이다. 최대한 빨리 궐 밖으로 모셔야 한다.

놀라는 바우와 수경.

이이첨   (E, 선행) 입궐할 때 숫자보다 한 명이 적다?

S#43   **동 창경궁 마당**
내금위 병들이 탈을 쓴 자들을 일일이 벗겨서 확인하고 있다.

이이첨   어떤 놈이 산대도감 패거리에 끼어 궐까지 숨어들었는지 반드시 찾아
        내야 한다. 궁녀들을 동원해서라도 후궁들의 처소들까지 한 곳도 빠짐
        없이 샅샅이 뒤져라.

내금위장1   예, 대감.

S#44   **몽타주**
       - 궐문을 닫고 철통같이 경비하는 금군들.
       - 윤씨 처소, 궁녀들 숙소 등 궐 안을 뒤지는 금군들.

S#45   창덕궁 단봉문 앞
           가마를 인솔하고 오는 바우. 막아서는 이이첨과 내금위장1, 금군들.

이이첨   (나서며) 궐문을 봉쇄했다는 말을 못 들었는가?
바우   김상궁마마님께서 주상 전하의 쾌차를 비는 불공을 드리러 가는 길입
          니다.
이이첨   (탐색으로 보다, 가마를 향해) 잠시 무례를 범하겠소.

           내금위장에게 턱짓하는 이이첨. 내금위장 가마로 다가가는데. 가마 옆
           미닫이창을 여는 김개시.

김개시   무슨 일입니까?
이이첨   산대도감 인원 중 한 명이 사라졌다는 얘긴 들었겠지요?
김개시   그런데요?
이이첨   산대도감을 궁으로 부르도록 주상 전하께 청한 것이 김상궁마마님이
          라고 들었습니다.
김개시   예, 그래서요?
이이첨   확인을 해봐도 괜찮겠소?
김개시   나를 믿지 못하여, 내가 탄 가마 속을 굳이 열어 보시겠다, 이 말씀이십
          니까?
이이첨   숨기는 것이라도 있습니까?
김개시   (노려보다) 여세요.

           가마 앞문을 여는 금군. 횃불을 가까이 들이대는 내금위장1. 김개시가
           분노한 얼굴로 앉아있다.

이이첨   !
김개시   직접 보셨으니 되었습니까? 내 이 수모는 잊지 않겠습니다.
이이첨   !

김개시	닫아라!

이이첨 보는 내금위장1. 고개 끄덕이는 이이첨. 문을 닫는 금군.

바우	가도 되겠습니까?

후딱 횃불을 빼앗아 가마꾼들을 확인하는 이이첨. 그러나 특별히 수상한 사람은 찾지 못하고.

이이첨	(허탈한 듯 보다) 통과시켜라.

S#46   동 창덕궁 근처 일각

가마꾼들은 보이지 않고. 바닥에 놓여있는 가마를 여는 바우. 밖으로 나오는 김개시. 김개시가 나오자, 김개시의 뒤쪽 치마폭 속에 숨어있던 수경이 드러난다. 수경이 나오려 하자 자기도 모르게 손을 내미는 바우. 바우의 손을 잡고 나오는 수경. 두 사람이 잡은 손을 유심히 보는 김개시. 김개시 시선 의식하고, 얼른 손을 놓는 바우.

김개시	많이 변하셨습니다. 예전 같으면 절대 상상할 수도 없는 일을 태연히 해내시는군요.
수경	체면이나 체통보다 중요한 것이 무언지 깨달았으니까요.
김개시	!
바우	그만 갑시다.
수경	예.
김개시	!
바우	(김개시에게) 도와주셔서 감사합니다.
김개시	(온화하게) 이제 우린 같은 편이 아닙니까. (수경에게 인사하며) 보중하십시오, 자가.
수경	(잠시 바라보다) 아바마마를 부탁합니다.

김개시	예.

살짝 고개 숙여 보이고 가는 수경과 바우. 그런 두 사람을 의미심장하게 보는 김개시.

S#47   **바우 본가 안채 마당**
함께 들어오는 바우와 수경.

조상궁	(얼른 다가가) 소의마마님은 만나 뵀습니까?
수경	(말없이 고개 끄덕이고 방으로 가는)
조상궁	왜 저리 기운이 없으신 게요? 궐에서 무슨 일이라도 있었소?
바우	주상 전하께서 쓰러지셨소.
조상궁	!
바우	걱정이 많을 테니 함께 있어주시오.
조상궁	아, 알았소. (급히 수경 방으로 들어가는)
바우	(걱정스러운 눈길로 수경 방 쪽을 보며, E) 그래도 아버지는 아버진가?

S#48   **창덕궁 희정당 침실**
의식을 잃고 누워있는 광해군에게 침을 놓는 어의. 지켜보고 있는 세자와 이이첨 등 대신들.

S#49   **동 희정당 앞**
이이첨, 어의와 함께 나오는데.

김개시	주상 전하께서는 어떠십니까?
이이첨	아직… 차도가 없으십니다.
김개시	(어의를 힐끗 보고는) 드릴 말씀이 있습니다.
이이첨	?

S#50   동 창덕궁 빈청
          강하게 이이첨을 노려보는 김개시.

김개시   어의를 다른 이로 바꿔주세요.

이이첨   갑자기 그게 무슨 소리요. 주상 전하께서 위급한 이때, 전하의 병중에
          대해 가장 잘 알고 있는 사람을 왜 바꿉니까?

김개시   잘 알고 있는 자가, 급작스럽게 쓰러지시게 만듭니까?

이이첨   그거야 원래 옥체 미령하시지 않으셨소… 이제 와 갑자기 어의를 바꾸
          면 혼란만 더 가중될 테니 믿고 기다려봅시다.

김개시   믿을 수가 없습니다. 어의를 바꿔주세요.

이이첨   (짐짓 난감한 듯) 주상 전하께서 정하신 어의를 어찌 내 마음대로 바꾼단
          말이오.

김개시   대감께서 내의원을 지휘하는 도제조 아니십니까?

이이첨   그저 가끔 자문이나 하는 명예직 아니오. 중전마마와 세자 저하께서도
          믿고 신뢰하는 어의입니다. 내 마음대로 할 수가 없어요.

김개시   (노려보는)

이이첨   아무튼 어의는 바꿀 수 없으니 그리 아시오. 오래 자릴 비울 수 없으니
          이만 가보겠소.

김개시   (나가는 이이첨을 노려보는)

S#51   동 창덕궁 희정당 침실
          죽은 듯이 누워있는 광해군.

S#52   동 희정당 침실 앞
          굳은 얼굴로 지키고 서있는 중영. 오는 김개시.

중영   어찌 됐습니까?

김개시   (고개를 젓고는) 전하께서 드시던 환약… 어딨습니까?

S#53   동 희정당 서실
서탁 서랍을 열어 한지에 쌓인 환약을 꺼내 김개시에게 건네는 중영.
종이를 펼쳐 환약의 냄새를 맡아보는 김개시.

중영   다른 의원에게 확인도 했고, 기미상궁에게 먹여서 확인해 봤지만 별 탈
        은 없는 물건입니다.

김개시   그걸로야 다 알 수 없지요. 누구한테는 약이, 누구한테는 독이 될 수도
        있습니다. 주상 전하께서는 이 환약을 장복하지 않으셨습니까?

중영   !

김개시   영감께서도 할 일이 있습니다.

중영   ?

김개시   어의를 죽이세요.

중영   (흠칫) 일단 환약에 대해 알아보고 나서 결정하는 것이…

김개시   그 사이에 주상 전하께서 잘못되시면요?

중영   !

김개시   전하께서 잘못되시면 영감도 나도 다 죽습니다. 좌의정이 어떤 사람인
        지 모르십니까?

중영   !

김개시   만에 하나라도 어의가 이 환약에 장난을 쳤다면, 그자 손에 주상 전하
        를 맡기면 절대 안 됩니다. 일단 죽이세요. 책임은 내가 집니다.

S#54   동 창덕궁 빈청
심각한 얼굴로 모여 앉은 이이첨과 신하들. 다들 이이첨 눈치만 살피며
선뜻 이야기를 못 꺼내는데.

이이첨   이미 논의한 대로 대리청정으로 갑시다.

일동   !

이이첨   주상 전하께서 언제 쾌차하실지도 모르는데… 용상을 마냥 비워둘 수
        는 없지 않습니까?

대사간	왕실에 어른도 안 계신데… 우리 마음대로 … 후일 일이 잘못되기라도 하면… 그 후환을 어찌 감당하겠습니까?
이이첨	내가 중전마마와 세자 저하를 알현하겠소.

S#55 동 창덕궁 동궁전
난감한 얼굴로 이이첨을 보는 세자.

이이첨	저하… 종묘사직이 위태롭사옵니다. 용상을 하루도 비워둘 수 없으니 대리청정을 받아주시옵소서…
세자	(망설이는)
이이첨	중전마마께도 이미 내락을 받았사옵니다. 주상 전하께서 쾌차하실 때까지만이옵니다. 가납하여 주시옵소서.
세자	…

S#56 동 창덕궁 약방(밤)
어의, 의자에 앉아 의서를 읽으며 생각에 잠겨있는데. 조심스럽게 다가가 뒤에서 입과 코를 틀어막아 버리는 중영. 버둥거리는 어의.

S#57 동 약방(밤)
죽은 어의를, 마치 잠들어 죽은 것처럼 의자에 앉혀 위장하는 중영.

이이첨	(E, 선행) 어의가 죽었다?

S#58 이이첨의 집 사랑채 마당
대청마루에서 마당에 선 원엽을 쳐다보는 이이첨.

이이첨	중영의 짓이겠군. 아니면 김상궁의 짓이든가… 이미 원하는 것은 다 얻었으니… 상관없다.
원엽	세자가 대리청정을 하면… 소자도 복권되는 것입니까?

이이첨	(한심하다는 듯 봐주고 그냥 들어가 버리는)
원엽	(따라가며) 아버지…

S#59   창덕궁 선정전
세자가 옥좌에 앉아있고. 상참 중이다.

이이첨	저하, 가도에 있는 명나라 장수 모문룡이 사신을 통해 군량과 군자금을 요구해 왔사옵니다.
신하들	(또?라며 웅성거리는)
이이첨	공교롭게도, 북방 오랑캐의 장수 아민 또한… 지난날 명나라에 원군으로 갔다가 포로로 잡힌 도원수 강홍립과 모문룡을 교환하자는 서신을 보내왔사옵니다.
신하들	(놀라서 눈빛을 교환하는)
세자	경의 생각은 어떠한가?
이이첨	어찌 상국의 장수인 모문룡을 오랑캐들 손에 넘길 수 있겠사옵니까? 당연히 거절하는 것이 맞사옵니다. 그리고 모문룡의 요구는 왜란 때 명나라의 도움을 봐서라도 들어주는 것이 옳다 사료되옵니다.
세자	(고개 주억거리는데)
김자점	아니 되옵니다, 저하.
이이첨	!
김자점	비록 모문룡을 오랑캐들 손에 넘길 수는 없다 하나, 모문룡의 요구를 들어주는 것은 천부당만부당한 일이옵니다.
세자	어째서 그러한가.
김자점	작금의 조선 실정으로 모문룡의 요구를 들어주었다간 내년 춘궁기에 쓸 구휼미조차 모자랄 것이옵니다.
이이첨	병조좌랑은 재조지은의 은혜를 잊었는가?
김자점	은혜를 갚는 것도 좋지만… 모문룡의 요구대로 군량과 군자금을 대주었다는, 오랑캐들이 우리와 명나라가 공조하는 것으로 오해하여 압록강을 건너 쳐들어올 수도 있습니다. 그럼 바로 전쟁입니다.

세자	!
김자점	이는 주상 전하의 뜻에 반하는 것이옵니다. 주상 전하께서 쓰러지시자마자 주상 전하의 뜻에 반할 수는 없사옵니다, 저하. 후일 주상 전하께서 아시면 반드시 책임을 물을 것이옵니다.
세자	(얼른) 이 일은 당장 처결하기 어려우니 후일 아바마마께서 쾌차하실 때까지 미루라.
신하들	예, 전하…
이이첨	(굳는) !
세자	(이이첨의 굳은 얼굴 일별하고는) 형조판서와 좌포도대장의 자리가 아직 비어있다 들었다… 나라의 형세가 위급하니 일단 전임자들을 복직시키라.
이이첨	!

S#60 동 창경궁 김개시의 방
기가 찬 듯 콧방귀를 뀌는 김개시.

김개시	형조판서와 좌포도대장의 복직이라… 주상 전하께서 쓰러지시니 바로 자기들 세상이로군요.
바우	…
김개시	당분간은 두 분 다 몸을 사려야겠어요.
김자점	예, 마마님.
바우	…주상 전하께서는 차도가 있으십니까?

S#61 바우 본가 사랑방
걱정이 많은 얼굴의 수경.

바우	내의원의 모든 의원들이 최선을 다하고 있으니, 곧 좋은 소식이 있을 것이오. 너무 걱정 마시오.
수경	아바마마도 아바마마지만… 좌의정이 어찌 나올지 몰라서 걱정입니다.

S#62   이이첨의 집 사랑방
          이이첨에게 깊이 고개 숙이는 원엽.

원엽   감사합니다, 아버지.
이이첨   남들 눈도 있으니, 앞으로 더욱 몸가짐을 바로 해야 한다. 알겠느냐?
원엽   예, 걱정 마십시오.
이이첨   이제 주상이 대체 김대석 그놈 집에 뭘 숨기고 있는지부터 확인해 봐야
          겠다.
원엽   예.
이이첨   일단 그놈부터 치워야 되겠는데…

S#63   창덕궁 선정전
          상참 중이다.

이이첨   내금위 실차 김대석을 승품하여 선전관으로 삼고 북방으로 보내, 오랑
          캐와 모문룡을 조사하여 정확한 사태를 살피는 것이 어떨까 하옵니다.
김자점   (화들짝 놀라) 아니 되옵니다, 저하. 김대석은 좌의정 이이첨과는 계축년
          옥사로 원한이 있는 관계이옵니다. 좌의정의 추천에는 다른 의도가 숨
          어있사옵니다. 이미 있는 선전관들을 보내시옵소서.
세자   (이이첨 보는)
이이첨   저하, 다른 선전관들은 평범한 사대부가의 자제들이라 경험이 적어 이
          런 정탐에는 적합하지 않사옵니다. 하오나 김대석은 오랜 세월 정체를
          숨기고 지낸 터라 위장에 능하고 세상 경험이 누구보다 많아… 이번 일
          에 적합한 인재라 판단하여 추천한 것이옵니다.
세자   (주억거리는)
김자점   아니옵니다, 저하. 좌의정의 말은 교언영색일 뿐… 속내는 전쟁터가 될
          지 모르는 북방으로 김대석을 보내 후환을 제거하려는 것이옵니다.
세자   (놀라서 이이첨 보는)
이이첨   저하, 병조좌랑의 말은 무고일 뿐이옵니다. 신은… 신의 아들도 김대석

과 같이 북방으로 보낼 것이옵니다.

김자점   !

대사간   저하, 좌의정이 이 나라를 위해 큰 결심을 하였습니다. 그 뜻이 아름답
　　　　　고 갸륵하니 가납하여 주시옵소서.

신하들   가납하여 주시옵소서.

세자   그리 처결하라.

S#64   바우 집 사랑방(밤)
　　　　　안타까운 얼굴로 바우를 보는 수경.

수경   아니 됩니다. 절대로 가서는 아니 됩니다. 당신을 죽이려는 좌의정의
　　　　　계략입니다.

바우   나도 알고 있소. 그러니 내 말부터 좀 들어보시오.

수경   무슨 말을 할지 다 압니다. 왜 가려고 하는지도 알고… 왜 갈 수밖에 없
　　　　　는지도 압니다.

바우   그럼 보내주시오. 당신이 이러면…

수경   (O.L) 보낼 수 없습니다. 가면 죽는데… 살아선 못 돌아올 것이 불 보듯
　　　　　빤한데… 어찌 보내란 말입니까.

바우   나도 안 갈 수만 있다면 안 가고 싶소… 허나 당신도 알잖소… 안 갈 명
　　　　　분이 없는 이상 버텨봤자 소용없다는 걸…

수경   그래도 피할 방도를 찾아보십시오. 명분이 없다면… 명분을 만들어서
　　　　　라도 안 가야 합니다. 가지 말아야 합니다.

바우   …

수경   차라리 병을 핑계로 사직서를 내는 것이 어떻겠습니까?

바우   그럴 수는 없소. 그자들에게 복수하려면 관직에 있어야 하오.

수경   아바마마께서 깨어나실 때까지 버틸 방도도 없습니까?

바우   (고개 저으며) 빠져나갈 수 없는 외통수요.

S#65	이이첨의 집 사랑방(밤)
	굳은 얼굴로 이이첨을 보는 대엽.

이이첨	거부할 생각이냐?
대엽	아닙니다.
이이첨	니 고모가 알면 난리가 날 테니, 장번 때문에 집에 못 들어오는 것으로
	하마.
대엽	예.
이이첨	(서신 꺼내며) 모문룡에게 전할 서신이다.
대엽	…
이이첨	(빤히 보며) 김대석 그놈을 죽이고, 실종된 것으로 처리해 주면… 요구
	한 군량과 군자금을 지원하겠다는 내용이다.
대엽	!
이이첨	너에게 주는 마지막 기회다. 어찌할 테냐?
대엽	(망설이다 서신을 집어 드는 손이 떨린다)
이이첨	돌아올 땐 반드시 너 혼자여야 할 것이다.

S#66	바우 집 사랑방
	선전관 복장으로 서있는 바우. 눈물을 보이지 않으려 안간힘을 쓰며 바
	우의 옷매무새를 만져주는 수경. 그런 수경의 어깨를 감싸 쥐는 바우.
	가만히 수경을 바라보는 바우. 애써 웃어 보이지만, 이미 온통 젖어있
	는 수경의 얼굴.

바우	내가 없는 동안… 가족들을 부탁하오.
수경	집 걱정은 말고… 몸 건강히 다녀오세요.
바우	그럼… 다녀오겠소.
수경	(애써 미소로) 꼭… 살아 돌아와야 합니다. 무슨 일이 있어도 꼭…
바우	(다짐하듯) 난 그대를 홀로 두고 절대 죽지 않소. 날 믿고 기다려주시오.

더는 아무 말도 못 하고 절절하게 바우를 바라보는 수경. 그런 수경을 바라보다 조심스럽게 입을 맞추는 바우. 그렇게 눈물로 안타까운 이별의 입맞춤을 하는 두 사람.

S#67   창덕궁 희정당 앞
누군가를 기다리는 듯 굳은 얼굴로 서있는 바우, 대엽. 서로 쳐다보지도 않고 희정당만 보고 서있는데. 구군복 차림으로 오는 김자점.

바우   (의외인 듯 보며) 김좌랑께서 어인 일로…
김자점   (대엽 힐끗 보고 낮게) 김상궁마마님께서 나도 함께 가서 자네를 보호하라 하셨네.
바우   !

세자와 함께 희정당에서 나와 세 사람 앞에 서는 이이첨.

이이첨   (김자점에게 서류와 증명패를 주며) 포마를 징발할 수 있는 포마문과 국경지역을 출입할 수 있는 관방패면일세. 잘 부탁하네.
김자점   예, 대감.
이이첨   (바우에게 비꼬듯) 무슨 일이 일어날지 모르니 부디 몸조심하시게.
바우   예…
이이첨   (대엽에게) 내 아들로 돌아올 거라 믿는다.
대엽   예…

S#68   야산 일각
천으로 감싼 조총을 등에 맨 응시자1이 강변을 내려다보고 있다. 그 시선으로, 멀리 강변을 따라 말을 달려가는 바우, 대엽, 김자점의 뒷모습이 보인다. 점점 더 멀어지는 세 사람을 지켜보는 응시자1의 얼굴 위에.

원엽   (E) 지난번에 과장에서 못 죽인 그놈을 쫓아가서 죽여라.

S#69   바우 본가 수경의 방
            생각에 잠겨있는 수경. 들어오다가 멈칫 의식하는 조상궁. 음식 쟁반
            이 상보에 덮인 채로 있다.

조상궁   (상보 들어보고는) 또 손도 안 대셨네.

수경   (그제야 멈칫 보는)

조상궁   정말 어쩌려고 이러세요?

수경   그냥 입맛이 없어서… 나중에 배고프면 먹을게요.

조상궁   걱정돼서 이러시는 건 알겠는데요… 그래도…

            하다가 의식하는 조상궁. 이미 딴생각에 잠겨있는 수경.

S#70   동 집 뒷마당
            조상궁, 빨래를 널다 말고 심란한 얼굴로 앉아있는데. 오는 춘배.

춘배   그새 빨래를 다 한 거야? 쫌만 기다리지. 내가 도와준다니까…

조상궁   …

춘배   (얼굴 들이대며) 안성댁… (눈앞에다 손 흔들며) 안성댁?

조상궁   (뭔가 생각난 듯, 벌떡 일어나며) 가서 닭 좀 사와.

춘배   닭? *꼬꼬댁*… 닭?

조상궁   (급히 가며) 기름이 얼마나 있나 모르겠네.

춘배   ?

S#71   동 집 부엌
            가마솥에 기름을 붓는 조상궁.

춘배   뭐 하는 거야?

조상궁   포계…라고 들어나 봤나?

춘배   포계?

조상궁	이렇게 기름에다가 (밑간을 해서 재워둔 닭을 담은 함지박 보여주며) 요놈을 넣고 튀기듯이 볶아주면… 맛있는 포계가 되거든.
춘배	뭔 소린진 모르겠지만… 갑자기 이건 왜?
조상궁	통 뭘 드시질 못하니 어째… 뭐라도 해서 먹게 해봐야지.
춘배	누구? 작은 마님?
조상궁	응. 어릴 때부터 요 포계라면 사족을 못 쓰셨거든.
춘배	아하… 근데 왜 통 뭘 못 먹어?
조상궁	(흘기며) 눈치는 밥 말아 먹었나. 왜긴 왜겠어? 서방님 걱정 때문이지…
춘배	(얼른 딴전) 어… 기름 끓는다… 얼른 넣어야 되는 거 아냐?
조상궁	할 일 없으면 참견 그만하고… 가서 장작이나 좀 더 패놔.
춘배	알았어. 데지 않게 조심하고…

나가는 춘배. 수경에게 먹일 생각에 미소가 번지는 조상궁.

S#72   동 집 부엌 앞
       부엌 쪽으로 오다가 뭔가 냄새를 맡은 듯 의아해지는 한씨.

한씨	무슨 냄새야, 이게?

S#73   동 집 부엌
       조상궁, 끓고 있는 기름에 닭을 집어넣는데.

한씨	(들어서다 놀라며) 세상에… 이 귀한 기름을…
조상궁	(당황하는)
한씨	자네 미쳤나. 왜, 어멈이 이번엔 닭이 먹고 싶다고 그러던가? 것도 비싼 기름에다 지글지글 볶아서?
조상궁	아, 아닙니다. 제가 갑자기 먹고 싶어서… 죄송합니다.
한씨	동기간처럼 의지하고 살아서 그러나… 살림 거덜 내는 것도 동기간처럼 죽이 아주 척척 잘 맞네.

조상궁	죄송합니다.
한씨	죄송하면 단가? 당장 내 집에서 나가게.
수경	(들어오며) 어머님… 다 제 잘못입니다. 제가 먹고 싶어서 해달라고 그랬습니다. 안성댁은 아무 잘못도 없습니다.
조상궁	아닙니다. 제가 먹고 싶어서 했습니다. 죄송합니다.
한씨	(벌컥) 지금 뭐 하자는 수작들인 게야?
수경	잘못했습니다, 어머님…
한씨	넌 이 시어미가 그리 우습게 보이냐? 그럼 동기간 데리고 나가! 나가서 니들끼리 살아!

S#74   동 부엌 앞
나오는 한씨. 따라 나오는 수경.

수경	어머님… 제가 잘못했습니다. 용서해 주십시오.
한씨	정승댁 여인들이나 신는 당혜를 신질 않나… 저 귀한 기름에 닭을 튀겨 먹질 않나… 이제 보니 니가 서방 등골 빼먹을 아이 아니더냐.
수경	…
한씨	(흥분해서) 천한 신분이라 배운 게 없으면… 분수라도 알아야지. 이제 반가의 며느리가 됐으니… 흥청망청 살기로 작정이라도 한 것이냐? 이리 씀씀이가 헤퍼서야 어디 널 믿고 곳간 열쇠나 맡길 수 있겠느냐?
조상궁	(나와서 한씨 앞에 무릎을 꿇으며) 제가 죽을죄를 졌습니다. 다시는… 다시는 이런 일 없도록 조심, 또 조심하겠습니다. 한 번만 용서해 주십시오.
수경	(조상궁을 가리고 나서며) 잘못했습니다, 어머니…
한씨	서방은 먼 길 가느라 따신 밥 한 그릇 제대로 못 먹고 저 고생을 하는데… 닭이나 튀겨 먹고 앉았고… 속이 없는 건지… 생각이 없는 건지…

혀를 차며 가버리는 한씨. 조상궁을 일으켜 주는 수경.

조상궁	죄송해요. 제가 괜히 쓸데없는 짓을 해가지고… 죄송해요.

수경	그만하게. 유모 맘은 내가 잘 아니까… (하다) 이거 탄내 아닌가?
조상궁	어머… 맞다. 포계!

S#75   **동 집 부엌**
새까맣게 다 타버린 닭을 건져내는 조상궁, 수경.

조상궁	이걸 어째.
수경	뭘 어째요. 먹으면 되지.
조상궁	아이구, 아서요.
수경	(벌써 한입 베어 문)
조상궁	아이구 드시지 말라니까…

흠칫 의식하는 조상궁. 탄 포계를 억지로 씹고 있는 수경의 눈가가 젖어있다. 말없이 수경이 먹고 있는 포계를 뺏는 조상궁.

수경	나, 포계 정말 먹고 싶었는데…
조상궁	애쓰지 마세요.
수경	애쓰는 거 알면… 그냥 좀 속아주지…

조상궁, 짠해서 보다가 눈물이 날 것 같은 듯 외면하며 탄 포계 치우는데.

차돌	(E) 다녀왔습니다.
수경	(일어나며) 차돌이 왔나 보네.

S#76   **동 집 차돌의 방**
책보를 풀고 서책들을 꺼내는 차돌.

차돌	오늘도 훈장님한테 칭찬받았어요.
수경	그래? 뭘 또 잘해서 칭찬까지 받았어?

차돌	(서책 펼쳐 보이며) 여기요. 훈장님이 뜻풀이를 해보라고 하셔서… 어머니께서 가르쳐주신 대로 대답했거든요.
수경	(뿌듯한) 그랬어?
차돌	예. 다른 아이들은 아무도 대답 못 하는데… 저만 했어요.
수경	잘했네. (서책 넘기며) 그럼 오늘은 여길 공부해 볼까?

S#77   동 집 차돌의 방 앞
        한씨, 뒷간에 가는 길인 듯 방 앞을 지나가는데.

수경	(E) 거경이행간(居敬而行簡)이라…
차돌	(E) 거경이행간이라.

흠칫 차돌 방을 쳐다보는 한씨.

한씨	(E) 글을 알아?

S#78   동 집 뒷간 앞
        한씨, 갸웃거리며 오면서.

한씨	정식으로 글을 배웠을 린 없을 테고… 오다가다 주워들었나… 아니야… 글줄깨나 읽은 솜씨던데…

구시렁대면서 무심결에 뒷간 문을 열다가 놀라는 한씨. 뒷간에서 막 일어서다가 더 놀라는 조상궁. 얼른 고개 숙여 보이고 도망치듯 가는 조상궁. 민망한 듯 봐주고 뒷간으로 들어가는 한씨.

S#79   동 집 부엌
        수경, 누룽지를 그릇에 담는데.

조상궁	(들어오며) 무슨 놈의 뒷간을 하루종일 들락거리신대? (하다 수경 보고) 왜 또 나오셨어요? 오늘 저녁은 제가 알아서 할 테니까… 좀 쉬시라고 했잖아요.
수경	(그릇 보이며) 차돌이 누룽지 좀 갖다 주려구요. 근데… 어머님이 또 뒷간에 가셨어요?
조상궁	예, 무슨 소피를 그리 자주 보시는지… 저 정도면 병이지 싶네요.
수경	!

S#80   동 집 안방 앞(밤)
그릇과 술잔이 놓인 쟁반을 들고 오는 수경.

수경	어머니… 저예요.
연옥	(E) 잠시만요.

S#81   동 집 안방(밤)
한씨, 급히 치마 내리고 추스르며.

한씨	얼른 이거부터 좀 치워.

급히 한씨 옆에 있는 요강을 구석으로 치우는 연옥.

연옥	새언니도 다 알 텐데… 보면 뭐 어때서…
한씨	알긴 어떻게 알아?
연옥	뒷간을 그렇게 다니는데 한집에 살면서 어떻게 몰라?
한씨	(앉으며) 들어오너라.

들어오는 수경. 한씨 앞에 그릇이랑 술잔 쟁반을 내려놓는다.

연옥	이게 다 뭐예요?

수경	따뜻한 물에다 약하게 익힌 호둔데요… 주무시기 전에 따뜻하게 데운 술이랑 같이 씹어 드시면 좋다고 해서요.
연옥	좋아요? 뭐에요?
수경	(한씨 의식해 주며) 요즘 소피를 너무 자주 보시는 거 같아서…
연옥	(한씨 보며) 거 봐. 내가 뭐랬어? 다 안다니까… 새언니가 어머니한테 얼마나 마음을 많이 쓰는데 모르겠어?
한씨	(연옥 흘겨주고) 됐으니, 너나 먹어라… 호두 같은 거 좀 씹어 먹는다고 나을 거 같으면… 진작 나았지.
연옥	그러지 말고 잡숴봐. 해온 사람 정성이 있지… 그냥 호두랑 술인데… 먹는다고 탈 날 것도 아니고… 밑져야 본전이잖아.
한씨	(솔깃하면서도 아닌 척) …
연옥	혹시 이것도 궁중에서만 전해 내려오는 비방… 뭐 그런 거예요?
수경	내의원에서 임금님께 올리는 것이긴 해요.
연옥	(한씨에게) 들었지? 임금님도 먹는 거라잖아. 나 같으면 속는 셈 치고 한 번 먹어보겠다.
한씨	(더는 아무 말 안 하고 딴전 피우는)
연옥	(수경에게 눈짓하며) 안 드시면 저라도 먹을게요.
수경	(일어나 인사하며) 편히 주무세요.

S#82 　　동 집 안방 앞(밤)
　　　　나오는 수경. 안방 일별해 주고 자기 방으로 간다.

S#83 　　동 집 안방(밤)
　　　　이불에 눕는 연옥. 슬쩍 봐주고는 호두를 집어 드는 한씨. 눈 감고 있는 연옥 다시 확인하고는 호두를 입에 넣고 술도 마시는 한씨. 호두를 씹어 먹다가, 자기가 씹는 소리에 괜히 당황해 연옥을 보는 한씨.

연옥	(눈 감은 채) 아무 소리도 못 들었으니까… 걱정 말고 드셔.
한씨	(제풀에 머쓱해져 말 돌리는) 참… 어멈이 글도 알더라.

연옥	(벌떡 일어나며) 새언니가?
한씨	응. 차돌이를 가르치더라니까…
연옥	역시… 그냥 보통 천출이 아니라니까…
한씨	아니긴 쥐뿔이 아냐? 글 좀 아는 걸 가지고 무슨…
연옥	글 좀 아는 정도가 아니지. 나 가르치는 거 못 보셨어? 반가의 규수가 알아야 할 건 다 알고… 궁중 비방까지 알잖아.
한씨	언젠 양반 흉내 하난 잘 낸다고 비아냥대더니… 그새 홀딱 넘어가서는…
연옥	뭐… 어머니도 반은 넘어가셨으면서… 아니야?
한씨	(못 들은 척) 그것도 술이라고 취하네… 자자.

누워버리는 한씨. 피식 웃고 따라 눕는 연옥. 그러나 이내 웃음기 가시고 멍한 얼굴로 천장을 바라본다.

S#84   동 집 수경의 방(밤)
          수틀 앞에 앉아 수를 놓고 있는 수경. 그 옆에 앉아서 수실을 실패에 감고 있는 조상궁.

조상궁	차돌이 고모요. 걱정했던 것보단 빨리 털고 일어났어요.
수경	그럴 리가 있겠나… 어머님이나 식구들 생각해서… 힘들어도 참고… 내색을 안 하는 거지.
조상궁	그래요? 뿔난 망아지로만 봤는데… 시근이 멀쩡하네. 식구들 생각해서 참을 줄도 알고…
수경	(자기도 모르게 한숨을 내쉬는)
조상궁	왜요? 잘 안 되세요?
수경	(멈칫했다가) 너무 오랜만이라 그런가… 옛날 같지 않네.
조상궁	쉬엄쉬엄하세요. (수틀을 옆으로 치우다 보고) 솜씨는 여전하시네요. 헌데… 갑자기 수는 왜… (하다 멈칫 다시 수틀을 보며) 클 대에… 돌 석…이면?

구석에 '大', 그 옆에 반쯤 수를 놓다만 '石'.

수경	그냥 몇 수… 놓아본 것뿐이네.
조상궁	아무 일 없이 강건한 몸으로 돌아올 거예요…
수경	…밤이 늦었네. 그만 건너가 쉬게.
조상궁	예. (수틀 등 치우려는데)
수경	그냥 놔두게. 잠이 안 오면 생각이 너무 많아져서… 그럴 땐 수라도 놓으면…
조상궁	(얼른) 알았어요. 건너갈게요. 편히 주무세요.

일어나 나가는 조상궁. 수틀을 끌어당겨, 수놓다 만 바우의 이름을 손으로 만져보는 수경.

S#85   산길 일각
말을 한쪽에 묶어놓고 쉬고 있는 바우, 대엽, 김자점. 그들의 시선에, 피난민처럼 남부여대하고 도망치는 행색의 사람들이 다가온다.

대엽	(흠칫 놀라며) 피난민들인가?
김자점	설마 오랑캐들이 압록강을 건넜단 말인가?

벌떡 일어나 사람들에게 달려가는 바우. 절레절레 고개 흔드는 김자점.

S#86   동 근처 일각
피난민 무리에게 뭔가 설명을 듣는 바우.

S#87   동 산길 일각
피난민 무리에서 김자점과 대엽 쪽으로 오는 바우.

김자점	오랑캐들이 쳐들어왔다던가?

바우	(고개 저으며) 모문룡 부하들의 약탈을 피해 도망쳐 왔답니다.
김자점	모문룡의 부하들?
바우	예. 그놈들이 오랑캐보다 더한 승냥이 떼들인 모양입니다. 말로는 오랑캐를 몰아내니 어쩌니 하지만, 오로지 약탈에만 관심 있는 놈들이랍니다.
대엽	!
김자점	일단 모문룡이 주둔한 가도로 가서 사정을 알아보세.
바우	저기… 좌랑 나리.
김자점	왜?

S#88   동 근처 일각
피난민 무리 중 아이를 안고 있는 노파 앞에 서서 매어둔 말을 가리키는 바우.

바우	저기 저 말 보이시오?
노파	(고개를 끄덕이는)
바우	주인 없는 말이니, 짐을 싣든 잡아먹든 맘대로 하시오.

S#89   국경 마을 입구
터덜거리며 걸어오는 오는 바우, 대엽, 김자점.

김자점	금강산도 식후경이라는데 저 마을에서 요기라도 하고 가세.

골목 틈에 숨어서 그런 세 사람을 보고 몸을 숨기는 응시자1.

S#90   동 마을
바우, 대엽, 김자점 들어서는데. 아무도 없고 을씨년스러운 마을 분위기.

김자점	다들 피난 갔나? 왜 아무도 안 보이지?

S#91   동 마을 근처 지붕
          지붕에 엎드려서 바우를 조총으로 조준하고 가까이 오기를 기다리고
          있는 응시자1.

응시자1   조금만 더 가까이 오너라. 이번에는 대가리를 날려주마.

S#92   동 마을
          바우, 대엽, 김자점. 응시자1이 있는 쪽으로 점점 가까이 가는데. 갑자
          기 한 집에서 매달리는 사내를 뿌리치고, 쌀자루를 들고 나오는 명나라
          군사들. 흠칫 서는 바우, 대엽, 김자점.

김자점   (얼른) 나서지 말게.

          화를 참기 위해 심호흡을 하는 바우. 대엽도 눈살을 찌푸리는데. 다른
          집에서 어린 처녀를 끌고 나오는 명나라 병사들. 따라 나와 매달리는
          어미를 발로 차며 낄낄거린다. 달려드는 바우. 순식간에 명나라 병사
          들을 쓰러뜨리는 바우. 눈이 돌아가 명나라 병사들을 미친 듯이 패는
          바우를 부둥켜안고 말리는 김자점.

바우   이딴 짓은 니들 나라에 가서 해. 이 염병할 새끼들아!

          주변에 있던 명나라 병사들이 모여들고. 옆에 있던 대엽과 김자점에게
          까지 달려드는 바람에, 김자점을 보호하려던 대엽도 싸움에 휩쓸리고.

S#93   동 마을 근처 지붕
          바우가 명나라 병사들과 엉키는 바람에 조준을 할 수가 없는 응시자1.
          답답한 듯 벌떡 일어나 지붕에서 내려가는데. 주변에 있던 명나라 병사
          가 응시자1을 향해 손짓하자 근처에 있던 명나라 병사들이 달려온다.
          급히 도망치는 응시자1.

S#94	창덕궁 희정당 침실(꿈)

병들어 초췌한 선조가 약밥을 먹고 있다. 옆에서 수발을 들고 있는 젊은 김개시.

선조	이 약밥은 누가 올린 것인가?
김개시	세자 저하가 올린 것이옵니다.
선조	명의 책봉도 받지 못하였는데 너는 왜 세자라고 칭하느냐. (상을 확 엎으며) 당장 물리거라.

김개시, 상을 들고 나가는데. 갑자기 가슴을 부여잡고 입에서 피를 토하다 쓰러지는 선조.

선조	(원통하게 바라보며) 광해… 광해 네놈이… 나를…
김개시	(E) 전하! 전하!

S#95	창덕궁 희정당 침실

숨을 몰아쉬며 깨어나는 광해군.

김개시	전하, 정신이 드시옵니까?
광해군	아바마마는? 아바마마는 어찌 되셨느냐?
김개시	(당황) 전하. 고정하시옵소서, 전하. (돌아보며) 밖에 아무도 없느냐? 전하께서 깨어나셨다. 당장 의원을 부르거라!
광해군	(버럭) 아바마마는 어찌 되셨냐고 물었다. 왜 대답이 없느냐?
김개시	!

S#96	동 창덕궁 빈청

이이첨 생각에 잠겨 앉아있는데.

대사간	(급히 들어오며) 주상 전하께서 깨어나셨답니다.

| 이이첨 | ! |

S#97   동 창덕궁 회정당 침실
        정신을 차린 듯 곤룡포를 입고 기대어 앉아있는 광해군.

광해군	형조판서와 좌포도대장이 복직되었고… 또?
김개시	당장이라도 도승지를 불러 복직을 취소하시는 게…
광해군	그럴 수는 없다. 그리하면, 세자의 권위가 땅에 처박힌다. 또 내가 알아야 할 것이 있느냐?
김개시	어의를 제거하였사옵니다.
광해군	어의를?
김개시	전하께서 드신 환약에서 앵속각이 나왔사옵니다. 분명 내의원 도제조인 이이첨의 사주를 받았을 것이옵니다. 〈자막 − 앵속각(罌粟殼): 양귀비 껍질〉
광해군	앵속각이 들어간 것은 나도 안다. 두통 때문에 쓴 것이니 괘념치 마라…
김개시	전하!
광해군	앵속각은 원래 약재가 아니냐.
김개시	하오나, 그 양이 적정량을 넘었사옵니다.
광해군	(멈칫했다) 날 일으켜라. 이이첨을 보아야겠다.
김개시	전하, 무리하시면 절대 아니 되옵니다.
광해군	일으키라 하지 않았느냐!
김개시	(할 수 없이 광해군을 부축하는)

S#98   동 회정당 서실
        이이첨에게 약한 모습을 보이기 싫어 자세를 꼿꼿하게 하고 있는 광해군.

| 광해군 | 세자를 앞세워 많은 일들을 하셨더구려. |

이이첨	급박한 상황이라 어쩔 수가 없었사옵니다, 전하.
광해군	(이이첨을 노려보다) 어의가 죽었다 들었소.
이이첨	!
광해군	과인도 아바마마처럼 약밥이라도 먹이고 싶으셨던 게요?
이이첨	(흠칫했다) 비록 신이 권하였으나… 약밥은 전하께서 직접 선대왕께 올리셨습니다. 잊으셨사옵니까?
광해군	과인은 약밥에 문제가 있는지 몰랐소.
이이첨	정말 모르셨사옵니까?
광해군	몰랐다고 하지 않는가.
이이첨	세인들도 그리 생각할지 모르겠습니다.
광해군	(분노로 부들부들 떨며 노려보는) !
이이첨	(시선 피하지 않는) !
광해군	여차하면 역모라도 하겠다는 눈빛 같구려?
이이첨	그럴 리가 있겠사옵니까? 오해시옵니다. 다만… 전하께옵서 신을 핍박하시니 신 또한 살기 위해 발버둥을 치는 것뿐이옵니다.
광해군	…원하는 것이 무엇이오?
이이첨	김대석을 포기하시지요.
광해군	서궁의 하나 남은 친정 피붙이요. 꼭 죽여야 하겠소?
이이첨	이미 들으셨는지 모르겠사오나… 김대석 그자가 모문룡의 병사들을 폭행했다 하옵니다. 모문룡이 그자의 목을 원하옵니다.
광해군	!

S#99   **모문룡의 동강진 감옥**
              수갑과 족쇄를 찬 바우를 면회 중인 김자점. 대엽은 한쪽 구석 벽에 기대 눈을 감고 있다.

김자점	한양으로 파발을 보내긴 했으나, 모문룡의 태도가 워낙 완강해서 조정에서 어찌 나올지 모르겠네.
바우	…

김자점	다만 한 가지 기대하는 바는… 모문룡도 (대엽 보며) 저 사람 아버지가 위태감과 가까운 사이라는 것을 안다는 것이지.
바우	…
김자점	(낮게) 자네가 살 수 있는 유일한 방도는 저 친구뿐일세. 알겠나?
바우	…
김자점	내 다시 한번 모문룡을 설득해 볼 테니, 여기서는 제발 자중하게. 알겠는가?
바우	…

혀를 차고, 나가는 김자점. 바우, 대엽의 반대편 벽에 가서 털썩 주저앉는데.

대엽	머저리 같은 놈.
바우	(후딱 보며) 뭐야?
대엽	(돌아보며) 뭐가 중요한지도 모르는 멍청한 새끼.
바우	(벌떡 일어나며) 죽고 싶어?
대엽	니가 여기서 죽으면 옹주 자가께서는 어찌 될 거 같으냐?
바우	(멈칫했다) 나 같은 놈 없어도 충분히 강한 사람이다.
대엽	내가 널 도와줄 거란 생각은 버리는 게 좋을 것이다.
바우	꿈도 안 꾸니까 걱정 마라.

다시 눈을 감아버리는 대엽. 탈출할 방도를 궁리하는 듯 감옥 구석구석을 유심히 살펴보는 바우.

S#100   바우 본가 앞
물 대접을 들고 나와 내금위 병사들에게 주는 조상궁. 교대로 물을 마시고는 조상궁에게 빈 대접을 주는 병사들. 조상궁, 돌아서 집으로 들어가려다가 의식한다. 집 쪽을 쳐다보며 서성거리고 있는 차돌 생모 후남.

후남	여기가 김 대자 석자 쓰는 분 집 맞지요?
조상궁	예, 그런데요… 누구세요?
후남	차돌이 엄마요.
조상궁	누, 누구요?
후남	이 집에 살면 차돌이도 알 거 아녜요? 내가 차돌이 엄마라구요.
조상궁	!!

S#101 동 본가 부엌
수경, 나물을 무치고 있는데.

조상궁	(사색이 돼서 뛰어 들어오며) 크, 큰일 났습니다.
수경	?
조상궁	차돌이 생모가 찾아왔습니다. 차돌이 엄마요!
수경	(순간 무슨 소린가 싶어 조상궁을 보는데)
후남	(E) 차돌아… 차돌아, 엄마 왔다!
수경	!!!

S#102 동 본가 안채 마당
상기된 얼굴로 집 안을 둘러보고 서있는 후남. 조상궁과 함께 부엌에서 나오다가 후남과 시선 마주치는 수경. 이 집 안주인이라도 되는 듯 거만한 표정으로 수경의 아래위를 훑어보는 후남.

후남	그쪽은 뉘신가?

당혹감에 머릿속이 하얘지는 수경. 충격으로 후남을 바라보는 수경의 얼어붙은 얼굴에서.

제15회

S#1   바우 본가 안채 마당

귀신이라도 본 듯한 얼굴로 뛰어 들어오는 조상궁. 부엌 쪽으로 뛰어
가고 나면. 바로 뒤쫓아 들어오는 후남. 흡족한 듯, 끄덕여가며 집 안을
살펴보는 그 얼굴에.

조상궁   (E) 차돌이 생모가 찾아왔습니다. 차돌이 엄마요!
후남   차돌아… 차돌아, 엄마 왔다! (안채 쪽 기웃거리며) 아무도 없나… 집 안
이 왜 이리 조용해.

후남, 물러서며 다시 상기된 얼굴로 집 안을 둘러보는데. 조상궁과 함
께 부엌에서 나오는 수경. 거만한 표정으로 수경을 훑어보는 후남.

후남   그쪽은 뉘신가?

당혹감에 머릿속이 하얘지는 수경. 충격으로 후남을 바라보는 수경.

후남   뭐야? 사람을 왜 그런 눈으로 쳐다봐? 기분 나쁘게…
조상궁   (나서며) 말을 삼가시오. 이 댁 작은 마님이시오.
후남   작은 마님?

S#2   동 본가 안방

나란히 대자로 누워 낮잠을 자고 있는 한씨, 연옥.
(E) 깔깔거리는 후남의 웃음 소리.

한씨   (놀라 깨며) 뭐, 뭐야?
연옥   (같이 깨며) 마당에서 나는 소리 같은데?

S#3   동 본가 안채 마당

황당한 얼굴로 후남을 보는 수경, 조상궁.

후남	굼벵이도 구르는 재주는 있다더니… 그새 재취를 다 들이고… 제법이
	네… 근데 이 일을 어쩌나… 난 작은댁 볼 생각이 전혀 없는데…
조상궁	아니, 저… 이보시오.
후남	(무시하고) 그쪽같이 얼굴 팔아먹고 사는 년들은, 그 속에 뭐가 들어있
	는지… 내가 너무 잘 알거든. 왜냐? 나도 한 미색 하니까…
조상궁	(열 받아 팔 걷어붙이며) 뭐 저런…

수경, 얼른 조상궁 말리는데. 안방에서 나오는 한씨, 연옥.

수경	어머님…!
후남	(후딱 돌아보고는 바로 조아리며) 어머님… 문안 인사가 너무 늦었습니다.
	저, 차돌 어미예요.
한씨	!?
연옥	차돌 어미? (수경 보며) 새언니… 이 미친 여잔 누구예요?
후남	아! 차돌이 고모시구나… 아범도 잘생겼지만, 아가씬 어머님을 닮아 정
	말 미인이시네요.
한씨	아닌 밤중에 홍두깨도 유분수지… (수경에게) 이 여편네가 지금 무슨 소
	릴 하는 게야?
수경	…
한씨	(답답한 듯 벌컥) 입이 붙었어? 이게 다 무슨 소리냐니까?
수경	죄송합니다, 어머님… 이쪽이 차돌이 생몬가 봅니다.
한씨	새, 생모? 그럼 차돌이가 니 자식이 아니라… (충격이 큰 듯 휘청하는)
수경	어머님…
후남	(수경 확 밀쳐내고 한씨를 부축하며) 괜찮으세요, 어머님?
연옥	(얼른 후남을 밀어내고 자기가 부축하며) 이러다 쓰러지시겠어. 들어가서,
	어머니.
후남	이 모든 게 다 진작 찾아뵙지 못한 제 불찰이에요. 자초지종을 다 말씀
	드리고… 어떤 꾸지람이라도 달게 들을 테니… 고정하시고, 일단 안으
	로 드시지요.

한씨	(들어가며, 수경에게) 너도 들어오너라.
수경	!

S#4   동 본가 안방
기가 막히기만 한 듯, 멍한 얼굴로 후남을 보는 한씨. 그런 한씨에게 큰
절을 올리는 후남. 뒤에 서있는 수경. 한씨 옆에 앉아서 지켜보는 연옥.
한씨 앞에 앉는 후남. 수경도 뒤쪽에 앉는데.

한씨	(수경에게) 넌 차돌이 생모가 있다는 걸 알고 있었느냐?
후남	(얼른 먼저) 당연히 알고 있었겠지요. 차돌이를 지가 낳질 않았는데⋯ 어떻게 모를 수가 있겠어요?
한씨	넌 일단 조용히 좀 하고 있어!
후남	!
한씨	(수경에게) 그럼 작정하고 여태 날 속였단 말이냐?
후남	(또 얼른 먼저) 뭐⋯ 제가 이렇게 멀쩡하게 살아서 다시 나타날 줄은 꿈에도 몰랐을 테니까⋯
한씨	(E, 버럭) 아, 주둥이 좀 닥쳐! 안 그래도 이게 다 무슨 난린가⋯ 골이 빠개질 것 같은데⋯
후남	(찔끔해서 입 다무는) !
한씨	(수경에게) 이유가 뭐냐? 왜 속였어? 니가 차돌이 생모도 아니고⋯ 조강지처도 아니라고 하면⋯ 내가 안 받아줄까 봐⋯ 그래서 감쪽같이 속이기로 아범하고 짰냐?
수경	잘못했습니다, 어머님.
연옥	일부러 속이기야 했겠어? 차돌이도 새언니를 엄마로 알고 있는데⋯ 알지도 못하는 생모 얘기 꺼내봐야 어린 게 상처만 받을 게 빤하니까⋯ 안 한 거겠지. 그죠, 새언니?
수경	⋯차돌이도 알고 있어요⋯ 제가 생모가 아니라는 거⋯
한씨	(안색 변하며) 뭐야? 차돌이도 알고 있는데⋯ 나한테만 말을 안 했다는 게냐?

수경	죄송합니다.
한씨	(홧김에 막말 투로) 니 눈엔 내가 핫바지로 보이지? 그래서 좋냐? 핫바지 시어미 속여 먹고 갖고 노니 좋아?
수경	…
후남	(내심 아싸! 쾌재 부르는)
한씨	(가슴 부여잡으며) 아이구… 대체 날… 우리 집안을 뭘로 보고…
후남	어머님… 괜찮으세요? (후딱 수경 노려보며) 뭐 하고 있어? 냉큼 물이라도 떠오지 않고!
수경	!

S#5   동 본가 안채 마당
         눈이 휘둥그레져서 조상궁을 보는 춘배.

춘배	뭐야? 차돌이 생모라니… 그 여편네가 왜…?
조상궁	신원 복권돼서 살 만해졌다니까 기를 쓰고 찾아냈겠지.
춘배	상판대기에 철판을 깔아도 유분수지. 이놈의 여편네를…

         춘배, 안방 쪽으로 뛰어가는데. 안방에서 나오다가 놀라는 수경.

| 수경 | (말리며) 이보게… |

         수경을 뿌리치고 안방으로 뛰어드는 춘배.

S#6   동 본가 안방
         춘배를 보고 본능적으로 뒤로 물러나는 후남.

한씨	이게 무슨 짓인가?
춘배	(한씨에게 꾸벅하며) 죄송합니다. (후남을 한 대 칠 듯) 야! 너 여기가 어디라고… 나와! 당장 나오지 못해!

한씨	(버럭) 여기가 어디라고 함부로 뛰어들어? 미쳤나? 미쳤어?
춘배	(앉으며) 미친 건 이 여편넵니다. 이 여편네가요… 핏덩이인 지 새끼도 버리고 내뺀 년이에요. 것도 바우랑 형님 아우 하던 놈이랑 눈이 맞아 가지고 야반도주를 한 년이라구요.

놀라서 후남을 보는 한씨, 연옥.

후남	(얼른) 어머님… 그게 아니라요…
춘배	아니긴 뭐가 아니야? (한씨 보며) 제가 증인입니다. 이년이 젖도 못 뗀 차돌이를 버리고 도망쳐 버렸을 때… 제가 밤새도록 우는 차돌이를 안고 업고 재우기도 했고… 바우가 다 죽여버린다고 낫 들고 설칠 때 끝까지 말린 것도 접니다.
한씨	(격노해서) 이런 천하에 몹쓸 년! 당장 끌어내라.
춘배	(기다렸다는 듯 달려들어) 당장 나와. 간도 크지, 여기가 어디라고 기어들어 와.
후남	(버둥거리며) 자, 잠깐만요. 어머님… 다 오해예요. 사실은 그게 아닌데 차돌 아버지가 오해한 거예요. 참말이에요. 제가 다 설명드릴 수 있어요.
춘배	설명은 개뿔… 넌 사람도 아냐. 아무리 사내한테 환장을 했어도 그렇지… 어떻게 새끼까지 버리고 야반도주를 해? (끌어내려 하며) 나와!
후남	(버티며) 어머님… 제 얘기부터 좀…

후남, 버둥거리며 버티는데 그 품에서 툭 떨어지는 호패. 뭔가 해서 보다 깜짝 놀라는 한씨.

한씨	잠깐만… 잠깐만 있어보게.
춘배	?
한씨	이게 누구 호패냐?
후남	(후딱) 돌아가신 저희 아버지 호패예요, 어머님.
한씨	니 아버지… 양반이었어?

후남	예.

후딱 서로 쳐다보는 한씨와 연옥.

춘배	이게 어디서 또 구라를 쳐. 호팬 어서 났어? 어디서 훔쳤어?
한씨	자넨 좀 빠져!
연옥	뭐라고 써있는데? 보면 알 거 아냐.
한씨	(호패 읽는) 박문성, 경진년생에 임자문과… 문과에 급제하셨다니… 참으로 양반이었더냐?
연옥	(놀란) 양반인데 어찌 오라버니하고…
후남	그게요, 아가씨… 아범은 딱 봐도 다른 천것들하곤 다른 비범함이 있었어요. 제가 첫눈에 알아봤다니까요.
한씨	!
후남	(춘배 보며) 이런 천한 것들이랑 어울리긴 했어도… 씨가 다르니 딱 표가 났어요. 그 연유까진 저도 몰랐는데… 어머님을 뵈니 바로 알겠네요. 과연… 제 생각대로 뼈대 있는 집안의 자손이었어요.
한씨	(내심 흐뭇하면서도 퉁명스럽게) 그래도, 사람 보는 눈은 있구나…
춘배	(어이없는) 그래서 뼈대 있는 바우 버리고 백정인 똥팔이랑 야반도주했냐?
한씨	(다시 굳어지는)
후남	(다급히) 야반도주를 한 게 아니라 끌려간 거예요. 한밤중에 잡혀간 거라 저도 어쩔 수가 없었다구요.
연옥	이건 또 무슨 귀신 씨나락 까먹는 소리야? 멀쩡한 애엄마를 누가 왜 잡아가?
후남	(갑자기 눈물 쏟으며) 굶기를 밥 먹듯 할 때라, 어쩔 수 없이 여기저기서 돈을 빌려다 썼었어요… 그중에 고리대금도 있었는데… 그놈들이 날 잡아다 팔았어요… 그 바람에 지금까지 남의 집 종살이하면서 겨우겨우 빚을 갚고… 이제야…
춘배	바우가 언제 널 굶겼어? 그리고 내가 바우한테 빌린 적은 있어도… 바

우는 빛 같은 거 한 푼도 없었어.

후남   빛이 왜 없어? 니가 모르는…

춘배   (O.L) 보자 보자 하니까… 오줌을 판재기로 싸고 자빠졌네. 어디서 말도 안 되는 소릴 해? 지나가던 개가 웃겠다.

S#7   동 본가 안채 마당

수경에게 물 대접을 건네주는 조상궁.

조상궁   딱 봐도 새빨간 거짓말이구만… 당장 끌어내지 않고 뭐 한대?

수경   그만하게… 어쨌거나 차돌이 생모 아닌가.

S#8   동 본가 안방

후남, 눈물을 철철 흘리며 하소연을 하고 있는데. 조용히 물 대접을 들고 들어와서 한씨 앞에 놔주는 수경.

후남   몇 번이고 도망도 치려고 해봤지만… 번번이 잡혀서 죽도록 맞고… 그러다 한 번만 더 도망을 치면 그땐 차돌 아범도 차돌이도 무사치 못할 거라고 겁박을 하는 바람에…

춘배   그만해라. 바우가 들으면… 넌 바로 뒈진다.

후남   (더 서럽게 울며) 죽더라도 우리 차돌이 얼굴은 보고 죽어야 된다는 생각 하나로 이를 악물고 버텼어요. 어머님도 자식을 낳아보셨으니까 제 심정 아실 거예요. 자식과 생이별한 어미의 심정이 오죽했겠어요. 너무도 비통하고… 비통해서…

말을 못 잇고 오열하는 후남. 잠자코 서있는 수경. 후남의 오열에 조금은 흔들리는 한씨, 연옥.

춘배   이 눈물도 다 가짭니다. 광대 뺨치는 년이라… 머리끝부터 발끝까지 모조리 다 가짜라구요.

후남	내 말이 다 거짓이라는 물증 있음 대봐.
춘배	내가 다 듣고 봤는데… 무슨 물증을 또 대?
후남	내가 야반도주하는 거 봤어? 못 봤잖아.
춘배	(말문이 막히는) 와… 아주 막 가기로 작정을 했구먼.
후남	(한씨에게) 제가 아범하고 얘기할게요. 아범을 불러주세요.
연옥	오라버닌 지금…
한씨	(연옥 말리고, 춘배에게) 됐으니… 자넨 그만 나가보게.
춘배	마님! 받아주시면 절대 안 됩니다. 이 여편넨…
한씨	우리 집안 일일세. 자네가 상관할 일이 아니야…
수경	…
춘배	(미치고 환장하겠는 듯 후남을 보는)
조상궁	(E, 선행) 그래서 그냥 나왔단 말야?

S#9   동 본가 안채 마당
             속이 터지는 듯, 춘배를 보는 조상궁.

춘배	그럼 어째. 나가라고 호통을 치시는데…
조상궁	그나저나 보통 여편네가 아니네.
춘배	그니까… 원래 색기 넘치고 거짓말 잘하는 건 알고 있었지만… 저 정도 일 줄은 나도 상상도 못 했다니까… 이야기를 어쩌나 잘 지어내는지… 몰랐으면 나도 깜빡 속겠더라고…
조상궁	지 과거가 있는데, 대책도 없이 그냥 밀고 들어오기야 했겠어? 식구들을 다 속일 수 있게… 만반의 준비를 하고 나타났겠지.
춘배	뭐… 다른 거짓부렁이야, 바우만 오면 다 들통 날 일이니까 상관없는데… 그놈의 호패가 문제란 말이야…
조상궁	호패?
춘배	어. 아까도 당장 끌어내라고 난리를 치시다가 호패를 딱 보더니… 바로 변하더라고… 우리 마님이 양반에 약한 양반이시잖아.
조상궁	!

S#10   동 본가 안방

한씨 앞에 앉아있는 수경, 후남. 갈등으로 앞에 놓인 호패를 보고 있는 한씨.

한씨   니가 반가의 여식이라는 걸 아범도 아느냐?

후남   아니요. 그땐 저도 신분을 내놓고 살기엔 뭐한 처지라… 양반임을 밝힐 수가 없었어요. 이 호패는 아버지가 남기신 유일한 유품이라 차마 버리진 못한 거뿐인데…

연옥   (비꼬듯) 엄청 다행이네. 이 호패가 아니었으면 당장 쫓겨났을 텐데…

후남   아가씨도 참… 누가 뭐래도 전 이 댁 장손을 낳은 정실이에요. 제가 조강지처라구요.

수경   …

연옥   그럼 뭐 해… 서방이랑 자식 버리고 야반도주한 게 사실이면… 이 집 안방 차지할 자격 없는 거지.

후남   아니라고 했잖아요. 아범이 잘못 안 거라고…

한씨   시끄럽고! 다 한통속이 돼서 날 속인 마당에 내가 누구 말을 믿어. 지금은 아무도 믿을 수 없으니, 아범 돌아오면 아범 말을 들어보고 나서… 그때 결정할 테니까 그리들 알거라.

후남   (냉큼) 예, 어머님. 잘 알겠습니다.

수경   …

후남   헌데, 어머님. 전 어디에 거할까요? 방을 정해주시면…

한씨   (벌컥) 그런 것까지 내가 일일이 상관해야겠느냐?

수경   !

후남   예, 그럼… 제가 알아서…

한씨   (짜증이 확 나는 듯) 다들 나가거라. 꼴도 보기 싫으니까 당장 나가!

S#11   동 본가 안채 마당

조상궁, 춘배, 불안한 듯 안방만 보고 있는데. 나오는 수경. 따라 나오는 후남.

조상궁	(얼른 수경에게 다가가) 어찌 되셨어요?
수경	들어가세. (자기 방으로 들어가려는데)
후남	내가 그 방을 써야겠네.

동시에 홱 돌아보는 조상궁, 춘배.

춘배	이게 죽고 싶어 환장을 했나.
후남	(무시하고 수경만 보며) 내가 정실이고 자넨 후실이니… 내가 그 방을 쓰는 것이 당연하지 않은가?
춘배	뭐가 어쩌고 어째?
후남	내가 너무 점잖게 말했나? 그럼 다시… (수경을 똑바로 보며) 첩 따위가 안방을 쓴다는 게 말이 돼? 당장 비워!
조상궁	(눈이 뒤집히며) 뭐? 첩 따위?
수경	(얼른 말리며) 제발… 어머님 들으시겠네.
조상궁	(간신히 참고 춘배에게) 행랑채에 빈방 하나 치워줘.
후남	(들은 척도 않고) 어디, 안방 구경부터 해볼까?
춘배	야! 너, 거기 안 서!

수경, 얼른 춘배를 말리는데. 거침없이 수경 방으로 들어가는 후남.

조상궁	(기가 막힌) 뭐… 저런 게 다 있어? (춘배에게) 아, 뭐 해? 얼른 끌어내지 않고…
수경	(춘배에게) 놔두게. 지금 저 사람이 문제가 아니지 않은가?

영문을 몰라 쳐다보는 조상궁, 춘배.

수경	서방님은 지금 어떤 곤경에 처해있을지 모르는데… 어쩌면 목숨이 위태로운 지경일지도 모르는데… 누가 어딜 쓰든 그런 게 무슨 상관이란 말인가.

조상궁	(아차 싶어) 죄송합니다. 저 여편네가 하도 미쳐서 날뛰는 통에 제가 잠시…
춘배	무슨 말씀이신지는 알겠는데요. 아무리 그래도 안방을 내주는 건… 바우… (했다가 얼른) 서방님이 알면 기절할 일입니다.
수경	그건 다 나중 일이고… 지금은 서방님께서 무사히 돌아오는 것보다 중한 일은 없다는 걸 모르는가.
춘배	그건 그렇지만… 당장 우리가 할 수 있는 게…
수경	(자기 방 쪽 의식해 주며) 잠시만 기다리게.

S#12   동 본가 수경의 방
후남, 수경의 옷을 마구 꺼내놓고 보고 있는데. 들어오는 수경, 조상궁.

후남	(너무나 태연하게) 내가 마땅히 입을 옷이 없어서… 몇 벌만 내가 좀 입을게.
조상궁	(너무 어이가 없어 입만 딱 벌리고 보는)
수경	예, 그리하십시오. 헌데 당장 필요한 것들은 좀 챙겨야 할 것 같으니… 잠시만 나가주시겠습니까?
후남	(탐색으로 보는)
수경	방은 바로 비우겠습니다. 오래 걸리지는 않을 것입니다.
후남	알았네. (꺼내놓은 것들을 가리키며) 이건 건드리지 말고… (나가는)
조상궁	(혀를 차며) 사람이 아니네요… 저 배 속에서 차돌이가 나왔다는 게 믿기지가 않네요.
수경	(대꾸 않고 문갑 깊숙한 곳에서 서찰 봉투 꺼내는)
조상궁	뭡니까, 그게?

S#13   동 본가 조상궁의 방
서찰을 춘배에게 건네주는 수경.

수경	이 서찰을 급히 좀 전해줘야겠네.

춘배	?
수경	그 사람의 목숨이 걸린 일일 수도 있으니… 서두르게.

S#14   모문룡 동강진 옥사
바우와 대엽을 면회 중인 김자점.

김자점	(탐색으로 대엽을 보며) 모문룡이 자네한테 혹여 좌의정 대감께서 보낸 서신 같은 것이 없는가… 물어보라더군.
대엽	!
바우	!
김자점	있는가?
대엽	…

바우를 곁눈질하는 김자점. 모른다고 슬쩍 고개 젓는 바우.

김자점	우리 앞에서는 말할 수 없다? …알겠네.
대엽	…
김자점	만약 서신이 없다면… 자네가 좌의정 대감을 설득해 군량과 군자금을 보내주기로 약조한다는 조건으로… 자네는 방면하겠다고 전하라더군.
대엽	!
김자점	난 분명히 전했으니, 결정은 자네가 알아서 하게.

고개 숙여 보이고, 뒤로 물러나 벽에 기대앉는 대엽.

김자점	(바우에게, 낮게) 어찌 되었는가? (대엽 일별하고는) 도와줄 거 같은가?
바우	…
김자점	어허, 이 사람… 이대로 손 놓고 죽을 심산인가? 조정의 연락을 핑계로 간신히 막고 있지만, 언제 모문룡이 자넬 죽일지 몰라.
바우	조정에서는 아직 아무 기별이 없습니까?

김자점	(고개 젓는) 차라리 기별 없는 것이 다행일지도 몰라. 좌의정이 이런 기회를 놓칠 사람인가?
바우	…
김자점	어서 주상 전하께서 깨어나셔야 할 텐데…

S#15   창덕궁 희정당 서실
        광해군 앞에 부복하는 이이첨.

이이첨	전하, 모문룡에게서 서신이 왔사옵니다. 속히 결정을 내려주시옵소서.
광해군	…
이이첨	전하…
광해군	정녕 다른 방도가 없는 것이오?
이이첨	정히 김대석을 살리시겠다면, 방도는 하나뿐이옵니다. 모문룡에게 군량과 군자금을 보내면 될 것이옵니다.
광해군	기어이 김대석을 죽여야 속이 시원하시겠소?
이이첨	신이 아니오라, 명나라 장수 모문룡이 원하는 일이옵니다. 신은 그저 이 나라 조선의 안위를 위해 주청드리는 것일 뿐이오니… 통촉하여 주시옵소서.

죽일 듯 노려보는 광해군. 그런 광해군의 시선을 여유롭게 받아넘기는 이이첨.

S#16   동 창덕궁 후원 일각
        광해군, 답답한 얼굴로 허공을 보고 있는데.

| 김개시 | (뒤에서) 전하, 불러계시옵니까? |
| 광해군 | (돌아보지 않고) 가까이 오라. |

김개시가 옆으로 다가오자, 탐색으로 보는 광해군.

광해군	김자점은 니가 북방으로 보냈다고 들었다. 왜 그랬느냐?
김개시	전하께 거짓을 고한 자가 아니옵니까. 목숨이 위태로운 곳이니… 충성심을 시험하기 좋은 곳이라 여겨 보냈사옵니다. 신첩이 잘못 생각한 것이옵니까?
광해군	…아니다. 잘했다.
김개시	하온데 김대석은 어찌할 생각이신지… 정말 버릴 생각이시옵니까?
광해군	아깝지만 어쩌겠느냐? …모문룡을 달래려면 희생양으로 주어야지…
김개시	정히 마음에 걸리시면… 차라리 군량을 보내시는 게…
광해군	보낼 군량도 없지만… 모문룡에게 군량을 보내면, 우리가 명나라와 손을 잡았다고 후금이 오해하여 전쟁의 빌미가 될 수도 있다. 후금과 전쟁을 할 수는 없지 않느냐?
김개시	!
광해군	모문룡에게 서신을 보내야겠다.

S#17   모문룡 동강진 옥사
서신을 슬쩍 꺼내 보는 대엽. 옥사 이곳저곳을 살펴보고 있는 바우를 보는 대엽. 어떡해야 하나 망설이는 대엽의 얼굴에서.

S#18   이이첨의 집 사랑방 (회상)
- 14회 S#65의,

이이첨	(서신 꺼내며) 모문룡에게 전할 서신이다.
대엽	…
이이첨	(빤히 보며) 김대석 그놈을 죽이고, 실종된 것으로 처리해 주면… 요구한 군량과 군자금을 지원하겠다는 내용이다.
대엽	!
이이첨	너에게 주는 마지막 기회다. 어찌할 테냐?
대엽	(망설이다 서신을 집어 드는 손이 떨린다)
이이첨	돌아올 땐 반드시 너 혼자여야 할 것이다.

S#19   모문룡 동강진 옥사
       대엽, 서신을 다시 품속에 집어넣는데.

바우   가지고 있었네.

대엽   !

바우   그거, 니 아버지가 모문룡에게 보내는 서신 아냐? 나 죽이라는?

대엽   (보는)

바우   그걸로 너라도 살아라.

대엽   !

바우   나는 그 서신 아니래도 어차피 죽게 생겼으니, 너라도 살아야 할 거 아냐.

대엽   진심이냐?

바우   진심이지, 그럼.

대엽   살고 싶지 않느냐?

바우   뭔 개소리야? 당연히 살고 싶지. 세상에 죽고 싶은 놈이 어딨어?

대엽   그럼 왜 살려달라고 하지 않느냐?

바우   너한테?

대엽   그래.

바우   (피식 웃고는) 내가 워낙 가진 거 없이 살아서 여기저기 빚을 많이 지고
       살긴 했는데… 그래도 너한테만큼은 절대 빚지고 싶지 않거든… 뭣 때
       문인지는 말 안 해도 알지?

대엽   !

S#20   바우 본가 수경의 방
       옷가지 등 소지품들을 챙기고 있는 수경과 조상궁. 수틀 등 수놓던 것
       들을 챙기다가 착잡해지는 수경. '大石'이라고 놓인 수.

S#21   동 본가 안채 부엌
       뭐 먹을 게 없나 찾고 있는 후남.

S#22   동 본가 안채 마당
        누룽지를 손에 들고 부엌에서 나오는 후남.

후남   이런 부잣집에서 누룽지가 뭐야, 누룽지가…

        구시렁대면서도 누룽지를 맛있게 먹는 후남. 마당을 서성대며 수경 방
        쪽을 기웃거리고.

S#23   동 본가 수경의 방
        조상궁, 보자기에 옷가지 등을 싸다가.

조상궁   (갑자기 울컥하는 듯) 하늘도 무심하시지… 그만큼 고역을 치르게 하셨으
        면 됐지… 주상 전하께서도 금지옥엽 아끼시던 옹주 자가신데… 귀하
        신 우리 자가께서 어쩌다…
수경   제발 말조심하게. 누가 들으면 어쩌려고…
조상궁   죄송합니다. 생각할수록 속에서 천불이 나서… (더는 말 못 하고 눈물을
        찍어내는데)
후남   (방문 벌컥 열며) 아직도 멀었나?
조상궁   (홱 돌아보며) 기척 좀 하고 다니시오.
후남   (무시하고 들어오며) 뭘 얼마나 챙기는데 하루종일 걸려… 고단해서 허리
        좀 펴야 되겠으니까… 대충 챙기고 나가.

        보료 위에 대자로 누워버리는 후남. 기가 막힌 듯 보는 조상궁. 모른 척
        짐만 챙기는 수경.

S#24   동 본가 대문 앞
        지게에 땔감을 한가득 지고 오는 나무꾼. 지게를 꼼꼼히 조사하는 내금
        위들.

S#25   동 본가 뒷마당
지게에서 땔감을 내리는 나무꾼.

S#26   동 본가 근처 일각
급히 오는 춘배. 마음이 급한 듯, 서둘러 집 쪽으로 가고 나면, 저만치
또래 아이들과 장난치며 오고 있는 차돌.

S#27   동 본가 부엌
점심상을 차리고 있는 수경, 조상궁.

조상궁   제가 할게요, 제발 앉아계세요. 무슨 미친 여편네 밥상까지 손수 차리
신다고…

수경   알았으니 그만하게… (부뚜막에 걸터앉으며) 춘배… 이 사람은 올 때가
됐는데… 어찌 이리 지체가 되나 모르겠네.

      수경, 걱정스러운 얼굴로 앉아있는데, 급히 들어서는 춘배.

수경   어찌 됐는가? 서찰은 잘 전해드렸는가?

춘배   예. 서둘러 출발하시는 것까지 보고 왔습니다. 차돌 아범한텐 아무 일
도 없을 테니… 걱정 말라는 말씀도 계셨구요.

수경   (안도하며) 수고했네.

춘배   뭘요. (조상궁에게 낮게) 그 여편네는?

S#28   동 본가 수경의 방
수경의 옷으로 갈아입은 후남. 경대 앞에 앉아 머리 매무새를 만지며
기분이 마냥 좋은 듯, 콧노래까지 흥얼거리고 있는 후남.

S#29   동 본가 안채 마당
춘배, 부엌에서 나오는데. 뒷마당 쪽에서 오는 나무꾼.

춘배	벌써 다 내리고 가는 게야? (바지춤에서 돈 꺼내서 주며) 오늘도 한 짐이지?
나무꾼	예.

나무꾼, 돈 받아들고는 인사하고 가려는데. 책보를 메고 들어오는 차돌.

차돌	(안방 향해) 할머니, 서당 다녀왔습니다. (바로 춘배에게) 어머니 어디 계세요? 부엌에 계세요?
나무꾼	(차돌을 힐끔힐끔 보면서 나가는)
춘배	저기… 차돌아…

안방에서 나오는 한씨, 연옥.

차돌	(꾸벅하며) 다녀왔습니다.
후남	(수경 방 방문 벌컥 열고 나오며) 차돌아!

다들 당혹스러운 듯 보는데.

후남	(맨발로 쫓아가 와락 끌어안으며) 차돌아!
차돌	(멀뚱한 얼굴로 한씨를 보는)
후남	(폭풍 눈물을 쏟으며) 차돌아… 내 새끼… 차돌아… (차돌 얼굴을 어루만지며) 내 새끼… 잘 컸네… 많이 컸네… (눈치 보며 주춤주춤 물러서려는 차돌을 붙잡는)
한씨	차돌아… 니 어미다. 인사드리거라.
차돌	(어미 소리에 그제야 후남을 쳐다보는)
조상궁	(화면 밖에서, 큰 소리로) 점심상 어디로 들일까요?

차돌 돌아보면. 밥상 들고 부엌에서 나오는 조상궁과 따라 나오는 수경. 후남이 울고불고 분위기 잡는 것 같자, 조상궁이 일부러 산통 깨려고 상 들고 나와서 큰 소리로 얘기한 상황이다.

차돌	(수경 보고 울먹울먹) 어머니…
수경	널 낳아주신 어머니시다. 어서 인사드리거라.
후남	차돌아… 엄마야…

마지못해 꾸벅 하고는 제 방으로 뛰어가 버리는 차돌.

한씨	저런… 저…
수경	(차돌을 따라가며) 차돌아.
후남	(벌컥) 어딜 가? 자네가 뭔데 어미 행세를 하려 들어?
수경	(멈칫 돌아보는)
후남	내 배 아파 낳은 내 새끼야. 내 새낀 내가 알아서 할 거니까… 앞으론 우리 차돌이 곁에 얼씬도 하지 마. 알았나? (조상궁에게) 차돌이 밥까지 다시 차려서… 저 방으로 가져오게.

하는데, 그냥 안방으로 들어가는 한씨. 마음이 쓰이는 듯 수경을 보는 연옥. 잡아먹을 듯, 후남을 노려보는 조상궁, 춘배. 무시하고 차돌이 방으로 들어가는 후남.

S#30　동 본가 차돌의 방
　　　차돌이는 구석에 앉아서 서책을 보고 있고. 후남 혼자 밥을 먹고 있다.

후남	정말 안 먹을래?
차돌	…
후남	차돌아… 물론 엄마 얼굴도 기억 못 하겠지만… 그래도 내가 니 엄마 야. 널 낳아준 진짜 엄마… 아까 그 여편네는…
차돌	(여편네 소리에 비로소 고개 돌려 후남을 쳐다보는)
후남	아니다… 됐다. 세월이 좀먹는 것도 아니고… 이젠 죽을 때까지 한집에 서 같이 살 텐데… 천천히 얘기하자, 천천히… 책 봐.

다시 밥 먹는 후남. 슬그머니 서책을 들고 일어나서 나가려는 차돌.

후남   어디 가려고?

차돌   어머니께 여쭤볼 게 있어서요. (서책 보이며) 서당에서 다음 날 배울 부분을 어머니랑 미리 공부하거든요.

후남   (수저 탁 놓으며) 어머니, 어머니, 어머니… 거참… 거슬리네.

차돌   !

후남   넌 죽은 줄 알았던 엄마가 살아 돌아왔는데… 조금도 안 반가워?

차돌   죽은 게 아니라… 아부지 친구랑 눈 맞아서 야반도주했잖아요.

후남   (안색 변하며, 뭐라 하려다) 책이나 봐!

차돌   (주눅이 들어 다시 앉는)

후남   (다시 쳐다보며) 그런 거 아냐. 니 아버지가 거짓말한 거야. 알았어?

차돌   …

S#31   동 본가 안채 마당
못내 차돌이가 걱정되는 듯, 차돌 방을 쳐다보는 수경. 자기도 모르게 한숨을 내쉬는.

S#32   동 본가 뒷마당
마늘을 까다 분에 못 이겨 마늘을 냅다 던지는 조상궁. 춘배, 옆에서 땔감 나무들 정리하다가.

춘배   그러게 내 뭐랬어? 처음부터 다 털어놓자고 그랬지?

조상궁   안 받아주고 쫓아낼까 봐 그랬지.

춘배   아, 이젠 임금님도 다 아시는 마당에 어떻게 쫓아내?

조상궁   이 답답한 인사야… 옹주 자가라는 걸 밝히면… 옹주 자가가 왜 이 집에 이러고 있어야 하는지도 다 밝혀야 되는데… 그 사정을 다 알고도 순순히 받아주겠어? 자칫하다간 식구들이 다 위험해질 수도 있는데…

춘배   그거야… (말문이 막히는 듯 멈칫했다가) 그래도 쫓아내기야 했겠어? 좌의정은 마님한테도 철천지원순데… (하다가 아차 싶은 듯) 그 좌의정의 며느리셨네. 전 며느리이긴 하지만…

조상궁   이 집에 와서는 그나마 좀 편해지나 싶었는데… 어디서 개떡 같은 여편네가 툭 튀어 나와서는… 복도 지리도 없으시지… 그 전 시어머닌 아들 잡아먹었다고 구박하고… 이번 시어머니… 아니지, 시어머니도 아닌데… 천것이라고 무시하더니… 이젠 첩 취급까지 당하시고…

춘배   그러니 어쩌겠어? 어차피 벌어진 일… 바우 돌아올 때까지 기다리는 거 말곤 달리 방도가 없는 걸…

조상궁   그 전에 화병으로 죽을 거 같아서 그러지…

춘배   그나저나 차돌인… 괜찮나 모르겠네.

S#33   동 본가 안채 마당
방에서 나오는 차돌. 안방에서 나오다가 차돌을 보는 한씨. 한씨를 미처 못 본 듯, 수경 방 앞으로 가는 차돌.

차돌   (방문 가까이에 입을 대고 낮게) 어머니… 어머니…

후남   (벌컥 방문 열며) 들어와.

차돌   (놀라서 주춤 물러서며) 어머니는요?

후남   니 어머니… (자기 가슴팍 툭툭 치며) 여기 있잖아, 여기!

머뭇거리는 차돌을 끌고 들어가는 후남. 착잡해지는 한씨.

S#34   동 본가 부엌(밤)
한씨에게 갖다 줄 호두와 술 등을 쟁반에 챙기다가 생각에 잠기는 수경. 그 수심 가득한 얼굴에서.

S#35   동 본가 사랑방(회상)
- 14회 S#66의,

바우   (다짐하듯) 난 그대를 홀로 두고 절대 죽지 않소. 날 믿고 기다려주시오.

         더는 아무 말도 못 하고 절절하게 바우를 바라보는 수경. 그런 수경을
         바라보다 조심스럽게 입을 맞추는 바우.

S#36   동 본가 부엌(밤)
         정신을 차리는 수경. 젖은 눈가를 닦아내고는 준비한 쟁반을 들고 나
         간다.

S#37   동 본가 안방(밤)
         호두와 술을 먹고 있는 한씨.

연옥   염치도 좋으셔. 방까지 뺏어놓고는… 나 같으면 미안해서라도 못 먹
         겠네.

한씨   방을 내가 뺏었냐? 그리고 이것도 그래. 내가 가져오라고 시킨 것도 아
         니고… 지가 먼저 가져온 걸 도로 가져가라고 호통이라도 쳐? 그게 더
         몹쓸 짓이지.

연옥   하긴… 어머니보단 새언니가 더 말이 안 되네. 배알도 없다. 하루아침
         에 첩 취급이나 당하면서… 이런 건 왜 갖다 바쳐?

한씨   왜긴 뭐가 왜야? 원래 타고난 심성이 바른 애들은 뭐든 한결같은 법이야.

연옥   (삐죽거리며) 새언니 심성이 바른 건 인정하시네.

한씨   (못 들은 척) 아휴… 오늘 호두는 왜 이리 단단해?

연옥   근데 어머니… 차돌이 말야. 그래도 절 낳아준 엄만데… 낯을 너무 가
         리는 거 아냐?

한씨   핏덩이 때 떨어졌다니… 그럴 수도 있지.

연옥   핏줄은 그냥 막 끌리고 그런 거 아닌가? 난 오라버니 처음 봤을 때… 얼
         굴도 기억 안 나고 생판 모르는 사람인데도… 어머니가 오라버니라고
         그러니까… 금방 막 좋고 정도 가고 그렇던데…

한씨   어미 정을 못 받고 커서 그래. 정을 받아봤어야 정을 주지.

연옥	뭘… 새언니하곤 볼 때마다 그냥 정이 철철…
한씨	(O.L) 안 자냐?

S#38   동 본가 수경의 방(밤)

나란히 누워있는 후남, 차돌. 잠을 못 자고 계속 뒤척이는 차돌.

후남	(눈 감은 채) 왜? 잠이 안 와?
차돌	저는… 제 방에 가서 자면 안 돼요?
후남	(오히려 차돌을 끌어안으며) 안 돼. 오늘은 나랑 자기로 했다고… 할머님께 벌써 말씀드렸잖아.
차돌	…
후남	(토닥이며) 자장… 자장… 우리 아가…
차돌	저, 아가 아닌데요.
후남	그냥 좀 자.

몇 번 토닥여주는가 싶더니 차돌을 놓고 혼자 코를 골고 자는 후남. 그런 후남을 보는 차돌.

S#39   동 본가 안채 마당(밤)

마당으로 나오는 수경. 밤하늘을 올려다보며 생각에 잠기는데.

(E) 방문 열리고 나오는 인기척 소리.

수경, 멈칫 돌아보면, 수경 방에서 조심스럽게 나오는 차돌.

차돌	(수경 보고는 반색하며 다가와) 어머니…
수경	(낮게) 왜 나왔어?
차돌	코를 너무 심하게 골아서 못 자겠어요. 아부지보다 열 배는 더 크게 골아요.
수경	(미소로) 그래서 네 방에 가서 자려고?
차돌	네.

S#40   동 본가 차돌의 방(밤)
              이불을 깔아주는 수경.

수경   누워, 얼른…

이불 속으로 들어가서 눕는 차돌. 수경, 등잔불을 끄려는데.

차돌   오늘만 이 방에서 같이 주무시면 안 돼요?

착잡하게 보다가 옆에 가서 누우며 팔베개를 해주는 수경. 좋아서 수경
의 품을 파고드는 차돌.

차돌   어머니요… 저 방에 있는…
수경   어머니가 왜?
차돌   어머니니까… 제가 아들이니까 말도 잘 듣고… 착하게 굴어야 되는
         거… 저도 아는데요…
수경   그런데?
차돌   우리 어머니가 아닌 거 같아요. 모르는 사람 같아서 이상해요… 좀 무
         서워요.
수경   아마… 니가 너무 애기 때 헤어져서… 어머니에 대한 기억이 하나도 없
         어서 그럴 거야. 오늘은 처음이라 그렇겠지만… 지내다보면…
차돌   (수경 빤히 보며) 어머닌 안 그랬는데… 처음부터 하나도 안 이상하고 하
         나도 안 무서웠는데… 좋기만 했는데…
수경   !
차돌   실은요. 이건 비밀이니까 어머니만 아서야 돼요.
수경   무슨 비밀인데?
차돌   저 방 어머니도 절 좋아하는 거 같지 않아요.
수경   자식을 좋아하지 않는 어미가 어디 있어? 그런 생각하면 못 써. 어머니
         가 아시면 얼마나 서운해하시겠어?

차돌	…
수경	비밀은 지켜줄 테니까… 다신 그런 생각 안 한다고 약조해.
차돌	네…
수경	이제 눈 감고… 자.

눈을 감는 차돌. 그런 차돌을 안쓰러운 듯 보다 꼭 안아주는 수경.

S#41   동 본가 부엌(밤)
벌컥벌컥 탁주를 들이키는 춘배.

춘배	(사발 내려놓다가) 야… 어떻게 그렇게 펑펑 울 수가 있지? 그냥 눈물을 철철… 그것도 재주야. 누가 가짜라고 그러겠어? 다 진짠 줄 알지.
조상궁	조금은 진짜일지도 모르지. 아무리 그래도 지 배 아파 낳은 지 새낀데… 핏덩이 때 보고 처음 봤으니…
춘배	정신 차려! 저 여편네는 구라 빼면 시체야. 뼛속까지 후벼 파도 참이라곤 없는 여편네라고…
조상궁	암만 그래도… 차돌인 하나밖에 없는 지 자식이잖아.
춘배	옛날에 바우랑 살 때도 입만 열면 거짓말이었어. 차돌이 낳고 열흘도 안 돼서… 밤이슬 맞고 다닌 여자야, 저 여자가…
조상궁	설마…
춘배	애는 밤새 배고파서 울어대는데… 어미라는 건 동이 훤히 틀 때나 들어와선… 잔칫집에 일하러 갔다 왔다느니… 누구네 품앗이 갔다가 통금에 걸려 못 왔다느니… 헛소리만 해대다가 고단하다고 애 젖도 안 물리고 자빠져 자더래.
조상궁	세상에나…
춘배	내가 오죽하면 야반도주했다 그랬을 때… 바우한테 차라리 잘됐다, 이참에 새장가나 가라… 그랬다니까… 근데 오늘 보니까 하나도 안 변했어.
조상궁	도대체 그런 여자랑 왜 혼인했대?

춘배	저년이 바우한테 흑심 품고, 술 잔뜩 퍼먹이고 덮쳤어.
조상궁	!
춘배	바우놈이 그때만 해도 순진해서… 당한 거지 뭐…
조상궁	저런 걸 어미라고… 차돌이만 불쌍하네.
춘배	바우가 더 불쌍해. 저 찰거머릴 또 어떻게 떼어낼 거야?
조상궁	그래도 쫓아내든 어쨌든 결판을 낼 수 있는 건 차돌 아범밖에 없는데… 언제쯤 돌아오려나…

S#42   모문룡 동강진 옥사
바우와 대엽이 각자 생각에 잠겨 앉아있는데. 들어오는 명나라 병사1
과 아낙. 병사1이 눈짓하자 창살로 다가오는 아낙.

아낙	밥들 드세요.

창살로 다가오는 대엽과 바우. 대엽에게 주먹밥을 주는 아낙.

바우	저승 가기 전에 마지막으로 배나 채우라는 건가?

바우도 손을 내미는데. 주먹밥을 바우 손에 얹고는, 손을 살짝 열어 주
먹밥을 보여주는 아낙. 주먹밥에 깨알로 '卍'자가 박혀 있다. 흠칫 놀라
아낙을 다시 보는 바우의 얼굴에 스쳐가는 비전.
- 14회 S#92의, 딸이 끌려가는 걸 막으려고 명나라 병사에게 매달리는
어미.
후딱 병사1을 보는 바우. 뭔가 수상한 듯 쳐다보고 있는 병사1. 바우,
얼른 주먹밥을 입에 넣는데. 얼른 다가와 주먹밥을 내놓으라고 손 내미
는 병사1. 바우가 망설이자 방망이로 창살을 쾅 후려치는 병사1. 도리
없는 듯 주먹밥을 주는 바우. 주먹밥을 돌려보는 병사1. 이미 바우가
卍자 부분을 베어 물어서 흔적이 없다. 주먹밥을 헤집어서 확인하다,
바닥에 던져버리고는 발로 짓밟아 버리는 병사1. 바우가 노려보자, 위

협하듯 창살을 방망이로 후려치는 병사1.

대엽   (뒤에서 잡아당기며) 물러나거라. 버텨봐야 너만 손해다.

바우, 물러나자 아낙을 잡아끌고 나가는 병사1. 나가다 고개 돌려 바우
에게 슬쩍 고개를 숙여 보이는 아낙. 바우도 고개를 숙여 보이고.

대엽   아는 이냐?
바우   너도 알걸?
대엽   ?

S#43   동 옥사 근처 일각
                아낙, 뒤를 살피며 오는데. 한쪽 구석에서 모습을 드러내는 대원. 지팡
                이를 짚고 있다. 얼른 대원에게 가는 아낙.

S#44   동 옥사
                생각에 잠겨있는 대엽을 보는 바우.

바우   어찌할래? 나랑 같이 갈 거냐?
대엽   …
김자점   (다급히 들어오는) 큰일 났네.

얼른 일어나 창살로 다가가는 바우와 대엽.

바우   무슨 일입니까?
김자점   한양에서 파발이 왔는데… 주상 전하께서 자넬… 모문룡에게 넘기라
             고 하셨네.
바우   !
대엽   !

김자점	곧 모문룡이 자넬 죽이려 들 텐데… 이 일을 어찌한단 말인가.
바우	…여기서 탈출해야겠습니다.
김자점	탈출? 이곳이 섬이라는 걸 잊었나? 사방이 바단데 어떻게 탈출한단 말인가?

들어오는 병사1, 2. 놀라서 돌아보는 김자점. 병사1, 2가 김자점을 밀어내고 옥문의 자물쇠를 연다.

| 김자점 | (다급히, 대엽에게) 이보게… 정말 그냥 두고 볼 셈인가? 이대로 끌려나가면 죽는단 말일세. |

갈등으로 바우를 보는 대엽. 옥문을 열고, 바우와 대엽에게 나오라고 손짓하는 병사1. 나오는 바우와 대엽. 병사1, 2가 바우와 대엽에게 다가오는데, 병사1을 냅다 들이받아 버리는 바우. 달려드는 병사2에게 들러붙어 몸싸움을 벌이는 바우. 병사1이 일어나서 바우의 뒤를 노리는데. 짧게 한숨을 내뱉고는 수갑 찬 손으로 병사1의 뒤통수를 후려치는 대엽. 병사2를 쓰러뜨리고 돌아보는 바우.

바우	같이 갈 거냐?
대엽	(대꾸 없이 병사1의 몸을 뒤져서 열쇠를 찾아내는)
바우	(피식 웃고는, 김자점에게) 같이 가시겠습니까?
김자점	(얼른 격하게 고개 저으며) 아니! 나는 도망갈 이유가 없지 않은가. 헌데 이 섬에서는 어찌 빠져나가려고?

S#45   동 동강진 일각
함께 도망치는 바우와 대엽. 뒤에서 쫓아오는 명나라 병사들. 급하게 도망쳐 보지만, 여기저기서 쫓아오는 병사들에게 결국 포위되고 만다. 바우와 대엽이 싸워보지만, 무기는 없고 병사들은 많아서 결국 다 쓰러뜨리지 못하고 잡힐 위기에 처하는데. 갑자기 나타나 지팡이를 이용해

폭풍 같은 봉술 솜씨로 병사들을 쓸어버리는 대원.

바우	스님!
대엽	(O.L) 스님!
대원	(허리를 치며) 아이구, 허리야. 오랜만에 힘을 썼더니 삭신이 다 쑤시는구나.
바우	승병이셨다더니 참말이셨나 봅니다.
대원	내가 이놈아, 사명당이랑 호형호제한 사람이다. 내 손으로 때려잡은 왜놈들만 기백이 넘어.
대엽	헌데 스님께서 어떻게 여길…
대원	옹주 자가께서 부탁하더이다.
바우	!
대엽	!
대원	자세한 얘긴 나중에 하고 일단 피해야겠다.

저만치서 달려오는 명나라 병사들. 얼른 칼 하나씩을 집어 들고 도망치는 바우, 대엽과 대원.

S#46   **가도 바닷가**

다급히 달려오는 바우, 대엽, 대원. 바닷가에 나룻배 한 척과 중년 사내가 보인다. 얼른 다가가 배에 오르는 대원. 중년 사내와 배를 밀어 바다에 띄우는 바우, 대엽. 바우, 대엽, 중년 사내도 올라타고. 서둘러 배를 모는 중년 사내. 바닷가로 달려 나오는 명나라 병사들. 주변에 배가 보이지 않자, 군관의 명령에 따라 활을 겨누는 병사들. 바우, 대엽 화들짝 놀라 서로 쳐다보고는 칼을 빼들고 앞을 막아서려는데.

대원	맨몸으로 뭘 어쩌려고… 받아라.

커다란 사각방패를 바우와 대엽에게 건네주는 대원. 얼른 방패를 치켜

세워 대엽은 대원을, 바우는 중년 사내를 보호한다. 방패와 나룻배 여기저기에 박히는 화살.

바우 (슬쩍 명나라 병사들 쳐다보고) 언제 또 이런 것을 준비하셨습니까?

대원 이놈아, 몇 번을 말해. 칠 년을 전쟁통에서 굴렀다… 조심해라. 또 날아온다.

다시 날아와 박히는 화살. 바우의 보호를 받으며 열심히 노를 젓는 중년 사내. 또다시 활을 쏘는 명나라 병사들. 그러나 이미 거리가 멀어져 배에 미치지 못하고 바다에 빠지는 화살들. 안도의 한숨을 쉬며 방패를 거두는 바우.

사내 고맙습니다, 나리.

바우 뭘요. 저도 살자고 한 짓인데요. 뭐…

사내 그게 아니라… 지난번에…

유심히 사내 얼굴을 보는 바우의 얼굴 위로 스쳐가는 비전.
- 14회 S#92의, 쌀자루를 뺏기지 않으려고 매달리던 사내.
그제야 알아본 듯 감탄사를 내뱉는 바우.

바우 다음부터는 그냥 줘버리세요. 그러다 큰일 납니다.

사내 그게 올봄에 뿌릴 씨앗이었습니다. 그걸 뺏기면 어차피 굶어 죽으니… 이판사판이었습니다요.

바우 그래도…

대원 농부는 굶어 죽어도 씨앗은 베고 죽는다고 하지 않더냐. 말려도 소용 없다.

사내 아무튼 나리들이 우리 식구들 목숨을 구한 거나 진배없으십니다. 감사합니다. (바우와 대엽에게 고개를 숙이는)

바우 (얼른 고개 숙이며) 은혜를 입은 건 이쪽도 마찬가집니다. 구해주셔서 감사합니다.

대엽   (역시 슬쩍 고개 숙이고)

대원   (흐뭇하게 보며) 다 뿌린 대로 거두는 법이지. 자업자득이라 하지 않더
냐. 나무아미타불 관세음보살…

S#47   바닷가 일각
        육지로 다가오는 나룻배.
        (E) 명적(鳴鏑) 소리.
        일동 돌아보면, 멀리 섬 쪽에서 명나라 군사들이 활을 쏘고 있다.

대원   명적이구나. 서둘러야겠다. (옷 보퉁이 주며) 그 옷은 너무 눈에 띄니 이
옷으로 갈아입거라.

바우   (보퉁이 받는)

대원   이곳 철산현은 명나라 군사들이 장악했으니, 의주로 가거라.

바우   스님은 같이 안 가십니까?

대원   이놈아… 내 나이가 몇이냐? 기운 없어서 못 쫓아가.

바우   아까 보니까 팔팔하기만 하시더구만…

대원   객쩍은 소리 치우고… 명적이 울렸으니, 곧 근처에 있는 명나라 군사들
이 몰려올 게다. 어서 가거라. 도령도 살펴 가십시오.

대엽   감사합니다.

바우   스님도 조심하셔야 합니다.

대원   내 걱정은 말고 얼른 가래두…

        급히 달려가는 바우와 대엽.

대원   세존이시여… 부디 굽어 살펴주시기를… 나무아미타불 관세음보살…

S#48   압록강 변 일각
        도망 중인 바우, 대엽. 주위를 경계하며 뛰고 또 뛰는 두 사람.

S#49   동 근처 동굴 일각(밤)
        모닥불을 피워놓고, 지친 몸을 잠시 쉬고 있는 바우, 대엽. 그 와중에도
        입구 쪽을 주시하며 경계를 늦추지 않고.

S#50   동 근처 일각
        이동 중인 바우, 대엽. 일순, 무슨 소린가 들은 듯 멈춰 서며 바우에게
        신호를 보내는 대엽. 멈춰 서며 긴장하는 바우.
        (E) 요란한 말발굽 소리.
        황급히 몸을 숨기는 바우, 대엽. 주위가 조용해지자, 대엽에게 신호를
        보내는 바우. 다시 일어나 뛰기 시작하는 바우, 대엽.

S#51   동 근처 다른 일각
        함께 뛰어오다 당황히 멈춰 서는 바우, 대엽. 그들의 시선으로, 저만치
        보이는 명나라 군사들. 돌아서서 다시 뛰는 바우, 대엽.

S#52   압록강 변 일각
        황급히 도망쳐오다 멈춰 서는 바우와 대엽. 앞에 명나라 병사들이 막고
        서있다. 뒤쪽에는 말을 탄 명나라 병사가 쫓아오고. 순식간에 포위당
        하는 바우와 대엽. 서로 의지하며, 일부는 죽이고 일부는 도망치게 만
        들어 명나라 병사들을 모두 물리치는 바우와 대엽. 칼에 기대어 지친
        숨을 몰아쉬다 경악하는 대엽. 그 시선으로, 저편에서 조총을 겨누고
        서있는 응시자1이 보인다. 몸을 날려 바우를 밀어내는 대엽. 바우는 넘
        어지고, 대엽이 바우 대신 어깨에 조총을 맞고 쓰러진다. 바우, 급히 일
        어나 보면 응시자1이 조총을 다시 겨누고 쏜다. 바닥으로 몸을 굴러 피
        하는 바우. 응시자1이 조총을 재장전하기 시작하고, 다급히 달려드는
        바우. 조총을 쏘기 직전 칼로 쳐내는 바우. 조총을 휘두르며 바우에게
        덤벼드는 응시자1. 접전 끝에 응시자1을 제압하는 바우.

응시자1   사, 살려주시오. 좌의정 대감이 시킨 것이오. 두 번 다시 나타나지 않을

테니 목숨만…

순간, 칼이 날아와 응시자1의 가슴에 박힌다. 후딱 돌아보는 바우. 대엽이 어깨를 부여잡고 주저앉는다.

바우   너…!
대엽   포로를 데리고 다닐 여력이 없다.
바우   그게 아니라, 니 아버지 죄를 감추기 위해서겠지.

반대편을 가리키는 대엽. 바우 보면, 저만치서 말을 달려오는 명나라 기병들.

바우   염병!

바우, 황급히 대엽을 부축하고 일어나서 주변을 둘러보지만 도망칠 시간이 없다. 점점 가까워지는 명나라 기병들. 대엽을 안고 강으로 확 뛰어드는 바우.

S#53   인서트
         창덕궁 전경.

S#54   동 창덕궁 희정당 서실
         광해군과 독대 중인 이이첨.

광해군   들었는지 모르겠소만… 김대석이 가도에서 탈출했다고 하오.
이이첨   !
광해군   참 재주가 많은 놈이오. 바다 한가운데 섬에서 어찌 도망을 쳤나 모르겠소.
이이첨   전하의 명을 어긴 죄인이옵니다. 당장 잡아서 모문룡에게 돌려주어야

	할 것이옵니다.
광해군	(고개 끄덕이다) 헌데 말이오. 경의 아들도 함께 탈출했다 하오.
이이첨	…망극하옵니다, 전하.
광해군	같이 도망쳤으니, 벌을 주자면 둘 다 주어야 할 것인데… 경의 아들만 봐줄 수도 없고… 이거 참 난감하구려.
이이첨	선전관 김대석과 이대엽은 본인들의 임무를 망각하고, 사사로운 감정을 우선하여 국가의 중대사를 망친 자들이옵니다. 마땅히 중벌을 내리심이 옳은 줄로 아옵니다. 신의 아들 이대엽에게도 중벌을 내리시옵소서, 전하.
광해군	(짐짓 감탄한 척) 허허… 역시 좌상이오… 허나 서인들이 경의 이런 충성심을 몰라보고… 경이 두 사람을 선전관으로 추천하였으니… 경까지 같이 책임져야 한다고, 물고 늘어질까 걱정이 되는구려…
이이첨	!

S#55   이이첨의 집 사랑채 사랑방
        못마땅한 얼굴로 원엽을 보는 이이첨.

이이첨	주상이 그 집에 무얼 숨겨놨는지 알아보라고 한 지가 언젠데… 여태 아무 소득도 없단 말이냐.
원엽	송구합니다. 대문 앞을 지키고 있는 내금위들이 집 안 출입을 엄격히 막고 있는 데다가… 부리는 식솔이라곤 춘배라는 놈 딱 하나뿐이다 보니…
이이첨	춘배?
원엽	김대석이랑 같이 옹주를 보쌈했던 놈입니다.
이이첨	우리 광에 갇혀있다 조상궁이랑 같이 달아난 그놈 말이냐?
원엽	예, 맞습니다. 헌데 그놈은 김대석하고 친동기간처럼 지내는 놈이라…
이이첨	(답답한) 그 집에 살아야만 정보를 빼낼 수 있는 것이 아니질 않느냐.
원엽	예?
태출	(밖에서) 대감마님… 태출입니다.

이이첨	들어오너라.
태출	(들어와서 인사하고) 그 집 안채에 김대석의 누이 말고 젊은 여인네가 하나 더 있는 것 같답니다.
이이첨	하나 더?
태출	예. 그 집에 정기적으로 드나드는 나무꾼이 하나 있어서 매수를 했는데…

S#56   바우 본가 안채 마당(회상)
- S#29의, 나무꾼, 돈 받아들고는 인사하고 가려는데. 책보를 메고 들어오는 차돌.

차돌	(안방 향해) 할머니, 서당 다녀왔습니다. (바로 춘배에게) 어머니 어디 계세요? 부엌에 계세요?
나무꾼	(차돌을 힐끔힐끔 보면서 나가는)

S#57   이이첨의 집 사랑채 사랑방
태출의 보고를 받고 있는 이이첨.

태출	김대석의 아들이 어머니를 찾는 걸 들었답니다.
이이첨	그래? 그럼 김대석에게 부인이 있다는 얘긴데…
원엽	김대석 그놈은 애만 하나 딸린 홀아비라고 하지 않았느냐?
태출	예, 저도 그리 알고 있었는데… 나무꾼 말에 의하면 직접 보지는 못했으나… 그 집에 같이 살고 있는 건 분명하답니다.
이이첨	(뭔가 걸리는 듯) 당장 그 여인네의 정체부터 알아내거라.

S#58   바우 본가 앞
내금위1, 2와 실랑이를 벌이고 있는 방물장수 아낙.

방물장수	아니, 필요한 게 있는지… 안에다 물어나 봐달라는데… 왜 그것도 안

된다는 거예요?

내금위1,2	(방물장수를 막고 선 채 대꾸도 안 하는)
방물장수	(대문 안을 향해 소리 지르는) 안에 계세요? 마님! 방물장수예요. 없는 거 없이 다 있으니 구경이나 해보세요.

S#59   동 본가 안채 마당
            후남, 무료한 듯 기지개 켜며 방에서 나오는데.

방물장수	(E) 족집게, 모시실… 휘건… 백분, 연지… 머릿기름, 밀기름…
후남	(홀린 듯 소리 나는 대문 쪽으로 슬금슬금 가는)

S#60   동 본가 앞
            집 안을 향해 소리 지르고 있는 방물장수.

방물장수	노리개, 가락지… 다 있으니… 구경이나 한번 해보세요… 마님!
후남	(나오는) 들어가세. 구경이나 한번 해보게…
내금위1	(막으며) 안 됩니다.
후남	아, 내가 아는 사람이에요. 나랑 거래한 지 10년도 넘었으니까… 이 사람 신분은 내가 보장할게요. 됐죠?

S#61   동 본가 안채 마당
            조상궁, 춘배 뒷마당에서 오는데. 방물장수를 데리고 들어오는 후남.

조상궁	(놀라서) 누, 누구?
후남	방물장수… 내가 필요한 게 좀 있어서…
춘배	이 여편네가 미쳤나? 아무나 집 안에 들이면 어떡해?
후남	아무나라니? 방물장수라고 방금 얘기했잖아.
춘배	안 돼! (방물장수 막 밀어내며) 나가쇼, 나가!
후남	(춘배 막으며) 왜 이래? 니가 뭔데 나가라 마라야? 나 이 집 작은 마님이

야! 이 집 안주인이라구!

방물장수 (얼른 후남 뒤에 가서 숨는)

춘배 (강제로 방물장수를 끌어내려 하며) 밖에 내금위들 지키고 있는 거 못 봤어? 함부로 들어오면 안 되니까 지키고 있는 건데… 어딜… 마음대로 들어와?

후남 (다급히 안방 향해) 어머님! 어머님!

끌어내리려는 춘배와 버티는 방물장수, 춘배를 막으려는 후남이 한데 엉켜 난리를 치는데.

한씨 (나오며) 왜 이리 소란스러운 게냐?

후남 어머님… 방물장수가 와서요. 제가 어머님께 구경이나 좀 시켜드리려고 불러들였더니… 세상에… 다짜고짜 끌어내리려고 이 난리를 치는 거예요.

한씨 방물장수?

후남 예. 별의별 게 다 있다네요.

방물장수 (얼른 나서서 인사하며) 안녕하세요, 마님? 이 근방은 제가 10년 넘게 물건을 대드리고 있는데요. 이 댁에도 새로 이사를 오셨다고 그래서… 이렇게 찾아뵀습니다.

한씨 내가 싸구려는 쳐다도 안 보는 사람이라…

후남 귀한 물건들도 잔뜩 있대요, 어머님.

한씨 데리고 들어오너라.

후남 예, 어머님.

들어가는 한씨. 방물장수를 데리고 들어가며 춘배를 향해 보란 듯이 콧방귀를 뀌고 들어가는 후남. 뭐라고 하지도 못하고 전전긍긍하는 춘배, 조상궁.

춘배 (낮게) 어디 계셔?

조상궁	어? 어… 방에…

약속이나 한 듯 조상궁 방 앞으로 가서 보초 서듯 서는 조상궁, 춘배.

S#62 **동 본가 조상궁의 방**
수경, 밖에서 들리는 소리를 다 들은 듯, 한숨 내쉬는데.

조상궁	(문 살짝 열고) 방물장수 갈 때까지 절대로 나오시면 안 돼요.

S#63 **동 본가 안방**
방물장수가 풀어놓은 물건들을 구경하느라 정신이 없는 한씨, 후남, 연옥.

한씨	이게 백분인가?
방물장수	예, 마님…
연옥	(연지 집어 들고 보며) 연지다… 어머니… 난 이거…
후남	가락지는 이게 단가?
방물장수	그럴 리가요… (가락지 여러 개 꺼내 보여주며) 작은 마님은 가락지를 좋아하시나 보네. (슬쩍 지나가듯) 다른 분은 더 없으신가?
후남	다른 분… 누구?
방물장수	아니… 집안에 마님이나 아가씨가 한 분이라도 더 계시면… 물건 하나라도 더 팔 수 있으니까… 혹시나 해서요.
후남	(단호하게) 없어. 마당에 있던 여편네는 행랑어멈이네.
방물	아, 예…
후남	(노리개 등 패물 구경에 신이 난)
태출	(E, 선행) 김대석이 부인이 맞았습니다.

S#64 **이이첨의 집 사랑채 사랑방**
뭔가 석연찮은 얼굴의 이이첨.

이이첨	없던 부인이 갑자기 생겼단 말이지…
태출	방물장수 말로는… 오래전에 헤어졌다가 다시 만난 지 얼마 안 된 것 같답니다.
원엽	신원 복권이 돼서 집까지 생기니까 다시 합친 건가?
이이첨	(서탁을 톡톡 두드리다가) 주상이 숨기는 게 고작 그놈 부인일 리는 없을 터… (태출에게) 그 방물장수한테 그 집에 살고 있는 모든 자들에 대해 좀 더 소상히 알아보라 하거라.
태출	예, 대감마님.
이이첨	(뭔가 못내 찜찜한 듯 표정이 좋지 않은)

S#65   바우 본가 조상궁의 방
        수경, 서책을 보고 있는데. 밥상을 들고 들어오는 조상궁.

수경	(독상인 것 보고는) 자네도 같이 먹자니까…
조상궁	저는 이따 춘배 그치랑 같이 먹으면 되니까… 어서 드세요.
수경	번거롭게 뭐 하러… 방도 같이 쓰는데 겸상 좀 하면 어때서…
조상궁	속상하게 자꾸 그런 말씀 하지 마시고… 어서 드세요.
수경	(수저 드는)
조상궁	이젠 누가 언제 또 들이닥칠지 알 수가 없으니… 저놈의 불여시를 치워 버리기 전까진…
수경	또… 차돌이 생모인 건 사실 아닌가. 말을 삼가게.
조상궁	저도 그러고 싶은데요… 하는 짓마다 어찌나 꼴 미운지…
후남	(방문 벌컥 열며) 좀 나와보게.
조상궁	(홱 돌아보며) 왜요? 또 뭐요?
후남	너 말고… (턱으로 수경 가리키며) 자네!
수경	(아무 말 않고 일어나 나가는)
조상궁	저게… 누굴 지 몸종으로 아나…

S#66   동 본가 안채 마당
            놋쇠 그릇을 잔뜩 늘어놓은.

후남   그릇 꼴이 이게 뭔가… 오늘 중으로 다 닦아놓게.

수경   예.

후남   놋쇠 그릇들은 어찌 닦아야 되는지 알지? 짚으로 빡빡 닦아야 되네. 윤
         기가 좌르르 날 때까지…

조상궁   (폭발 직전인 듯 후남을 노려보는데)

수경   (얼른 조상궁 밀어내며) 잘 닦아놓겠습니다.

후남   아, 그리고… 유과랑 식혜 있지? 안방에 다과상 좀 들이게.

수경   예, 알겠습니다.

후남   지금 바로!

조상궁   (이를 악물고 후남을 노려보는)

후남   (그제야 조상궁 보며) 뭐야? 이게 어디서 눈을 똑바로 뜨고 노려봐? 난 상
         전이고 넌 하인이야. 쫓겨나고 싶어?

수경   제가 대신 사죄드리겠습니다. 그만 고정하십시오.

후남   왜 이리 감싸고 돌아? 누가 보면 양반가 규수가 몸종이라도 데리고 온
         줄 알겠네. 아닌가? 유모가 더 어울리나?

조상궁   (제풀에 움찔하는)

수경   유과랑 식혜 바로 들이겠습니다.

후남   (나가려다가) 갑자기 약과가 먹고 싶네. 약과 만들 줄 알… (하는데)

춘배   (들어오는) 뭐야? 왜 또… 뭐?

후남   아닐세. 아무것도…

         춘배가 불편한 듯, 시침 떼고 안방으로 가는 후남. 한 대 패고 싶은 듯
         뒤에다 대고 주먹을 치켜드는 조상궁.

춘배   왜 저래?

조상궁   (얘기하려다가 수경 의식하며) 얼른 들어가서 진지부터 드세요. 국 다 식

었겠네.

수경	(아무 말 않고 조상궁 방으로 들어가는)
춘배	왜? 저 여편네가 또 뭐랬는데?
조상궁	아휴… 저런 건 누가 보쌈 안 해가나?
춘배	보쌈? 내가 할까? 내가 해서 성문 밖에다 갖다 버릴까?
조상궁	그래 주면 고맙지.
춘배	아예 한강에다 던져버릴까. 물귀신이나 되게…
조상궁	(피식 웃고는) 말만 들어도 속이 다 시원하네.

S#67   **동 본가 조상궁의 방**
밥상을 쳐다보다 앞에 앉는 수경. 작심이라도 한 듯, 꾸역꾸역 밥을 먹는 수경. 그 눈에 눈물이 맺히고.

S#68   **동 본가 안방**
방물장수한테 산 화장품들인 듯, 늘어놓고 한씨 얼굴에 백분을 발라주고 있는 후남. 옆에서 구경하고 있는 연옥.

연옥	너무 허연 거 아닌가?
후남	왜요? 백옥같이 하얀 게… 너무 고우신데… 원래 피부도 좀 하얀 편이시라… 더 잘 먹는 거 같아요.
한씨	내가 소싯적부터 뽀얗다는 소린 많이 들었지.
후남	그러셨을 거 같아요. 어쩜 이렇게 이목구비도 또렷하시고… 저도 어머님 반만 닮았으면 미인 소리 들었을 텐데…
한씨	(아부가 좀 거슬리는 듯 멈칫 보고) 됐다… 이제 그만해라.
후남	잠시만요. 연지도 바르셔야죠…
한씨	됐다지 않느냐.
후남	금방 되니까… 잠시만 계세요. (한씨 입술에 연지를 발라주는) 어머, 어머… 세상에… 앵두 같은 입술이 뭔가 했더니… 어머니 입술이 딱 앵두네요…

연옥	입안의 혀처럼 구는 게 뭔가 했더니… 딱 이거네요.
후남	(웃으며) 며느리가 어머님한테 입안의 혀처럼 구는 게 뭐 어때서요? 그만큼 마음에 드시게 잘한다는 거잖아요.
한씨	성격이 좋은 건지… 비위가 좋은 건지…
수경	(E) 어머님… 다과상 들이겠습니다.
한씨	다과상?
후남	출출하실 것 같아서 제가 시켰어요. (밖을 향해) 들어오게.

어이가 없는 듯 후남을 보는 한씨, 연옥. 유과, 식혜 등 다과상을 들고 들어오는 수경.

후남	수고했네. 나가보게.
수경	(한씨에게 고개 숙여보이고는 나가려는데)
연옥	새언니도 같이 드세요.
후남	아가씨… 너무하시네요.
연옥	내가 뭘요?
후남	제가 부처님 가운데 토막도 아니고… 내 서방한테 꼬리 치고 내 새끼까지 홀린 첩년하고… 어떻게 다과를 같이 먹겠어요. 안 그래요, 어머님?
한씨	(무시하고 수경에게) 고생했다. 그만 가서 쉬거라.

S#69   동 본가 안채 마당
           안방에서 나오는 수경.

한씨	(E) 아범이 돌아오면 결정하겠다고 하지 않았느냐… 그때까진 너도 좀 적당히 하거라.
수경	…

S#70   동 본가 안방
           후남, 식혜 그릇을 한씨에게 건네며.

후남	(천연덕스럽게) 예, 어머님… 명심하겠습니다.
연옥	(비아냥) 예, 어머님… 예, 어머님… 대답은 어찌나 잘하는지…

아랑곳 않고, 얼른 품에서 가락지를 꺼내는 후남.

후남	(연옥에게 주며) 아가씨… 이거 아가씨한테 잘 어울릴 거 같아서… 아까 제가 따로 골라놨던 거예요. 한번 껴보세요.
연옥	(후남의 빈 손가락 보며) 나 주려고 산 거 아닌 거 같은데…
후남	전 나중에 아범한테 사달라고 그럴 거예요.
한씨	(멈칫 후남 보며) 그러고 보니 아범 소식을 안 물어보네. 며칠이 지나도록 안 보이는데 궁금하지도 않냐?
후남	임금님 명으로 북방에 갔다면서요.
한씨	어떻게 알았대? (연옥에게) 니가 말해줬냐?
연옥	아니.
후남	대문 앞에 지키고 있는 이들한테 들었어요.
연옥	참말로요? 난 그 사람들 입 여는 거 한 번도 못 봤는데…
후남	그래서 어젯밤에 정한수 떠놓고 빌었어요. 아범 몸 성히 돌아오게 해달 라구요.
한씨	(긴가민가 보는)
연옥	그게 참말이면… 우리 오라버니가 여복은 있네.
후남	(어느새 유과를 집어먹고 있는)
한씨	(갑자기 바우 생각에 울컥한 듯) 집 떠나면 고생인데… 객지에서 병이나 안 났는지… 밥이나 제대로 챙겨 먹는지…
후남	(입안 가득 유과를 넣은 채, 울먹거리며) 저도 아범 생각만 하면… 물 한 모 금도 목구멍으로 넘어가질 않아요, 어머님…
연옥	입에 든 거나 삼키든가. 아닌가? 물 빼고는 다 넘어가나?
후남	!
한씨	시끄러! 지금 농이 나와? 넌 니 오라비 걱정도 안 돼?

S#71   아민 진영 일각

기절해 있는 바우의 얼굴에 확 끼얹어지는 물. 흠칫 놀라 깨어나는 바우. 앞을 보면, 게르 같은 유목민족의 막사들이 즐비하다. 압록강변에 위치한 아민의 진영이다. 바우, 바로 앞에 여진족 병사들이 서있고. 그 뒤에 아민이 의자에 앉아있고, 역관과 강홍립이 옆에 서있다. 아민은 물론 여진족 병사들까지 갑옷과 투구를 충실히 갖추고 있다. 바우, 본능적으로 움직여 보려다가 흠칫 의식한다. 말뚝에 묶여있는 손, 발. 당황히 주위를 살피다가 다시 굳어지는 바우. 옆에 박힌 말뚝에 묶여있는 대엽. 의식을 잃은 듯, 고개를 떨어트리고 있는 대엽. 바우, 결박을 풀어보려고 몸부림치지만 소용이 없고. 이를 악물며 다시 앞을 보는 바우.

바우   당신들은 누구요?

아민이 턱짓하자,

강홍립   (나서며) 니놈들 정체가 무엇이냐? 조선의 첩자냐?
바우   주상 전하께서 보내신 선전관이오.

아민 옆에서 통역하는 역관.

강홍립   선전관? 니놈들 어디에도 선전관임을 증명할 물증이 없었다.
바우   참말이오. 증명할 길은 없지만 선전관이 맞소.
강홍립   (대엽 가리키며) 저놈 품에서 모문룡과 내통하는 밀서가 나왔는데 어디서 거짓을 고하느냐.
바우   (흠칫했다) 그건…

바우가 말을 잇지 못하자, 강홍립에게 턱짓하는 아민.

강홍립   (물러나며) 바른대로 고하지 않으면 처참히 죽게 될 것이다.

채찍으로 바우를 후려치는 여진 병사. 고통으로 신음성을 내는 바우. 안타깝게 바라보는 강홍립. 결국 버티지 못하고 기절하는 바우에서.

제16회

S#1   아민 진영 일각

바우, 본능적으로 움직여 보려다가 흠칫 의식한다. 말뚝에 묶여있는
손, 발. 당황히 주위를 살피다가 다시 굳어지는 바우. 옆에 박힌 말뚝에
묶여있는 대엽. 의식을 잃은 듯, 고개를 떨어트리고 있는 대엽. 바우,
결박을 풀어보려고 몸부림치지만 소용이 없고. 이를 악물며 다시 앞을
보는 바우.

바우   당신들은 누구요?

아민이 턱짓하자,

강홍립   (나서며) 니놈들 정체가 무엇이냐? 조선의 첩자냐?
바우   주상 전하께서 보내신 선전관이오.

아민 옆에서 통역하는 역관.

강홍립   선전관? 니놈들 어디에도 선전관임을 증명할 물증이 없었다.
바우   참말이오. 증명할 길은 없지만 선전관이 맞소.
강홍립   (대엽 가리키며) 저놈 품에서 모문룡과 내통하는 밀서가 나왔는데 어디
      서 거짓을 고하느냐.
바우   (흠칫했다) 그건…

바우가 말을 잇지 못하자, 강홍립에게 턱짓하는 아민.

강홍립   (물러나며) 바른대로 고하지 않으면 처참히 죽게 될 것이다.

채찍으로 바우를 후려치는 여진 병사. 고통으로 신음성을 내는 바우.
안타깝게 바라보는 강홍립. 결국 버티지 못하고 기절하는 바우.

S#2　　　바우 본가 일각(밤)
　　　　　장독대 위에 정한수를 떠 놓고 비는 수경. 좀 떨어진 곳에서 그 모습을
　　　　　보다 돌아서는 한씨.

S#3　　　동 본가 수경의 방(밤)
　　　　　후남, 배를 벅벅 긁으며 곶감을 먹다 씨를 뱉는데. 문을 벌컥 여는 한
　　　　　씨. 후남, 후다닥 곶감을 감추려 해보지만 이미 늦었고.

한씨　　　너는 지금 그게 목구멍으로 넘어가냐?
후남　　　하루 종일 아범 걱정에 굶었더니, 어지러워서요. 딱 요거 하나 먹었어
　　　　　요. 어머님.

　　　　　한씨 보면, 열 개가 꽂혀 있는 곶감 꼬치 하나와 곶감이 딱 하나 남아
　　　　　있는 꼬치가 보이고. 그 옆에 뱉어놓은 곶감 씨가 잔뜩 있다.

한씨　　　됐다, 됐어. 말해봐야 내 입만 아프지. (문 쾅 닫고 가는)
후남　　　빨리 쫓아내야지. 이러다 바우 그 인간 돌아오면 골치 아프겠는데?

S#4　　　아민의 진영(밤)
　　　　　축 늘어져 있는 바우. 그 앞에 화톳불이 피워져 있고.
　　　　　(E) 까마귀 소리.
　　　　　일순 정신을 차리는 바우. 까마귀 소리를 따라 고개를 돌리자, 축 늘어
　　　　　져 있는 대엽이 보이고. 어깨가 피에 젖어있다. 대엽 어깨에 앉은 까마
　　　　　귀가 상처를 쪼고 있다.

바우　　　(다급히) 이봐… 이봐!

　　　　　목이 갈라져 소리가 잘 나오지 않는다. 죽은 듯 꼼짝도 않는 대엽.

바우	(절박하게) 정신 차려, 새끼야. 너 뒤지면 옹주는 내꺼야. 알아?

꿈틀하는 대엽. 대엽이 몸을 움직이자, 날아가 버리는 까마귀.

바우	(안도의 한숨) 잘난 척은 혼자 다 하더니, 나보다 먼저 뒤진 줄 알았네.
대엽	(힘겹게 고개 들며) 닥쳐!
바우	(살아있음이 반가운) 그래, 닥칠란다. 지껄일 기운도 없다.
대엽	(힘겹게) …날 팔아서라도 넌 빠져나가라.
바우	!
대엽	무슨 일이 있어도 옹주 자가를 지켜라. 알겠느냐?
바우	!!

S#5   동 본가 안채 마당
수경 방 앞에 함지박을 들고 서있는 수경. 방 안에 앉아서 빨랫감들을 휙휙 집어던지고 있는 후남. 후남이 빨랫감들을 수경의 면전에다 던지면, 수경은 얼굴에 맞고 바닥에 떨어진 빨랫감들을 집어서 함지박에 넣는 식이다.

후남	(계속 던지며) 요건 살살 빨고… (또 던지고)… 이것들은 빡빡 문질러 빨고…

속곳 한 뭉치를 마저 던지는 후남. 수경의 얼굴로 날아오는 속곳들.

후남	그건 다 속곳들이니까… 따로 삶아서 빨아.
수경	(잠자코 속곳 빨래들까지 집어서 함지박에 담는데)
조상궁	(부엌에서 나오다 놀라서, 수경을 밀어내다시피 하며) 제가 할게요. 저리 비키세요.
후남	(방에서 요강 들고 나오며) 넌 이거나 좀 버려. (조상궁 앞에 탁 내려놓으며) 이런 건 얘기 안 해도 아침 되면 깨끗이 씻어다 놔야 될 거 아냐…

조상궁	(후딱 노려보는)
후남	노려보면 어쩔 건데? 어쩔 거냐고?

조상궁에게 나서지 말라고 눈짓하고, 흩어진 빨랫감들을 주워서 함지박에 다시 담는 수경.

조상궁	제가 할게요. 들어가세요. 어서요.
후남	야! 너는 소피나 버리라는데… 왜 자꾸 끼어들어? 종년 주제에 건방지게…

아예 무시하고 빨랫감 담는 조상궁. 조상궁의 무시에 파르르 떨다가 함지박을 뺏어서 수경 쪽으로 냅다 던져버리는 후남. 기겁을 해서 수경 앞을 막아서다 함지박을 맞고 넘어지는 조상궁.

수경	(놀라서) 괜찮은가…
후남	안 죽어! 이런 웃전도 몰라보는 건방진 년은 죽어도 싸지만… 안 죽으니까… 놔두고 얼른 빨래나 해와!
수경	어찌 이러십니까? 내가 미워서 나한테 분풀이를 하는 건 상관없지만… 이 사람이 무슨 잘못이 있다고…
후남	못 봤어? 나만 보면 눈 흘기고 덤비는 거? 그리 억울하면 첩년 말고 나 같은 안방마님의 종이 되든가…

후남에게 해보지도 못하고, 자기 분을 더는 못 참고 눈물을 흘리는 조상궁.

후남	꼴값을 떠네.
수경	그만하십시오. 어머님 들어오실 때 됐습니다.
후남	들어오시면 뭐? 첩년한테 빨래 좀 시킨 게 뭐? 종년 버르장머리 좀 가르친 게 뭐?

수경	(처음으로 후남을 똑바로 쳐다보며) 몇년간 종살이를 하였다고 했습니까? 그 말이 참이라면… 종년도 사람이고… 종년도 울 수 있고… 종년도 짓 밟히면 꿈틀한다는 거… 누구보다 잘 알아야 하는 거 아닙니까?
후남	(수경의 위엄과 기세에 움찔해서) 비, 비켜. 저리 비키라고!
수경	(무시하고, 함지박을 들고 조상궁에게) 가세나. (조상궁과 뒷마당 쪽으로 가는)
후남	(홀린 듯 멍하니 보고 서있는데)
연옥	(뒤에서) 왜 그러고 있어요?
후남	(흠칫 돌아보고) 아가씨, 저기… 작은댁 말이에요. 혹시 뭐 해 먹고 살던 여편넨 줄 아세요?
연옥	왜 누구랑 다르게 기품이 좔좔 넘쳐서 쫄려요?
후남	아니 그게 아니라… 그래도 아랫사람인데 알건 알아야지 싶어서요.
연옥	나도 자세한 건 모르고… 왕실 종친 집에서 몇년간 종살일 했다네요.
후남	!

S#6 동 본가 뒷마당
조상궁, 함지박 내려놓으며 자기도 모르게 한숨 내쉬는데.

수경	미안하네. 늘 나 때문에 자네까지 곤욕을 치르는구먼.
조상궁	자가께서 치르고 계신 곤욕에 비하겠습니까… 그만한 일에 눈물이나 보이고… 제가 잠시 정신줄을 놨나 봅니다. 용서하십시오.
수경	아닐세. 앞으론… 울고 싶을 땐 참지 말고 울게. 화병이라도 나면 그게 더 큰일 아닌가.
조상궁	걱정 마십시오. 전 끄떡없습니다.
수경	그럼 됐네.
조상궁	참… 제가 간밤에 참으로 기가 막힌 꿈을 꿨거든요. 아마 좋은 소식 있을 겁니다.
수경	자네 꿈이 맞았으면 좋겠네.

S#7   아민의 진영 일각
             대엽이 보라는 듯 물을 바닥에 흘리는 병사들. 아민이 의자에 앉아, 역
             관의 통역을 들으며 지켜보고 있다.

강홍립   네 정체가 무엇이길래 좌의정 이이첨이 모문룡에게 보내는 밀서를 지
             니고 있느냐? 바른대로 고하면 살려주겠다.
대엽   (바우를 힐끗 보고는) 나는…
바우   닥쳐! 말하면 뒤지는 거 몰라? 닥치라고!

             아민이 신호하자 바우를 채찍으로 후려치는 여진족 병사.

대엽   나는 조선의 좌의정, 이이첨의 아들이오.

             놀라서 아민을 보는 강홍립. 아민, 죽이라고 신호하고 일어나서 가려
             는데.

바우   (필사적으로) 아니오. 저놈이 거짓말하는 거요. 우린 선전관일 뿐이오.
             그 밀서는 우연히 구한 것이오. 저자가 이이첨의 아들이면 명나라 군사
             들과 싸울 이유가 없지 않소.

             역관의 말에, 가려다 돌아보는 아민.

대엽   저자가 밀서에서 말한 김대석이오. 저자는 모문룡과 아무 관계가 없으
             니 날 죽이고, 저자를 풀어주시오.
바우   이대엽!

             흥미롭게 보다 풀어주라고 지시하는 아민. 다가와 바우를 풀어주는 강
             홍립과 병사들.

대엽	내 말 잊지 마라.
바우	!

S#8   동 진영 강홍립의 막사
강홍립이 탁자에 앉고, 바우를 부축해 맞은편에 앉히고 나가는 병사들.

강홍립	(물주전자를 가리키며) 목마를 테니 물부터 마시게.
바우	도대체 누구십니까?
강홍립	강홍립이라 하네. 후금과 살이호에서 싸우다 포로로 붙잡힌 패장이지. 내 이름은 들어보았겠지?
바우	도원수 영감! 영감께서 어떻게… 그럼 여긴…?
강홍립	맞네. 후금의 장수 아민의 진영일세.
바우	!
강홍립	모문룡의 동강진을 감시하던 후금의 병사들, 명나라 군사와 싸우는 모습에 아군인가 싶어 구해왔네… 그런데 하필 밖에 있는 자의 품에서 모문룡과 사통하는 밀서가 나왔으니…
바우	…
강홍립	그 밀서가 전해지면, 조선과 명나라가 손을 잡게 되니… 조선의 참전을 막으려는 후금으로서는 절대 있어서는 아니 될 일이지. 그런고로 자네 는 몰라도, 밖에 있는 저자는 필시 죽게 될 것이네.
바우	안 됩니다. 막아야 합니다.
강홍립	?
바우	밖에 있는 자를 죽이면 조정의 여론이 명나라를 돕자는 쪽으로 확 쏠리 고 말 것입니다… 영감께서도 아시다시피 좌의정은 조정을 좌지우지 하는 권력자입니다. 어찌하든 막아야 합니다.
강홍립	자네를 죽이라는 밀서를 보낸 자가 좌의정이란 걸 알면서도 그 아들을 살리고 싶은가?
바우	…
강홍립	조선은 여전히 혼탁한가 보구만… 전쟁의 위기가 코앞에 닥쳤는데도,

권력다툼이나 하고 있다니··· (탄식하는)

바우   부끄럽습니다.

강홍립   자네가 부끄러워할 일은 아니지. 쉬고 있게. 아민 장군에게 청을 넣어
           보겠네.

바우   감사합니다, 도원수 영감.

강홍립   자네가 감사할 일도 아니지. 어떻게든 전쟁만은 막아야 하지 않겠나.

바우   !

S#9   동 진영 일각
           대엽의 입에 물을 축여주는 바우.

바우   너한테는 빚 안 진다고 했지? 무슨 수를 쓰든 살릴 테니까··· 목숨줄 꽉
           붙들고 버티고 있어. 알았어?

대엽   미친놈···

바우   미친놈은 너지.

대엽   ···

S#10   동 막사
           역관이 통역을 하고, 강홍립이 말을 전한다.

바우   주상 전하께서는 후금과 명나라의 전쟁에 끼어들 마음이 추호도 없으
           십니다. 그래서 모문룡을 설득해 가도로 보낸 것입니다. 혹시라도 후
           금과 충돌이 있을까 염려해서요.

아민   (통역의 말을 들으며 바우를 보는)

바우   다만 아국 조선의 국시가 사대인지라··· 유학자들이 지난 왜란에 명나
           라가 조선을 도와 출병하였으니, 조선 또한 명나라를 도와야 한다고 반
           대하고 있습니다··· 장군께서 지금처럼 국경에 진을 치고 계시면, 그들
           의 요구만 더 거세질 뿐 아무 도움이 되지 않습니다.

아민이 역관에게 뭐라고 말을 하자,

강홍립	우리는 조선과 싸울 마음이 없다. 다만 우리의 후방을 노리는 모문룡을 원할 뿐이다,라고 하시네.
바우	모문룡은 그저 입만 산 도적일 뿐 실제로 후금과 겨룰 능력도 의지도 없는 자입니다. 그자가 진정으로 후금과 싸울 생각이었다면 가도로 숨었겠습니까?
아민	(이이첨의 서신을 꺼내 탁자에 올려놓는)
강홍립	그럼 이 밀서는 뭔가,라고 물으시네.
바우	이 밀서가 바로 아국 조선이 후금과 싸울 뜻이 없다는 물증입니다.
강홍립	자세히 설명하게.
바우	주상 전하께서 모문룡에게 군량과 군자금을 대는 것을 반대하시니, 찬성하는 자들의 수장인 좌의정이 밀서를 보낸 것입니다… 만약 주상 전하나 아국 조선의 공론이 모문룡과 명나라를 돕는 것이라면 왜 밀서를 보냈겠습니까?
아민	!
바우	밀서를 가지고 있던 좌의정의 아들을 살려주십시오. 그가 죽으면, 좌의정이 모문룡을 도울 명분을 얻습니다.

잠시 생각하는 듯 바우를 유심히 보는 아민. 시선 피하지 않고 당당하게 마주 보는 바우.

강홍립	군대를 물리고, 밀서의 주인은 살려줘라? 요구… 요구… 온통 요구밖에 없구나… 조선은 그럼 무엇을 내놓겠느냐? 나도 돌아가서 칸에게 할 말이 있어야 할 거 아니냐,라고 하시네.
바우	!
강홍립	첨언하자면… 아민 장군은 후금의 왕인 노이합적의 조카일세. 아민 장군을 설득하면 전쟁을 막을 수 있네.
바우	…장군께서 원하는 것이 모문룡이니… 모문룡을 가도 밖으로 못 나오

게 만들겠습니다.

강홍립　(얼른) 이보게. 책임질 수 없는 말은 함부로 하는 게 아닐세. 약조를 어겼다간 더 큰 화를 부를 수도 있어.

바우　약조는 제가 아니라 좌의정이 지킬 것입니다.

강홍립　?

바우　대신 아민 장군께 청이 있습니다.

S#11　　동 아민 진영(밤)
대엽을 풀어주는 바우.

S#12　　강홍립 막사(밤)
대엽을 부축해 들어오는 바우. 탁자 위에 음식이 가득하고, 침상에는 비단옷이 준비되어 있다. 놀라서 보는 대엽.

강홍립　(일어나며) 나는 잠시 나가 있겠네.

나가는 강홍립. 누군가 해서 보는 대엽.

바우　도원수 영감이시다.

대엽　도원수면 강홍립?

바우　밥부터 먹을래, 치료부터 할래?

대엽　도대체 어찌 된 영문인지부터 들어야겠다. 저들이 갑자기 날 풀어주고 이리 환대하는 이유가 무엇이냐?

S#13　　동 막사 앞(밤)
막사 앞에 서서, 밤하늘을 바라보는 강홍립.

대엽　(E) 도대체 무슨 수작이냐?

바우　(E) 살기 위한 수작이지.

대엽	(E) 내가 니 뜻대로 따를 거 같으냐?
바우	(E) 그럼 죽을래? 그리고, 너도 조선 땅이 다시 전화에 휩쓸리는 것은 바라지 않을 것 아냐.
강홍립	(한숨을 내쉬고는) 천지신명이시여. 부디 조선의 앞날을 굽어살피소서.

S#14 동 진영 입구
말 두 마리가 입구에 서있고, 그 앞에서 바우와 대엽을 배웅하고 있는 강홍립.

강홍립	약조한 말과 모피는 의주부윤에게 보내겠네.
바우	감사합니다.
강홍립	조선에 또다시 전쟁이 일어날지는 자네 어깨에 달렸네.
바우	반드시 막겠습니다.
강홍립	믿겠네.
바우	보중하십시오.
강홍립	고맙네. 자네도 살펴가시게.

S#15 거리 일각
멀리 보이는 바우, 대엽, 김자점 일행. 말을 탄 세 사람이 앞장서고, 모피를 잔뜩 실은 수레의 긴 행렬 위에.

원엽	(E) 대엽이와 그놈이 오랑캐들이 보낸 말과 모피를 잔뜩 가지고 돌아왔다 합니다.

S#16 이이첨의 집 사랑채 사랑방
놀란 얼굴로 원엽을 보는 이이첨.

이이첨	뭐라?
원엽	도대체 오랑캐들이 왜 그들 편에 선물을 보냈는지 모르겠습니다.

이이첨	당장 입궐해야겠다.

S#17   창덕궁 희정당 서실
광해군과 김개시가 앉아있고. 부복해 있는 바우, 대엽, 김자점.

광해군	모문룡이 가도에서 나오지 못하도록 막을 방도는 있느냐?
바우	아민이 금방이라도 가도로 쳐들어갈 것처럼 몇 번 위협을 가하기로 하였습니다… 주상 전하께서 모문룡에게 사람을 보내, 아민을 설득해 돌려보낼 테니 모문룡에게 가도에서 나오지 않겠다는 약조를 받아내시옵소서.
광해군	허장성세로 양쪽에게 약조를 받아내겠다… 모문룡은 그럴 수 있겠다 치더라도, 아민이 약조대로 군대를 물리겠느냐?
바우	모문룡이 순순히 가도에 숨은 연유가 무엇이겠사옵니까? 후금의 군대는 바다 건너 가도를 공략할 방도가 없사옵니다. 또 가도에 숨은 모문룡의 군대조차 부담스러워하는 후금이 우리 조선과의 약조를 어겨 얻을 이득이 없사옵니다.
광해군	(무릎을 치며) 네 말이 참으로 옳다. 죽으라고 사지로 떠밀었더니, 공을 세우고 돌아왔구나. (대소하고, 김개시에게) 어떤 상을 내리는 것이 좋겠느냐?
김개시	공개적으로 드러낼 수 없는 공이니, 재물을 내리는 것이 어떨까 하옵니다.
광해군	그리하라.
김개시	예, 전하.
중영	(E) 전하, 좌의정 입시이옵니다.

S#18   동 서실 앞
중영 앞에 굳은 얼굴로 서있는 이이첨.

광해군	(E) 들라 하라.

S#19   동 서실
        들어서며 부복해 있는 바우, 대엽을 일별하는 이이첨.

광해군   어서 오시오.

          광해군에게 읍하고 앉는 이이첨.

이이첨   전하… 당장 김대석과 이대엽을 모문룡에게 돌려보내야 하옵니다.
대엽   !
광해군   불가하오.
이이첨   전하, 모문룡은 우리 조선에게 군량을 받아내기 위해서라도 저 두 사람
          이 한 짓을 황제 폐하께 반드시 고할 것이옵니다. 그리되면 명나라 조
          정에서는 우리 조선에 더 무리한 요구를 할 것이 명약관화한 일이옵니
          다. 통촉하여 주시옵소서.
광해군   나도 그리할까 했는데… 그럴 수 없는 일이 생겼구려.
이이첨   ?
광해군   경이 후금의 아민과 소통하고 있는 줄은 정녕 짐작도 못 했소.
이이첨   무슨 말씀이시온지…
광해군   아민이 (바우와 김자점을 일별하며) 이들을 통해 보낸 서신이오. 읽어보
          시오.

          서신을 가져다 이이첨에게 주는 바우. 바우를 노려보는 이이첨. 그 시
          선 무시하고 물러나는 바우. 서신을 읽는 이이첨.

이이첨   (E) 조선의 좌의정은 보시오. 그대가 보낸 서신은 잘 보았소. 그대의 제
          안대로 모문룡이 가도 밖을 벗어나지 못하게 만든다면, 나 또한 군대를
          물리겠소. 그러나 만약 후일이라도 명나라를 돕지 않겠다는 그대의 약
          조를 어긴다면… 그때는 전쟁뿐이라는 것을 명심하시오. (분노로 서신을
          잡은 손이 부들부들 떠는)

광해군	도대체 언제부터 오랑캐들과 소통하고 있었소?
이이첨	모함이옵니다. 신은 결코 오랑캐들과 내통한 적이 없사옵니다.
광해군	경을 탓하는 것이 아니오. 치하하고자 하는 것이지…
이이첨	전하… 하늘에 두고 맹세컨대… 신은 결단코…
광해군	경은 아니라고 하지만, 버젓이 이런 물증까지 있으니… 경의 말처럼 세인들이 믿어줄지 모르겠구려.
이이첨	!
광해군	모문룡은 경이 군량을 주든 설득을 하든 알아서 하면 되겠구려. (대소하는)
이이첨	!

S#20   동 서실 앞 복도
분노에 찬 얼굴로 오는 이이첨. 그 뒤를 따르는 바우, 대엽, 김자점. 우뚝 멈춰 서서 대엽을 홱 돌아보는 이이첨.

대엽	송구합니다, 아버지.
이이첨	(고개 돌려 바우를 노려보며) 이게 다 니놈의 수작이겠지.
바우	수작은 제 전문이 아니라고 전에도 말씀드렸잖습니까? (마치 방금 생각난 듯) 아 참! 그 저한테 조총을 쐈던 그 착호갑사 있잖습니까?
이이첨	!
바우	대감께 안부 전해달랍니다.
이이첨	(바짝 다가서며) 네놈이 정녕 죽고 싶은 게로구나.
김자점	(얼른 나서며) 다 잘 해결된 거 같은데 어찌 그리 노기등등하신지 모르겠습니다. 대감… 설마 아드님이 북방에서 죽기라도 바라신 건 아니셨겠지요?
이이첨	서인은 원래 명나라를 도와 오랑캐들과 싸우기를 바라지 않았나? 왜 이제 와서 말을 바꾸는 것인가?
김자점	(멈칫했다) 작금의 조선 사정으로 여진족과 싸울 수는 없지 않습니까? 무조건 싸우지 말자는 것이 아니라 후일을 기약하자는 것입니다.

이이첨	그게 자네만의 생각인가? 아니면 서인들 전체의 생각인가?
김자점	서인이라고 해서 모두 같은 생각을 하는 것은 아닙니다.
이이첨	자네의 그런 생각을 다른 서인들도 알고 있는지 모르겠군.
바우	(빈정대며) 당수의 명을 따라 한목소리만 내는 것이 바로 붕당의 폐해 아닙니까? 하긴 대감께선 당수시니 폐해가 아니라 이득이시겠습니다.
이이첨	(바우를 무섭게 노려보다, 대엽에게) 따라오너라.
대엽	(휭하니 가는 이이첨을 따라가는)
김자점	괜찮을지 모르겠군.
바우	…

S#21   동 창덕궁 행각
바우, 퇴청하는 듯 터덜거리며 오는데. 기다리고 서있는 김개시. 다가
가 고개 숙이는 바우.

김개시	퇴청하는 길입니까?
바우	예, 무슨 하실 말씀이라도?
김개시	전하께서 찾아계십니다.
바우	!?

S#22   동 창덕궁 후원 정자
바우에게 술을 따라주는 광해군. 조심스럽게 받아 마시는 바우. 이미
좀 마신 듯 정신을 차리려 애쓰는 바우.

광해군	서운하지 않더냐?
바우	!
광해군	답하지 않는 것을 보니 서운한 모양이구나.
바우	아니옵니다, 전하.
광해군	진실로 서운하지 않은 것이냐? 아니면… 자기 딸인 옹주도 버린 임금 이니, 나 정도는 당연히 버릴 줄 짐작하고 있었기에 서운할 것도 없다

	는 것이냐?
바우	망극하옵니다, 전하.
광해군	강홍립은 잘 있다냐?
바우	예, 전하의 성려 덕분에 무탈하였사옵니다.
광해군	겉만 그렇겠지… 후금에게 포로로 잡힌 지 벌써 사 년이 넘었다. 언제 풀려날지 기약도 없으니… 속은 아마 새카맣게 썩어 문드러졌겠지.
바우	…
광해군	내 명에 따라 항복하지 않고… 차라리 끝까지 싸우다 죽었으면… 지금처럼 욕먹을 일 없이, 충신이라 칭송받고 가문을 빛냈을 터인데…
바우	…
광해군	수족 같은 이들을 사지로 보낼 수밖에 없었다… 왕이란 이런 자리다. 너 같으면 어찌했겠느냐?
바우	…
광해군	이것도 대답하지 않는 것이냐? 뭐라 해도 탓하지 않을 것이니 답해보거라.
바우	(잠시 망설이다, 취한 김에 에라 모르겠다 싶은) 전하, 신은 소인배인지라… 천하의 안정이니, 대의니 하는 것보다 내 것, 내 사람이 가장 소중하옵니다. 내 사람 하나 못 지킨다면… 왕이 되어서 무엇하겠사옵니까?
광해군	!
바우	저라면, 당장 보위 따위는 제일 미운 놈에게 던져줘 버리고 도망갈 거 같사옵니다.
광해군	왜 하필 제일 미운 놈이냐? 미운 놈 떡 하나 더 주는 것이냐?
바우	떡을 왜 줍니까? 미운 놈에게 떡을 주는 건… 목 막혀 죽으라는 뜻인데… 그보다는… 너도 한번 당해봐라. 이거지요. 죽지 말고 살아서 오래오래 당해봐야지 않겠사옵니까?
광해군	(피식 웃는)
바우	왕이 뭐가 좋습니까? 새벽같이 일어나서 윗전에 문안드리고, 상참에, 경연에, 윤대에, 저녁 되면 다시 문안 인사… 밤늦도록 쉴 틈도 없지…
광해군	(요놈 봐라 싶은)

바우	평생 구중궁궐에 갇혀서 바깥 구경도 제대로 못 하지… 툭하면 아니 되
	옵니다, 통촉하여 주시옵소서… 이거 하지 마라, 저거 하지 마라, 공부
	해라… 신하들이 들들 볶아대지…
광해군	(자기도 모르게 웃음이 새어나오는) 그렇지.
바우	(광해군의 추임새에 신이 나) 거기다… 나라에 뭔 일만 생기면 임금 탓 아
	닙니까? …비가 와도 임금 탓, 가뭄이 들어도 임금 탓, 지진도 임금
	탓… 심지어는 노총각 노처녀 혼인 못 한 것도 임금 탓이라고 지랄 지
	랄들… 헙… (얼른 입을 막다, 정신을 차리고) 마, 망극하옵니다. 전하!
광해군	아니다. 지랄이지, 지랄이 맞다. 지랄 같은 일이지. (속이 시원한 듯 대소
	하는)

몸 둘 바를 몰라 하다 중영과 시선을 마주치는 바우. 죽일 듯이 노려보
는 중영. 머리를 푹 숙이는 바우.

이이첨   (E, 선행) 그놈이 어찌 살아 돌아왔느냐?

S#23   이이첨의 집 사랑채 마당
          마당에 무릎 꿇고 있는 대엽을 노려보며 서있는 이이첨과 원엽.

이이첨	내 아들로 살 수 있는, 마지막 기회라 하였다. 기억하느냐?
대엽	예.
이이첨	그런데도 내 명을 거역하고, 이 아비를 욕보이는 데 동조까지 한 이유
	가 무엇이냐?
대엽	…
원엽	(나서며) 당장 바른대로 고하지 못하겠느냐!
대엽	주상이 옳고 아버지가 그르기 때문입니다.
이이첨	!
원엽	뭐라? 이놈이 감히 어디서…
이이첨	(손을 들어 말리고) 계속해 보거라.

대엽	명은 지는 해고, 후금은 뜨는 해입니다. 이 소자의 눈으로 똑똑히 보았습니다. 저들은 약탈이나 일삼던 예전의 오랑캐가 아닙니다.
원엽	네놈이 눈에 뭐가 씌었나 보구나. 어찌 오랑캐들 따위를 명과 비교한단 말이냐.
바우	오랑캐라고 무시하지 마십시오. 전조 고려를 생각해 보십시오. 송나라만 쳐다보다 원나라에게 어떤 꼴을 당했습니까?
원엽	고려와 조선은 다르다.
대엽	뭐가 다르단 말입니까? 이미 왜를 낮춰보고 무시하다가 칠 년의 전란을 겪었지 않습니까?
원엽	(말문이 막혀 약이 오르는) 이…
이이첨	사대교린은 조선의 국시다. 유자의 한 사람으로서 어찌 오랑캐들 따위와 손을 잡고 상국인 명나라와 대적한단 말이냐?
대엽	명나라와 싸우자는 게 아니라 중립을 지키자는 것입니다. 지피지기면 백전불태라 하였습니다… 살이호 전투에서 보았듯 후금은 이미 강대하고, 조선은 약세입니다. 지금은 후금과 싸울 때가 아니라 힘을 모을 때입니다, 아버지.
원엽	그렇게 박쥐처럼 이쪽저쪽 눈치만 보다가… 오랑캐가 망하고 나면 명나라가 가만있을 거 같으냐?
대엽	형님이 그리 받들어 모시는 명나라는 병들어 쓰러지기 일보 직전입니다… 황제는 환관 위충현에게 모든 것을 맡기고 목공에만 빠져있습니다… 위충현의 전횡에 명나라가 지금 어떤 꼴인지… 아버지께서 누구보다 잘 아시지 않습니까?
이이첨	…
대엽	아버지의 명대로 서신을 전했다간, 후금과의 전쟁에 말려들 것이 빤한데 소자 어찌 서신을 전할 수 있겠습니까? 김대석은 하시라도 죽일 수 있는 자일 뿐이라 여겼습니다.
원엽	핑계가 좋구나. 그럼 아민의 서신은? 그건 왜 보고만 있었느냐?
대엽	아민과의 일은 소자도 모르게 진행된 일이라 막을 수가 없었습니다.
원엽	믿지 마십시오. 다 거짓입니다.

이이첨	(지그시 쳐다보다) 몸은 좀 어떠냐?
대엽	(멈칫했다) 많이 좋아졌습니다.
이이첨	물러가서 정양하거라.
원엽	아버지!

이이첨이 쳐다보자, 찔끔해서 물러나는 원엽. 일어나 자기 방 쪽으로 가는 대엽.

원엽	설마 저놈 말을 믿으십니까? 다 거짓입니다. 저놈을 당장이라도…
이이첨	시끄럽다. 저놈은 쓸 곳이 있다는 걸 모르느냐? 가서 의원이나 불러오너라.
원엽	(풀이 죽어) 예.

가는 원엽을 보며 혀를 차다, 매섭게 대엽의 방 쪽을 쳐다보는 이이첨.

S#24 동 사랑채 대엽의 방
맥이 풀린 듯 주저앉는 대엽. 깊게 안도의 한숨을 내쉰다.

S#25 창덕궁 후원 정자(밤)
광해군이 술을 마시고 있고. 취해서 꾸벅꾸벅 졸고 있는 바우. 중영에게 오라고 손짓하는 광해군. 다가오는 중영.

광해군	데려가 재우거라.
중영	종일 말을 타고 왔으니, 아마 고단해서 그런 게 아닐까 싶습니다.
광해군	이놈이 맘에 드는가 보구나.
중영	(멈칫했다) 그게 아니오라…
광해군	되었다. 데려가거라.
중영	예, 전하.
광해군	그간 고생했으니 며칠 쉬게 하거라.

S#26   인서트
            창덕궁 전경.

중영   (E) 기상!

S#27   동 창덕궁 금군청 일실
            화들짝 놀라서 벌떡 일어나는 바우. 중영이 인상을 쓰며 노려보고 서
            있다.

중영   여기가 니 집 안방인 줄 아느냐? 해가 중천에 떴다.
바우   (머리가 아픈 듯 인상을 쓰며) 제가 왜 여기?

            그제야 생각난 듯 인상 팍 구겨지는 바우의 얼굴에서.

S#28   동 창덕궁 후원 정자(회상)
            - S#22의,

바우   심지어는 노총각 노처녀 혼인 못 한 것도 임금 탓이라고 지랄 지랄들…
            헙… (얼른 입을 막다, 정신을 차리고) 마, 망극하옵니다. 전하!
광해군   아니다. 지랄이지, 지랄이 맞다. 지랄 같은 일이지. (속이 시원한 듯 대소
            하는)

S#29   동 창덕궁 금군청 일실
            중영의 눈치를 보는 바우.

중영   (혀를 차며) 겁이 없는 건지, 무식한 건지…
바우   송구합니다.
중영   어찌 되었건 몸 성히 돌아와서 다행이다. 기별할 때까지 푹 쉬거라.
바우   그동안 저희 집에 별일은 없었습니까?

중영	…식구가 하나 늘었다고 들었다. 가보면 알아.
바우	?

S#30   동 본가 앞
         상기된 얼굴로 집을 향해 오는 바우.

S#31   동 본가 안채 마당
         들어오는 바우.

바우	차돌아… 아버지 왔다… (안방 향해) 어머니… 저 돌아왔습니다.

         부엌에서 급히 나오는 조상궁.

바우	잘 있었소?
조상궁	(눈물부터 쏟아질 듯) 마님과 아가씨는 출타 중이십니다.
바우	(의아한 듯 보며) 왜 그러오? 무슨 일 있었소? 그 사람은 어디? …어머니 랑 같이 나갔소?
조상궁	아닙니다. 방에…
바우	(수경 방으로 가려는데)
조상궁	그 방 말고 제 방에 계십니다.
바우	왜 그 방에?

S#32   동 본가 조상궁의 방
         바우 목소리를 들은 듯, 상기된 얼굴의 수경. 옷매무새를 고치고 심호
         흡을 하고는 나가려는데. 방문을 여는 바우.

수경	(애써 미소로) 잘 다녀오셨습니까? 원행에 노고가…
바우	(기가 막힌 듯 보는)
수경	어찌 그리 보십니까? 저는 무탈합니다.

바우	(말도 못 하고 바라만 보다가) 잠시만… 잠시만 계시오.
수경	제 얘기부터 먼저…
바우	아니오. 내 금방 다시 오리다. 얘긴 그때 합시다.

방문을 닫는 바우. 착잡해지는 수경.

S#33   동 본가 수경의 방
잔뜩 긴장한 얼굴로 꼼짝도 않고 누워있는 후남. 방문을 벌컥 여는 바우. 얼른 눈을 감고 자는 척하는 후남. 들어오는 바우.

바우	일어나!

짐짓 막 잠에서 깬 듯 부스스 눈을 뜨고 보는 후남.

후남	(놀란 듯 일어나며) 어머… 서방님…
바우	닥쳐. 누가 니 서방이야? 여기가 어디라고… 안 일어나?
후남	앉아. 앉아서 얘기해. 이게 얼마 만에 보는 건데… 왜 소리부터 지르고 이럴까…
바우	니가 무슨 염치로 내 앞에 나타나? 죽고 싶어? 지금이라도 죽여줘?
후남	이젠 당신도 양반이잖아. 양반이면 양반답게…
바우	(버럭) 일어나!
후남	깜짝이야. 애 떨어지겠네.
바우	(거칠게 후남을 일으켜 세우는)
후남	(뿌리치려 하며) 왜 이래 정말… 놔, 이거.

S#34   동 본가 안채 마당
걱정스러운 얼굴로 수경 방 쪽을 보고 있는 수경. 조상궁, 춘배도 옆에 서있고. 후남을 우악스럽게 끌고 나오는 바우.

수경	(춘배에게) 좀 말리게.
춘배	뭐가 예쁘다고 말립니까?
수경	차돌이 생각은 안 하나?
후남	아이고… 사람 죽네… 어이… 작은댁… 좀 말려봐…
바우	작은댁!?

더 거칠게 후남을 끌고 나가는 바우. 비명을 지르며 버텨보려고 안간힘
을 쓰는 후남.

수경	저러다 다치겠네. 어떻게 좀 해보게.
춘배	이미 눈이 뒤집혔는데… 말려봐야 소용없어요.
바우	(땅바닥에 주저앉아 발버둥 치는 후남을 질질 끌고 나가는)
조상궁	하늘이 아주 무심하신 것만은 아닌가 보네요.
수경	!

S#35   동 본가 대문 집 안쪽 앞
        바우, 후남을 밖으로 끌어내리는데.

후남	(발악하듯) 놔! 당장 안 놓으면 다 불어버린다!
바우	뭐?
후남	내가 모를 줄 알아? 저 여자… 옹주잖아.
바우	(경악으로 굳어지며) 방금 뭐라고 그랬어?
후남	옹… 주… 임금님 딸!
바우	(숨이 턱 막히는 듯) 이… 이게 미쳤나. 무슨 개소리야?
후남	이거부터 놔. 안 그럼 소리 지를 거야. 이 집에 옹주가 숨어있다고!

정신이 다 아찔한 듯, 움켜쥐고 있던 후남의 옷자락을 놓치고 마는 바
우. 잽싸게 일어나 후다닥 도망치는 후남.

바우	!

S#36 동 본가 안채 마당

번개같이 뛰어와 수경 방으로 쏙 들어가 버리는 후남.

춘배	뭐야? 왜 다시 왔어?
바우	(무서운 얼굴로 들어오는)
조상궁	(얼른 수경 방 가리키며) 저 방으로 들어갔어요.
바우	(수경 방 앞으로 가는데)
한씨	(들어오다가) 아범 왔구나.

돌아보는 바우. 연옥과 함께 막 들어서는 한씨.

연옥	오라버니…
바우	(한씨에게 인사하며) 다녀왔습니다, 어머니.
한씨	(냉랭하게) 그래, 고생했다. 어디 상한 데는 없느냐?
바우	(시선은 수경 방 향한 채) 예.
한씨	(바우 시선 의식하고) 들어가자.

안방으로 가는 한씨. 그대로 선 채 수경 방만 노려보는 바우.

한씨	뭐 하고 섰느냐? 들어오라는데…
바우	(어쩔 수 없이 한씨를 따라 들어가는)
연옥	(수경 방 쪽 가리키며) 오라버니도 알아요?
수경	(대답 대신 걱정스러운 듯 안방 쪽을 보는)

S#37 동 본가 안방

간신히 감정을 누르고 앉아있는 바우.

바우	예, 춘배 형님 얘기가 다 사실입니다.
한씨	(기가 막힌) 그래도 설마설마했는데… 어찌 그런 일을 어미한테까지 숨겼단 말인가.
바우	처음엔 어머니 아시면 걱정만 끼쳐드릴 거 같아 말씀 못 드렸는데… 세월이 오래 지나다 보니 말씀드리기가 더 힘들었습니다.
한씨	하긴 내가 이리 기가 막힌데 아범이야 오죽했겠는가… 허나 이미 엎질러진 물… 지나간 일은 잊어야지 어쩌겠는가… 다 잊고…
바우	그럴 수는 없습니다. 한때는 찾기만 하면 반드시 죽여버리리라… 결심한 적도 있었습니다. 그런 여자와 어찌 한 지붕 밑에서 다시 산단 말입니까.
한씨	그렇다고 내칠 수도 없지 않은가. 차돌이를 생각해야지.
바우	차돌이 때문에라도 그럴 수 없습니다. 저 여잔 어미 자격이 없는 여잡니다.
한씨	…
바우	차돌이가 어찌 컸는지 아십니까? 애비가 못나서 젖동냥도 제대로 못 하는 바람에, 죽을 고비를 몇 번이나 넘겼습니다. 고사리 같은 손으로 밥하고 빨래하느라 겨울이면 손이 다 얼어 터져서…

감정이 북받치는 듯 말을 잇지 못하는 바우. 한씨도 눈물을 흘리고.

바우	저 여자가 정녕 차돌이가 보고 싶어서 찾아왔다고 생각하십니까? 아닙니다. 저 여잔 자식 같은 건 안중에도 없는 여잡니다.
한씨	…
바우	사내놈이든 재물이든… 지가 원하는 걸 얻기 위해 차돌이를 다시 버려야 한다면… 열번 백번도 버리고 또 버릴 여잡니다.
한씨	아범 말이 맞겠지. 허나, 옛날과는 상황이 다르지 않은가. 아범도 신원복권이 돼서 벼슬까지 했고… 집안에 나도 있고, 연옥이도 있으니…
바우	어머니…
한씨	나도 차돌이 때문에 이러는 걸세.

문갑에서 후남의 호패를 꺼내서 바우에게 건네주는 한씨.

바우   ?

S#38   동 본가 조상궁의 방
              챙겨놨던 바우의 옷들을 들고 나가는 수경.

S#39   동 본가 사랑방
              들어오는 수경. 한쪽에 들고 온 바우의 옷들을 내려놓는다. 서책들도
              가지런히 정리해 놓고, 걸려있는 갓도 똑바로 해놓는 등 방 안을 살피
              고 정리하는 수경.

한씨   (E) 어멈이 천출만 아니었다면… 저런 몹쓸 년은 당장 쫓아냈을 것이
              야. 허나 차돌이를 어멈의 자식으로 키우면 차돌이 또한 출사조차 할
              수 없는 천출이 되는 것이니… 어쩌겠는가.

S#40   동 본가 안방
              호패를 앞에 놓고 바우를 설득하고 있는 한씨.

한씨   나라고 내 자식 눈에 피눈물 나게 한 년을… 받아주고 싶겠나… 아범이
              나 차돌이한테 한 짓을 생각하면 당장 쳐 죽여도 분이 풀리지 않아.
바우   …
한씨   허나 차돌인… 우리 집안의 대를 이어야 할 귀중한 손이 아닌가. 그러
              니 자식의 앞날을 위해서 희생한다 생각하고… 아범이 한 번만 봐줘.
바우   얼굴만 봐도 치가 떨리는데 어떻게 봐줍니까.
한씨   그럼 안 보면 되지. 한집에 산다고 해서 꼭 보란 법은 없지 않은가.
바우   (기가 막힌) 어머니.
한씨   첩년을 둘씩, 셋씩 끼고 사는 양반네들 중에… 조강지처 얼굴을 제대로
              보고 사는 이들이 몇이나 있을 거 같나. 아예 안 보고 사는 이들이 태반

이야.

바우   저는 그리는 못 합니다.

한씨   아범.

바우   저한텐 첩이 없습니다. 부인만 하나 있을 뿐입니다.

한씨   (굳어지며) 정녕 차돌이를 천출의 자식으로 만들어야 되겠단 말인가?

바우   죄송합니다. 차돌이 생모는 이 세상에 없는 사람이라 생각하시고…

한씨   (O.L) 나도 그리는 못 하겠네. 난 차돌이를 위해서 (호패 집어 보이며) 양반 며느리가 꼭 필요해. 그리 알고 그만 나가보게.

바우   어머니.

호패를 문갑에 도로 집어넣고 돌아앉아 버리는 한씨. 미치겠는 듯, 한씨를 바라보는 바우.

한씨   (돌아앉은 채) 무슨 말을 해도 내 마음은 절대 안 바뀌니… 나가라니까.

잠시 생각하다, 마음을 정한 듯 결연해지는 바우.

바우   양반입니다. 아니, 양반보다 더 귀한 왕족입니다.

한씨   (멈칫 돌아보는)

바우   어머니가 첩으로 여기시는 사람 말입니다. 옹주 자가십니다.

한씨   (입이 딱 벌어지며) 옹주? 누가… 차돌… 어멈이 말이냐?

바우   예. 이 나라 임금님의 따님이신 옹주 자가십니다.

한씨   (혼이 나간 얼굴로 바우를 보는)

S#41   동 본가 안방 앞
             안방 앞에 귀를 바짝 대고 엿듣고 있다가 기절초풍하는 연옥.

연옥   (가슴이 벌렁대는 듯) 어떡해… 이 일을 어쩌면 좋아…

수경   (사랑채 쪽에서 오다가 보고) 아가씨…

연옥	(후딱 돌아보다가 수경을 보고는 얼어붙는)
수경	(다가오며) 왜 그러세요? 어디 안 좋으세요?
연옥	(자기도 모르게 뒷걸음질 치며) 아, 아니요. 아니에요…

귀신이라도 본 얼굴로 수경을 보며 우왕좌왕하는.

연옥	소… 소피 좀…

도망치듯 뒷마당 쪽으로 가는 연옥. 의아한 듯 봐주고는 안방을 쳐다보는 수경.

S#42   동 본가 안방
이게 꿈인가 생신가 하는 얼굴로 바우를 보는 한씨.

한씨	그러니까… 임금님 딸을… 옹주 자가를… 자네가… 보쌈을…
바우	예.

잠시 진정하고 생각을 정리하는 한씨.

한씨	어멈… 아니, 옹주도 당장 내보내!
바우	어머니…
한씨	좌의정이 눈에 불을 켜고 옹주를 찾고 있을 텐데… 자칫하다간 우리 식구 모두가 위험해지는 거 몰라?
바우	좌의정은 옹주가 살아있다는 걸 모릅니다. 죽은 줄 알고 있으니…
한씨	세상에 끝까지 가는 비밀은 없어. 하물며 상대가 좌의정이야. 언제까지 그자의 눈을 피할 수 있을 거라 생각하는가.
바우	물론 언제까지 이리 숨어 살 수는 없겠지요. 그럴 생각도 없구요… 주상 전하께서…
한씨	(O.L) 우리 가문이 왜 하루아침에 멸문했는지… 아버님이나 할아버님

이 누구 때문에 그리 돌아가셨는지 벌써 잊었는가.

바우 !

한씨 어찌 이리 어리석어. 신원을 복권시켜 줬으니… 앞으로도 자네나 우리 집안을 보호해 줄 거 같은가?

바우 그게 아니라…

한씨 됐네. 당장 차돌 어미도 내보내고 옹주도 내보내. 그 길만이 우리 집안이 살 길이야.

바우 어머니, 제가 막겠습니다. 좌의정이든 누구든… 아무도 못 건드리게 제가 지키고 막을 것이니… 저를 믿고 맡겨주십시오.

한씨 좌의정… 그자는 악귀일세. 사람인 자네가 악귀를 무슨 수로 막아? 옹주와의 인연을 끊어버리는 것 말고는… 그 악귀를 피할 방도가 없네.

바우 지금 옹주를 이 집에서 내보내는 건… 사지로 떠미는 것과 다름없습니다.

한씨 딱하기는 하나… 같이 죽을 수야 없지 않은가.

바우 …죄송합니다.

한씨 (점점 열 받는) 뭐가 죄송해? 같이 죽기라도 하겠다는 거야?

바우 죄송합니다.

한씨 너, 내가 우습냐? 노비로 막산 어미라고 무시하는 거야?

바우 무슨 그런 말씀을 하세요.

한씨 그게 아니면… 어미고 누이고 다 죽든 말든 옹주는 끼고 살겠다는 게 말이 돼?

바우 제가… 제가…

한씨 (보는) ?

바우 그 사람을 연모합니다. 진정으로 아주 많이… 연모합니다.

한씨 !!

S#43 동 본가 뒷마당
   빨래를 널고 있는 수경.

S#44   동 본가 안채 마당
안방에서 나오는 바우.

연옥	(얼른 쫓아가) 어떻게 됐어? 어머니 뭐라서?
바우	넌 어느 쪽이야?
연옥	뭐가? (했다가 얼른) 나야 당연히 옹주 자가 편이지.
바우	(멈칫했다가) 입조심해!
연옥	(얼른 입술에 손가락 갖다 대는)

S#45   동 본가 안방
놀란 얼굴로 춘배를 보는 한씨.

한씨	급사를 해? 좌의정의 둘째 아들이 말인가?
춘배	예.
한씨	천벌받을 짓은 그 애비가 했는데… 벌은 자식이 받은 모양이구먼.
춘배	예, 그 바람에 죄 없는 옹주 자가만 까막과부가 됐으니… 세상 참…
한씨	까막과부라… 과부 중에서도 제일 불쌍한 망문과부였구만.
춘배	망문과부요?
한씨	정혼은 맺었는데 신랑이 죽어버려서, 혼례도 치르지 못한 과부를 일컫는 말일세.
춘배	예, 망문과부… 그니까… 좌의정의 며느리긴 했지만… 실은 거죽만 그 집 며느리였다, 그거죠, 예.
한씨	!

S#46   동 본가 안방
탐색으로 조상궁을 보는 한씨.

한씨	공주나 옹주들은 공주방이라고 따로 나와 산다고 들었는데… 왜 굳이 그 집으로 들어가 시집살이를 자청해?

조상궁	정혼을 했으니 이미 그 집 며느리나 다름없고… 그러니 그 집으로 들어가는 것이 당연하다고 생각했습니다.
한씨	누가? 어멈이 그리 생각했다는 것인가?
조상궁	예.
한씨	그래도 설마 본인이 원해서 들어가기야 했겠어? 이렇게 저렇게 등 떠밀려 들어간 거겠지.
조상궁	절대 아닙니다. 옹주 자가 스스로 한 선택이었습니다. 죽은 정혼자 대신 효도라도 하겠다고 그 집에 들어간 겁니다.
한씨	!
조상궁	원래 타고난 성정이, 일신의 안위보다는 늘 주변을 먼저 생각하고 챙기는 사람입니다. 지금까지 보셨으니 아시지 않습니까?
한씨	!

S#47   동 본가 안방
이마를 고이고 생각 중인 한씨.

연옥	(들어오며) 줄줄이 불러들이시더니… 알고 싶은 건 다 알아냈어?
한씨	…
연옥	헌데… 어머니 이제 큰일 난 거 아냐?
한씨	뭐가?
연옥	뭘 뭐가야. 그동안 천것이라고 어머니가 엄청 무시했잖아.
한씨	(흠칫했다) 내, 내가 언제?
연옥	가슴에 손을 얹고 생각해 봐. 잘해줬는지 무시했는지…
한씨	내가 처음에는 쪼끔, 아주 쪼오끔 무시했는지 몰라도, 나중에는 잘해줬잖아.
연옥	뭘 잘해줬는데? 난 하나도 기억 안 나는데? 어머니가 얘기해 봐.
한씨	시끄러.
연옥	헌데… 차돌이 엄만 어쩌기로 하셨어? 옹주 자가 부인인데… 첩을 둘 수는 없는 거 아닌가?

한씨	니 오라비한테 알아서 하라고 그랬다.
연옥	그래? 그럼 쫓아내겠네. 헌데 어머닌 이러고 모른 척하고 있음 안 되는 거 아냐?
한씨	또 뭐가?
연옥	그동안 잘못하고 무시한 거 만회해야지.
한씨	!

S#48   동 본가 수경의 방
        장롱 같은 적당한 것을 붙잡고 버티고 있는 후남. 방문 앞에 서서 노려 보는 바우.

바우	(머리끝까지 화난) 나가라고 했다!
후남	못 나가! 차돌이 내 아들이야. 내 아들 집인데 내가 왜 나가?
바우	닥쳐! 버리고 튈 땐 언제고 이제 와서 아들이야? 차돌이 소리 한 번만 더 했다간 아주 뒈질 줄 알아.
후남	넌 뭘 그렇게 잘했는데? 니가 잘 먹여주고 잘 입혀주고 다른 마누라들 처럼 호강시켜 줬으면 내가 왜 도망을 쳐?

        바우, 더 이상 못 참고 후남에게 달려들려는데.

한씨	(들어오며) 아범은 빠지게. 내가 알아서 할 테니…
후남	어, 어머님…

        다짜고짜 후남의 머리채를 낚아채더니 끌고 나가는 한씨. 비명을 지르 며 끌려나가는 후남.

S#49   동 본가 안채 마당
        후남의 머리끄덩이를 잡아끌고 나오는 한씨. 놀라서 보는 조상궁, 춘 배, 연옥. 마당에 내동댕이쳐 버리는 한씨. 나오는 바우.

후남	(싹싹 빌며) 제가 잘못했어요, 어머님, 제가 잘못했어요. 저, 정말 반성 많이 했어요. 한 번만 용서해 주세요. (다시 바우에게) 차돌일 봐서라도 한 번만 용서해 줘. 제발… 차돌 아버지… 서방님… 시키는 대로 다 할 게…

어이가 없는 듯 보는 일동.

바우	따라와.

발딱 일어나는 후남. 춘배에게 따라오라고 눈짓하고 안방 쪽으로 가는 바우. 후남을 떠밀고 바우를 따라가는 춘배. 쫓아낼 줄 알았다가 못마 땅한 듯 보는 조상궁.

한씨	(조상궁에게) 어멈 어디 있는가?
조상궁	뒷마당에… 빨래 널고 있을 겁니다.
한씨	당장 방부터 옮기라고 하게.
조상궁	예, 마님.

S#50	동 본가 골방
	안방 옆에 붙어있는 아주 작은 골방이다. 허드레 물건들이 어지럽게 쌓여있고, 사람 하나 겨우 누울 공간만 비어있다. 후남을 확 떠밀어 넣는 바우.

바우	닥치고 쥐 죽은 듯이 있어… 허튼짓하다 걸리면…
후남	(얼른) 안 해. 아무 짓도 안 할 테니까 걱정 마.

S#51	동 골방 앞
	나오는 바우, 춘배.

춘배	그냥 쫓아내 버리지… 왜 여기다 가둬?
바우	그랬다가 어디 가서 주둥아리라도 함부로 나불거리면 어떡해.
춘배	나불거리라고 그래. 차돌이 생모라는 게 뭐 대수야?
바우	옹주라는 거 알아.
춘배	(눈이 휘둥그레지며) 저년이? 어떻게?
바우	형님이나 안성댁이 하는 말을 들었겠지… 그거밖에 없잖아.
춘배	(당황하며) 말조심한다고 했는데… 참말 쥐새끼 같은 년일세.
바우	암튼 그래서 일단은 잡아놓는 거니까… 감시 잘해야 돼. 언제 어디로 튈지 몰라.
춘배	걱정 마… 그럴 낌새만 보여도 내가 작살을 내버릴 테니까…
바우	(불안한 듯 골방 쪽을 보는)

S#52   동 본가 조상궁의 방
        수경, 자기 짐을 챙기고 있는데.

바우	(E) 잠시 들어가도 되겠소?
수경	들어오세요.

들어오는 바우.

바우	괜찮…
수경	(동시에) 괜찮으…

서로 미소로 시선 주고받고. 앉는 두 사람.

바우	미안하오.
수경	제가 미안해요.
바우	당신이 미안할 게 뭐가 있소?
수경	이 모든 분란이 다 저 때문이잖아요.

바우	그래도 아무튼… 미안하오. 조금만 기다려주시오. 내가 어떻게든 방도를 찾아내 보겠소.
수경	너무 무리하지 마세요. 전 이대로도 괜찮습니다.
바우	내가 안 괜찮소.
수경	(새삼스럽게 바우를 보며) 얼굴이 상한 거 같아요. 여정이 많이 고됐었나 봅니다.
바우	아니오.
수경	고맙습니다. 무사히 살아서 돌아오겠다던 약조를 지켜줘서…
바우	당신 덕분이오. 당신 덕분에 살아서 돌아온 거요.
수경	(미소로 봐주는)
바우	대원스님께 연락할 생각은 어찌한 거요?
수경	좌의정이 수작을 부릴 게 뻔한데, 도움을 청할 곳이 대원스님밖에 없었습니다.
조상궁	(밖에서) 저 방은 정리 다 끝났습니다.
수경	알았네.

일어나는 바우. 따라 일어나는 수경.

바우	(한쪽에 놓인 수틀 등 짐을 보고) 저것도 당신 짐이오?
수경	예.
바우	내가 옮겨주리다.

수틀 등을 챙겨 들려다가 발견하는 바우. '大石'이라고 놓인 수. 수경을 보는 바우.

수경	(얼굴 붉히며) 걱정이 될 때마다… 불길한 생각들을 지우려고… 수를 놓다 보니 저도 모르게…
바우	(수경을 와락 끌어안는) 많이 보고 싶었소…
수경	(E) 저도 많이 보고 싶었습니다. (바우의 가슴에 얼굴을 묻는)

S#53   동 본가 근처 일각
            혼자 쪼그리고 앉아서 흙장난을 하고 있는 차돌.

바우   (화면 밖에서) 차돌아!

            차돌, 멈칫 돌아보면. 환하게 웃으며 다가오는 바우.

차돌   (뛰어가 안기며) 아부지!
바우   어디 보자… 우리 아들! (엉덩이 두들기며) 잘 지냈어?
차돌   아니. 잘 못 지냈어.
바우   (순간 당황했다가) 왜?
차돌   집에 갔다 온 거 아냐? 못 들었어?
바우   (마음이 아픈 듯 보다) 집에 가자. (손잡고 걸어가며) 아부지가 우리 차돌이
            좋아하는 엿 사왔어.
차돌   (시큰둥)
바우   세상에서 엿이 가장 맛나다며? 아니야? 다 거짓부렁이야? 에이… 그럼
            괜히 사왔네… 춘배 아재나 줘야겠다.

            바우가 계속 떠드는데도 시무룩한 얼굴의 차돌.

바우   (멈춰 서서 보며) 아들, 오늘은 아부지랑 같이 잘래?
차돌   (그제야 환해지며) 참말로?

S#54   동 본가 사랑방(밤)
            나란히 누워있는 바우, 차돌.

차돌   아부지… 아부진 양반이 돼서 좋아?
바우   넌 싫어?
차돌   어. 난 좋은 거 하나도 모르겠어.

바우	왜… 옷도 좋은 거 입고… 집도 이렇게 큰 집에 살고…
차돌	크면 뭐 해? 난 맨날 혼자 자는데…
바우	혼자 자는 게 싫어?
차돌	어… 난 옛날이 더 좋아. 아부지랑 같이 자고… 엄마랑도 같이 자고…
바우	인마… 니가 애냐?
차돌	그럼 내가 어른이야?
바우	(말문이 막혀) !
차돌	이젠 아부지 얼굴도 잘 못 보잖아. 맨날 맨날 바쁘다 그러고…
바우	미안하다, 아들… 앞으론 맨날 맨날 보자. 됐지?
차돌	알았어.
바우	…
차돌	아부지…
바우	왜?
차돌	…아니야.
바우	얘기해.
차돌	아니라니까…
바우	(앉으며) 니 어미 얘기하고 싶은 거잖아. 맞지?
차돌	(앉으며) 괜찮아. 아부지가 말하기 싫으면 안 해도 돼.
바우	니 어미랑 같이 살고 싶어?
차돌	(기다렸다는 듯, 바로) 아니.
바우	아니야? 참말 아니야?
차돌	어. 얘기했잖아. 난 옛날이 더 좋다고…
바우	그럼 옛날처럼 살지, 뭐…

차돌을 간지럼 태우며 장난을 거는 바우. 비로소 아이처럼 까르르 웃으
며 같이 장난을 치는 차돌. 그렇게 서로 부둥켜안고 뒹구는 부자에서.

S#55   인서트
         바우 본가 전경 위에.

수경	(E) 어머님… 편히 주무셨습니까?

S#56　　　동 본가 안방
　　　　　한씨에게 아침 문안 인사를 드리고 있는 수경. 어색해하며 수경의 시선
　　　　　을 피하는 한씨.

연옥	편히 주무셨냐는데… 왜 대답을 안 하셔?
한씨	(연옥 귀에 대고) 뭐라 불러야 돼? 옹주 자가? 그냥 어멈?
연옥	(어이가 없는 듯) 새언니한테도 다 들리거든?
한씨	아니, 난…
수경	전… 그냥 예전처럼… 며느리로 대해주시면 좋겠어요. 어머님만 괜찮으시다면요…
한씨	나야, 괜찮지… 뭐… 그럼… 그러자꾸나…
수경	감사합니다…
한씨	감사는 무슨…
수경	세숫물 올릴까요?
한씨	(연옥에게) 니가 좀 해.
수경	아니에요. 금방 가져올게요. (일어나려는데)
한씨	참, 너 뭐 필요한 건 없냐? 오늘 방물장수 들르기로 했는데…

S#57　　　이이첨의 집 행랑채 마당
　　　　　방물장수 아낙을 데리고 가는 태출. 사랑채 쪽에서 오다가 보는 대엽.

S#58　　　동 집 행랑채 일각
　　　　　안쪽에서 나오는 방물장수 아낙. 아낙이 가고 나면, 나오는 태출.

대엽	(불쑥 나오며) 김대석의 집에 심어놓은 여인인가 본데… 쓸 만한 정보라도 물어왔던가?
태출	…

대엽	저 여인네를 쫓아가서 물어볼까?
태출	도망갔던 김대석의 부인이 찾아왔답니다.
대엽	!

S#59   바우 본가 앞
오는 대엽. 인사하고 들어가려는데. 막아서는 내금위1, 2.

대엽	저는 다 알고 있다는 거 알지 않습니까? 김대석을 보러 왔으니⋯ 안에 다 고해주시지요.

자기들끼리 시선 교환하며 망설이다가, 집 안으로 들어가는 내금위1.

S#60   동 본가 뒷마당
빨래를 하다 말고, 놀란 얼굴로 내금위1을 보는 조상궁.

조상궁	분명 이대엽이라고 했습니까?
내금위1	예.

S#61   동 본가 앞
내금위1을 따라 급히 나오는 조상궁.

조상궁	도련님!
대엽	(돌아보는)
조상궁	(고개 숙여 인사하고) 어찌 여기까지⋯
대엽	지나던 길에 잠시 들렀소.

S#62   동 본가 수경의 방
당혹스러운 얼굴로 조상궁을 보는 수경.

수경	지금 제정신인가? 어쩌자고 도련님을 집에 들였단 말인가.
조상궁	죄송합니다. 차마 대문 앞에서 되돌아가게 할 수가 없었습니다.
수경	…
조상궁	필시 위험을 무릅쓰고 자가를 뵈러 왔을 땐, 그럴 만한 연유가 있지 않겠습니까? 잠시만 만나보시지요.
수경	!

S#63　　동 본가 사랑방
　　　　대엽, 초조한 얼굴로 기다리고 있는데.

수경	(E) 잠시 들어가겠습니다.

　　　　일어서는 대엽. 들어오는 수경. 만감이 교차하는 듯, 수경을 보는 대엽.

수경	(시선 내린 채 고개 숙여 인사하며) 그간 강녕하셨습니까.
대엽	자가…

S#64　　동 사랑방 앞
　　　　사랑방과 안채 쪽에 신경 쓰며 서성대고 있는 조상궁.

S#65　　동 사랑방
　　　　마주 앉아있는 수경, 대엽.

대엽	그 여인으로 인해 다른 고초는 없으신 겁니까?
수경	보는 눈이 많습니다. 찾아오신 용건만 어서 말씀하시지요.
대엽	(서운한 듯 보는)
수경	더 하실 말씀 없으시면… 이만… (일어나려는데)
대엽	제가… 있다는 걸 잊지 마십시오.
수경	(멈칫 보면)

대엽	힘드시면 언제라도 말씀하십시오.
수경	저는 잘 지내고 있습니다.
대엽	언제까지 참기만 하실 겁니까? 자가께서 왜 이런 취급을 받고 계시는 겁니까? 말씀만 하시면 지금 당장이라도…
수경	무슨 얘길 들으셨는지 모르겠으나, 저는 잘 지내고 있습니다.
대엽	…알겠습니다. 대신 언제든 필요하면 저를 찾으십시오.
수경	(잠시 착잡하게 보다가) 부디… 강녕하십시오.

일어나 나가는 대엽. 안타깝게 바라보는 수경.

S#66   동 본가 앞
나오는 대엽. 발길이 안 떨어지는 듯, 집 쪽을 바라보는데. 물지게를 지고 오다 대엽을 보고 기겁하는 춘배. 쓸쓸히 돌아서 가는 대엽. 물지게를 벗어 던지고 집으로 달려가는 춘배.

S#67   동 본가 뒷마당
조상궁에게 정색하며 화를 내는 춘배.

춘배	도령이 여길 왜 와? 왜 오냐고?
조상궁	왜 왔겠어? 차돌이 생몬지 미친년인지 얘기 듣고는… 옹주 자가 걱정되니까 왔겠지.
춘배	지가 왜 걱정을 해? 지가 뭔데?
조상궁	(벌떡 일어나며) 지라니? 도련님이 니 동무냐?

뒷간에 가려고 나온 듯, 두 사람 쪽으로 오려다가 후딱 몸을 숨기는 후남.

춘배	도령보다 조상궁이 더 문제야. 원수 놈의 자식인 거 빤히 알면서… 대체 무슨 생각으로 그놈을 집에 들여?
조상궁	(버럭) 어디서 이놈 저놈이야?

춘배	지난번에 왔던 방물장수도 좌의정 끄나풀이 틀림없을 텐데… 이젠 아예 아들놈까지 드나들게 만들어? 정신 차려, 이 사람아! 당신 때문에 옹주 자가가 살아있다는 걸 좌의정이 알게 될 수도 있어!
조상궁	(멈칫했다가) 도련님은 자가를 위해 아버지랑 가문도 배신하려 했던 분이야. 그런 분이 무슨 죄가 있다고…
춘배	죄가 왜 없어? 칠성이 죽었을 때도 거기 있었어. 지 형 보호하겠다고 바우한테 칼도 막 휘두른 놈이야, 그놈이… 근데 죄가 왜 없어? 그놈도 지 애비랑 똑같은 놈이야.
조상궁	내가 미쳤지. 도련님이 자가 모시고 떠나겠다고 했을 때… 어떻게든 같이 가시게 했어야 하는 건데… 어쩌자고 발목은 잡혀가지고… 이런 집 구석에서 첩년 취급이나 당하고…
춘배	발목을 잡아? 누가? 바우가 발목을 잡았단 말야?
조상궁	그럼 아니야? 그 인간만 아니었으면… 도련님하고 떠나도 벌써 떠났어. 이 꼴 저 꼴 다 안 보고 잘 사셨을 거라고!
춘배	그래서? 이제라도 도령인지 뭔지… 형수도 몰라보고 들이대는 잡놈이랑 야반도주라도 시켜주게?
조상궁	뭐야? 암만 못 배워 처먹었어도 그렇지… 어디서 더러운 주둥이를 함부로 놀려?
춘배	그러는 넌? 얼마나 잘 배워 처먹어서 형수랑 시동생을 짝지어 주려고 기를 쓰는데?

옆에 있던 구정물을 춘배에게 확 끼얹어 버리는 조상궁.

조상궁	내가 널 다시 상종하면… 성을 간다, 성을 갈아! (홱 돌아서 가버리는)
춘배	저… 저 썩을 놈의 어편네가… (버럭) 나도 안 봐! 나야말로 널 다시 보면… 사람이 아니라 개다, 개!

S#68   동 본가 골방
         생각에 잠겨있는 후남의 심각한 얼굴에.

춘배	(E) 지난번에 왔던 방물장수도 좌의정 끄나풀이 틀림없을 텐데… 이젠 아예 아들놈까지 드나들게 만들어? 정신 차려, 이 사람아! 당신 때문에 옹주 자가가 살아있다는 걸 좌의정이 알게 될 수도 있어!

S#69   동 본가 안채 마당
대원과 함께 들어오는 바우.

바우	(안방을 향해) 어머니, 대원스님 오셨습니다.

안방에서 나오는 한씨, 연옥.

한씨	(버선발로 달려와 반기며) 스님…
대원	그간 잘 지냈는가?
한씨	기별 보낸 지가 언젠데, 어찌 이제야 오셨습니까?
대원	이놈 뒤치다꺼리하느라 좀 바빴네.
한씨	예?
바우	(얼른, 눈짓으로 대원을 말리고) 제 방으로 가시지요.
한씨	아이구, 내 정신 좀 봐. 어서 안으로 드시지요. (연옥에게) 어멈한테 다과라도 내오라고 일러라.

S#70   동 본가 사랑방
기가 막히다는 듯 바우를 보는 대원.

대원	산 넘어 산이라더니 하루도 편안할 날이 없구나.
바우	…
한씨	어디 가서 옹주에 대해 떠벌릴까 봐 내쫓지도 못하겠고… 그렇다고 데리고 살수도 없고… 어찌하면 좋을까요. 스님?
대원	나한테 맡기는 게 어떻겠나.
바우	예? 스님이요?

대원	내가 데리고 가서 계도해 보마.
연옥	(손뼉을 짝 치며) 잘 됐다.

S#71　　동 사랑방 앞
　　　　방 안을 엿듣고 있는 후남.

연옥	(E) 확 머리 깎아서 비구니로 만들어버리세요, 스님.

기겁하는 후남.

S#72　　동 사랑방
　　　　걱정되는 얼굴로 대원을 보는 한씨.

한씨	하루 종일 지켜보고 있는 것도 아닌데, 도망치지 않을까요?
대원	걱정 말게나. 토굴에 집어넣고 한 몇년 면벽수련시키면, 저도 사람이 되겠지. 정 안 되면 연옥이 말처럼 머릴 깎이든가…
바우	당장 가서 데려오겠습니다.

S#73　　동 본가 안채 마당
　　　　무서운 얼굴로 걸어오는 바우. 뒤에서 신이 난 얼굴로 쫓아오는 춘배와
　　　　연옥.

춘배	후남이 넌 이제 뒤졌다.
연옥	우리 새언니, 십 년 묵은 체증이 팍 내려가겠네.

S#74　　동 본가 골방 앞
　　　　방 앞으로 가서 왈칵 문을 여는 바우와 춘배. 텅 빈 방 안.

바우	!

S#75	동 본가 안채 마당

바우, 돌아서는데. 달려오는 춘배.

바우	찾았어?
춘배	아니, 아무리 찾아도 없는데?
연옥	(안방 쪽에서 뛰어오며) 오라버니! 오라버니!

S#76	동 본가 안방

급히 들어오는 바우와 춘배, 연옥.

연옥	땅문서며 패물이며 모조리 없어졌어.

문갑이며 서랍장들이 도둑이라도 맞은 것처럼 열려져 엉망이 되어있다.

바우	이…
춘배	와! 이 미친 잡것이… 이걸 어디 가서 잡지?

S#77	이이첨의 집 앞

집 쪽으로 가는 방물장수를 몰래 따라가는 후남. 집 앞으로 가는 방물장수. 나오는 태출. 태출에게 뭔가 이야기하는 방물장수. 몰래 훔쳐보다 앞으로 쓱 나서는 후남. 뭔가 해서 보는 태출.

후남	이 댁이 좌의정 대감댁인가요?

S#78	이이첨의 집 사랑채 마당

이이첨 앞에 고개 숙이고 있는 후남.

이이첨	옹주가 살아있다고?
후남	예.

이이첨	(탐색으로 보며) 거짓일 경우에는 어찌 될지 알고 있겠지?
후남	그거야 당장 가보면 알 거 아닙니까요.
이이첨	지금 어디 있느냐?
후남	돈부터 주셔야…

이이첨이 눈짓하자, 후남에게 돈을 건네는 원엽. 입이 벌어지는 후남.

이이첨	어디 있느냐?
후남	바우, 아니 김대석의 집에 있습니다.

놀라서 눈을 마주치는 이이첨과 원엽.

후남	(눈치 보다) 그럼 쇤네는 이만…
태출	(얼른 가려는 후남의 뒷덜미를 잡아채는)
후남	(기겁해서) 왜 이러십니까?
이이첨	입이 가벼운 계집이다. 처리하거라.
후남	사, 살려주십시오. 대감마님, 살려주십시오.

끌고 나가는 태출.

원엽	대엽이 놈이 왜 그렇게 그놈 편을 드는지 연유를 알 수 없었는데… 그게 다 옹주 때문이었습니다.
이이첨	너는 당장 궁으로 가서 내금위장 석계를 데려오너라.
원엽	석계는 왜?
이이첨	그놈의 집을 내금위들이 지키고 있다는 걸 모르느냐?
원엽	소자의 생각이 짧았습니다. 하온데, 대엽이는 어찌합니까?

S#79   동 집 행랑채 마당
         태출과 가병1, 2, 후남을 끌고 나오는데.

대엽	그 여인네는 누군가?
태출	(선뜻 대답 못 하고 머뭇거리는데)
후남	살려주십시오, 나리. 쇤네는 아무 죄가 없습니다. 쇤네는 옹주가 살아 있다는 걸 고변한 거뿐입니다.
태출	(O.L) 닥쳐라!
대엽	아버지께서도 아시는가?
태출	포기하시지요, 도련님.

대엽, 휙 돌아서서 대문 쪽으로 가려는데. 막아서는 태출. 대엽, 밀치고 가려는데. 뒤에서 내려치는 태출. 정신을 잃고 쓰러지는 대엽.

S#80   창덕궁 금군청 앞

원엽과 만나서 뭔가 이야기를 하는 내금위장1. 멀찌감치 떨어진 곳에서 몰래 지켜보고 있는 궁녀1.

S#81   창경궁 김개시의 방

궁녀1이 김개시 앞에 부복해 있다.

김개시	포도대장이 내금위장 석계를 만나고 함께 퇴청했다?

S#82   바우 본가 앞

가병들을 잔뜩 거느리고 오는 이이첨과 원엽, 태출, 내금위장1. 집 앞을 지키고 서있는 내금위1, 2가 보이고. 내금위장1에게 눈짓하는 이이첨. 내금위장1이 다가가는데. 열리는 대문. 일동 보면. 수경이 당당하게 걸어 나온다. 놀란 얼굴로 수경을 쳐다보는 이이첨.

수경	그간 강녕하셨습니까, 좌상 대감.

담담한 얼굴로 이이첨을 바라보는 수경에서.

제17회

S#1   바우 본가 앞

가병들을 잔뜩 거느리고 오는 이이첨과 원엽, 태출, 내금위장1. 집 앞을 지키고 서있는 내금위1, 2가 보이고. 내금위장1에게 눈짓하는 이이첨. 내금위장1이 다가가는데. 열리는 대문. 일동 보면. 수경이 당당하게 걸어 나온다. 놀란 얼굴로 수경을 쳐다보는 이이첨.

수경   그간 강녕하셨습니까, 좌상 대감.

전혀 예상치 못했던 듯, 놀란 기색을 감추지 못하는 이이첨과 그 일행들. 담담한 얼굴로 이이첨을 바라보는 수경. 팽팽한 긴장감 속에 누구도 먼저 입을 열지 못하는데.

이이첨   (안색 찌푸리며) 좌상 대감이라 했느냐?

수경   좌상 대감이 아니면 무어라 불러야 하겠습니까? 대감의 며느리인 화인옹주는 이미 죽어 장례까지 치렀지 않습니까?

이이첨   !

수경   그리하고도, 아직도 나에게 시아버지 대접을 받고 싶은 것입니까?

이이첨   (감정 누르며) …많이 변했구나.

수경   변한 것이 아니라, 이것이 본래의 내 모습입니다. 대감께서 보지 못했을 따름이지요.

이이첨   진작 보았으면 좋았을 것을… 앞으로도 볼 일이 없다는 게 안타깝구나.

태출에게 수경을 잡으라고 턱짓하는 이이첨. 태출, 수경을 잡으려고 나서는데.

(E) '주상 전하 천세!'를 외치는 사람들 소리.

흠칫했다, 얼른 수경 너머로 보는 이이첨. 그 시선으로, 대문 안에서 사람들에게 바가지로 쌀을 퍼서 나눠주고 있는 한씨와 연옥. 쌀을 받고는 좋아서 덩실덩실 어깨춤을 추는 백성들. 굳어지는 이이첨.

수경	지난번 북방에 다녀온 일로, 아바마마께서 하사하신 곡식입니다. 대감 덕분에 받은 곡식이니, 대감께서도 본의 아니게 백성들 구휼에 한몫하신 셈이로군요.
이이첨	!

쌀을 들고, 우르르 나와 수경에게 다시 한번 고맙다고 인사하는 사람들.

평민1	이 은혜는 잊지 않겠습니다. 감사합니다.
아낙1	감사합니다, 마님. (아이에게) 너도 인사해야지.
아이1	고맙습니다, 마님.
수경	(쓰다듬어주며) 배고프면 언제라도 찾아오너라. 알겠느냐?

수경을 빙 둘러싸고 고맙다고 인사하는 사람들.

원엽	(태출에게) 뭣들 하느냐? 저것들을 당장 몰아내고, 응… 아니… 저 여인네를 데려오너라.

일제히 칼을 빼드는 가병들. 놀라는 사람들.

수경	(양팔을 벌리고 막아서며, 서릿발 같은) 네 이놈들! 감히 어디서 함부로 칼을 빼드느냐? 무고한 백성들이다. 당장 물러나지 못하겠느냐!

수경의 기세에 달려들지 못하고 주춤거리는 가병들.

수경	당장 물러나라는데 뭣들 하는 것이냐? 정녕 무고한 백성들에게 칼이라도 휘두를 참이냐?

가병들, 이이첨을 보는데.

원엽	어서 데려오지 않고 뭣 하느냐? 방해되는 것들은 가차 없이 베어라!

가병들, 그제야 다시 수경에게 다가가는데. 사람들 사이를 비집고 나오는 바우, 춘배, 조상궁.

바우	죽이려면 우리 모두 죽여야 할 것입니다.

수경 옆에 가서 서는 바우. 수경과 바우 옆에 가서 서는 조상궁과 춘배. 그렇게 당당하게 서서, 이이첨을 노려보는 네 사람.

평민1	(나서며) 나도 죽이시오.
아낙1	(아이 데리고 나서며) 우리도 죽이세요.

평민과 아낙이 나서자, 놀라서 움츠려 있던 사람들도 쌀자루를 내려놓고, 네 사람의 뒤에 가서 서고. 일그러지는 이이첨.

태출	(당황) 어찌합니까? 대감마님.
이이첨	(갈등하는데) !
수경	이 자리에서 나를 죽이든지, 아니면 당장 물러나십시오. 그리고 다시는 나를 찾지 마십시오. 그리하면, 나도 지난날 대감이 저지른 죄는 잊겠습니다.
이이첨	!

수군대는 사람들. "마님을 왜 죽여?" "누군데 이렇게 좋은 마님을 죽인데?" "대감이래." "무슨 대감?" "당장 포도청에 기별해" 등등. 이이첨의 눈치를 보다 슬쩍 발을 뒤로 빼는 내금위장1.

내금위장1	대감, 저는 빠지겠습니다.
이이첨	!

원엽	(태출, 이이첨만 처다보고)
이이첨	(수경과 바우 무리를 처다보다) 돌아가자.

돌아가는 이이첨 무리. 함성을 내지르고 서로를 격려하는 사람들. 동시에 안도의 한숨 내쉬다 시선 마주치자, 고개 팩 돌리는 춘배와 조상궁. 이이첨이 멀어지자 휘청하는 수경.

바우	(부축하며) 괜찮소?
수경	저들이 무고한 백성들의 입을 막겠다고, 칼부림이라도 할까 긴장했었나 봅니다.
바우	다시는 이러지 마시오. 간 떨려서 죽는 줄 알았소.
수경	(미소 짓고는, 사람들에게 고개 숙여 보이고) 고맙습니다. 여러분들 덕분에 위기를 모면했습니다.
평민1	아이구, 아닙니다요. 이런 일이 또 있으면 언제든 불러만 주십시오, 마님.
아낙1	예. 저런 나쁜 놈들은 쇤네가 혼구멍을 내주겠습니다.
수경	고맙습니다.
아낙1	아이구, 저희들이 고맙지요. 안 그래요들?

이구동성으로 맞다고 동조하는 사람들. 하나같이 수경에게 인사를 하고서야 떠나는 사람들. 밝은 얼굴로 일일이 인사에 응해주고 돌려보내는 수경. 그런 수경을 바라보다 코끝이 시큰해지는 바우.

S#2	동 본가 마당
	들어오는 수경, 바우, 춘배, 조상궁.

한씨	(얼른 쫓아가서 수경 손 잡아주며) 괜찮은 것이냐?
수경	예. 심려를 끼쳐드려 죄송합니다, 어머님.
한씨	아니다. 니가 아니라도, 이이첨 그자는 우리 집안을 노렸을 것이니 쓸데없는 생각 말거라.

수경	감사합니다, 어머님.
한씨	(짐짓 화난 거처럼) 뭐가 감사해? 며느리로 생각하라더니 다 빈말이었냐?
수경	아, 아닙니다. 어머님.
한씨	(미소로 다독거려주며) 인간 같지 않은 인간 상대하느라 많이 힘들었을 텐데… 여긴 나한테 맡기고 들어가 좀 쉬어라.
수경	괜찮습니다, 어머님. 제가 할 테니 먼저 들어가 쉬세요.
한씨	어허, 시어미 말 들어.
수경	(난감) 어머님…
조상궁	아이고, 고부간에 왜 이렇게 사이가 좋으세요. 제가 다~ 할 테니까 두 분 다 들어가세요.

수경과 한씨를 방 쪽으로 밀어내는 조상궁.

춘배	(뒤쪽에서 지켜보다) 재수 좋은 놈은 자빠져도 처녀 치마폭이라더니… 우리 바우는 복도 많아.
바우	부럽냐? 부러우면 그만 싸우고 조상궁이랑 화해하지?
춘배	(멈칫했다, 말 돌리는) 그 망할 대감이, 옹주가 살아있다는 걸 알아버렸으니… 죽자고 덤빌 텐데… 그 지난번에 말했던 역모 말이야. 이제라도 임금님한테 고변하는 게 어떻겠냐?
바우	이미 물증이 될 만한 건 싹 다 치우고 숨겼을걸?
춘배	그래도 찾아보면 어딘가 흔적이 남아있을지도 모르잖아.
바우	안 돼… 물증도 없지만… 그걸 건드리면, 그자도 막나갈 수 있어… 그럼 식구들 전부가 위험해져.
춘배	아휴, 승질 같아서는 그냥… 그놈의 독사 같은 눈깔을 (손가락으로 찌르는 시늉하며) 팍…

S#3 이이첨의 집 사랑채 마당
무거운 얼굴로 서있는 이이첨.

원엽	주상도 다 알고 있는 게 틀림없습니다.
이이첨	당연히 알고 있겠지. 언제라도 기회가 생기면, 옹주를 내세워 나를 실각시킬 생각으로 저리 꽁꽁 숨겨둔 것이겠지.
원엽	방도를 내야 합니다, 아버지… 이대로 있다가는 다 죽습니다.
태출	(들어와) 입궐하시라는 기별입니다, 대감마님.
원엽	(기겁하며) 주상이 벌써 알았나 봅니다.
이이첨	…
원엽	입궐하시면 안 됩니다… 주상이 무슨 짓을 할지 모릅니다. 다시는 궐 밖으로 못 나오실 수도 있습니다.
이이첨	(잠시 생각하다, 태출 보며) 오늘 밤 안으로, 옹주를 죽일 수 있겠느냐?
태출	제가 직접 가겠습니다.
이이첨	(원엽에게) 넌 내가 몸이 불편해 입궐할 수 없다고 전하거라. (다시 태출에게) 반드시 옹주를 죽여라. 옹주가 죽어 없어지면… 주상도 날 책망할 수 없을 것이다.

S#4   동 집 행랑채 광
           대엽, 묶여있는데. 들어오는 태출.

대엽	(다급히) 형수님… 형수님은 어찌 되었는가?
태출	보는 눈이 많아서 그냥 돌아올 수밖에 없었습니다.
대엽	어찌 된 일인지 소상히 말해보게. 어서!
태출	대체 어쩌려고 이러십니까? 더 이상 대감마님 눈 밖에 나면, 도련님의 안위도 보장할 수 없습니다. 모르십니까?
대엽	철모르던 시절부터 가슴에 품어왔던 사람일세. 그런 사람을 어찌 외면하란 말인가? 자네에게도 그런 사람이 있지 않은가.
태출	(멈칫했다) 무슨 말씀인지 모르겠습니다. (칼로 매듭을 자르고) 부디 자중하십시오. 소인은 이만…

S#5	동 광 앞

태출 나오는데. 광 쪽을 보며 서있는 이씨.

이씨	대엽이는? 별 탈은 없는가?
태출	포박을 풀었으니, 곧 나올 것입니다.

말이 채 끝나기도 전에 광으로 급히 가는 이씨. 그런 이씨를 쳐다보는 태출의 얼굴에.

대엽	(E) 철모르던 시절부터 가슴에 품어왔던 사람일세. 그런 사람을 어찌 외면하란 말인가? 자네에게도 그런 사람이 있지 않은가.

애써 부정하려는 듯, 냉정한 얼굴로 돌아서는 태출.

S#6	바우 본가 대문 앞(밤)

보초를 서고 있는 내금위1, 2.

S#7	본가 담장 밖(밤)

횃불을 들고 순찰을 돌고 있는 내금위3. 뒤에서 나타나 내금위3을 쓰러뜨리는 복면의 태출. 태출이 신호하자, 뒤에서 나타나 소리 없이 담을 넘는 복면의 가병들.

S#8	동 본가 안채 마당(밤)

태출과 가병들이 조심스럽게 안채로 들어온다. 태출의 손짓에 따라 안방과 수경 방으로 나눠지는 가병들. 태출, 문고리를 조심스럽게 잡는데. 방문을 박차며 나오는 바우와 춘배. 태출 정신없이 물러나는데.

가병1	(안방에서 물러나며) 비었습니다. 함정입니다.
태출	쳐라!

바우와 춘배에게 달려드는 태출과 가병들. 바우, 칼을 휘둘러 막아내고. 춘배는 도망 다니기 바쁘다. 바우, 위기에 몰리는데. 방 안에서 날아드는 화살. 화살에 맞고 쓰러지는 가병1. 태출, 후딱 수경 방을 보면, 활을 겨누고 방에서 나오는 수경. 수경 뒤에 숨어서 고개를 내미는 조상궁의 손에 화살이 쥐어져 있다.

태출   죽여라!

수경에게 달려드는 태출과 가병들. 바우와 춘배가 죽어라 막고. 수경이 활을 쏴 가병들을 쓰러뜨리려 하지만, 밤인 데다 바우와 춘배, 가병들이 뒤엉켜 조준이 쉽지 않다. 열심히 화살을 건네주는 조상궁. 조상궁이 춘배에게 비키라고 소리쳐 보지만, 춘배는 자기 살기도 바쁘다. 결국 바우가 위기에 처할 때, 번개같이 나타나 바우를 구해내고 태출을 상대하는 두건을 쓴 대엽.

태출   (대엽 알아보고는) 도련님!
수경   !
바우   !
대엽   돌아가게. 부탁일세.
태출   그럴 수 없습니다.

대엽을 일별해 주고, 바우도 싸움에 끼어들고. 대엽이 끼어드는 바람에 싸움이 비등비등해지는데.

중영   (화면 밖에서) 멈춰라!

일동 보면. 중영이 바람같이 달려온다. 화려한 칼솜씨로 가병들을 쓰러뜨리는 중영. 태출이 상대해 보지만, 이내 중영에게 한칼 먹고 비틀거린다. 중영이 태출을 제압하려 할 때 뒤에서 중영을 기습해 칼등으로 내려치는 대엽. 중영이 중심을 잃고 물러나자, 그 틈에 얼른 태출을 데리고 빠져나가는 대엽. 바우, 씁쓸하게 바라보는데.

중영	왜 지켜만 보는 것이냐?
바우	괜찮으십니까?
중영	같은 편인 줄 알고 방심했을 뿐이다. 어디서 본 듯한 몸놀림이던데… 혹시 아는 자인가?
바우	아닙니다.
중영	분명 자네를 돕다가 갑자기 나를 공격했네. 대체 정체가 무엇이기에…
바우	(말 돌리는) 헌데 영감께서 이 밤에 어인 일로…
중영	이런… 내 정신 좀 보게. 주상 전하께서 납시셨네.
바우	예? (후딱 수경을 보는)

S#9   동 본가 사랑방(밤)
앉아있는 광해군. 그 앞에 앉는 수경, 바우.

광해군	상한 곳은 없느냐?
수경	예, 아바마마. 김상궁이 미리 알려준 덕분에 화를 피할 수 있었사옵니다.
광해군	숨거나 피하지 않고 스스로 널 드러낸 연유가 무엇이냐.
수경	제가 이 집에 기거한다는 것을 그자가 안 이상… 더는 숨을 수도 피할 수도 없다고 판단했을 뿐입니다.
광해군	누구의 기지냐? 백성들은 이이첨을 막기 위해 모은 것이냐?
수경	아니옵니다. 공교롭게도 그리된 것일 뿐, 원래부터 계획된 구휼이었사옵니다.
광해군	구휼은 누구의 생각이었더냐?
바우	화인옹주의 생각이옵니다. 보릿고개로 힘든 백성들을 돕고 싶다 하였사옵니다.
광해군	기특하구나. 어찌 그런 생각을 다 했느냐?
수경	궁에만 있을 땐 몰랐으나, 저자에 나와 백성들의 삶을 직접 보고 겪으

니 절로 그리되었사옵니다.

광해군 　(끄덕이며 수경을 봐주고, 바우에게) 넌 대체 무슨 생각으로 그리 수수방관한 것이냐?

바우 　?

광해군 　목숨 걸고 지키라 일렀거늘… 어찌 화인이 그자 앞에 나서는 걸 말리지 않고 보고만 있었느냔 말이다.

수경 　아바마마.

광해군 　내가 아는 이이첨 그자는 하려고 마음만 먹으면 능히 왕도 죽일 수 있는 자다. 그런 자가 옹주라고 못 죽였을 것 같으냐? 따로 생각이 있어 안 죽인 것뿐이다.

수경 　아바마마… 다 제 생각이었고, 제가 고집한 것이옵니다.

광해군 　임금의 명도 우습게 아는 놈이 고작 이 아이의 고집 하날 못 꺾었단 말이냐?

바우 　송구하오나… 소신 또한 화인옹주의 말이 옳다고 생각되어 따른 것이옵니다.

광해군 　(버럭) 네 이놈! 네놈의 그 우둔함과 안일함이 옹주를 죽일 수도 있었음을 아직도 모르겠느냐?

수경 　다 소녀가 불민한 탓이오니… 소녀를 꾸짖어주시옵소서.

광해군 　(누르고, 바우에게) 정녕 이 아이의 진짜 장례를 치르고 싶지 않다면 다시는 내 명을 어기지 말라!

바우 　예, 전하.

광해군 　이 아이와 따로 할 말이 있으니 물러가거라.

바우 　(멈칫했다가) 예… 전하…

S#10 　동 본가 사랑방 앞(밤)
　　　중영이 문 앞을 딱 지키고 서 있다. 나오는 바우. 걱정스러운 듯 사랑방 쪽을 돌아보는 바우.

S#11   동 본가 사랑방(밤)

수경을 탐색으로 바라보는 광해군.

광해군   왜 내게 도움을 청하지 않았느냐?

수경   …

광해군   여전히 날 못 믿는 것이냐, 아니면… 아직도 날 원망하고 있는 것이냐?

수경   …

광해군   네게 약조한 대로 널 지키기 위해 최선을 다했거늘… 네 마음을 돌리기
        엔 역부족이었던 모양이로구나.

수경   그리 말씀하시니… 소녀, 아바마마께서 원하신다면 또다시 죽겠다는
        각오로 감히 여쭙겠사옵니다.

광해군   !?

수경   진정으로 소녀를 위하신다면, 어찌하여 좌의정을 그냥 두고 보시는 것
        이옵니까?

광해군   (한숨을 푹 내쉬고는) 왜란 이후에 조선의 국력이 쇠퇴했음은 너도 알 것
        이고… 그나마 있던 정병들도 여진족과의 전투에서 잃고 말았다… 그
        러나 대북과 이이첨은 왜란을 핑계로 모은 가병들을 고스란히 데리고
        있지. 너도 당해보았으니 누구보다 잘 알겠지.

수경   …

광해군   지금 저들과 군사력으로 겨루면 필패다. 이 애비가 왜 무도한 이이첨을
        섣불리 몰아내지 못하는지 이제 알겠느냐?

수경   …그럼 다시 여쭙겠습니다.

광해군   ?

수경   나라를 구하고… 조정에 또다시 피바람이 부는 것만은 막기 위해 필요
        하다면… 이번에도 어쩔 수 없이 소녀를 버리시는 쪽을 선택하시겠사
        옵니까?

광해군   (안색 변하는)

수경   소녀, 다시는 아바마마께서 절 버리시진 않을 거라 믿고 싶사옵니다.
        아니다, 결코 그런 일은 없을 것이다…라는 아바마마의 말씀을 듣고 싶

사옵니다.

광해군 (속내 감추고 애써 자애롭게) 니가 그런 가혹한 일을 다시 겪게 만들 리가 있겠느냐? 애비가, 용상에서 내려오는 한이 있더라도! …또다시 널 버리는 일은 결코 없을 것이다.

수경 아바마마…!

광해군 이리… 좀 가까이 오너라.

수경 (가까이 다가앉는)

광해군 고개를 들어보거라.

수경 (고개를 들고 광해군을 보는)

광해군 (잠시 수경의 눈만 바라보다) 어릴 때… 말도 배우기 전인데… 알아듣기는 하는지… 화인아, 부르면… 눈을 동그랗게 뜨고 날 쳐다보곤 했었지. 그 눈이 어쩌나 똘망똘망하던지… 정사고 뭐고 다 잊고 한참씩 네 눈만 쳐다보곤 했었다.

수경 …

광해군 헌데… 지금은 그 눈빛에 원망과 수심만 가득하니… 이 아비의 잘못이 크구나…

다시 물끄러미 수경을 바라보는 광해군. 그 눈에 가득 차오르는 눈물. 수경, 그런 광해군을 의식하고 놀라는데. 눈물을 보이지 않으려는 듯, 슬쩍 고개를 돌리는 광해군.

광해군 (젖은 목소리로) 김대석 그놈이 그러더구나. 내 사람 하나 못 지키면 왕이 되어서 무엇하냐고…

수경 !

광해군 그놈 말이 맞다. 너 하나 못 지킨다면 왕위 따위가 무슨 소용이 있겠느냐?

수경 (눈시울이 붉어지며) 성은이 망극하옵니다.

광해군 아니다. 내가 그동안 너에게 못할 짓을 시킨 것이다.

수경 …소녀 한 가지 청이 있사옵니다.

광해군	뭐든 말해 보거라.
수경	김대석과의 혼인을 허락해 주옵소서. 소녀, 보통의 여인네들처럼 한 사내의 지어미로 살고 싶사옵니다.
광해군	(흠칫 굳어지며) 불가하다!
수경	아바마마!
광해군	새 거처를 준비하라 일러놓았으니… 나와 함께 갈 차비나 하거라.
수경	소녀… 살아있어도 죽은 사람이 아니라… 살아있으니 산 사람으로 살고 싶사옵니다.
광해군	!
수경	아무 죄도 없는데도 죄인처럼 평생을 쫓기다가 억울하게 죽으니… 하루를 살아도 떳떳하게 당당하게 살다 죽고 싶사옵니다. 부디 소녀의 청을 가납해 주시옵소서.
광해군	(안색 변하며) 김대석이 시켰느냐? 그놈이 내 명을 거스르고 너와 혼인이라도 하겠다더냐?
수경	제가 원한 일이옵니다. 그 사람은 절 차마 내치지 못한 죄밖에 없사옵니다.
광해군	(O.L) 그만하라! 대체 그놈이 뭘 어찌하였기에 널 이리 만들어놨단 말이냐?
수경	그 사람이 아니라… 소녀가… 그 사람을 연모합니다. 진심으로 깊이 연모합니다.
광해군	!!

S#12   동 본가 앞(밤)
        광해군을 배웅하고 있는 바우. 바우에게 가까이 오라 손짓하는 광해
        군. 다가가는 바우.

광해군	(바짝 대고, 낮게) 화인이 몸에 손을 대었느냐?
바우	(놀라며) 아, 아니옵니다. 그런 적 없사옵니다.
광해군	한 치의 거짓도 없으렷다?

바우	어느 안전이라고 감히 거짓을 고하겠사옵니까? 결단코 아무 일도 없었
	사옵니다.
광해군	(일별해 주고는) 화인이 살아있는 걸 알게 됐으니, 이이첨이 가만있을 리
	없다. 그자에게서 한시도 눈을 떼지 말고, 철저히 감시해야 한다.
바우	예, 전하…
광해군	(집 쪽 봐주며) 화인을 반드시 지켜라. 반드시! 알겠느냐?
바우	예, 전하.

S#13   동 본가 안채 마당(밤)
        바우 들어오는데. 기다리고 서있는 수경.

수경	…아바마마께서는 잘 가셨습니까?
바우	…너무 서운해하지 마시오. 주상 전하께는 우리가 알지 못하는 고충이
	또 있지 않겠소?
수경	(애써 밝게) 전 괜찮습니다.
바우	(안쓰럽게 보다) 내가 아직 못 미더운가 보오.
수경	무슨 말씀입니까?
바우	나는… 그대가 마음 편히 기대고 의지할 수 있는 사내가 되고 싶소.
수경	지금도 충분히 그러합니다.
바우	…
수경	실은… 얼굴을 보고 나야, 편히 잠들 거 같아서 기다렸습니다.
바우	(뜨겁게 보는) !

        부끄러운 듯 시선 피하는 수경. 그런 수경을 따뜻하게 안아주는 바우.

S#14   이이첨의 집 태출의 방(밤)
        태출의 상처에 면포를 감아주는 대엽.

태출	왜 절 살리신 겁니까?

대엽	그럼 자네는 왜 날 걱정하는가?
태출	(멈칫했다) 제가 대감마님께 고하면 도련님도 무사치 못하실 텐데요.
대엽	내 목숨 따윈 미련 없네.
태출	(벌컥) 남아있는 사람들 생각은 안 하십니까?
대엽	우리 식구 중에 내가 없다고 울어줄 사람이 누가 있는가? 아버지가? 어머니가? 아니면 큰형님이?
태출	해인당 마님이 계시지 않습니까?
대엽	!
태출	고모님을 생각해서라도 제발 자중하십시오.
대엽	!
태출	도련님께서 절 구해주셨으니, 도련님이 방해했단 얘긴 대감마님께 고하지 않겠습니다.
대엽	!

S#15   동 집 사랑채 사랑방 (밤)
        당황한 얼굴로 태출을 보는 이이첨.

이이첨	주상이 그 집에?
원엽	어쩌지요?
이이첨	호들갑 떨지 말거라. 의심이야 하겠지만, 물증이 있는 건 아니지 않느냐.
원엽	가병들이 입을 열 수도 있지 않습니까?
태출	가병들은 모두 대감마님의 은혜를 입은 자들입니다. 식솔들 또한 우리 집에 있구요. 죽었으면 죽었지 입을 열 놈들이 아니니 심려 마십시오.
원엽	(안도의 한숨 내쉬는데)
대엽	(E) 아버지, 주상 전하께서 납시셨습니다.
이이첨	!

S#16   이이첨의 집 사랑채 마당 (밤)
        마당에 서있는 광해군, 대엽, 중영. 대청에서 버선발로 뛰어 내려와 부

복하는 원엽, 태출.

원엽　　　전하, 신의 아비는 몸이 불편하여…
광해군　　(말 자르는) 들었다. 문병을 하고자 온 것이니 앞장서거라.
원엽　　　저, 전하… 천행수인지라, 옥체가 상할까 우려되오니 가까이하지 않으
　　　　　심이 옳은 줄로 아옵니다. 〈자막 ― 천행수(天行嗽): 유행성 계절 독감〉
광해군　　(대엽 보는)
대엽　　　…
광해군　　상관없으니 개의치 말라.
원엽　　　!

S#17　　　동 사랑채 사랑방(밤)
　　　　　이불 위에 앉아, 긴장된 얼굴로 밖을 쳐다보고 있는 이이첨.

S#18　　　동 사랑채 대청(밤)
　　　　　사랑방 앞에 멈춰 서는 광해군.

광해군　　좌상… 과인이 왔소. 몸은 좀 어떠시오.

S#19　　　동 사랑채 사랑방(밤)
　　　　　일부러 기침 소리를 내는 이이첨.

이이첨　　망극하옵게도 전하께옵서 신의 누추한 집에 친히 왕림하시니, 금방이
　　　　　라도 자리를 털고 일어날 거 같사옵니다.

　　　　　이하, 화면분할로.

광해군　　그거 참 다행이구려.
이이첨　　…

광해군	김대석의 집에 들렀다 오는 길이오.
이이첨	!
광해군	오늘 일에 대해 과인에게 달리 할 말이 있소?
이이첨	…
광해군	경도 과인도… 서로가 오늘 일에 대해, 할 말이 많겠지만… 이미 지난 일 파헤쳐 봐야 무엇 하겠소?… 묻어두도록 합시다.
이이첨	!
광해군	내우외환으로 이 나라의 운명이 풍전등화와 같은 이때, 경과 과인이 서로를 의심하고 반목하면, 이 나라 조선의 앞날이 어찌 되겠소… 예전처럼 과인을 도와주시오. 경의 도움이 필요하오.
이이첨	성심을 헤아리지 못한 신의 불충을 벌하여 주시옵소서, 전하.
광해군	지금까지 경의 공을 보아, 지난 일들은 없던 것으로 할 테니… 경도 그리 알고… 차후엔 오늘 같은 일이 없었으면 좋겠구려.
이이첨	성은이 망극하옵니다, 전하.
광해군	내일은 자리를 털고 일어나리라 믿고 갈 테니… 궐에서 봅시다.

S#20   동 사랑채 마당(밤)
          나오는 광해군.

광해군	(원엽과 대엽에게) 두 사람도 모두 들었을 터… 아비의 뜻을 받드는 것만이 효가 아니다. 아비를 바른 곳으로 인도하는 것 또한 효일 것이다.
대엽	…
광해군	특히 좌포도대장!
원엽	(화들짝 놀라) 예? 예… 저, 전하.
광해군	지켜보겠다.
원엽	각골명심하겠나이다, 전하.
광해군	(한심하다는 듯 보고) 따라 나올 거 없다. 좌상을 잘 모시거라.
원엽	예, 전하.
광해군	(대엽에게) 넌 따라 나오너라.

대엽	!

S#21   동 집 앞(밤)
                광해군 앞에 읍하고 서있는 대엽.

광해군	너는 화인을 포기한 것이냐?
대엽	!
광해군	아니면, 화인보다 니 애비가 더 중한 것이냐?
대엽	…
광해군	다음에 볼 때는 답을 가지고 오너라.
대엽	!

S#22   동 집 사랑방(밤)
                눈을 감고 생각에 잠겨있는 이이첨.

원엽	어찌하실 생각이십니까? 주상 뜻대로 하실 겁니까?
이이첨	…
원엽	(답답한) 아버지!
이이첨	이미 엎질러진 물이요, 쏘아진 화살이다. 말만 그럴 듯 오갔을 뿐, 주상도 나도 더는 함께할 수 없다는 것을 이미 알고 있다.
원엽	그럼…?
이이첨	계획대로 시행하거라!

S#23   인경궁 공사장 일각
                대들보로 쓸 큰 통나무를 십여 명의 인부들이 밧줄로 연결된 작대기를 어깨에 지고 옮기고 있다. 인부1과 인부2가 슬쩍 눈을 맞추더니, 앞사람과 뒤엉키는 척 지고 있던 작대기를 놓고 빠져버리고. 인부들이 뒤엉키고 통나무가 바닥에 떨어져 구르며 인부들을 깔아뭉개고, 아수라장이 된다.

S#24   동 공사장 일각
            인부들이 모여서 농성을 하고 있다.

인부1   죽은 사람이 몇이고, 다친 사람이 몇인데… 약값은커녕, 쫓아낸다는 것
            이 말이나 됩니까? 죽은 사람의 남은 가족들과 다친 사람들은 보릿고
            개를 어찌 넘긴단 말입니까?

인부2   (선동하며) 옳습니다. 이대로 있으면 안 됩니다. 우리도 언제 죽고 다칠
            지 누가 알겠습니까? 관리들이 우리 말을 무시하니, 대궐로 가서 임금
            님께 고합시다.

인부1   좋은 생각입니다. 맞아 죽으나 굶어 죽으나 죽기는 매한가지니, 억울한
            마음을 임금님께 고해나 봅시다.

            중간중간에 끼어서 인부1, 2와 눈을 맞추며 인부들을 선동하는 인부3,
            4. 이내 흥분해서 찬동하는 인부들.

인부1   당장 대궐로 갑시다.

            인부들 우르르 몰려가는데. 앞을 막아서는 병조판서와 군졸들.

병조판서   이놈들이 미쳤나. 당장 물러서지 못하겠느냐?

인부1   못 물러납니다. 쇤네들의 억울한 심정을 임금님께 고해야겠으니 비켜
            주십시오. 갑시다, 여러분…

            군졸들을 밀고 나가는 인부들. 차마 인부들을 창으로 찌르지 못하고 적
            당히 밀어내려고 애쓰는 군졸들. 인부2가 품속에서 칼을 꺼내 몸싸움
            중에 몰래 군졸을 찌른다. 피를 흘리며 쓰러지는 군졸. 옆에 있던 군졸
            들 인상이 확 변해, 진짜로 인부들을 창대로 후려치기 시작한다. 비명
            을 지르며 물러나는 인부들.

인부2	(사람들 뒤에 숨어서) 아이고, 군졸들이 사람 죽인다! 이놈들이 사람 죽인다!
병조판서	어떤 놈이냐? 아니다. 감히 군졸을 상하게 한 놈들이니 모두 잡아들어라.

도망가려는 인부들을 후려 패며 진압하는 군졸들. 뒤로 빠져 사라지는 인부1, 2.

S#25   몽타주
- 인부들을 고문하는 병조판서.
- 두건을 둘러쓴 가병들이 이곳저곳에 벽서를 붙인다.
- 벽서를 보고 손가락질하며 한마디씩 던지는 사대부와 수군거리는 백성들.
- 좌포청 종사관과 포졸들이 백성들을 쫓아내고 벽서를 뜯어낸다. 지켜보며 미소 짓는 원엽.

S#26   창덕궁 희정당 서실
부복하고 있는 대엽 앞에 떨어지는 벽서 권자본.

대엽	!

옆에 같이 부복하고 있다 놀라서 보는 바우와 김자점.

광해군	(대엽에게) 읽어라.
대엽	!
광해군	읽으라고 하지 않느냐!
대엽	(조심스럽게 벽서를 펼치고) 금상은 암군이자 혼군이다. 금상이 보위에 오르고 한 일이 무엇인가? …백성의 고혈로 궁궐을 짓고, 형제와 조카인 영창대군, 임해군, 능창군을 역모로 꾸며 죽였다… 작금에 이르러서는 명나라의 은혜를 잊고 오랑캐와 손을 잡으니 열성조께서 한탄하실 일

이 아닌가? 심지어 금상은 내인 김씨와 공모하여 선대왕을… (차마 읽지 못하는)

광해군 마저 읽으라.

김개시 (다급히) 전하…!

광해군 읽으라.

대엽 금상은 내인 김씨와 공모하여… 선대왕을… 독살한… 죄인…이다…

김자점 (얼른) 들어서는 안 될 말을 듣고, 입에 담지 못할 말을 입에 담은… 신들의 죄를 벌하여 주시옵소서, 전하.

김자점을 따라 부복하는 김개시, 바우, 대엽.

김개시 당장 이부를 씻을 물을 대령하겠나이다.

광해군 이제 와서 귀를 씻어 무엇 하게? 도성 안 모든 이들의 귀를 잘라내면 모를까. 그리하랴?

김개시 !

광해군 (일어나 대엽에게 다가가는)

대엽 !

광해군 (대엽에게) 누구 짓 같으냐? 이 벽서를 만든 놈 말이다.

대엽 (대답 못 하는) !

광해군 여가 보기엔 니 애비 짓인 거 같은데, 니 생각은 어떠냐?

대엽 !

광해군 지난번에 여가 답을 가져오라 했지. 너의 답은 무엇이냐?

대엽 …

광해군 화인이보다 니 애비를 선택하겠다는 것이냐?

바우 (대엽 보는) !

대엽 명확한 물증도 없이, 심증만으로 범인을 확정하면… 진범을 놓칠 뿐더러… 무고한 희생자…

광해군 무고? (발작하듯 대소하는)

대엽 !

광해군	(대엽에게 바짝 다가가 노려보며) 그럼 니 손으로 물증을 찾아오면 되겠구나. 당장 가서 니 애비가 진범이 아니라는 물증을 가지고 오라!
대엽	!

S#27   동 희정당 앞 복도
굳은 얼굴의 대엽을 따라가는 바우와 김자점. 김자점이 바우를 슬쩍 잡는다.

바우	?
김자점	(가는 대엽 보며) 자네도 이젠 저자를 멀리하는 게 좋을 거 같네.
바우	…
김자점	팔은 안으로 굽는 법이니, 저자도 결국 제 아비와 가문을 선택하지 않겠나.
바우	…

S#28   이이첨의 집 사랑채 사랑방
들창을 열어놓고 원엽과 마주 앉아있는 이이첨.

원엽	하온데 보위에는 누굴 앉힐 생각이십니까? 세자에게 양위시킬 생각이십니까?
이이첨	세자가 왕이 되면 지 애비의 복수를 하려고 들지 않겠느냐?
원엽	하오시면… 누굴…?

대꾸 없이 들창 밖 마당을 쳐다보는 이이첨. 원엽, 보면. 대엽이 마당을 지나간다.

원엽	(후딱 이이첨 보며) 아버지… 그럼?
이이첨	(의미심장한 미소를 짓는)

S#29   동 집 내별당
        이씨, 볕을 쬐며 서있는데.

대엽   찾으셨습니까?

이씨   볕이 좋아 함께 걷고 싶어서 불렀다. 바쁜데 방해한 것은 아니냐?

대엽   아닙니다. 마침 소질도 고모님을 뵙고 차나 한잔할까 생각하던 참이었
        습니다. 가시지요. 모시겠습니다.

S#30   동 집 후원 일각
        다정히 산책하며 걸어오다 꽃을 보고 멈춰 서는 이씨. 대엽도 멈춰 서고.

이씨   꽃들이 봄을 먼저 아는구나. 참으로 신통하지 않느냐?

        대꾸가 없자 돌아보는 이씨. 물끄러미 별당 쪽을 쳐다보고 있는 대엽.

S#31   동 집 별당(대엽의 상상)
        환하게 웃으며, 대엽을 맞이해주는 수경.

S#32   동 집 후원 일각
        가슴이 답답한 듯 작게 한숨을 내쉬는 대엽. 착잡하게 보는 이씨.

대엽   (이씨 시선 의식하고) 고모님…

이씨   그리도 포기가 안 되는 것이냐? 너와 질부는… 이루어질 수도 없고, 이
        루어져서도 안 되는 사이다.

대엽   비록 옹주 자가가 작은 형님과 혼인했다지만, 얼굴 한번 보지 못한 사
        입니다.

이씨   니 작은 형 때문에 그러는 것이 아니다.

대엽   그럼 뭣 때문입니까? 아버지 때문에요? 그것도 아니면 세인들의 입방
        아 때문에요?

이씨	대엽아.
대엽	그냥 옆에서 지켜만 보겠습니다. 평생 지키고, 바라보기만 하겠습니다. 그것도 안 되는 것입니까?
이씨	(안타까운) 왜 그 험한 길을 가려 하느냐. 놓아주거라. 지금은 절대 견디지 못할 거 같아도… 세월을 이기는 것은 없다.
대엽	그리는 못 하겠습니다. 다른 일은 다 고모님 뜻에 따르겠지만… 옹주자가만은 절대 포기할 수 없습니다. 죄송합니다.

가버리는 대엽. 안타까운 얼굴로 바라보는 이씨.

S#33   동 집 사랑채 마당
대엽, 들어서는데. 막아서는 태출.

대엽	무슨 일인가?
태출	손님들이 오셔서, 대감마님께서 일체 출입을 금하셨습니다.
대엽	나도 말인가?
태출	예.
대엽	(사랑방 쪽 보며) 큰형님은?
태출	…
대엽	큰형님은 알아야 되고, 나는 알면 안 되는 일인가 보군.
태출	송구합니다.
대엽	(한숨을 내쉬는)

S#34   이이첨의 집 밖 일각
평민 복장으로 변장을 한 채 담벼락에 숨어 이이첨의 집을 살펴보고 있는 바우와 김자점.

S#35   동 집 사랑방 사랑채
대북파 사람들을 모아놓고 열변을 토하는 이이첨. 사람들의 반응을 몰래 살피고 있는 원엽.

이이첨   무리한 궁궐 축조로 백성들의 원성이 하늘을 찌르고 있소이다. 궁궐 지
          을 땅을 넓히려고, 백성의 집을 강제로 헐고… 공명첩을 남발해 관직을
          팔고… 죄수들은 속죄은을 받고 풀어주기까지 했으니… 일일이 열거
          하기도 벅찰 정도요. (벽서를 쥐고 흔들며) 그러니 이런 벽서가 나도는 거
          아니겠소.

          찬성하는 듯 고개를 주억거리는 대북파 사람들.

이이첨   창덕궁과 창경궁 재건까지는 그렇다 처도, 경덕궁에 자수궁에 인경궁
          까지… 나라의 재정이 말이 아니오.
대사간   맞습니다. 지난 삼 개월 동안 궁궐 축조에 쓰인 정철만 십만 근이 넘는
          다고 들었습니다. 조선 전체가 한 해 동안 쓰는 양이 겨우 만 근인데,
          이게 말이나 됩니까?
형조판서   정철뿐이겠소. 화약의 재료인 염초는 청기와 굽는 데 다 썼고… 군량은
          또 어떻구요. 강화도 비축군량을 반이나 빼서 인부들에게 나눠줬습니
          다. 북방이 불안하면 성곽을 보수하고, 병사를 훈련시켜야지, 죄다 궁
          궐 축조에 끌고 가니.
대사헌   나랏돈이 전부 궁궐 축조로 쓰이니, 호조가 예산을 짤 수가 없답니다.
이이첨   무엇보다 명나라를 배신하고, 오랑캐들과 손을 잡을 테세니 장차 이 나
          라 조선이 어찌 될지… 잠을 이룰 수가 없소이다.

          동의하는 듯 고개를 끄덕이는 대신들. 원엽과 눈을 마주치는 이이첨.

S#36   동 집 앞(밤)
          나오는 대북파 사람들. 원엽이 따라 나와 배웅한다. 골목에서 지켜보
          고 있는 바우와 김자점.

김자점	난 형판을 쫓을 테니, 자넨 대사간을 조사해 보게.
바우	예, 조심하십시오.

S#37　　거리 일각(밤)
조심스럽게 대사간을 쫓아가는 바우. 주위를 살피고는 대장간으로 들어가는 대사간.

S#38　　동 대장간(밤)
들어오는 대사간. 대장장이와 가병들이 예를 표한다.

대사간	물건은 안에 있는가?
가병1	예.

안으로 들어가는 대장장이와 대사간, 가병들.

S#39　　동 대장간 밖(밤)
주변을 둘러보다 봉창을 발견하고 다가가 몰래 안쪽을 들여다보는 바우. 그 시선으로 칼이 가득 든 궤짝을 여는 가병들이 보인다.

대사간	그 물건은?

S#40　　동 대장간 창고(밤)
다른 궤짝을 여는 가병들. 조총이 반쯤 들어있다.

대사간	이것뿐인가?
가병1	예.
대사간	화기도감의 경계가 삼엄해졌다더니… (돌아서려다 봉창의 바우 보고는) 웬 놈이냐!

사라지는 바우. 후다닥 뛰어나가는 가병들.

S#41   동 대장간 앞(밤)
        가병들이 칼을 빼들고 뛰어나온다. 저만치 도망가는 바우. 쫓아가는
        가병들.

S#42   동 근처 일각(밤)
        바우를 놓친 듯 주위를 두리번거리는 가병들.

S#43   동 대장간(밤)
        고개만 내밀어 대장간 안을 살펴보는 바우. 아무도 안 보이자 안으로
        들어온다. 조심스럽게 안쪽으로 가는 바우.

S#44   동 대장간 창고(밤)
        들어서다 흠칫 굳어지는 바우. 피를 흘리며 쓰러져 있는 대장장이. 얼
        른 다가가 코에 손을 가져다 대보지만 죽었다. 고개 들어 창고 안을 살
        펴보는 바우. 조총과 칼이 든 궤짝은 없어지고 텅 빈 창고. 낭패스러운
        듯 굳어지는 바우.

S#45   창경궁 영춘헌 김개시의 방
        심각한 얼굴의 김개시 앞에 앉아있는 바우와 김자점.

김자점   대북이 무슨 짓을 꾸미는 게 틀림없습니다, 마마님.
김개시   …
김자점   주상 전하께 당장 고하시는 게…
김개시   물증은 없다면서요. (바우 보고) 있습니까?
바우   아직 찾지 못했습니다.
김개시   좌상대감 지금 어딨습니까?

S#46   창덕궁 빈청
     이이첨을 노려보는 김개시.

김개시	대북의 회동이 잦다고 들었습니다. 역모라도 꾸미시는 겝니까?
이이첨	(내심 놀랐지만 태연하게) 무슨 그런 큰일 날 소릴 입에 담으시오?
김개시	향 싼 종이에선 향내 나고, 생선 싼 종이에선 비린내가 난다 했습니다. 겉으로는 아니라 해도, 대감의 흉중에 불충을 품고 계시니 내가 그리 느낄 수밖에요.
이이첨	그럴 리가 있겠소. 세자시강원 시절부터 지금까지 오직 충심으로 전하를 받들어 모신 사람이 나요.
김개시	그런 분이, 멀쩡히 살아있는 옹주 자가의 장례를 치른단 말입니까?
이이첨	(멈칫했다) 주상 전하께서 옹주 자가의 일은 묻어두기로 하셨단 말씀은 안 하셨소?
김개시	대감도 약밥 일은 두 번 다시 꺼내지 않기로 저와 약조하지 않았습니까?
이이첨	!
김개시	마음을 바꾸세요. 명분 없는 역모를 누가 따른단 말입니까?
이이첨	이번 벽서 사건을 보니… 민심이 많이 이반되었더구려…
김개시	!
이이첨	만일, 누군가 말이오. 누군가가 역모를 꾸민다고 칩시다. 그럼 어찌 될 거 같소?
김개시	…
이이첨	오랑캐와 가까이하니 사대부들이 그들을 지지할 것이고… 무리한 궁궐 축조로 민심이 이반되었으니, 백성들 또한 그들을 따를 것이오… 그리고 결정적으로 선대왕을 약밥으로 시해…
김개시	그건 모두 대감이 꾸민 일 아닙니까?
이이첨	김상궁도 동의했던 걸로 기억하오만… 그새 잊으셨소?
김개시	나는 그렇다 처도, 주상 전하께서는 모르는 일이셨습니다.
이이첨	그걸 누가 알겠소. 약밥을 올린 건 주상 전하와… 김상궁 아니오?

김개시	그러는 대감께서는, 선대왕께서 명하신 귀양을 떠나지 않고… 선대왕께서 돌아가실 걸… 마치 아는 사람처럼 미적거렸다는 사실을 잊었습니까?
이이첨	아! …그때는 몸이 불편하여 일정을 늦춘 것뿐이었소.
김개시	(이이첨을 노려보다) 대감과 제가 어떤 마음으로, 약밥을 선대왕께 올렸는지 벌써 잊으셨습니까?
이이첨	!
김개시	전란으로 피폐해진 조선을 구할 수 있는 분은 오로지 주상 전하뿐이라 여기고 행한 일이었습니다. 바로 대감과 내가 말이에요… 그런데 이제 와서 마음을 바꾸신 것입니까?
이이첨	마음이 바뀐 건 내가 아니라 주상 전하지요. 그동안 충정을 바친 나를… 이제 와서 토사구팽 하려는 것은 주상 전하가 아니오?
김개시	…
이이첨	아참, 그리고… 그때 그 약밥을 만든 대령숙수가 지금 어디 있는지 궁금하지 않소?
김개시	(놀라) 그자는 죽었… 그자가 죽지 않고 살아있단 말씀입니까? 대감께서 빼돌린 겁니까?
이이첨	그게 궁금하오? 나 같으면 그자가 입을 열면 어찌 될까 그게 더 궁금할 거 같은데 말이오.
김개시	!
이이첨	그리되면, 주상 전하께서 어찌 나올 거라 생각하시오? 내 생각엔 아마… 김상궁에게 모든 죄를 뒤집어씌우고 버리실 거 같은데… 내 생각이 틀렸소?
김개시	!!
이이첨	(은근히) 쓸데없이 내 뒤를 캐는 것보단, 나와 같은 편에 서는 것이 좋지 않겠소?
김개시	원하는 게 무엇입니까? 내가 뭘 하면 대령숙수의 입을 다물게 만들 겁니까?
이이첨	내가 원하는 건…

S#47	동 빈청 앞
	바우, 김자점 기다리고 있는데. 나오는 김개시.

김자점	어찌 되었습니까? 좌의정은 뭐랍니까?
김개시	(바우에게) 따로 할 말이 있으니 따라오세요.
김자점	저는?
김개시	김좌랑은 볼일 보세요.

횡하니 가는 김개시. 김자점에게 고개 숙여 보이고 따라가는 바우.

S#48	창경궁 영춘헌 김개시의 방
	굳어진 얼굴로 김개시의 말을 듣고 있는 바우.

김개시	그대 가문의 신원 복권을 취소하고, 화인옹주를 넘기랍니다. 그리하면 대령숙수의 입을 다물게 하겠답니다.
바우	!
김개시	어찌 생각하세요? 내가 주상 전하를 배신하고, 좌의정과 손을 잡아야 할까요?
바우	…저한테 이런 말씀을 하는 연유가 무엇입니까?
김개시	한 가지 부탁이 있어요.
바우	말씀하십시오.
김개시	대령숙수를 반드시 찾아 죽여주세요.
바우	!
김개시	대령숙수가 살아있으면… 나는 결국 좌의정과 손을 잡을 수밖에 없어요.
바우	…
김개시	살인이 마음에 걸리는 겁니까? 아니면 선대왕 때 일 때문입니까?
바우	…
김개시	하늘에 맹세코, 주상 전하께서는 모르는 일이셨어요. 나와 좌의정이… 젖먹이인 영창대군이나 미치광이 임해군에게 왕위를 넘길 수는 없어

	서 결단을 내린 거뿐이었어요.
바우	…
김개시	고민할 일이 아니에요. 주상 전하께서 선대왕을 살해했다는 누명을 쓰시면, 옹주 자가께도 틀림없이 화가 미칠 거예요.
바우	…알겠습니다.
김개시	만약 대령숙수를 찾게 되면… 죽이기 전에 나와 연관된 물증이 있는지 찾아보고, 있다면 없애주세요.
바우	알겠습니다. 대신… 저도 원하는 것이 있습니다.
김개시	말해보세요. 내가 할 수 있는 일이면 뭐든 들어드리지요.
바우	주상 전하께서 이이첨을 몰아내고 나면, 옹주 자가를 어찌하실 거 같습니까?
김개시	…
바우	솔직하게 말씀해 주십시오. 그럼 저도 마마님을 위해 최선을 다하겠습니다.
김개시	…왕실의 체통이 있지, 옹주를 재가시킬 순 없다고 하셨으니… 아마 정업원을 재건하고… 거기다 모실 겁니다. 〈자막 — 정업원(淨業院): 과부가 된 후궁들이 출가하여 죽은 왕의 명복을 빌던 비구니 사찰〉
바우	(흠칫했다) 제가 옹주 자가와 멀리 떠나는 것도 용납 안 하실 거 같습니까?
김개시	화근을 두고 보실 분은 아니지요.
바우	!

S#49　　바우 본가 안채 마당
　　　　수경 방 앞으로 가는 한씨.

한씨	어멈 방에 있냐?
수경	(얼른 나오며) 예, 어머님…
한씨	(꾸러미 펼쳐 보이며) 이거… 한번 써봐. 요건 백분이고… 요건 입술연지… 그리고 이건 볼연지다.
수경	어머님 쓰세요. 전…

한씨	난 잔뜩 있어. 넌 이런 거 안 발라도 곱기만 하다만… 그래도 시어미 성의니… 한번 발라봐.
수경	감사합니다, 어머님…

퇴청하는 길인 듯, 들어오는 바우.

바우	다녀왔습니다.
한씨	수고했네. 할 얘기가 있으니, 좀 들어와.

수경과 눈인사 나누고 한씨를 따라 안방으로 가는 바우. 한씨가 준 화장품들 보며 미소 머금는 수경.

S#50   동 본가 안방
        한씨 앞에 앉은 바우.

한씨	내가 그동안 이일 저일 하도 정신이 없어서 물어볼 새가 없었는데… 대비마마 말이네.
바우	대비마마요?
한씨	그래. 아범은 임금님을 가까이 뵐 수 있으니… 말씀이라도 한번 드려볼 수 없겠나? 대비마마의 유폐를 풀어달라고…
바우	어머니… 그 문제는…
한씨	우린 신원 복권이 돼서… 편히 살게 됐는데… 대비마마께선 아직도 저리 고생을 하고 계시니… 내가 뭘 해도 가시방석이야.
바우	…
한씨	소문에 듣자하니… 지난겨울에도 땔감이 없어서 문짝과 서책을 다 태우고… 옷감이 없어서 이불을 뜯어 옷을 지어입고… 먹거리마저 부족해 궁궐 마당에 직접 농사까지 짓는다는데… 이게 말이나 되는 일인가?
바우	저도 대충은 들어서 알고 있습니다만…

한씨	알고 있으면 어떻게든 방도를 찾아봐야 할 것 아닌가. 대비마마가 누군
	가? 자네 고모님이 아니신가?
바우	저도 방도를 찾고 있긴 한데… 아직은 섣불리 나설 때가 아니라서… 자
	칫하다간 역효과가 날 수도 있어서요.
한씨	정녕 방도가 없겠나?
바우	지금은… 병사들이 경운궁 안팎을 철통같이 지키고 있으니… 찾아뵙
	고 인사조차 드릴 수가 없는 상황입니다.
한씨	!

S#51   경운궁(서궁)
       대문뿐 아니라 담장 주위까지, 물샐틈없이 지키고 있는 병사들.

S#52   바우 본가 안방
       무거운 얼굴의 바우.

바우	죄송합니다, 어머니.
한씨	아니다. 몸이 편해져서 그런가… 요즘 들어 유독 대비마마가 눈에 밟혀
	서 얘기해본 것뿐이니 너무 마음 쓰지 말게.
바우	제가 직접 나섰다간 문제가 될 수도 있으니… 춘배 형님한테라도 대비
	마마 소식을 다시 한번 알아보라고 하겠습니다.
한씨	아범도 못 하는 걸, 춘배 그 사람이 무슨 수로?
바우	그 형님이 보기보다 재주가 많습니다. 남들 모르는 거 알아내는 데도
	귀신이구요.

S#53   주막 일각(밤)
       놀란 얼굴로 두칠을 보는 춘배.

| 춘배 | 그새 알아냈수? 역시… 대단하시우. 난 빨라도 몇 달은 걸릴 줄 알았는 |
| | 데… |

두칠	나도 그럴 줄 알았는데… 운이 좋았어.
춘배	고맙소, 형님…
두칠	고마우면 국수나 얼른 먹게 해줘.
춘배	그래도 내 생각 해주는 건 형님밖에 없수. 그런 의미에서 부탁 하나만 더 합시다.
두칠	?
춘배	다시 가서, 이 돈 좀 전해주슈.

S#54   바우 본가 안채 마당(밤)
    마당에 서있는 조상궁. 다들 자는 듯, 안방도 수경 방도 불이 다 꺼져 있다.

조상궁	이 화상은 여태 안 들어오고 뭐 한대?

    밖에서 들어오는 춘배. 일순 멈칫했다가 얼른 부엌으로 가는 조상궁. 춘배도 조상궁 보고는 멈칫했다가 갈등으로 망설이고.

S#55   동 본가 부엌(밤)
    조상궁, 망설이며 서성대다가 나가려는데. 들어오는 춘배. 서로가 시선 피한 채 머뭇거리는.

조상궁	(괜히 부엌일 하는 척하며 퉁명스럽게) 내 방에 가봐.
춘배	(흠칫했다가 더 퉁명스럽게) 그 방엔 왜?
조상궁	가보면 알 거 아냐?

    망설이다 품에서 서신 꺼내 부뚜막에 척 내려놓는 춘배.

춘배	봐봐.
조상궁	뭔데?

춘배	보면 알 거 아냐?

나가는 춘배. 왜 저래, 하는 얼굴로 봐주고는 서신을 집어 보는 조상궁. 서신을 꺼내 보다가 흠칫 놀라는 조상궁.

S#56   **동 본가 조상궁의 방(밤)**
방으로 들어오는 춘배. 무심코 방 안을 보다가 놀라는. 한쪽 구석에 조촐하게 차려져 있는 제사상.

S#57   **동 본가 안채 부엌(밤)**
조상궁, 서신을 손에 든 채 감정에 복받쳐 있는데. 머뭇거리며 들어오는 춘배. 서로 어색하게 보다가.

조상궁	(서신 들어 보이며) 우리 식구들 있는 곳은 어찌 찾았어?
춘배	자네 동생이 보낸 서신을 봤으니까 알겠지만… 어머니도 동생네 식구들도 별일 없다니까 이젠 걱정하지 마… 내가 인편으로 돈도 보냈으니까… 앞으론 먹고 살 걱정도 하지 말고…
조상궁	(눈물 쏟는)
춘배	(멈칫 보고는) 좋은 소식인데 왜 눈물부터 빼? 죽었는지 살았는지… 소식만이라도 알면 여한이 없겠다더니…
조상궁	죽은 줄만 알았다… 다 죽은 줄만…
춘배	죽긴 왜 죽어? 사람 목숨이 얼마나 질긴 건데… 그만 울어.
조상궁	(눈물 훔치며) 오늘이 맞지?
춘배	어? 어. 근데 어찌 알았어?
조상궁	탁주 마시고 뺐었던 날 말해줬잖아. 이번 달 보름날이 아버지 기일이라고…
춘배	내가? 그랬나?
조상궁	니 방에 들락거리기가 좀 그래서… 그냥 내 방에다 차렸다.
춘배	언제 저렇게… 전까지 부치고…

조상궁	겨우 명태전 하나 부쳐서 올린 것뿐이다. 자시 다 됐으니 얼른 가서 절부터 하거라.

S#58   동 본가 조상궁의 방(밤)
제사상에 술을 올리는 춘배. 뒤쪽에 서서, 보고 있는 조상궁. 절을 하는 춘배. 마지막 절을 하고는 그대로 엎어지며 눈물을 쏟는 춘배. 눈가를 찍어내다가 조용히 나가는 조상궁.

S#59   동 본가 뒷마당(밤)
적당히 앉아 밤하늘을 올려다보고 있는 조상궁. 술병과 술잔 들고 오는 춘배. 옆에 적당히 앉는 춘배.

조상궁	안 자고 왜 나왔대?

조상궁에게 잔 쥐여주고는 술을 따라주는 춘배. 잠자코 받는 조상궁. 자기 잔에도 따르는 춘배.

춘배	고마워. 난 자식 노릇 같은 거… 죽을 때까지 못 할 줄 알았는데… 덕분에 한 번 했어.
조상궁	나도… 고맙다. 살아계신지, 돌아가셨는지… 평생 소식도 모르고 살다 죽을 줄 알았는데…

술잔 비우는 두 사람.

춘배	(다시 술 따르며) 처음이야. 우리 아버지 제사 지낸 거…
조상궁	돌아가신 지가 언젠데… 그동안 한 번도 못 지냈느냐?
춘배	(끄덕이고) 내가 죽일 놈이지. 난 자식도 아냐.
조상궁	내가 더 죽일 년이지. 제 젖 먹여 키운 옹주 자가도 팔아먹은 년이야, 내가…

| 춘배 | 임자야… 어머니나 동생 식구들 살리려고 그런 거잖아. |

대꾸 않고 술잔 내미는 조상궁. 술 따라주는 춘배. 조상궁, 단숨에 잔을 비우고는 다시 잔을 내미는데. 술은 안 따르고 빤히 쳐다보는 춘배.

조상궁	뭐 해?
춘배	임자… 나랑 살자!
조상궁	!!
춘배	나랑 살자, 어?
조상궁	(피식 웃고는) 너… 나, 감당할 수 있겠냐?
춘배	당연하지. 호강은 못 시켜줘도 평생 받들어 모시고 산다, 내가.
조상궁	나랑 살려면 목숨 걸어야 할 텐데?
춘배	?
조상궁	경국대전에… 방출된 궁녀나 무수리를 얻는 자는 장 백 대에 처한다고 돼있어. 알기나 알아?
춘배	장 백 대? 까짓거… 맞지, 뭐…
조상궁	까짓거? 무식하면 용감하다더니… 장 백 대 맞으면 죽어.
춘배	사람은 다 죽어. 어차피 죽을 거, 몽달귀신이라도 면하고 죽어야지.
조상궁	몽달귀신? 너 지금 농으로 이러는 거였냐?
춘배	내 눈 좀 보고 얘기해. 내가 지금 농으로 이러는 거 같아?

조상궁, 멈칫 보면. 세상 진지한 눈빛으로 조상궁을 보는 춘배. 조상궁, 그 눈빛에 잠시 홀린 듯 마주 보다가. 갑자기 춘배의 얼굴을 잡고 입을 맞추는 조상궁. 기겁해서 버둥거리는 춘배.

춘배	잠깐만! 이건 아니지.
조상궁	뭐가 아니냐?
춘배	마음의 준비도 없이 너무 빠르…

다시 춘배를 잡고 입을 맞추는 조상궁. 충격에 눈을 부릅뜨는 춘배의
얼굴 위에.
(E) 종소리!
사르르 눈을 감는 춘배.

S#60   인서트
바우 본가 전경.

S#61   동 본가 안채 마당
콧노래를 흥얼거리며 마당을 쓸고 있는 춘배.

바우	(나오다 보고) 돼지꿈이라도 꿨어? 왜 이렇게 기분이 좋아?
춘배	(달려가) 바우야! 바우야!
바우	왜 이래? 아침부터 불안하게…
춘배	이이첨 그 망할 대감 놈, 꼭 박살 내자. 알았지?
바우	뜬금없이 뭔 소리야?
춘배	뜬금없다니… 그 망할 놈이 없어져야 옹주 자가도 우리 조상궁도 걱정 없이 마음 편히 살 거 아냐. 안 그래?
바우	그야 그렇지만…
춘배	내가 뭘 도와줄까? 말만 해. 뭐부터 할까?
조상궁	(E, 선행) 대령숙수?

S#62   동 본가 부엌
조상궁 입만 쳐다보고 있는 바우와 춘배.

조상궁	이름이 뭐였더라… 김씨는 분명한데… (생각이 날 듯 말 듯) 김… 이…? 김 익…?
춘배	잘 좀 생각해 봐!
조상궁	(흠칫했다) 너 때문에 까먹었잖아!

바우	(실망스러운) 생각이 나면 알려주시오.
조상궁	갑자기 대령숙수는 왜?
춘배	좌의정 때려잡는 일이니까 무조건 생각해 내. 알았지?
조상궁	아마 옹주 자가께서 아실걸? 그 사람이 해준 포계를 좋아하셨거든.
바우	지금 어딨소?

S#63   바우 본가 차돌의 방(밤)
            소학을 펼쳐놓고 공부 중인 수경과 차돌.

수경	부생아신하시고, 모국아신이로다.
차돌	아버지 날 낳으시고, 어머니 날 기르셨도다.
수경	복이회아하시고, 유이포아로다.
차돌	배로 날 품으시고, 젖으로 날 먹이셨도다.

S#64   동 본가 안채 마당(밤)
            차돌 방 앞 툇마루에 걸터앉아 있는 한씨.

수경	(E) 이의온아하시고, 이식포아로다.
차돌	(E) 옷으로 날 따뜻하게 하시고, 밥으로 나를 배부르게 하셨다.

            나오다 한씨 보고 멈칫 서는 바우. 흐뭇한 얼굴로 듣고 있는 한씨.

수경	(E) 은고여천하시고, 덕후사지하시니.
차돌	(E) 은혜는 높기가 하늘과 같으시고, 덕은 두텁기가 땅과 같으시니.
바우	(망설이는데)
춘배	(뒤에 와서) 저렇게 좋아하시는데… 좀 있다 물어봐야겠다.
바우	…
수경	(E) 위인자자가 갈불위효리오.
차돌	(E) 사람의 자식된 자가, 어찌 효도를 하지 않으리오.

차돌의 목소리에 맞춰, 혼자말로 "옳지, 잘한다" 하며 무릎을 탁탁 치는 한씨.

S#65   이이첨의 집 사랑채 마당
        대사간, 대사헌, 형조판서 등 대북파 사람들을 맞는 원엽과 태출.

원엽   안으로 드시지요.

대북파 사람들이 대청에 오르자,

원엽   (태출에게) 아무도 가까이 오지 못하게 하거라. 특히 대엽이… 알겠느냐?

S#66   동 사랑채 사랑방
        대사간, 대사헌, 형조판서, 병조참판, 좌승지 등을 지그시 보는 이이첨.

이이첨   나와 뜻을 함께하겠소들?
대사간   당연한 말씀을 하십니다. 제가 언제 대감이 하는 일에 빠진 적이 있습니까?
이이첨   고맙소.
형조판서   저 또한 마찬가집니다. 안 불러주셨으면 서운했을 겁니다.

병조참판과 좌승지도 고개를 끄덕이고.

이이첨   (대사헌을 노려보며) 대사헌은 빠지실 요량이오?
일동   (대사헌을 노려본다)
대사헌   (난처한 듯 웃으며) 그럴 리가 있겠습니까. 나 혼자 살겠다고 여러분들을 배신할 수야 없지요.
이이첨   (웃으며) 역시 대사헌이오. 고맙소.

대사헌	헌데, 내암 대감께도 의견을 여쭤보는 게 좋지 않겠습니까?
이이첨	그건 내가 알아서 하리다.
대사간	걱정도 팔자요. 내암 대감이야 우리 좌상 대감께 정치적으로는 스승이요, 사사로이는 곧 사돈이 될 사이가 아닙니까. 당연히 좌상 대감을 지지하시겠지요.

고개를 끄덕여 긍정하는 대북파 신료들.

이이첨	내 반드시 반정을 성공시켜, 여러분들과 그 공을 함께 나눌 것이니 믿어도 좋소.
대사간	여부가 있겠습니까?

모두 함께 웃는데.

이이첨	(원엽에게) 가져오너라.

사람들 중앙에 한지를 펴는 원엽. 한지 중앙에 '反正(반정)'이라고 써있고. 이이첨과 이원엽의 이름이 써있다. 일동 놀란 얼굴로 이이첨 보면.

이이첨	연판장이오. 배신자가 나올 수 없게 우리의 각오를 다지기 위함이니 각자 수결하시오.

서로 눈치를 보는 사람들. 슬쩍 대사간 보고 눈짓하는 이이첨.

대사간	어차피 뜻을 세웠는데 망설일 게 뭐 있습니까? 나부터 쓰지요. 붓을 주십시오.

이이첨의 이름 옆에 '尹認(윤인)'이라고 쓰는 대사간. 옆에 있다 붓을 받아 '韓纘男(한찬남)'이라고 쓰는 형조판서. 반정 글자를 중심으로 둥글

게 이름을 쓰는 사람들.

- 누가 주모자인지 알 수 없게 이름을 둥글게 쓴다.

이이첨 암군인 금상을 폐위시켜, 종묘와 사직을 우리 손으로 바로 세웁시다.
열성조들께서 우리를 굽어살피실 것이오.

S#67 동 사랑채 마당
주변을 감시하며 지키고 서있는 태출.

S#68 동 사랑채 뒷마루
뒷마루 구석진 곳에서 엿듣다, 조용히 물러나는 대엽.

S#69 바우 본가 사랑채 마당
들어오는 대엽. 오다가 보고 화들짝 놀라는 조상궁.

조상궁 (얼른 주위 둘러보고는) 어찌 또 오셨습니까? 누가 보기 전에 얼른 나가십
시오.

대엽 오늘은 이 집 주인을 보러 온 것이니, 걱정 마시게.

조상궁 서방님요?

대엽 (서방님 소리에 굳어지는) !

조상궁 (아차 싶은) 사람들 눈이 있어서…

대엽 (애써 담담하게) 사랑채에 있는가?

S#70 동 본가 사랑방
들어서는 대엽을 보는 바우.

바우 기별도 없이 무슨 일이냐?

대엽 앉으라는 소리도 안 하느냐?

바우 (턱짓하고) 우리가 화기애애한 사이는 아니지 않나?

대엽	(앉는) 우리 아버지 일은 내가 해결하겠다.
바우	어떻게?
대엽	내가 알아서 할 테니… 몰라도 된다.
바우	말도 안 해줄 거면서 뭐 하러 왔어?
대엽	니놈이 쓸데없이 날뛰는 바람에 일을 망칠까 싶어서…
바우	주상 전하께도 비밀로 할 거냐?
대엽	…솔직히 말해서, 주상 전하를 믿지 못하겠다. 우리 아버지가 물러나도… 약조를 지킬 거란 생각이 들지 않는다.
바우	(보는)
대엽	(보는)
바우	(씁쓸한 미소 머금으며) 나도 마찬가지야.
대엽	…니가 어찌 생각할지 모르겠으나, 어찌 되었건 내 아버지시다. 너도 마찬가지겠지만… 내겐 아버지와 식솔들, 그리고 가문을 지킬 책무가 있다. 그러니, 이번 일은 막되… 아버지를 물러나게 만들진 않을 것이다.
바우	…
대엽	이해해 달라고 하진 않겠다. 허나 내겐 이게 최선이다.
바우	…나도 나지만 너도 참 인생 뭣 같이 꼬였구나.
대엽	헛소리하지 말고 대답이나 하거라.
바우	…이번이 마지막이다. 이걸로 너한테 진 빚은 다 갚은 거야… 두 번 다시 그냥 넘어가지 않을 테니 그리 알아.
대엽	알았다.

S#71 동 본가 대문 안쪽
조상궁, 대엽에게 인사하고 돌아서려는데. 머뭇거리는 대엽.

조상궁	어서 가시지요. 이 댁 마님께서 보시면 좋지 않습니다.
대엽	형수님은…
조상궁	잘 계시니 어서 가시지요.

밀어내듯 내보내고는 돌아서다 화들짝 놀라는 조상궁. 저만치 서서 보고 있는 춘배.

조상궁　　(화들짝 놀라, 황급히) 아니다. 자가를 뵈러 온 게 아니라… 서방님 뵈러 오신 게야. 가서 여쭤… (일순 정신 차리고) 내가 왜 이걸 저 인간한테 변명하고 있는 거야.

춘배　　　알았어. 수고~ (입술을 쭉 내밀고는 가는)

조상궁　　(뭔가 억울하고 분한) 아우씨! 내가 미쳤지. 마실 줄도 모르는 술은 왜 마셔가지고…

S#72　　　동 본가 앞
　　　　　멍하니 서서 집 쪽을 바라보다 떨어지지 않는 발걸음을 돌려서 가는 대엽.

S#73　　　이이첨의 집 안채 마당(밤)
　　　　　안방 앞으로 오는 대엽. 안방 앞 댓돌을 쳐다본다. 남자와 여자, 두 개의 신발이 나란히 놓여있고. 대엽이 안방을 쳐다보면. 두 개의 그림자가 비친다.

대엽　　　어머니, 소자 대엽이옵니다.

이이첨　　(E) 무슨 일이냐?

대엽　　　저녁 문안 인사 올리려구요.

이이첨　　(E) 되었다. 물러가거라.

대엽　　　예, 편히 주무십시오. 아버지, 어머니.

　　　　　아무 대꾸가 없고. 고개 숙여 보이고 물러나는 대엽.

S#74　　　동 집 사랑채 마당(밤)
　　　　　주위를 살피고는 사랑방으로 가는 대엽.

S#75   동 집 사랑방(밤)
           들어오는 대엽. 연판장을 찾으려 급하게 방 안을 뒤지기 시작한다. 초
           조한 얼굴로 뒤지다, 깊숙한 곳에서 연판장으로 보이는 봉투를 찾아내
           는 대엽. 봉투에서 종이를 꺼내 펼쳐본다. 연판장이다. 얼른 접어서 봉
           투 속에 집어넣고 일어나는데.

원엽   (문 벌컥 열며) 네 이놈!
대엽   (기겁해서 돌아보는)
원엽   내 이럴 줄 알았지. 네놈이 결국 본심을 드러내는…
대엽   (원엽을 확 밀치고 뛰쳐나가는)

S#76   동 사랑채 마당(밤)
           급히 나오다 흠칫 굳어지는 대엽. 마당에 이이첨과 태출이 딱 서있다.

원엽   (쫓아 나오며) 아버지, 이놈 손에 뭐가 들려있나 보십시오.

           대엽의 손에 들려있는 연판장 봉투를 쓱 보고는, 다시 대엽을 보는 이
           이첨. 차마 마주 보지 못하고 시선 떨구는 대엽.

원엽   절대 그냥 두면 안 됩니다. 매번 그냥 넘어가 주니… 이놈이 이제는 우
           리 가문을 멸문시킬 작정입니다.
이이첨   …
원엽   대의멸친이라 하지 않았습니까? 스스로 가문을 배신하였으니, 죽어 마
           땅합니다. 죽여야 합니다.
대엽   !

           태출에게 손을 내미는 이이첨. 이이첨의 손에 칼을 건네주는 태출. 칼을
           뽑아들고 대엽에게 다가가는 이이첨. 모든 것을 체념한 듯 허공을 바라
           보는 대엽. 대엽 앞에 다가와 천천히 칼을 받들며 무릎 꿇는 이이첨.

원엽	(당황) 아버지!
대엽	(당황하며 보는데)
이이첨	왕자 아기씨, 이제야 진실을 고하는 이 못난 신하의 불충을 용서하시옵소서.
대엽	!?
이이첨	아기씨께서는 이 나라 조선의 유일한 적통이시옵니다.
대엽	?
이이첨	아기씨께서는 신의 아들이 아니오라, 선대왕의 장자인 임해군 대감의 아드님이시옵니다.

믿을 수 없는 듯 경악으로 굳어지는 대엽에서.

제18회

S#1	이이첨의 집 사랑채 마당 (밤)
	대엽 앞에 다가와 천천히 칼을 받들며 무릎 꿇는 이이첨.

원엽	(당황) 아버지!
대엽	(당황하며 보는데)
이이첨	왕자 아기씨, 이제야 진실을 고하는 이 못난 신하의 불충을 용서하시옵소서.
대엽	!?
이이첨	아기씨께서는 이 나라 조선의 유일한 적통이시옵니다.
대엽	?
이이첨	아기씨께서는 신의 아들이 아니오라, 선대왕의 장자인 임해군 대감의 아드님이시옵니다.
대엽	(믿을 수 없는 듯 경악으로 굳어지는)
이이첨	받아들이기 힘드시겠지만, 한 치의 거짓도 없는 사실이옵니다.
대엽	(간신히 정신을 차리고) 아버지… 소자는…
이이첨	신은 아기씨의 아비가 아니옵니다. 아기씨의 아버님은 임해군 대감이시옵니다. 잔악무도한 금상에게 억울하게 죽음을 당하신… 임해군 대감의 유일한 후손이 바로 아기씨이옵니다.
대엽	(혼란스러운 듯 보다) 그럼 제 어미는 누구입니까?

S#2	동 집 내별당 이씨의 방 (밤)
	해인당 이씨, 서책을 보고 있는데. 문 벌컥 열고 들어서는 대엽. 대엽의 무서운 얼굴에 가슴이 덜컹 내려앉는 이씨.

대엽	어찌 그리 잔인하십니까? 어찌 그리 독하십니까?

결국 올 것이 왔구나,라는 생각에 눈을 질끈 감는 이씨.

대엽	이리도 모진 분인 줄은 몰랐습니다. 이 집에서 유일하게 절 이해해 주

고, 따뜻하게 품어주던 분이… 자식을 속이고 세상을 기만하고… 그러고도 아무 일 없었던 것처럼 절 보며 웃을 수 있는… 그런 무서운 분인 줄은 꿈에도 몰랐습니다.

입술을 깨물며 참아보지만, 파르르 떨리는 이씨의 눈가.

S#3 동 내별당 이씨의 방(밤)
원망 가득한 눈빛으로 이씨를 바라보는 대엽. 죄인처럼 그 시선조차 바로 마주하지 못하는 이씨.

대엽	저한테만은 말씀해 주셨어야 합니다. 자식에게 이런 지옥을 안겨주는 어미는 세상에 없습니다. 어찌 이럴 수가 있단 말입니까?
이씨	…
대엽	언제까지 속일 작정이셨습니까? 아버지… 아니, 이젠 외숙이라 해야 합니까? 외숙이 말을 안 했다면… 죽을 때까지 숨길 작정이셨습니까?
이씨	…
대엽	한집에서 조석으로 얼굴을 마주하면서도 정녕 아무렇지도 않으셨습니까? 아들이라 불러보고 싶지도 않으셨습니까? 내가 네 어미라고… (눈물을 보이고 마는)
이씨	(대엽의 눈물에 무너지며) 네 아버님이 돌아가셨던 날… 나도 죽으려고 목을 맸었다.
대엽	!
이씨	그날 이후론 니 외숙이 붙여놓은 이들이 한시도 날 떠나지 않고 지켰고… 난 다시는 죽을 엄두조차 낼 수가 없었다.
대엽	…
이씨	그렇게 난 살아남았고… 네가 누구의 핏줄인지 알려지는 순간, 너도 네 아버지처럼 죽게 될 것을 알았기에… 난 스스로 입을 닫아버렸다.
대엽	…
이씨	그 후로 난 숨쉬고 있는 모든 순간들이 지옥이었다. 하루에도 수십 번,

수백 번 후회하고 또 후회하면서… 하늘을 원망하고 먼저 가신 네 아버지를 원망했었다.

대엽   …

이씨   허나… 그 당시엔 너와 떨어지지 않고 너에게 젖을 물릴 수 있는 것만으로도 행복했던 게 사실이다.

대엽   …

이씨   그리고… 단 한 번도 아들이라 부르지도… 네 어미라고 나서지도 못한 세월이었지만… 그래도 널 볼 수 있다는 게… 너와 한집에서 살 수 있다는 게… 감사했던 것도 사실이다.

대엽   무슨 말씀을 하셔도… 지난 세월 동안 저를 감쪽같이 속였다는 사실은 변하지 않습니다.

이씨   …

대엽   그러니… 미안하다… 용서해라… 그런 말씀은 마십시오. 죽을 때까지 용서 못 합니다. 아니, 죽어도 용서하지 않을 겁니다.

벌떡 일어나 나가버리는 대엽. 참고 또 참아온 한과 설움이 한꺼번에 터져버린 듯, 통한의 눈물을 쏟으며 오열하는 이씨.

S#4   동 집 사랑채 마당(밤)
           대엽, 축 처져서 오는데. 기다리고 서있는 이이첨.

이이첨   안으로 드시지요.

대엽   혼자 있고 싶습니다.

이이첨   알겠사옵니다. 그럼 신은 이만…

방으로 가는 대엽. 그런 대엽을 의미심장하게 보는 이이첨.

S#5   동 사랑채 대엽의 방(밤)
           혼이라도 나간 사람마냥 멍하니 앉아있는 대엽. 그런 대엽의 얼굴 위에.

이이첨	(E) 잔악무도한 금상에게 억울하게 죽음을 당하신… 임해군 대감의 유일한 후손이 바로 아기씨이옵니다.
광해군	(E) 너는 화인을 포기한 것이냐? 아니면, 화인보다 니 애비가 더 중한 것이냐?
대엽	(혼란스러운 듯 두 눈을 감아버리는)

S#6   동 집 내별당 이씨의 방(밤)
          서탁 위의 자개함을 젖은 눈으로 쳐다보고 있는 이씨.

이씨	(자개함을 쓰다듬으며, E) 부디 혼이라도 남아계시다면, 우리 대엽이를 굽어살펴 주세요.

S#7   동 집 사랑채 대엽의 방(새벽)
          밤을 꼬박 샌 듯 초췌한 얼굴로 앉아있는 대엽.
          (E) 이이첨의 헛기침 소리.

이이첨	(E) 기침하셨으면 잠시 들어가겠사옵니다, 아기씨.

          대엽, 일어서는데 들어오는 이이첨. 고개 숙여 보이는 대엽.

이이첨	앉으시지요.
대엽	예전처럼 대해주십시오.
이이첨	그럴 수는 없사옵니다. 장차 보위에 오르실 아기씨를 어찌 예전처럼 대할 수 있겠사옵니까.
대엽	저는, 왕이 되고 싶은 마음이 추호도 없습니다.
이이첨	원하든 원하지 않든, 용상은 원래 아기씨 자리이옵니다.
대엽	!
이이첨	만일 금상이 선대왕을 시해하지만 않았다면 다음 대 보위는 당연히 장자인 임해군 대감께서 물려받았을 것이옵니다.

대엽	선대왕의 뜻은 영창대군에게 있었다 들었습니다.
이이첨	서인들이 그리 주장을 했지만, 영창대군은 젖먹이에 지나지 않았고, 명 나라 또한 장자인 임해군 대감이 왕이 되길 원하였사옵니다.
대엽	!
이이첨	그래서, 금상이 임해군 대감 또한 역모로 몰아 죽인 것이옵니다.
대엽	좋습니다. 다 좋은데… 이제 와서 제가 임해군 대감의 아들이라 한들 누가 믿어주겠습니까?
이이첨	아기씨께서 임해군 대감의 아드님이란 사실을 증명할 방도가 있사옵 니다.
대엽	?
이이첨	임해군 대감의 군부인께서 아직 생존해 계시옵니다. 그분께서 아기씨 를 증명해 줄 것이옵니다.
대엽	그분은 저에 대해 알고 계신 겁니까?
이이첨	모르옵니다.
대엽	헌데 어찌…
이이첨	사가에 쫓겨나 외로이 살고 있는 불쌍한 여인네를 왕실의 최고 어른인 대비로 만들어주겠다는데 거절할 리가 있겠사옵니까?
대엽	!
이이첨	신이 기필코 금상을 몰아내고, 빼앗긴 보위를 찾아 아기씨께 돌려드리 겠사옵니다.
대엽	필요 없습니다. 왕이 될 마음 따윈 추호도 없다 말씀드리지 않았습니 까? 제발 절 그냥 내버려 두십시오!
이이첨	(잠시 보다) 아직 혼란스러운 듯하시니, 차후에 다시 진언 드리겠사옵 니다.
대엽	…
이이첨	(나가려다 돌아서서) 아기씨… 아기씨께서 보위에 올라 왕이 되시면… 화 인옹주를 가지셔도 됩니다.
대엽	!!
이이첨	제왕무치라 하지 않사옵니까! 〈자막 ─ 제왕무치(帝王無恥): 왕은 부끄

러움이 없다〉

대엽   !

이이첨   깊이 궁구하시기를…

나가는 이이첨. 답답한 듯 깊게 한숨을 내쉬다 방 한쪽에 놓인 칼에 시선이 가는 대엽.

S#8   동 집 후원 일각
미친 듯이 칼을 휘두르고 있는 대엽. 평소 무술 연마를 하던 모습이 아니다. 광기 서린 눈빛으로 괴성을 지르며 칼을 휘두른다.

S#9   동 집 내별당 이씨의 방
젖은 얼굴로 멍하니 앉아있는 이씨. 정신을 차리려는 듯 심호흡을 해 보는.

S#10   동 집 후원 일각
나무를 부여잡은 채 거칠게 숨을 몰아쉬는 대엽. 감정을 가라앉혀 보려 애쓰는데. 저만치서 바라보다 다가오는 이씨.

대엽   (멈칫 보고는 등을 돌린 채) 가십시오. 저는 더 할 말이 없습니다. 듣고 싶은 말도 없습니다.

이씨   대엽아…

대엽   미안하다, 용서해라, 그런 말은 필요 없다 하지 않았습니까.

이씨   내가 무슨 염치로 네게 용서를 빌어… 다만 니 외숙이 어쩔 생각으로 네게 생부에 대해 알려줬는지… 그게 걱정되는구나.

대엽   …

이씨   지금껏 지켜온 비밀을… 왜 이제 와서 갑자기 당신 입으로 털어놓았는지…

대엽   절 보위에 올려주겠답니다.

이씨	(충격으로) 지금 보위라 했느냐?
대엽	뭘 그리 놀라십니까? 원래 보위에 오르서야 했던 분은 임해군 대감이 신데… 제가 그분의 유일한 자식이니… 당연한 일 아닙니까?
이씨	안 된다, 대엽아… 오라버니는 당신의 야욕을 채우기 위해 널 도구로 이용하려는 것뿐이다.
대엽	상관없습니다. 저 역시 제 목적을 위해 외숙을 이용하려는 것뿐이니 까요.
이씨	어찌 이러는 것이냐. 나에 대한 원망 때문에 정신을 놓아버린 것이냐? 아님 날 괴롭히려고 부러 이러는 것이냐.
대엽	끝까지 옹주 자가만은 안 된다고 말리셨지요?
이씨	(멈칫했다가) 갑자기 옹주 얘기는 왜… 내가 왜 그랬는지 너도 이젠 알 것 아니냐?
대엽	예. 옹주 자가와는 친사촌지간이니 결코 맺어질 수도 없고, 맺어져서도 안 된다고 생각하는 게 당연합니다. 허나… 그 생각이 틀렸다는 걸 제가 보여드리겠습니다.
이씨	(가슴이 내려앉는) 너 설마…?
대엽	제왕무치라고… 왕은 부끄러움이 없다 하니… 사촌을 후궁으로 들인다 한들 누가 뭐라 하겠습니까.
이씨	(새파래지며) 어찌 그런 말도 안 되는… 니 외숙이 그러더냐?
대엽	두고 보십시오. 반드시 보위에 오를 것입니다. 보위에 올라서… 옹주를 내 사람으로 만들어 평생 곁에 둘 것입니다.
이씨	(부들부들 떨리는) !
대엽	어머니도 곧 대비 자리에 앉게 되실 겁니다. 제가 그리 만들어드리겠습니다.
이씨	내가 대비 자리를 원할 것 같으냐? 내 목에 칼이 들어온다 해도… 그럴 일은 결코 없을 것이다.
대엽	세상일이라는 게 원한다고 되는 것은 아니지 않습니까? 제가 어머니 아들로 태어나길 원해서 태어났겠습니까?

대엽의 뺨을 세게 올려붙이는 이씨. 멈칫 보는 대엽.

이씨   내가 아니라… 네 아버지께서 때리는 매다.
대엽   !
이씨   날 죽도록 원망해도 좋고 죽을 때까지 용서치 않아도 상관없다. 허나…
     네 아버지 이름까지 욕되게 하진 마라.
대엽   어차피 역모로 돌아가신 분 아닙니까!
이씨   (벌컥) 뭘 안다고 함부로 말하느냐. 네 아버지께서 어떻게 돌아가셨는
     데… 누구 때문에 그리 억울하게 돌아가셨는데… (하다가 아차 싶은 듯 입
     을 다무는)
대엽   무슨 뜻입니까? 아직도 제가 모르는 사실이 있는 겁니까…
이씨   …아니다. 니 아버지 얘기에 내가 잠시 이성을 잃고 실언을 한 것뿐이
     니… 개의치 마라.
대엽   (뭔가 석연치 않은 듯 보는)
이씨   니 외숙의 말을 절대 믿어서는 아니 된다. 제발 자중하고 다시 생각해
     보거라.

안타깝게 보다 돌아서 가는 이씨. 그런 이씨를 아프게 바라보는 대엽.

이씨   (E) 대엽이는 건드리지 않겠다, 약조하지 않으셨습니까?

S#11   동 집 사랑채 사랑방
      이이첨을 노려보는 이씨.

이이첨 어차피… 언젠가는 대엽이도 알아야 할 일 아니더냐?
이씨   오라버니!
이이첨 내가 거짓을 말한 것도 아니고… 사실을 사실대로 알려준 것뿐인데…
     어찌 이리 언성을 높여?
이씨   보위에 올려주겠다는 것이 어찌 사실을 사실대로 알려준 것이란 말입

니까? 오라버니 마음대로 조종할 수 있는 왕이 필요해서 하신 말씀 아닙니까?

이이첨   대엽이는 왕위를 이을 수 있는 유일한 적통이다. 내가 필요하든 필요치 않든… 보위에 오를 운명을 타고난 아이야.

이씨   그래서요… 보위에 올려놓고 오라버니 생각대로 움직여주지 않으면 또 죽이시게요?

이이첨   말을 삼가거라!

이씨   대엽이를 그냥 놔두십시오. 보위니 뭐니 하는 말씀도 다시는 입에 담지 마셔야 합니다.

이이첨   이젠 이 오라비한테 명령도 하겠다는 것이냐?

이씨   한 번만 더 대엽이를 이용하려 들면… 그땐 오라버니가 숨겨두신 마지막 비밀을 그 아이도 알게 될 것입니다.

이이첨   마지막 비밀? 네가 그 아일 낳은 어미이고, 임해군이 아비라는 것 말고 비밀이 또 있었더냐? 나는 무슨 소릴 하는 건지 모르겠구나.

이씨   그 아이의 아비를 죽인 사람이 누군지 잊으셨습니까?

이이첨   !!

이씨   제가 알려드릴까요? 강화도에 귀양 가있는 임해군 대감에게 자객을 보내 죽인 게 오라버니 아닙니까!

이이첨   지금 날 겁박하는 것이냐?

이씨   예, 겁박하는 겁니다. 제 자식을 지키기 위해서라면… 어미가 무슨 짓인들 못 하겠습니까?

이이첨   !

이이첨을 똑바로 쳐다봐 주고는 일어나 나가는 이씨. 신음성을 내뱉는 이이첨.

S#12   동 집 사랑채 대엽의 방
          한지 뭉치를 앞에 놓고 무거운 얼굴로 앉아있는 대엽. 천천히 한지를 펼쳐본다.

- 10회 S#61에 나온 수경이 그린 그림들이다.

영원히 눈에 담아두려는 듯, 한 장 한 장 보는 대엽. 눈가가 뜨거워져 오는 대엽의 얼굴에서.

S#13   창덕궁 후원 정자(회상)

- 5회 S#5의, 장난스럽게 붓칠을 하다 일순 대엽의 시선 의식하는 수경.

수경   (당황) 어찌 그리 보느냐?

대엽   (계속 보는) 꼼짝 말라 하지 않으셨습니까?

수경   (당황) 무, 무엄하구나.

S#14   창덕궁 정자(밤, 회상)

- 8회 S#73의,

수경   날 연모한다는 말은 다 거짓이었느냐? 어서, 나와 함께 가겠다고 대답하거라. 어서!

대엽   …

수경   (울음 터지며) 아바마마께서 우리 혼인을 반대하시면 나와 같이 도망치겠다고 달을 보며 약조하지 않았느냐? 진정으로 날 위한다면 나와 한 약조를 지키란 말이다.

S#15   이이첨의 집 행랑채 일각(회상)

- 1회 S#19의,

수경   오늘따라 기분이 좋아 보이셔요.

대엽   그래 보입니까?

수경   예.

대엽   오늘 기방에서 마음이 가는 벗을 사귀어서 그런가 봅니다.

수경   좋은 분을 만나셨나 봅니다.

S#16	초막집 방(회상)

- 5회 S#34의, 고열에 시달리는 듯 땀을 흘리며 앓고 있는 대엽. 그 옆에 앉아 물수건으로 땀을 닦아주고 있는 수경.

S#17	바우의 집 근처 일각(밤, 회상)

- 8회 S#74의,

수경   비록 도련님과 제가 혼인한 것은 아니나, 도련님께서 지난 인연에 집착하시니… 이 수세로 인연을 끊고자 합니다. 〈자막 — 수세(休書): 이혼할 때 주는 증서〉

대엽   !

수경   오늘부로 저는 더 이상 화인옹주도 아니고, 이씨 문중의 며느리도 아닌 한 사람의 아녀자로 살아갈 것이니, 저를 잊어주십시오. 먼저 가보겠습니다.

S#18	이이첨의 집 후원(밤)

불길 속에서 타들어 가는 그림들. 사라져버린 수경의 그림들처럼, 자신의 안에 있던 수경을 지우기로 마음을 굳힌 듯. 재가 되어 날리는 그림들을 무표정하게 바라보다 돌아서는 대엽.

S#19	창덕궁 금호문 앞

바우, 퇴청하는 길인 듯 나오는데. 기다리고 있다가 그 앞을 가로막는 대엽.

바우   뭐냐? 날 기다리고 있었던 거냐?

대엽   은밀히 할 얘기가 있다. 따라오너라.

S#20	애월루 일실

자작하고 있는 대엽. 그런 대엽을 보는 바우.

바우	또 뜸 들인다. 실패한 거지?
대엽	(흠칫 보는)
바우	뭘 그러고 봐? 막는 데 실패한 거잖아. 니 아버지 역모.
대엽	그래, 실패했다.
바우	염병! (답답한 듯 대엽 잔을 가져와 마셔버리는)
대엽	…미안하다.
바우	미안하긴 뭐가 미안해. 너나 나나 같은 마음인데. 너도 나만큼 속 탈 거 아냐. 옹주 땜에.
대엽	…아무런 대책도 없는 것이냐?
바우	큰소리 땅땅 치길래, 너만 믿었지.
대엽	…
바우	멍청한 새끼.
대엽	(보는) !
바우	나한테 한 소리다. 내가 신원 복권되고, 일이 좀 풀리니까 간땡이가 배 밖으로 나왔었나 보다.
대엽	?
바우	(자조적으로 웃고는) 내가 말이다. 엄청 야무진 꿈을 꿨어… 한번 들어볼 래?
대엽	말해보거라.
바우	하루는 꿈을 꿨는데, 너랑 나랑 벗님네이자 처남 매제 지간이었다.
대엽	!
바우	말도 안 되지? 근데 꿈속에선 좋더라.
대엽	…
바우	내가 너희 집에 찾아가면, 벼슬에서 물러난 니 아버지가 어죽을 끓여주 고… 너랑 기방에 갔다가 잠행 나온 주상 전하랑 투전판에서 주먹질하 다가 깼지.
대엽	…
바우	염병. 완전 개꿈이지, 개꿈이야.
대엽	어쩌면 개꿈이 아닐지도 모르지.

바우	뭔 소리야? 너랑 나랑 벗을 맺는다고? 니 아버지가 나만 보면 죽이려 드는데? …미쳤냐?
대엽	…다음 생에선 벗을 맺을지도 모른다는 말이었다.
바우	유학을 공부한다는 놈이 윤회전생을 말하는 것이냐? 웃기는 놈.
대엽	현생은 내게 무간지옥과 같다.
바우	아비 잘 만난 놈이 별소리를 다 한다.
대엽	(쓸쓸하게 웃고는, 술을 따르며) 그렇지, 아비를 잘 만났지. 참으로 대단하신 아버지지.
바우	?
대엽	(술잔을 단숨에 비우고는) 아마 제일 먼저 신원 복권이 취소될 거다. 그다음엔 옹주 자가를 노리겠지. 그전에 도망쳐라.
바우	!
대엽	아무도 찾지 못하는 곳… 아니, 아예 이 나라 조선을 떠나거라. 조선에 있으면 내 아버지나 주상 전하에게 이용만 당할 뿐이다.
바우	조선을 떠나면… 너도, 두 번 다시 옹주를 못 볼 텐데?
대엽	그 사람이 행복해질 수만 있다면 상관없다.
바우	!
대엽	넌 모르겠지만, 어릴 적 그 사람은 세상 누구보다 씩씩하고 밝고 당찬 사람이었다.
바우	너만 알아서 좋겠다.
대엽	빈정거리지 마라. 나는 니놈이 부러워 미칠 거 같으니까.
바우	!
대엽	할 수만 있다면… 그럴 수만 있다면… 너와 몸이라도 바꾸고 싶은 심정이다.
바우	뭐야? 왜 이래? 너 무슨 일 있구나?
대엽	…
바우	왜? 니 아버지가 넌 내 아들 아니라고 선언이라도 했냐?
대엽	(흠칫 보는) !!
바우	왜?

대엽	아니다.
바우	정말 옹주를 포기하는 것이냐?
대엽	그래. 이제 내게 그 사람은… 형수님이고 옹주일 뿐… 여인이 아니다. 연모하는 마음도… 연모했던 시간도 기억도 다 지웠다.
바우	이유를 물어보면 대답해 줄 거냐?
대엽	니가 조선을 벗어나지만 않으면, 곧 알게 될 거다.
바우	?
대엽	내 도움이 필요하면 언제든 얘기하거라. 벗은 아니지만, 동료는 되어 줄 테니…
바우	!
대엽	(자기 잔에 술을 따르고, 바우에게 술을 따라주며) 니 그 개꿈 말이다.
바우	?
대엽	그 꿈속에서… 나는 행복했느냐?
바우	아마도…

쓸쓸한 미소를 머금고 술잔을 들어 보이는 대엽. 바우도 쓸쓸하게 보다 술잔을 들어보이고. 동시에 술을 마시는 바우와 대엽.

S#21   동 애월루 일각
가는 대엽을 배웅하고 서있는 바우. 가는 대엽도, 지켜보는 바우도 만 감이 교차하는 얼굴이다. 멀어지는 대엽을 바라보다 돌아서는 바우.

S#22   동 애월루 행수의 방
바우, 행수, 두칠이 모여 앉아있다.

바우	선대왕 때 대령숙수였소. 이름은 김익수, 환갑쯤 됐을 거요.
행수	나도 알아보긴 하겠으나… 사람 찾는 건 나보다 두칠이 이 사람이 더 빠를걸세.
두칠	이름이랑 나이는 알았고… 고향은?

바우	죽었다고 알려졌으니 고향은 가봐야 소용없을 거고, 아마 십중팔구는 도성 안에 숨어있을 거요.
두칠	생김새는?
바우	몰라.
두칠	젠장, 숨어 사는 늙은이면 이름도 바꿨을 텐데… 생김새도 모르고 어떻게 찾으란 거야?
바우	은퇴한 상궁을 찾아보면 얼굴을 아는 이가 있을 거요. 꼭 찾아야 하니, 부탁 좀 합시다.
두칠	그놈의 집구석은 어떻게 맨날 사람을 찾아달래?
바우	?

S#23   바우 본가 안채 마당
　　　　　춘배, 툇마루에 앉아서 기지개 켜는데. 들어오는 바우.

춘배	(일어나 반기며) 봄볕이 아주 그냥 사람을 녹이네, 녹여.
바우	조상궁 식구들 찾았다며?
춘배	어떻게 알았냐? 두칠이 형님 만났어?
바우	(어깨 툭 치며) 잘해봐.
춘배	내가 이놈아, 벌써 조상궁이랑 손도 잡고 입술 박치기도 하고 다 했어.
수경	(뒤에서) 누구랑 뭘 해요?

　　　　　후딱 돌아보는 춘배. 수경과 조상궁이 서있다. 춘배를 죽어라 노려보는 조상궁. 춘배, 아차 싶은데. 조상궁을 보는 수경.

조상궁	(당황하다 눈 질끈 감고) 그래요. 했어요. 내가 했습니다. 됐습니까?
수경	!
바우	한 게 아니라 당한 거였어? 어이구, 이 답답아! 따라와.

　　　　　가는 바우. 조상궁 눈치 한 번 보고는 얼른 따라가는 춘배. 조상궁을 보

며 미소를 짓는 수경.

S#24   동 본가 사랑채 마당
            적당한 곳에 걸터앉은 바우, 춘배.

바우   좋았냐? 좋았어?
춘배   말해 뭐 해. 아주 그냥 죽여줬지.
바우   그래서 그다음엔? 입술 맞추고 더 없어?
춘배   어. 그게 단데?
바우   에라이 숙맥아. 나보곤 맨날 일단 자빠뜨리라더니.
춘배   야! 내가 해봤어야 뭘 어떻게 하는지 알지.
바우   하여튼 입만 살아가지고… 다음엔 말야.
춘배   어 다음엔…
바우   입술을 맞추잖아… 그때 눈치를 딱 봐.
춘배   어.
바우   그때 조상궁이 눈을 이렇게 게슴츠레하게 뜨잖아? 그럼…
수경   (나오며) 참 좋은 거 가르치십니다.
바우   !
수경   사내대장부가 집 안에서 음담패설이나 늘어놓고 있다니, 참으로 실망
         입니다.
바우   아니… 그게 아니라… 이 형님이 조상궁이랑 잘해보고 싶다고… 사정
         사정해서, 어쩔 수 없이…

         춘배를 보는 수경. 수경 몰래 열심히 눈짓하는 바우.

춘배   (헛기침하고, 점잖게) 내가 바우를 잘 아는데 말이오. 바우는 절대!
바우   (잘한다고 열심히 고개 끄덕이는데)
춘배   이 정도 혼나서는 정신 못 차리는 인간이니 매우 혼내야 하오.
바우   야!

수경	(차갑게) 따라오시지요.
바우	!
춘배	(손 흔들며) 잘 가, 바우야.
조상궁	(불쑥 나타나 춘배의 귀를 틀어잡는) 아주 나랑 입 맞췄다고 동네방네 소문을 내지 그러냐?
춘배	아니, 내가 말한 게 아니라 바우가 이미 다 알고 있더라고. 그지, 바우야?
바우	꺼져!

S#25   동 본가 수경의 방
　　　　　수경 앞에 눈치 보며 앉는 바우.

바우	저기 아까 그건 말이오… 춘배 형이 장난친 거요.
수경	식구들 걱정할까 봐 부러 장난치신 거 다 알고 있습니다.
바우	!
수경	바깥일이 잘 안 풀리는 겁니까? 아니면 또 무슨 일이라도?
바우	아, 아니오. 아무 일도 없소.
수경	(아닌 걸 알면서도) 알겠습니다. 믿고 기다리겠습니다.
바우	고맙소.
수경	아닙니다. 고단하실 텐데 건너가서 쉬세요.
바우	나는 멀쩡하오. 나보단 하루 종일 집안일 하느라 그대가 고될까 도리어 걱정이오. 내가 어깨라도 좀 주물러주겠소.
수경	괜찮습니다.
바우	내가 하고 싶어 그러오. (얼른 뒤로 가서 수경의 어깨를 주물러 주는)
바우	시원하시오?
수경	예.
바우	(열심히 어깨를 주무르는)
수경	(바우의 손을 잡으며) 그만하셔도 됩니다.
바우	(뒤에서 수경을 살포시 안으며) 난 그대의 웃는 모습만 보고 싶소.

수경	!
바우	그대가 웃는 일이 많아졌으면 좋겠소.
수경	(바우의 손을 쓰다듬으며) 그리될 거라 믿습니다.

그렇게 안고 있는 두 사람에서.

S#26   이이첨의 집 사랑채 대엽의 방(밤)
        골똘히 생각에 잠겨있는 대엽. 일순 뭔가 결심한 듯 일어나 밖으로 나
        간다.

S#27   동 사랑채 사랑방(밤)
        이이첨, 격문(檄文)을 쓰고 있는데.
        - 천하에 고한다. 금상의 폭정에 백성들의 원성이 하늘에 닿았고.

대엽	(E) 대엽입니다.
이이첨	(붓을 놓고, 일어나며) 들어오시지요.
대엽	(들어오는)
이이첨	(상석을 가리키며) 좌정하시지요.

이이첨을 일별하고는 상석에 가서 앉는 대엽. 대엽이 망설임 없이 상석
으로 가자 안색 변하는 이이첨. 자리에 앉는 이이첨.

이이첨	상석에 앉으시는 걸 뵈오니, 아기씨의 운명을 받아들이기로 하신 것이 옵니까?
대엽	예, 외숙의 뜻에 따르겠습니다.
이이첨	잘 생각하셨사옵니다.
대엽	격문을 쓰고 계셨습니까? 〈자막 － 격문(檄文): 사람들을 선동하거나 의분을 고취하려고 쓰는 글〉
이이첨	예, 아기씨.

대엽	반정의 때가 다가온 모양이군요. 허면, 저에게도 반정 계획을 알려주십시오.
이이첨	!
대엽	진정… 나를 왕으로 생각한다면! 반정 계획을 상세히 알려주십시오.
이이첨	(의심스럽게 보는) !
대엽	나를 위한 계획이니, 나도 알 자격이 있지 않습니까?
이이첨	아기씨께서 굳이 알 필요는 없사옵니다. 신을 믿어주시옵소서.
대엽	(허탈한 듯 보며) 역시 아버지는 저를 그동안 아들이 아니라 도구로 키우신 거군요.
이이첨	!
대엽	철이 들고부터 항상 궁금했습니다. 왜 어머니는 형님들과… 나를 대하는 게 다르실까? 내 어디가 그렇게 마음에 안 드시는 걸까? 내가 뭘 잘못했나…? 계속 그리 생각하고 자책했습니다.
이이첨	오해이시옵니다. 그런 것이 아니오라…
대엽	(O.L) 아니라고 하지 마십시오. 아버지도 마찬가지셨잖습니까?
이이첨	!
대엽	다만 아버지는 어머니와 반대로 하셨지요. 형님들이 잘못을 하면 엄히 꾸짖으시던 분이, 제 실수는 항상 감싸주셨지 않습니까?
이이첨	!
대엽	전 그것이 아버지의 사랑이라 여겼습니다. 형님들이 저를 냉정히 대해도, 아버지 때문에 질시하는 거라 여기고 넘겼습니다.
이이첨	!
대엽	그런데 그게 다 착각이었다는 것을 이제야 알았습니다… 제가 아버지와 어머니의 자식이 아니라서… 그래서 그랬던 것이었습니다. 아닙니까?
이이첨	!!
대엽	(눈가 젖어들며) 조카도 자식이나 다름없는데, 왜 그러셨습니까? 언젠가 때가 되면 이용할 이용물이라 여기고 처음부터 정을 주지 않았던 것 아닙니까? 제 말이 틀렸습니까?
이이첨	!!!

벌떡 일어나 밖으로 나가는 대엽. 난감한 듯 보는 이이첨.

S#28   동 사랑채 마당(밤)
그동안 쌓여왔던 회한이 몰려와 격동을 참기 힘든 듯 하늘을 보며 비명 같은 괴성을 지르는 대엽.

S#29   인서트
창덕궁 전경.

S#30   동 창덕궁 희정당 서실
김개시의 시중을 받으며 술을 마시고 있는 광해군. 그 앞에 부복해 있는 바우, 김자점.

광해군   아직도 아무것도 찾지 못하였느냐?
김자점   예, 전하.
광해군   대답은 넙죽넙죽 잘하는구나.

갑자기 술잔을 김자점에게 확 집어던지는 광해군. 김자점 머리맡에 떨어지는 술잔. 놀라는 김자점, 김개시, 바우.

광해군   너… 화인이 죽었다고 했지. 무슨 속셈으로 여를 기망했느냐?
김자점   (납작 조아리며) 전하, 신을 죽여… 벌하여 주시옵소서.
광해군   (콧방귀 뀌고) 죽기는 싫은 모양이구나. 여가 아니라도 이이첨이 너를 가만두지 않을 것이다. 죽기 싫으면 물증을 가져오란 말이다.
김자점   명심봉행하겠나이다, 전하.

술병을 들고 바우 앞에 가서 쪼그리고 앉는 광해군. 바우, 더 깊이 고개 숙이는데.

광해군	니 말대로, 참 지랄 맞지 않느냐.
바우	!
광해군	내가 왕인데, 내 딸을 죽이려는 놈을… 처 죽이지도 못하니… 참으로 지랄 맞지 않느냐 말이다.
바우	망극하옵니다, 전하.
광해군	(벌떡 일어나며) 망극은 지랄…

술병을 처들어 입에다 퍼붓는 광해군. 술이 쏟아져 수염과 용포를 타고 줄줄 흘러 바우 머리 옆으로 뚝뚝 떨어진다. 바우, 슬쩍 고개 들어 김개시 보는데. 얼른 고개 젓는 김개시. 바우, 다시 고개 숙이는데. 바우 머리맡으로 술병을 던지는 광해군. 박살나는 술병.

광해군	개시야, 술을 가져오너라.
김개시	예, 전하.

김개시, 술병을 들고 오는데. 광해군 비틀거리다 깨진 술병 조각을 밟는다. 잘게 부서지는 술병 조각. 움직이는 광해군의 버선이 빨갛게 젖기 시작한다.

바우	전하! 족건에 혈이 보이옵니다.
김개시	(달려와 광해군을 부축하는)
광해군	(뿌리치며) 술은 어딨느냐?
김개시	전하, 족장을 다치신 듯하옵니다. 고정하시옵소서.
광해군	괜찮다. 이깟 피류의 상처 따위, 참담한 심사에 비하면 티끌만도 못한 것이니 내버려두고 술이나 가져오너라.
김개시	전하! (김자점에게) 뭣들 하십니까? 속히 어의를 부르세요.
김자점	(바우를 당겨 얼른 나가는)

S#31	동 희정당 앞
	나오는 바우와 김자점.

김자점	(힐끔힐끔 돌아보며) 아무래도 심상치가 않아. 자네도 느끼고 있지? 이대로 가다간, 신원 복권이 취소될 수도 있어.
바우	!
김자점	자네도 자네지만, 나도 큰일이고… 우리도 따로 수를 내야 하지 않겠나?
바우	?
김자점	(조심스럽게) 우리 서인들이 요즘 능양군 대감댁에서 자주 모이는데… 자네도 올 텐가? 능양군 대감께 자네 얘길 드렸더니, 한번 보고 싶어 하시는데…
바우	!
김자점	(은근히) 주상 전하만 믿고 있을 수는 없지 않나. 한번 잘 생각해 보시게.
바우	!!

S#32	바우 본가 안채 마당
	수경, 뒷마당 쪽에서 빨래 들고 오는데.

연옥	(안방에서 나오며) 어머니가 찾으세요.
수경	?

S#33	동 본가 안방
	수경의 눈치를 보는 한씨. 잠자코 기다리는 수경.

한씨	저기… 아범하고 너 말이다… 니들 괜찮은 거냐?
수경	?
한씨	아범이 북방에 가는 바람에 니들 꽤 오래 떨어져 있었잖느냐. 평소에야 그럴 수도 있지만… 오랜만에 집에 돌아왔는데도 여전히 각방을 쓰는

거 같아서 말이다.

수경	(당황) !
한씨	아범을 진짜 지아비로 생각하긴 하는 거지?
수경	무, 무슨 말씀이신지…
한씨	아범하고 너… 니들… 부부 행세만 하는 게 아니라 진짜로… (에라 모르겠다) 잠자리도 같이하는 진짜 부부 맞느냐고…
수경	(당황) 어머님…
한씨	내가 걱정이 돼서 그래. 이러다 임금님이 홀렁 너 데려가면 아범만 또 홀아비 신세가 되는 거 아니냐.
수경	(단호하게) 그런 일은 결코 없을 겁니다. 어머님… 전 어머님께 며느리 듯이… 아범에게도 옹주가 아니라 그저 지어미일 뿐입니다.
한씨	(그제야 표정 풀리며, 흡족한 듯) 그래. 니가 마음에도 없는 소릴 지어낼 아이도 아니고… 난 널 믿는다.
수경	감사합니다, 어머님…
한씨	그럼 차돌이 동생도 곧 볼 수 있는 거지?
수경	!!

S#34   동 본가 수경의 방(밤)
바우는 서책을 보고 있고, 수경은 그 옆에서 바느질을 하고 있다. 손은 바느질을 하고 있지만 딴생각에 잠긴 얼굴이다. 일순 흘깃 바우를 보는 수경.

바우	보고 싶으면 그냥 보시오. 그리 훔쳐보지 말고.
수경	(제풀에 놀라) 제가 언제 봤다고…

다시 바느질하는 수경. 수경을 쳐다보는 바우. 그 시선 의식하면서도 모른 척하는 수경.

한씨	(E) 니들… 부부 행세만 하는 게 아니라 진짜로… 잠자리도 같이하는

진짜 부부 맞느냐고…

수경, 다시 골똘히 뭔가를 생각하다가.

수경	(불쑥) 절 지어미로 생각하세요?
바우	(당황) 그게 무슨… 말이오? 내가 그대를 어찌 생각하는지는… 잘 알잖소.
수경	절 아끼고 각별하게 생각한다는 건 압니다. 허나 지금은 그 얘기가 아니라… 저를 지어미로 여기는지… 그것을 물어본 겁니다.
바우	…당신은 날 지아비로 생각하오?
수경	(동요하지 않고) 예, 전 지아비로 생각합니다.
바우	!!
수경	왜 그런 눈으로 보십니까? 절 지어미로 생각지 않는단 뜻입니까?
바우	아, 아니오. 그럴 리가 있소? 나도… 아니, 난… 당신이 지어미였으면 바란 지 이미 오래요.
수경	됐습니다, 그럼…
바우	뭐가 말이오?
수경	(바느질감들 치우며) 오늘 밤은 이 방에서 주무시지요.
바우	!?
수경	(일어나 이부자리를 가지러 가는데)
바우	(얼른 따라가며) 저기, 내가 아직 마음의 준비가 안 돼서… 다음날을 잡으면 안 되겠소?
수경	언제요?
바우	(다급히) 갑자기 이러는 이유가 뭐요? 설마, 어머니가 뭐라고 하셨소?
수경	우리가 늘 따로 자는 걸 아시고… 우리 사이가 나쁠까 봐 걱정하시는 거 같습니다.
바우	(안도하며) 어머니 얘기는 신경 쓰지 마시오. 어머니께는 내가 따로 말씀드리겠소.
수경	뭐 하나 물어봐도 되겠습니까?
바우	말하시오.

수경	어머님 말씀 때문이 아니라, 사실은 저도 궁금했습니다. 우리는 언제까지 이리 지내는 겁니까?
바우	(멈칫했다, 모른 척) 뭘 말이오?
수경	몰라서 묻는 겁니까?
바우	(난감) 아니, 그게 아니라…
수경	혹여, 아바마마께서 무슨 명이라도 내리신 겁니까?
바우	(즉답을 못하고 당황하다) …아, 아니오.

바우의 반응에, 미심쩍은 듯 보는 수경의 얼굴에.

광해군	(E) 김대석이 시켰느냐? 그놈이 내 명을 거스르고 너와 혼인이라도 하겠다더냐?
수경	(광해군 때문이라 확신한 듯 한숨 내쉬는)
바우	(수경 눈치를 보며) 참말로 아니오. 주상 전하께서는 아무 명도…
수경	그럼 왜 피하는 겁니까? 저와 함께 자는 것이 싫으십니까?
바우	(펄쩍 뛰며) 싫을 리가 있겠소.
수경	그럼 왜? 설마 진심으로 마음에 준비가 필요한 겁니까?
바우	나중에… 모든 일이 다 해결되면 그때… 정식으로 혼례를 올리고 당신을 맞이하고 싶소.
수경	(믿기지 않지만) 알겠습니다. 이해는 안 가지만 당신 뜻이 그러하니 따르겠습니다. 그래도 잠은 이 방에서 주무십시오. 어머님 걱정하십니다.
바우	!

S#35   동 본가 수경의 방(밤)
이부자리가 펴져 있고, 베개 두 개가 나란히 놓여있다. 서로 눈치를 보는 바우와 수경.

수경	자리에 드시지요. 불을 끄겠습니다.
바우	아, 알겠소.

자리에 눕는 바우. 촛불을 끄고 바우 옆에 가서 눕는 수경. 자기도 모르
게 움찔하는 바우.
(E) 수경의 옷이 이불을 스치는 소리가 크게 들린다.
침을 꿀꺽 삼키는 바우.

S#36   동 본가 안채 마당(밤)
수경 방 앞으로 지나가다 멈칫 보는 한씨. 댓돌 위에 바우와 수경의 신
발이 나란히 놓여있다. 흐뭇한 듯 고개 끄덕이며 미소 짓는 한씨.

S#37   동 본가 안채 수경의 방(밤)
수경은 가만히 누워있는데. 잠이 오지 않는 듯 뒤척이는 바우. 잠이 든
듯 색색거리는 수경의 숨소리. 슬며시 고개를 돌려서, 수경을 보는 바
우. 달빛에 비친 수경의 얼굴이 아름답게 빛난다. 갈등으로 망설이는
바우의 얼굴에.

대엽   (E) 이제 내게 그 사람은… 형수님이고 옹주일 뿐… 여인이 아니다. 연
모하는 마음도… 연모했던 시간도 기억도 다 지웠다.
바우   (자기도 모르게 수경 쪽으로 돌아눕는데)
광해군 (E) 화인의 몸에 손을 대는 순간 이 약조는 파기다. 알겠느냐?
바우   (움찔해서 얼른 바로 눕는)
수경   (E) 예, 전 지아비로 생각합니다.
바우   (다시 수경 쪽으로 돌아눕는데)
대엽   (E) 아마 제일 먼저 신원 복권이 취소될 거다. 그다음엔 옹주 자가를 노
릴 것이다. 그전에 도망쳐라.

작게 한숨을 내쉬고 바로 누우려는데. 바우 쪽으로 돌아눕는 수경. 눈
을 번쩍 뜨는 바우.
(E) 가슴이 쿵쾅거리며 뛴다.
얼른 차렷 자세로 눕는 바우. 살짝 곁눈질로 보면 수경의 얼굴이 바로

옆에 있고, 색색거리는 수경의 숨결이 느껴진다.

(E) 증기기관차처럼 폭주하는 심장 소리.

눈을 질끈 감고 용비어천가를 외우는 바우.

바우   (E) 뿌리 깊은 나무, 바람에 아니 뮐세… 꽃 좋고 여름 하나니… 샘이 깊은 물은 가뭄에 아니 그칠…

자세가 불편한 듯 뒤척이는 바람에, 살짝 드러나는 수경의 쇄골. 헉! 하고 숨을 들이 마시는 바우.

바우   (숨도 안 쉬고 빠르게, E) 나랏말쌈이 중국에 달아, 문자와로 서로 사맛디 아니할세, 이런 전차로 어린 백성이 니르고저 할배이셔도… 마참내… 마참내… 마참내… (도저히 못 참겠는 듯 벌떡 일어나 나가는)

S#38   동 본가 안채 마당(밤)
아무리 심호흡을 해봐도 진정이 안 되는 바우. 다시 수경에게로 갈까 갈등도 이는 듯, 수경 방 쪽으로 돌아섰다가 다시 멈추는 바우.

S#39   동 본가 수경의 방(밤)
부끄럽기도 하고 서운하기도 한 듯, 문 쪽을 보며 한숨을 푹 내쉬는 수경.

바우   (E) 나 좀 봅시다.
수경   (멈칫했다, 매무새를 단정히 하며) 들어오세요.
바우   (E) 잠깐 나오겠소?
수경   ?

S#40   동 본가 뒷마당(밤)
바우를 따라오는 수경.

수경	어디까지 가는 겁니까?

대꾸 없이 가는 바우. 도리 없이 따라가는 수경. 장독대 옆 꽃나무 아래
로 데려가는 바우. 꽃나무 아래의 장독대 위에 놓여있는 물그릇을 보고
는, 뭔가를 예감한 듯 떨리는 눈으로 바우를 보는 수경.

바우	(떨리는 목소리로) 내 지어미가 되어주겠소?
수경	!
바우	내가 당신한테 줄 수 있는 것은… 내 마음뿐이오. 그래도… 나의 지어미가 돼주겠소?
수경	(대답도 못 하고 눈물부터 주르륵 흘리는)
바우	싫소?
수경	아니요. 되겠습니다. 당신의 지어미가 되겠습니다.
바우	(울컥하는) 고맙소.

서로를 애틋하게 보는 바우, 수경.

바우	손 좀 내보시오.

수경, 의아한 얼굴로 손 내밀면. 금가락지를 수경 손에 끼워주는 바우.
수경, 놀라서 보면.

바우	언젠가 정식으로 혼례를 올릴 때 주려고 준비해 뒀던 거요.
수경	(놀라 보며) 빈말이 아니었군요.
바우	그대를 마음에 품고부터, 한 번도 그대에게 빈말을 한 적은 없소.
수경	!
바우	족두리가 없으니 이걸로 대신합시다.

나무에서 미리 만들어둔 작은 꽃장식을 집어 들어, 수경의 머리에 조심

스레 올려주는 바우. 수경, 눈물만.

바우	(애써 눈물 참으며) 웃으시오. 고운 얼굴 얼룩지겠소.
수경	예…
바우	(양손 내밀며) 손 좀 줘보시오.

수경이 양손을 내밀자, 맞잡는 바우.

바우	김대석과 이수경이 부부가 됨을 하늘에 고합니다. 어떤 고난과 역경이 있더라도, 이 손을 놓지 않을 것을 맹세하오니… 부디 굽어살피소서.
수경	김대석과 이수경이 부부가 됨을 땅에다 고합니다. 어떤 고난과 역경이 있더라도, 이 손을 놓지 않을 것을 맹세하오니… 부디 굽어살피소서.

미소로 서로를 봐주고는, 손을 놓고 맞절을 하기 위해 정한수를 사이에 두고 마주 보고 서는 바우와 수경. 맞절을 하는 바우와 수경. 젖은 눈으로 서로를 바라보며 환하게 웃는 바우와 수경에서. F.O.

S#41 동 본가 마당
한씨 마당에 서있는데, 오는 바우.

바우	밤새 편히 주무셨습니까?
한씨	(미소로 반기며) 아범도 잘 잤는가?
바우	예.
한씨	혹시 좋은 꿈 같은 건 안 꿨나?
바우	예?
한씨	아, 아닐세… 아범. 오늘 조반은 나랑 같이하세.
바우	예.

흐뭇하게 바우를 보는 한씨. 뭔가 이상한 듯 보는 바우.

S#42   동 본가 안방

한씨와 바우 앞에 독상이 놓여있고. 연옥과 차돌은 따로 놓인 상 옆에
같이 앉아있다. 물을 들고 들어오는 수경.

한씨   어멈도 이리 와서 앉거라.

수경   아닙니다, 어머님. 전 나중에 따로 먹겠습니다.

한씨   뭘 번거롭게 그래. 앞으론 같이 먹도록 하자꾸나.

갑자기 왜 이러나 싶어 바우 보는 수경. 모르겠다는 듯 살짝 고개 젓는
바우.

한씨   (미소로 봐주고) 이젠 어멈도 완전히 우리 식구 아니냐.

수경   !

바우   (놀라) 아, 아셨습니까?

한씨   당연히 알지.

수경   (부끄러운 듯 고개 푹 숙이는데)

차돌   (얼른 수경 잡아당기며) 어머니, 여기 앉으세요.

연옥   그래요. 내가 얼른 가서 밥하고 국 가지고 올게.

수경   아닙니다, 아가씨. 엄연히 법도가 있는데, 어찌 겸상을 하겠습니까?

한씨   법도는 무슨 얼어 죽을 법도… 우리만 좋으면 장땡이지… (아차 싶어 헛
기침하고) 아범 생각은 어떤가?

바우   전 찬성입니다, 어머니.

차돌   저두요.

연옥   나도… 내가 할 말은 아니지만, 일일이 독상 차리기 진짜 번거롭다니까.

한씨   남들이 우리 밥 먹는 걸 볼 것도 아니고, 우리만 좋으면 그만 아니겠느
냐? 앞으론 독상 따윈 집어치우고 다 함께 먹자꾸나. 그래야 아범이랑
우리 차돌이 얼굴을 한 번이라도 더 볼 거 아니냐?

차돌   (신나서) 할머니 최고!

기분 좋게 웃는 한씨. 나머지 식구들의 얼굴에도 미소가 어리고. 식구들 몰래 슬쩍 수경의 손을 잡는 바우. 부끄러워하면서도 손을 빼지 않는 수경.

S#43　　　**한약방 앞**
　　　　　좀 떨어진 곳에 서서 한약방 쪽만 보고 있는 바우, 춘배.

춘배　　두칠이 형님이 잘못 안 거 아냐? 매일 이맘때쯤에 꼭 들른다더니, 코빼기도 안 보이잖아.
바우　　저 사람 같은데?
춘배　　어?

　　　　　한약방 쪽으로 걸어오는 60대 사내. 바로 그 대령숙수다.

춘배　　맞네. 키며 생김새며 두칠이 형님이 말한 딱 그대로네.

　　　　　한약방 앞에서 주변부터 경계하다 바우와 시선이 딱 마주치는 대령숙수. 바우, 춘배 성큼성큼 다가가는데. 수상한 낌새를 눈치챈 듯, 후다닥 튀는 대령숙수.

춘배　　맞네. 저놈이네.
바우　　(벌써 대령숙수 뒤를 쫓아서 뛰어가고 있는)
춘배　　(쫓아가며) 같이 가, 바우야!

S#44　　　**동 근처 일각**
　　　　　필사적으로 도망치는 대령숙수. 그 뒤를 쫓아 뛰어오는 바우, 춘배. 쫓고 쫓기는 바우, 춘배와 대령숙수.

S#45   서원 앞
            숨이 턱에 차서 뛰어오는 대령숙수. 쫓아오는 바우, 춘배. 거의 따라잡
            기 일보 직전이다. 서원으로 쏙 들어가 버리는 대령숙수.

춘배   어딘데 절루 들어가?
바우   (현관 보고는) 서원 같은데?
춘배   서원이고 동원이고… 넌 이제 독 안에 든 쥐야! 딱 기다려!

S#46   동 서원
            주위 살피며 들어오는 바우, 춘배.

춘배   그새 어디로 내뺀 거야? 저리 들어갔나?

            건물 쪽으로 성큼성큼 걸어가는 바우. 따라가는 춘배.

S#47   동 서원 일실 앞
            문을 벌컥 열다가 흠칫 놀라는 바우. 둘러앉아 있다가 일제히 바우를
            쳐다보는 이이첨과 대사간, 대사헌, 형조판서. 그 뒤쪽에 서있는 대령
            숙수.

이이첨   자네가 여긴 어쩐 일인가?

            바우, 무시하고 안으로 들어가려는데. 한쪽에 서있다가 바우 앞에 칼을
            내밀고 가로막는 태출과 내금위장1. 분한 듯 이이첨을 노려보는 바우.
            피식 웃는 이이첨. 뒤에서 바우를 잡아당기는 춘배. 따라 나와서 문을
            닫아버리는 태출. 어쩔 수 없이 돌아서 가는 바우, 춘배.

S#48   동 서원 일실
            대사간, 흡족한 웃음 흘리며.

대사간	이제 저놈의 목숨도 얼마 남지 않았구려.
형조판서	하던 얘기나 마저 하십시다. (이이첨에게) 말씀하시지요.
이이첨	내가 주역으로, 괘를 뽑아보았는데, 이달 보름이 길하다고 나오더구려. 거사 일로 그날이 어떻소?
대사헌	너무 촉박하지 않겠습니까? 병력도 모아야 하고… 사람도 더 끌어들이는 것이…
이이첨	음계외설자패(陰計外泄者敗)라 하지 않았소. 은밀한 계획을 누설하는 자는 반드시 실패하는 법이오. 이런 일은 아는 사람이 적을수록 좋소. (일동 보며) 훈련대장 이흥립만 설득하면, 도성 안의 군사들이 움직이지 못하니… 우리 힘만으로 충분히 거사를 성공시킬 수 있소.
대사헌	훈련대장은 영의정과 인척이 아닙니까… 영의정은 우리 일에 사사건건 딴죽을 거는 사람이니… 훈련대장이 우리를 따르겠습니까?
형조판서	그렇게 따지면 영의정과 좌의정 대감도 사돈 아니오.
이이첨	너무 걱정들 마시오. 시류를 아는 자이니, 쉽게 넘어올 것이오.

S#49   동 서원 앞
        허탈한 듯 한숨을 내쉬는 바우. 춘배도 착잡하게 보는데.

바우	집에 가있어.
춘배	너는?
바우	일단 궁으로 가야지.

S#50   창덕궁 희정당 서실
        작은 칼로 광해군의 손톱을 깎아주고 있는 김개시.

광해군	이제 그만 되었다.
김개시	아니옵니다. 수지톱이 날카로워 옥체를 상할까 염려되옵니다.

광해군의 손가락을 입에 넣고 이빨로 조심스럽게 씹어 정리하는 김개

시. 광해군, 그런 김개시를 착잡하게 바라보는데.

| 중영 | (E) 전하, 좌의정과 형조판서, 대사헌, 대사간 입시이옵니다. |
| 광해군 | 들라 하라. |

얼른 광해군의 손을 비단 수건으로 닦아주고 손톱 깎은 것들을 옆으로 치우는 김개시. 들어오는 이이첨, 형조판서, 대사헌, 대사간. 그 뒤를 따라 들어오는 대령숙수. 대령숙수를 뒤쪽에 세워놓고 앞으로 가 광해군에게 읍하고 앉는 이이첨과 세 사람.

광해군	뒤에 있는 자는 누구요?
이이첨	전하께옵서도 아시는 자이옵니다.
광해군	가까이 오라 하시오.

이이첨이 돌아보고, 고개 끄덕이자 조심스럽게 앞으로 오는 대령숙수. 먼저 대령숙수를 알아보고 안색 변하는 김개시. 광해군에게 절을 하는 대령숙수. 얼른 광해군에게 귓속말을 하는 김개시. 후딱 이이첨을 노려보는 광해군.

이이첨	(그 시선 피하지 않고) 선대왕을 모셨던 대령숙수이옵니다, 전하.
광해군	이게 무슨 해괴망측한 짓이오. 당장 저자를 과인 앞에서 치우시오. 당장!
이이첨	(대령숙수에게) 물러가 있게.
대령숙수	(불안한 듯 이이첨을 보며 머뭇거리는)
이이첨	(광해군 들으라는 듯) 이 많은 사람이 보았는데, 설마 자네한테 무슨 일이 있겠는가? 물러나 있게.
광해군	!
대령숙수	(광해군에게 읍해 보이고 물러나는)
광해군	(당장이라도 폭발할 거 같은 걸 애써 억누르며) 좌의정과 단둘이 할 말이 있으니, 경들도 물러나시오.

이이첨 보는 대사간, 대사헌, 형조판서. 고개 끄덕이는 이이첨. 일어나 광해군에게 읍해 보이고 나가는 세 사람. 부글부글 끓는 눈으로 세 사람을 보는 광해군.

광해군	(비꼬듯) 남들이 보면 과인의 신하가 아니라 좌의정의 신하인 줄 알겠소이다.
이이첨	그럴 리가 있겠사옵니까? 괜한 억측이시옵니다.
광해군	이젠 망극하다는 말도 않는구려.
이이첨	…망극하옵니다, 전하.
광해군	(노려보다) …김제남의 신원 복권만 취소하면 되는 것이오?
이이첨	…
광해군	화인은 평생 정업원 밖으로 못 나오게 만들 테니… 화인이만은… 눈감아주시오.
이이첨	…
광해군	정녕… 정녕… 화인이마저… 죽여야 하는 것이오?
이이첨	이미 죽은 사람이옵니다. 미련을 버리시지요, 전하.

화가 치밀어올라 거칠게 숨을 내쉬다, 두통이 오는 듯 인상을 찡그리며 머리를 부여잡는 광해군.

김개시	전하! (다가가려는데)
광해군	(손들어 말리고, 씹어 뱉듯) 좋소. 경의 뜻대로 합시다. 대신! 아까 나간 그자의 목을 가져오시오.
이이첨	!
광해군	그자의 목을 가지고 오면… 신원 복권도 취소하고, 화인이도 넘겨주겠소.
이이첨	성은이 망극하옵니다.
광해군	뭐가 망극하단 말이오! 그따위 마음에도 없는 소리 집어치우시오.
이이첨	!

S#51   동 창덕궁 후원 일각
            대령숙수를 데리고 오는 원엽. 불안한 듯 주변을 살피는 대령숙수. 반
            대쪽에서 나타나는 중영. 대령숙수, 중영을 보고 놀라는데. 뒤에서 내
            령숙수의 목을 내리치는 원엽. 눈살을 찌푸리는 중영.

S#52   동 창덕궁 빈청
            걱정스러운 얼굴로 이이첨을 보는 대사헌.

대사헌   어차피 얼마 안 있으면 모든 게 바뀔 텐데, 굳이 신원 복권을 취소해야
            하나 모르겠습니다. 이번 일로 주상이 눈에 불을 켜고 우릴 지켜보지
            않겠습니까?

이이첨   바로 그 눈을 제거하려 한 것이오. 거기다 서인들을 한번 밟아줘야 딴
            생각을 못 할 거 아니겠소.

대사간   맞습니다. 우리가 위세를 보여야 훈련대장도 쉽게 생각을 바꾸지요.

형조판서   (아부조로) 일석삼조로군요. 역시 대단하십니다, 대감.

            이이첨, 피식 웃는데. 들어오는 원엽.

이이첨   어찌 됐느냐?

원엽   그자의 목을 내금위장에게 전하였습니다.

S#53   동 창덕궁 희정당
            광해군 앞에 와서 예를 표하는 중영.

중영   처리하였사옵니다, 전하.

광해군   …

김개시   (광해군의 눈치 살피며) 화인옹주에게 알려야 하지 않겠사옵니까?

중영   !

광해군   그랬다가 이이첨 그자가 알면?

김개시	!
광해군	여가… 이 나라의 군주인… 내가! 그 치욕을 또다시 당해야 한단 말이냐?
김개시	망극하옵니다, 전하.
중영	(마음에 들지 않는 듯 눈썹이 꿈틀하는)
광해군	(중영에게) 도승지에게 계축옥사와 관련된 모든 이들의 신원 복권을 취소하고 이미 죽은 자들은 부관참시하라 전하라. 〈자막 — 부관참시(剖棺斬屍): 죽은 자의 관을 열어 시신의 목을 베는 일〉

S#54   바우 본가 앞
대문을 밀어젖히고 안으로 뛰어 들어가는 좌포청 종사관과 군졸들. 뒤따르는 이이첨과 원엽, 태출.

S#55   동 본가 안채 마당
쏟아져 들어오는 좌포청 종사관과 군졸들.

원엽	샅샅이 뒤져라.

S#56   몽타주
- 사랑방, 안방, 수경 방 등을 열고 들어오는 군졸들.
- 부엌과 헛간 등 집안 곳곳을 뒤지는 군졸들.

S#57   바우 본가 근처 일각
근처에 숨어 몰래 지켜보고 있는 바우와 중영.

바우	덕분에 살았습니다. 감사합니다, 영감.
중영	너 때문이 아니라 옹주 자가를 생각해서 알려준 것이니 감사할 거 없다.
바우	어찌 됐건 주상 전하의 뜻을 거스르고 알려주신 것이니 감사할 따름이지요.

중영	(착잡하게 보다) 주상 전하를 너무 원망하지 말거라. 주상 전하께서도 어쩔 수 없이 허락하신 것이니…
바우	…
중영	어디로 갈 것이냐? 아니다. 내가 알아봐야 주상 전하를 기망하는 것이니 말하지 말거라.
바우	…
중영	주상 전하께서 찾으실지도 모르니 난 이만 가봐야겠다. 어딜 가든 몸조심하거라.
바우	영감께서도 보중하십시오.
중영	(바우의 어깨를 툭 쳐주고는 가는)

S#58   창덕궁 숙장문 근처 행각
중영, 오는데. 기다리고 서있는 김개시. 멈칫 보고는, 다가가 고개 숙여 보이는 중영.

김개시	옹주 자가는 어찌 되었습니까?
중영	아직 보고를 받지 못했습니다.
김개시	(콧방귀를 끼고) 지금 김대석에게 알려주고 오는 길 아닙니까?
중영	(흠칫했다) 설마 내금위에도 사람을 심으셨습니까?
김개시	주상 전하께서 아시면 어찌하려고, 그럽니까?
중영	…
김개시	이번 일은 눈감아줄 테니, 앞으로는 반드시 나와 상의하도록 하세요. 아시겠습니까?
중영	알겠습니다.
김개시	그들은 지금 어딨습니까?

S#59   애월루 일각
찬모들에게 이것저것 지시하는 행수.

행수	그건 바로 내도록 하고, 탁주를 좋아하시는 분이니 청주는 빼라 하지 않았느냐? 다들 서둘러라. (가려다 방 쪽을 쳐다보는)

S#60   애월루 일실
수경, 춘배, 조상궁, 한씨, 연옥, 차돌. 초조한 얼굴로 앉아있는데. 들어오는 바우.

한씨	(안도의 한숨 내쉬고) 어디 다친 데는 없느냐?
바우	예.
춘배	이제 어디로 가지?
바우	(한씨에게) 어머님은 연옥이와 차돌이를 데리고 상원사에 가계십시오.
한씨	그럼 아범이랑 어멈은?
바우	…
연옥	아직 갈 곳도 못 정했으면 같이 상원사로 가는 게 낫지 않겠어?
바우	모두 같이 가기에는 인원도 너무 많고… 이이첨 그자가… 저와 (수경 보며) 이 사람을 쫓기 때문에 너무 위험합니다.
한씨	그럼 우리를 보호하자고 아범이랑 어멈이 위험을 무릅쓴단 말인가? 안 된다. 같이 가자. 십 년을 넘게 떨어져서 지냈으면 됐어. 죽어도 같이 죽고 살아도 같이 살아야지.
연옥	맞아. 같이 가자, 오라버니.
바우	무슨 일이 있든, 차돌이는 살려야 하지 않겠습니까? 우리 집안의 유일한 후손입니다.
한씨	!
차돌	아부지! 나도 아부지랑 같이 갈래.
바우	(일부러 냉정하게) 어허! 어른들 말씀하시는데 끼어드는 거 아니라고 했지.
차돌	아부지…
수경	(차돌을 안아주며) 차돌이가 걱정돼서 그러는 것이니, 아버지 말씀대로 하거라.
차돌	어머니…

수경	금방 다시 만날 수 있을 테니 걱정 말거라.
바우	(착잡하게 바라보다) 차돌이를 부탁드립니다, 어머니.
한씨	(한숨 내쉬고) 알았다. (눈물 찍어내며) 하늘도 무심하시지. 어찌 또 이런 일이⋯
연옥	(울먹이며) 어머니⋯

조상궁도 눈가가 젖어들고. 춘배도 코를 훌쩍이는데.

수경	(애써 눈물 참으며) 너무 심려 마십시오. 아범이 무슨 수를 쓰든 이이첨을 몰아내고, 다시 신원 복권을 이뤄낼 것입니다.
바우	예, 어머니. 소자를 믿고 기다려주십시오.
한씨	알았다. 우리 걱정은 말고 몸조심들 하거라.
바우	예.
수경	예, 어머님.

S#61   거리 일각
한씨와 연옥, 차돌이 가고 있고. 그들을 배웅하며 서있는 바우. 못내 발걸음이 떨어지지 않는 듯 자꾸 돌아보는 한씨와 차돌. 얼른 가라고 손짓하는 바우.

S#62   애월루 일실
수경, 춘배, 조상궁 앉아있는데. 들어오는 바우.

춘배	잘 가셨어?
바우	어. (앉는)
춘배	내가 모셔다드릴 걸 그랬나?
바우	우리가 옆에 없는 게 더 안전해.
조상궁	근데 우린 어디로 가지요? (춘배에게) 생각해 둔 곳도 없어?
춘배	갈 곳이 있었으면 진작 말했지. 웬만한 데는 좌의정이 싹 다 알걸? 그

인간이 상상도 못 할 곳이 어디 없나?

수경 서궁은 어떻습니까?

바우 서궁이면 경운궁 말이오?

수경 예. 거기는 서궁 아니 대비마마가 계시지 않습니까? 대비마마는 서방
   님의 고모님이시니 우리를 숨겨주지 않겠습니까?

바우 !

S#63 경운궁 일각
   궁 주위를 순찰 돌고 있는 군사들. 구석에 숨어 그런 군사들을 유심히
   지켜보고 있는 바우와 춘배. 그 위에.

춘배 (E) 어찌나 철통같이 감시하는지, 틈이 안 보여.

S#64 애월루 일실
   고개를 절레절레 흔드는 춘배.

춘배 우리야 틈을 봐서 담을 넘는다지만… 옹주 자가랑 조상궁은 절대 무리
   야. 담이 너무 높아.

조상궁 개구멍도 없어?

춘배 어.

수경 서방님은 어디 가셨소?

춘배 (머뭇거리는) 밖에… 누구 좀 만나느라고…

조상궁 누구?

춘배 (묻지 말라고 눈짓하는)

S#65 동 애월루 일각
   바우를 보는 대엽.

대엽 어디로 갈 것이냐?

바우	서궁으로 갈까 하는데…
대엽	!

S#66　　　경운궁 앞(밤)

군관과 군졸들이 보초를 서고 있는데. 변장, 변복을 한 채 일부러 수상한 낌새를 풍기며 지나가는 대엽과 두칠 패거리들. 뭔가 이상한 듯 보다, 군졸1, 2에게 따라가 보라고 신호하는 군관1.

S#67　　　동 경운궁 근처 일각(밤)

주위를 슥 둘러보는 대엽. 뒤쪽에 몰래 쫓아오다 몸을 숨기는 군졸1, 2가 보인다. 두칠에게 눈짓하는 대엽. 두칠이 패거리들과 함께 벽서를 붙인다. 놀라서 눈이 커지는 군졸1, 2. 군졸1이 호루라기를 세차게 분다. 서로 눈을 맞추고 후다닥 도망치는 대엽과 두칠 패거리.

S#68　　　동 다른 일각(밤)

의도적으로 잡힐 듯 말 듯 간격을 유지하며 도망치는 대엽과 두칠 패거리. 여기저기서 소리치며 몰려오는 군졸들.

S#69　　　경운궁 일각 담 밖(밤)

보초를 서고 있다, 호각 소리에 서로 마주 보고는 소리 나는 쪽으로 뛰어가는 군졸3, 4. 골목에 숨어있다 얼른 담 쪽으로 다가오는 바우, 수경, 춘배, 조상궁. 모두 눈에 잘 띄지 않도록 어두운 색 옷을 입었고, 수경과 조상궁은 담을 넘기 편하게 남장을 했다.

바우	내가 먼저 넘어가서 받아줄 테니, 형님이 마지막에 넘어와. 알았지?
춘배	어.

얼른 담벼락에 붙어 서서 양손을 깍지 끼는 춘배. 춘배 손을 밟고 담을 넘어가는 바우.

바우	(E) 넘어오시오.
조상궁	가시지요.
수경	아닐세. 내가 유모보다 몸이 날래니 먼저 가게. 어서.
춘배	(다급하게 손짓하며) 아무나 빨리 와!

조상궁이 춘배의 손을 잡고 담장을 부여잡으면 얼른 다가가 밑에서 밀어주는 수경. 간신히 담장 위로 올라가는 조상궁.

S#70   동 담 안(밤)
담장 위에 걸터앉아 있는 조상궁을 보고 뛰어내리라고 손짓하는 바우.

바우	내가 받아줄 테니 겁내지 말고 뛰어내리시오. 어서.

S#71   동 담 밖(밤)
답답한 듯 조상궁을 보는 춘배.

춘배	빨리 뛰어내려. 빨리!
조상궁	(눈을 질끈 감고 뛰어내리는)

S#72   동 담 안(밤)
조상궁을 받아주는 바우.

바우	(조상궁 내려놓으며, 담 너머로) 당신 차례요.

S#73   동 담 밖(밤)
수경, 춘배의 손을 밟고 올라서려는데.
(E) 날카롭게 울리는 호루라기 소리.
놀라서 소리 나는 쪽을 보는 수경과 춘배.

S#74   동 담 안(밤)
            화들짝 놀라서 담 쪽을 처다보는 바우와 조상궁.

군관   (E) 저쪽이다!

            (E) 여기저기서 울리는 호루라기 소리.
            얼른 담장에 매달리는 바우. 담장 밖을 내다보면.

S#75   동 담 밖(밤)
            저만치서 달려오는 군졸들이 보인다.

바우   (고개만 내밀고) 빨리 넘어오시오. 빨리!
춘배   (손 내밀며) 어서 가시오.
수경   자네는 어쩌려고?
춘배   난 나중에 넘어가도 되니까 빨리 좀 가시오. 이러다 들키겠소.

            수경, 얼른 춘배의 손을 밟고 담장 위로 올라가는데. 골목에서 튀어나
            오는 군관1과 군졸들. 춘배는 부리나케 도망가고. 담장위에 납작 엎드
            리는 수경. 바우도 얼른 밑으로 내려가고. 수경의 시선으로, 군졸들이
            수경 쪽으로 달려온다. 수경, 어쩔 줄 모르는데. 골목에서 튀어나와 군
            졸들을 막는 대엽. 싸움이 벌어지고. 대엽, 정신없이 군졸들을 막고 있
            는데. 지켜보다 놀라는 수경. 군관1이 수경 바로 밑에 와서 대엽에게
            활을 겨눈다. 대엽은 싸우느라 정신이 없어서 모르고. 군관1이 활을 쏘
            기 직전, 군관1 위로 뛰어내리는 수경에서.

제19회

S#1 　　　　경운궁 담 밖(밤)

지켜보다 놀라는 수경. 군관1이 수경 바로 밑에 와서 대엽에게 활을 겨
눈다. 대엽은 싸우느라 정신이 없어서 모르고. 군관1이 활을 쏘기 직
전, 군관1 위로 뛰어내리는 수경. 그 바람에 수경에게 깔려 엎어지면
서 활을 쏘는 군관1. 수경의 방해로 화살이 빗나가면서 치명상은 피했
으나, 옆구리 쪽에 화살을 맞고 중심을 잃는 대엽. 대엽, 당황히 화살이
날아온 곳을 돌아보면. 군관1과 뒤엉켜 필사적으로 몸싸움을 하고 있
는 수경. 대엽, 남은 군졸 두엇을 상대하며 수경 쪽으로 가려는데. 번개
같이 뛰쳐나와 바닥에 떨어진 활로 군관1을 미친 듯이 후려치는 춘배.
순간적으로 눈이 뒤집힌 듯, 평소답지 않은 용감한(?) 모습의 춘배. 수
경과 춘배의 마구잡이 공격에 뻗어버리는 군관1을 확인하고는, 옆구리
에 박힌 화살을 부러뜨린 후, 남은 군졸 두엇을 마저 쓰러트리는 대엽.

S#2 　　　　동 담 안(밤)

황급히 담 위로 올라가려는 바우. 그러나 마음이 너무 급했던 나머지
바우가 잡은 기왓장이 떨어지면서 중심을 잃고 담 안쪽으로 도로 미끄
러지며 나자빠지는 바우. 놀라서 바우에게 다가오는 조상궁.

조상궁　　(낮게) 괜찮습니까? 다치신 데는…

조상궁을 밀어내고 다시 황급히 담에 매달려 고개를 내미는 바우. 그
시선으로, 수경도 대엽도 춘배도 아무도 보이지 않고. 기절하거나 전투
력을 상실한 채 널브러져 있는 군졸들만 보이는. 바우, 불안한 마음에
담을 넘어가려는데. 우르르 몰려오는 군졸들. 황급히 고개를 빼는 바
우. 잠시 후, 다시 조심스럽게 고개를 들고 보면. 일부는 부상당한 군졸
들을 부축해서 가고, 나머지는 주변을 수색하고 있다. 횃불을 담장 쪽
으로 비추며 다가오는 군졸이 보이자 도리 없는 듯 담 아래로 내려오는
바우.

조상궁	(다급히) 옹주 자가는요? 보셨습니까?
바우	(고개 젓고) 도령이 데리고 피한 모양이오. 잡힌 것 같지는 않았소.
조상궁	그럼 다행인데…
궁녀	(E, 놀란) 거, 거기… 누구냐?

바우, 조상궁 멈칫 돌아보면. 놀란 얼굴로 보고 서있는 궁녀.

S#3   동 경운궁 석어당 서실(밤)
       만감이 교차하는 듯 눈가를 찍어내는 인목대비.

인목	살아서는 다시 못 볼 줄 알았는데…
정명	(바우에게) 대체 무슨 일입니까? 어찌 월담까지 하면서 어마마마를 뵈려 한 것입니까?
인목	신원 복권이 되었다고 들었는데… 내가 잘못 안 것이었더냐?
바우	이이첨의 수작으로 다시 취소되었습니다.
인목	(기가 막힌 듯) 이이첨 그자가 또…
정명	헌데 저 여인은 누굽니까? 오라버니의 부인입니까?
바우	아닙니다. 제 내자와 친동기간처럼 지내는 사람입니다.
인목	그럼 질부는…? 설마 질부한테 무슨 변고라도…
바우	실은 이곳까지 함께 왔는데… 담을 넘으려다 들키는 바람에…
인목	지키던 군졸들에게 잡혀갔단 말이냐?
바우	다행히 몸은 피한 것 같사온데… 행방을 알 수가 없습니다.
인목	큰일이구나. 내 처지가 이러하니 도와줄 방도도 없고…
바우	소질이 다시 나가서 찾아볼 생각입니다.
인목	행방도 모른다면서… 너무 무모한 생각 아니냐.
바우	송구하오나… 저 밖 어딘가에서 저만 믿고, 기다리고 있을 게 틀림없사 온데… 소질, 어찌 이대로 있을 수가 있겠습니까.
인목	허나… 무사할 것이란 보장도 없는데…
바우	강한 여인입니다. 지혜로운 여인입니다. 제가 구하러 갈 때까진 반드

시 버텨주리라… 소질은 믿습니다.

인목   말려도 소용없을 것 같구나… (정명에게) 알려주어라.

정명   (멈칫했다가) 비상시에만 사용하는 은밀한 통로가 하나 있습니다.

바우   !

S#4   동 경운궁 담 안 일각(밤)

개구멍을 막아놓은 흔적. 그 앞에 쭈그리고 앉아서 갈등으로 바라보고 있는 바우.

정명   (E) 외진 곳이라… 밤엔 저들도 눈에 불을 켜고 지키기 때문에 너무 위험합니다. 아침 첫 순찰 직후가 가장 안전하니, 그때까진 기다려야 합니다.

바우, 구멍을 노려보다가 마음을 굳힌 듯, 막아놓은 돌더미를 치우려는데.

정명   (화면 밖에서) 은혜를 원수로 갚을 생각입니까?

바우, 흠칫 돌아보면. 정명이 서있다.

정명   날이 밝을 때까진 기다리겠다고 저와 약조하지 않았습니까?

바우   송구합니다. 그 사람이 지금 어떤 위험한 지경에 처해있을지 모른다 생각하니… 도저히 기다리고만 있을 수가 없어서…

정명   그 작은 구멍이 여기 경운궁 식구들의 생명줄입니다. 양식이 떨어져 굶게 됐을 때도… 위급한 환자가 발생해서 약이 필요할 때도… 그 구멍이 있어서 살아남았습니다.

바우   송구합니다. 하오나… 절대 들키지 않게 조심할 테니…

정명   안 됩니다. 사정은 딱하나… 그렇다고 어마마마나 저의 생사를 운에 맡길 수는 없습니다.

| 바우 | 제발… 부탁드립니다. 저한테 그 사람은… 그냥 내자가 아니라 제 운명을 바꿔준 사람입니다. (수경 걱정에 울컥하는 듯, 말을 못 잇는) |

S#5 경운궁 근처 야산 일각(밤)
수경이 앞장을 서고, 대엽을 부축한 채 뒤따라오는 춘배. 대엽은 옆구리에 부러진 화살이 박혀 있는 상태다.

대엽	(멈춰 서며) 이제 그만 옹주 자가를 모시고 돌아가거라.
춘배	예?
대엽	(수경에게) 지금쯤 병력을 재정비하고 있을 것이니… 더 지체하면 다시 서궁으로 들어가는 건 불가능할 것입니다.
수경	지금, 도련님을 이대로 두고 우리만 돌아가란 말씀이십니까? 그럴 순 없습니다.
대엽	자가! (하다가 통증이 오는 듯 움찔하며 찌푸리는)
수경	오늘만큼은 절 믿고 제가 하자는 대로 따르십시오. 그래야만 도련님도 살고 저도 살고… 이 사람도 삽니다.
대엽	(수경의 단호함에 더는 반박하지 못하는)
춘배	(대엽 상처 보며) 치료부터 해야 할 거 같은데, 이 야밤에 어디로 가지요?
수경	아무도 의심하지 않을 곳… 특히 좌상 대감이 짐작조차 하지 못할 곳으로 가야지.

S#6 이이첨의 집 근처 일각(밤)
저만치 보이는 집 쪽을 바라보고 있는 대엽. 조금 떨어진 곳에서 춘배와 얘기 중인 수경.

수경	여기서부턴 내가 모시고 갈 테니… 자넨, 이 길로 바로 경운궁으로 돌아가… 난 무사하니 걱정 말고 기다리라고 전하게.
춘배	(난감) 저 도령 말대로 경비가 엄청나게 빡빡해졌을 텐데…
수경	나도 아네. 허나 서방님께서 우리 때문에 다시 밖으로 나왔다가 잘못되

는 일만은 막아야 하지 않겠나…

춘배   !

S#7   동 집 내별당 이씨의 방(밤)
       이씨, 서책을 펼쳐놓은 채 딴생각에 잠겨있는데.

대엽   (E) 접니다.

이 시간에 무슨 일인가 의아한 듯 방문 쪽을 보는 이씨. 대엽과 함께 들
어오는 수경. 남장인 수경의 차림새 탓에 바로 못 알아보고 대엽의 상
처부터 눈에 들어온 듯 놀라서 벌떡 일어나는 이씨.

이씨   (부러진 화살과 피로 물든 부위 보고 기겁하며) 이게 어찌 된 일이냐? 어딜
       얼마나 다친 것이냐?
대엽   별거 아닙니다. 출혈 때문에 화살을 뽑지 못…
이씨   (O.L) 당장 의원을 불러야겠다.
대엽   (짜증) 별거 아니라고 하지 않았습니까… 도와줄 손이 필요하니… 삼월
       이나 불러주십시오.

대엽의 짜증에 당황한 듯, 그제야 상처에서 눈을 떼며 고개 들어 대엽
을 보다가 뒤에 있는 수경을 의식하는 이씨.

이씨   (수경을 알아보고 놀라며) 질부!
수경   (인사하며) 그간 강녕하셨습니까, 고모님…
이씨   네가 어찌 여길… 대체 무슨 일이 있었던 것이냐?
대엽   (힘이 든 듯, 앉다가 통증으로 신음을 내뱉는)
이씨   정말 괜찮은 것이냐? 지금이라도 의원에게 보이는 게…
수경   의원을 부르게 되면 좌상 대감이 알게 될 수도 있으니…
이씨   (짐작이 가는 듯 다시 대엽을 보는) 삼월이 불러오마. (나가려다) 이 방은

식구들이 드나들 수도 있으니… 조상궁이 쓰던 뒷방에 가있거라.

S#8   동 내별당 이씨의 방 앞(밤)
         급히 나와 내별당 뒤쪽으로 가는 이씨.

S#9   동 내별당 조상궁의 방(밤)
         들어오는 대엽, 수경. 벽에 기대며 힘겹게 앉는 대엽.

대엽   이제 그만 돌아가십시오.

수경   (망설이는) …

대엽   늦으면 늦을수록 서궁으로 들어가는 게 어려워집니다. 하실 말씀이 있
         으면 어서 하고 가십시오.

수경   이런 상황에서 말씀드리는 게 옳은 일인지는 모르겠으나… 언제 다시
         뵐 수 있을지 모르니…

대엽   말씀하십시오.

수경   (잠시 망설이다가) 그 사람과 정식으로 혼례를 올렸습니다.

대엽   !!!

수경   이제 전… 그 사람의 부인입니다.

대엽   !

수경   염치없고 잔인한 짓이라는 거 잘 알지만… 그래도 제 입으로 말씀드리
         는 것이 도리라고 생각했습니다.

대엽   경하드립니다.

수경   (담담한 대엽의 반응에 오히려 당혹스러운 듯 보는)

대엽   그리 보실 거 없습니다. 저는 이제 자가께 아무런 감정도 없습니다. 더
         솔직히 말씀드리면… 그동안 절 밀어낸 게, 다 김대석 때문이었다는 걸,
         아는 순간… 자가에 대한 모든 감정이 거짓말처럼 사라져버렸습니다.

수경   헌데 그런 분이 어찌 또 저를 도와주신 겁니까?

대엽   아버지가 자가께 한 몹쓸 짓들을 대신 갚은 것뿐입니다.

수경   …

대엽	더 하실 말씀 없으시면… 그만 가십시오. (냉정한 얼굴로 먼저 외면해 버리는)
수경	…고모님께 인사만 드리고 가겠습니다. 치료 잘 하십시오.
대엽	(외면한 채로) 조심해서 가십시오.

착잡하게 봐주고 나가는 수경. 방문 닫히는 소리가 들리자, 그제야 다시 돌아보는 대엽. 대엽의 눈가가 젖어있다.

S#10   동 집 내별당 이씨의 방(밤)
면포 한 장을 삼월에게 건네주는 이씨.

이씨	우선 그것부터 가지고 먼저 가거라. 난 몇 장 더 찾아 가지고 건너가마.
삼월	예, 마님…

삼월, 면포 들고 나가고. 이씨, 면포를 더 찾는 듯 장롱 서랍 등 뒤지는데.

수경	(E) 고모님…
이씨	들어오너라.

들어오는 수경. 면포를 찾느라 정신이 없는 이씨.

수경	고모님… 전…
이씨	(분주히 면포 찾으며) 분명 몇 장 더 있을 텐데…

경황없어 보이는 이씨의 모습에 더는 말도 못 붙이고 죄송스러운 얼굴로 쳐다만 보는 수경.

S#11   동 내별당 조상궁의 방(밤)
옆구리에 박혀 있던 부러진 화살을 스스로 뽑는 대엽. 고통으로 신음성을 내뱉는데.

| 삼월 | (E) 도련님… 삼월입니다. |
| 대엽 | 들어오너라. |

상처를 감쌀 면포 등을 들고 들어오는 삼월. 삼월, 피를 보고 놀라는데.

대엽	별거 아니니 놀랄 것 없다. 씻을 물부터 좀 가져오너라.
삼월	예, 도련님… (급히 나가려는데)
대엽	사람들 눈에 띄지 않게… 각별히 조심하거라.
삼월	걱정 마십시오, 도련님. 사랑채나 안채에선 절대 모르게 하겠습니다.

S#12   동 집 사랑채 사랑방(밤)
       무거운 얼굴의 이이첨.

원엽	대체 어찌 알고 피한 걸까요? 분명 누군가 알려줬으니까…
태출	주상 전하 아닐까요? 그래도 딸이잖습니까.
원엽	딸을 생각했다면 이 지경까지 오지도 않았지. 필시 미리 알려준 쥐새끼가 따로 있을 것이다.
이이첨	(버럭) 지금 그런 게 다 무슨 상관이냐? 놓쳤으면 잡을 생각부터 해야지.
원엽	송구합니다.
이이첨	무슨 수를 쓰든 옹주와 김대석을 찾아내야 한다. 이대로 놓쳐버리면 우리가 계획한 모든 일들이 틀어질 수도 있어.
원엽	…
이이첨	그들이 갈 만한 곳이라면 어디든… 단 한 군데도 빠짐없이 모두 뒤져라! 반드시 찾아내서 죽여야 한다! 알겠느냐?

S#13   동 집 일각(밤)
       순찰 중인 듯 보초들을 확인하고 주변을 살피는 태출.

S#14   동 집 내별당 일각(밤)
        태출, 주위를 경계하며 오다가 흠칫 발견한다. 세숫대야를 들고 급히
        조상궁 방으로 향하는 삼월.

S#15   동 내별당 조상궁의 방(밤)
        대엽의 상처를 면포로 감싸서 묶어주고 있는 이씨. 그러나 지혈이 안
        되는 듯 금세 피로 물드는 면포.

이씨   피가 멎질 않는구나… 안 되겠다. (삼월에게) 행랑아범한테 가면 백급이
        나 삼칠근이 있을지도 모르니…

        벌컥 열리는 방문. 일동, 놀라서 쳐다보면. 들어오는 태출.

이씨   자네가 여긴 왜…

        대답 대신, 대엽의 상처를 감싼 면포만 바라보는 태출. 계속 피가 새어
        나와 이미 빨갛게 젖어있는 면포.

이씨   (일어나며) 모른 척해주게. 부탁이네.
대엽   …
이씨   오라버니가 이 일을 아시게 되면… 어찌 될지 자네도 잘 알지 않는가.
        그러니 제발… 못 본 걸로 해주게.

        끝내 대답 않고 대엽의 상처만 보다가 나가버리는 태출. 이씨, 당황하
        는데. 벌떡 일어나는 대엽.

S#16   동 내별당 마당(밤)
        태출, 내별당 밖을 향해 걸어가는데. 그 앞을 가로막으며 칼을 들이대
        는 대엽.

이씨	(쫓아 나오며) 안 된다, 대엽아!
대엽	이대로 보낼 순 없습니다. 외숙이 알게 되면… 옹주 자가는 죽습니다.
이씨	이 사람이 몇 번씩이나 널 도와준 것을 잊었느냐?
대엽	자네한테 사감은 없네. 그동안 날 도와준 것도 잘 아네. 허나… 옹주 자가를 죽게 놔둘 순 없네. 미안하네.
이씨	그런 일은 없을 거다. 이젠 주상 전하께서도 질부가 살아있다는 걸 아는데… 그리 쉽게 질부한테 손을 대진 못할 거다.

S#17   동 내별당 이씨의 방(밤)
방문 앞에 선 채 듣고 있는 수경.

대엽	(E) 잘못 알고 계십니다. 역모를 꾸미는 외숙이 주상 전하를 두려워할 거 같습니까?
수경	외숙?

S#18   동 내별당 마당(밤)
대엽, 태출의 목에 칼을 들이댄 채.

대엽	제가 천벌을 받는 한이 있더라도… 옹주 자가를 죽게 놔둘 수는 없습니다. 이 사람을 죽여서라도 입을 막을 겁니다.
이씨	보내줘라. 이 사람은 결코 입을 열지 않을 것이다.
대엽	외숙의 충복 중의 충복입니다. 몇십 년을 변함없이 충성…
이씨	(태출의 윗옷을 휙 들어 올리는) 보거라. 이 끔찍한 흉터가 보이느냐?

대엽, 보면. 태출의 등에 칼에 베였던 흉터가 크게 남아있다.

이씨	너와 나를 구하려다 니 외숙 칼에 맞은 상처다. 널 안고 있던 내게 내려친 칼을 이 사람이 대신 맞았다.
대엽	(충격)!

이씨	아직도 이 사람이 우릴 배신할 것 같으냐?

태출을 쳐다보다 천천히 칼을 거두는 대엽. 담담한 표정으로 가려는 태출.

이씨	이보게.
태출	당장 지혈부터 해야 합니다. 삼칠근을 가져오겠습니다. (급히 가는)
이씨	들어가자. 면포를 갈아야겠구나. (가려는데)
대엽	이유가 뭡니까? 그런 일까지 당하고도, 저 사람이 이 집을 떠나지 못한 이유 말입니다.
이씨	!
대엽	어머니 때문입니까? 어머니를 지키려고 떠나지 못한 것입니까?
이씨	(대꾸 없이 그냥 가는)
대엽	!

S#19   경운궁 일각(밤)
초조한 얼굴로 하늘을 올려다보는 바우.

정명	(E) 정녕 가야겠다면 가십시오. 허나 다시 돌아올 생각은 마십시오. 오라버니가 부인을 위해, 저와 어마마마의 안위를 저버렸으니… 다시 돌아온다면 저도 오라버니를 발고할 것입니다.
바우	(개구멍 쪽 한 번 쳐다보고 다시 하늘 한 번 쳐다보고. 어쩔 줄 모르는데)
조상궁	밤새 여기 이러고 계셨습니까?
바우	…
조상궁	너무 심려 마십시오. 강하고 지혜로운 여인이니 구하러 갈 때까지 반드시 버텨줄 거라 믿는다고 하지 않으셨습니까?
바우	!

S#20	동 집 내별당 이씨의 방(새벽)

마주 앉아있는 수경, 이씨.

이씨	그래. 대엽이는 내 아들이다. 그리고 대엽이의 생부는 돌아가신 임해군 대감이시다.
수경	!!
이씨	짐작은 하고 있었던 모양이구나. 별로 놀라질 않는 걸 보니…
수경	아닙니다. 많이 놀랐습니다. 다만… 고모님께서 왜 그리 각별하게 도련님을 아끼셨는지… 이제야 이해가 됐을 뿐입니다.
이씨	내가 질부한테 이리 다 털어놓은 것은, 부탁이 있어서다.
수경	말씀하십시오.
이씨	이제라도 네가 먼저 대엽이를 놓아줄 순 없겠느냐?
수경	저도 고모님께 드릴 말씀이 있습니다.
이씨	말해보거라.
수경	저는 이미 다른 사람의 내자가 되었습니다. 정식으로 혼례도 올렸습니다.
이씨	(멈칫 보고는) 연흥부원군의 손자라는 그 사람이냐?
수경	예.
이씨	(놀란 듯) 대엽이도 아느냐?

S#21	동 집 내별당 조상궁의 방

잠시 잠이 들었던 듯, 일순 눈을 뜨다가 환해진 방 안 의식하며 찌푸리는 대엽.

이씨	(옆에 지키고 앉아있다가) 정신이 좀 드느냐?
대엽	(멈칫 옆을 보다) 옹주 자가는?
이씨	조금 전에… 서궁으로 간다며 떠났다.
대엽	(벌떡 일어나며) 조금 전이요?
이씨	아직 움직이면 안 된다. 겨우 피가 멎었는데…

대엽	가려면 어젯밤에 갔어야 합니다.
이씨	제발 좀… 진정하거라. 이러다 상처가 잘못되면…
대엽	밤에 갔어도 위험한 곳을… 이 시간엔 근처에만 가도 잡힐 게 뻔한데… 어떻게든 못 가게 말렸어야죠.
이씨	나도 말렸다. 헌데… (대엽 들으라고) 서방님이 기다려서… 서방님이 자길 찾아 나섰다가 잘못될까 봐… 죽어도 가야겠다는데… 내가 무슨 수로 어찌 말려? 강제로 묶어놓기라도 하란 말이냐?
대엽	!

S#22   **경운궁 담 밖 일각**
구석진 곳이다. 순찰조 군졸 두 명이 담 끝을 돌아가 사라지고 나면 담 밑 돌이 움직이고, 안쪽으로 사라지자 개구멍이 드러난다. 개구멍에서 머리를 내미는 바우. 주위를 살피며 빠져나오다가, 불쑥 다가오는 발을 보고 기겁을 한다. 올려다보면, 앞에 와 서있는 춘배.

춘배	염병… 개구멍이 있는 줄도 모르고… 밤새 숨어서 기다렸네.
바우	(급히 두리번거리며) 왜 혼자야? 그 사람은?

S#23   **동 근처 골목 일각**
주위를 경계하며 열심히 걸어오는 수경. 대엽, 춘배와 함께 이이첨 집 쪽으로 도주했던 길을 반대로 되짚어 오는 중이다. 지나가는 포졸들을 발견하고 급히 몸을 피하는 수경. 옆쪽 길로 급히 간다. 수경이 사라지자, 수경이 오던 맞은편 골목에서 나오는 바우와 춘배.

S#24   **이이첨의 집 근처 일각**
옆구리 상처 쪽을 부여잡은 채 급히 오는 대엽.

S#25   **거리 일각**
경운궁과 이이첨의 집 중간 정도 거리에 있는 장소. 바우, 춘배와 함께 급히 오다가 흠칫 발견한다. 저만치 반대쪽에서 오고 있는 대엽. 서로가 서로에게로 급히 뛰어가는 바우, 대엽.

바우   그 사람은?

대엽   (동시에) 옹주 자가는?

바우   니 집에 있는 거 아니었어?

대엽   서궁으로 갔다던데… 못 본 것이냐?

흠칫 눈빛 교환하고는 약속이나 한 듯 동시에 경운궁 쪽으로 뛰어가는 바우, 대엽. 춘배, 바우를 따라 뛰어오다가, 두 사람이 돌아서 다시 뛰어가자 다시 따라간다.

춘배   (헐떡거리며) 저것들이… 똥개 훈련시키는 것도 아니고…

S#26   경운궁 담 근처 일각
         급히 뛰어오다가 놀라서 멈춰 서는 바우, 대엽, 춘배. 본능적으로 골목 안쪽으로 몸을 숨기며 쳐다보면. 그들의 시선으로, 경운궁으로 들어가려다 군졸들에게 들켜서 잡힌 듯 이미 포박을 당한 채 끌려가고 있는 수경. 바우, 눈이 뒤집혀 뛰쳐나가려는데. 후딱 잡아당겨 못 나가게 막는 대엽.

바우   놔!

대엽   너까지 잡혀가면 옹주 자가는?

춘배   (얼른 바우 옷자락을 힘껏 움켜쥐며) 그래, 바우야… (대엽 가리키며) 여긴 환자니까 안 되고… 너라도 무사해야 옹주 자가를 구하든 빼내든… 할 거 아냐.

미칠 것 같은 듯, 끌려가는 수경을 바라보는 바우. 대엽도 굳은 표정으로 바라보고.

바우	형님은 경운궁으로 들어가 있어.
춘배	너는?
바우	옹주를 구해야지.
춘배	어떻게?
바우	임금님께 부탁해 봐야지.
춘배	이미 모른 척했다며…
바우	한시가 급한데, 다른 방도가 없잖아. 안 되면 바짓가랑이라도 붙잡고 매달려 봐야지.
춘배	궁궐 안에 있는 임금님은 어떻게 만나려구? 또 담이라도 넘게?
바우	…
춘배	천에 하나 만에 하나, 하늘이 도와서 안 들키고 임금님을 만났다 치자. 근데 임금님이 너를 이이첨 그자한테 안 넘긴다는 보장이 있어?
바우	…
춘배	바우야, 다시 생각하자. 너 이러다 진짜로 죽어!
바우	죽어도 가야지. 어차피 옹주가 죽으면 나도 죽을 테니까.
대엽	!
바우	대비마마께는 적당히 둘러대. 알았지?
대엽	나도 같이 간다.
바우	(피가 배어나온 대엽의 상처 쪽을 보는) 그 몸으론 방해만 돼. 날 믿고 기다려라.
대엽	!
바우	(급하게 달려가는)

S#27 이이첨의 집 사랑채 마당
급히 뛰어와 대청으로 올라가는 원엽.

원엽	아버지!

| S#28 | 동 사랑채 사랑방 |
| | 이이첨, 방문 쪽 쳐다보는데. |

원엽	(급히 들어오며) 옹주를 찾았습니다.
이이첨	어디 있느냐?
원엽	내금위장 석계한테서 기별이 왔는데… 서궁으로 들어가려던 남장 여인을 잡아서 의금부로 이송했답니다.
이이첨	옹주가 틀림없으렷다?
원엽	용모파기로 보아 옹주가 틀림없답니다.
이이첨	주상도 알고 있느냐?
원엽	석계가 보고를 막고, 아버지께 가장 먼저 알리는 것이랍니다.
이이첨	(일어나며) 가자. 주상이 알기 전에 당장 빼내 와야 한다.

| S#29 | 창덕궁 후원 담 밖 |
| | 군관 두 명이 순찰을 하며 지나간다. 구석진 곳에서 나와 담벼락에 오르는 바우. |

| S#30 | 상원사 요사채 일각 |
| | 연옥, 빨랫거리 들고 오는데. 요사채 앞에 서있는 대원. |

연옥	스님.
대원	어머니는 어디 가셨느냐?
연옥	관음전에서 백팔배를 드리고 있을 거예요.
대원	또?
연옥	꿈자리가 뒤숭숭하다고…
대원	나무아미타불 관세음보살…

| S#31 | 상원사 관음전 |
| | 힘겨운 듯 땀을 뻘뻘 흘리며 절을 하고 있는 한씨. 차돌, 옆에서 절을 |

하다 그런 한씨를 걱정스럽게 보는데. 비틀하는 한씨.

차돌 (얼른 부축하며) 할머니!

한씨 할미는 괜찮다.

차돌 제가 할머니 몫까지 두 배로 절할 테니까 좀 쉬세요. 예?

한씨 (차돌이를 안으며) 아이구, 내 새끼.

차돌 아부지는 잘 있을 테니까 너무 걱정 마세요.

한씨 그래그래.

차돌 (넙죽 절하며) 제발 우리 아버지랑 어머니 무사하게 해주세요. 부처님…

S#32 **동 창덕궁 후원**
초관1이 순찰을 돌고 있는데. 갑자기 뒤에서 나타나 초관1을 쓰러뜨리고, 구석진 곳으로 끌고 가는 바우.

S#33 **동 창덕궁 만안문 양지당 쪽**
초관1이 입었던 복장으로 오는 바우. 내관들이 지나가자 슬쩍 고개를 숙여 피한다. 내관들이 만안문을 통해 인정전 쪽으로 들어간다. 바우도 내관들을 쫓아간다.

S#34 **동 만안문 인정전 쪽**
바우, 들어서는데 칼을 들어 막아서는 금군1, 2.

금군1 (훑어보며) 도총부 소속인 듯한데, 여긴 어인 일인가?

바우 내금위장 영감께 급히 전할 기별이 있어서 왔습니다.

금군1 (미심쩍은 듯 보다) 표신!

바우 !

금군1 없어?

후딱 눈을 마주치고는 칼을 빼, 바우에게 겨누는 금군1, 2. 바우, 어찌

해야 하나 망설이는데.

중영   (화면 밖에서, E) 무슨 일이냐?

금군1, 2 후딱 돌아보면. 중영이 서있다.

바우   !
중영   (바우 알아보고는) 내가 부른 것이니 물러나거라.
금군1   표신이…
중영   물러나라 하였다.

칼을 거두고 물러나는 금군1, 2.

중영   (바우에게) 따라 오너라.
바우   (얼른 중영을 따라가는)

S#35   동 인정전 서회랑
빠른 걸음으로 걸어오다 주변을 둘러보고는 멈춰 서는 중영. 바우도 멈춰 서고.

중영   죽고 싶어 환장한 것이냐? 여기가 어디라고 감히…
대엽   주상 전하를 뵈어야 합니다. 은밀히 알현하게 해주십시오. 화급을 다투는 일입니다.
중영   !

S#36   동 창덕궁 희정당 서실
광해군 앞에 부복해 있는 바우.

바우   옹주를 구해주시옵소서.

광해군	…
바우	옹주가 이이첨의 손에 들어가면, 무조건 죽을 것이옵니다. 부디 옹주를 구해주시옵소서, 전하!
광해군	…여가 왜 신원 복권을 폐기하고, 옹주를 외면했는지 모르느냐?
바우	알고 있사옵니다. 하오나…
광해군	이이첨 그자가 알게 되면 무슨 일이 일어날지 모른다. 포기하거라.
바우	그럴 수 없사옵니다.
광해군	(버럭) 나라고 좋아서 이러는 줄 아느냐? 단장의 심정으로 내린 결정이다!
바우	소인이 무슨 수를 쓰든 이이첨을 막겠나이다. 부디 옹주를 가엾게 여겨주시옵소서, 전하.
광해군	(망설이는) …

S#37 의금부 옥사 앞
　　　이이첨, 서있는데. 안쪽에서 달려 나오는 원엽.

이이첨	왜 혼자인 것이냐? 설마!?
원엽	한발 늦은 거 같습니다. 중영이 와서 데려갔다 합니다.
이이첨	!

S#38 창덕궁 희정당 서실 앞 복도
　　　희정당 쪽으로 오는 김개시와 중영. 고개를 숙인 채 뒤따르는 궁녀. 궁녀 복장을 한 수경이다.

S#39 동 희정당 서실
　　　광해군과 바우, 초조한 얼굴로 앉아있는데.

중영	(E) 전하, 중영이옵니다.
광해군	(벌떡 일어나며) 어서 들라.

바우도 급히 따라 일어나는데. 들어오는 수경과 김개시, 중영. 바우가 이곳에 있으리라고 짐작도 못 한 듯 흠칫 놀라 바우를 보는 수경. 바우도 무사한 수경이 반갑고. 애틋하게 서로 바라보는 바우와 수경. 그런 두 사람을 보는 광해군. 광해군 의식하고, 바우 들으라는 듯 헛기침하는 중영. 수경, 얼른 광해군에게 다가가 절을 하려는데.

광해군   되었다. 그냥 앉거라.

광해군이 자리에 앉자, 광해군 앞에 앉는 수경. 바우도 옆에 앉고.

광해군   다친 곳은 없느냐?
수경   예, 아바마마의 성려 덕분에 무탈하옵니다.
광해군   아니다. 내가 너를 볼 낯이 없다. 이 애비를 많이 원망했겠구나.
수경   아니옵니다. 아바마마 덕분에 몸을 피하였다가… 소녀가 불민하여 잡힌 것인데, 어찌 아바마마를 원망하겠사옵니까?
광해군   내 덕이다?
수경   아바마마께서 내금위장을 보내시어 미리 알려주신 덕분에 몸을 피할 수 있었지 않사옵니까?

슬쩍 내금위장을 보는 광해군. 그런 광해군을 의식하면서도, 애써 모른 척하는 바우.

수경   하온데 또 이리 소녀를 구해주시니, 성은이 망극할 따름이옵니다.
광해군   (바우를 일별해 주고, 수경에게) 그 일은 어찌 알았느냐?
수경   (바우를 보는)
광해군   (바우에게) 네가 말한 것이냐?
바우   예, 전하.

바우를 지그시 보는 광해군. 수경이 그 일을 말할 줄 몰랐던 듯 난처한 얼굴로 중영을 보는 바우. 표정 변화 없이 묵묵히 서있는 중영.

수경	소녀, 아바마마께 한 가지 고할 일이 있사옵니다.
광해군	말해보거라.
수경	소녀, 옆에 있는 이 사람과 혼인을 맺었사옵니다.
광해군	!
바우	!

김개시와 중영도 놀라고.

수경	아바마마의 허락을 받을 수 있는 상황이 아닌지라, 이제야 고하게 됨을 용서하여 주시옵소서.

눈을 감은 채 미동도 않는 광해군. 긴장하는 일동. 서로 눈치만 살피는데.

바우	(조아리며) 전하의 하명을 어겼사옵니다. 벌하여 주시옵소서.
수경	소녀가 원한 일이오니 벌하시려면 소녀를 벌하여 주시옵소서, 아바마마.
광해군	(그제야 눈을 떠 수경을 잠시 쳐다보다) 불효막심한 놈. 끝내 네 고집대로 하였구나.
수경	망극하옵니다, 아바마마.
광해군	지금은 상황이 위급하니 그냥 넘어간다만… 후일 반드시 그 죄를 묻겠다.
수경	아바마마!
김개시	(얼른 나서며) 지금쯤이면 좌의정도 화인옹주가 사라진 걸 알았을 것이옵니다. 대책을 논하심이 우선이라 사료되옵니다.
광해군	(침중한 탄식을 내뱉는) 어쩌다 이 나라 조선이 이 지경까지 이르렀는지… 열성조를 뵐 낯이 없구나.
수경	(안타까운 듯 광해군을 보다가) 차라리 서인들을 설득해 친위 반정을 도모

	하는 것은 어떻겠사옵니까?
바우	!
광해군	친위 반정!?
수경	전조 고려 때도 이자겸이란 역신을 몰아내기 위해, 친위 반정을 한 적이 있다는 사실을 읽은 적이 있사옵니다.
광해군	…
수경	서인들에게 군사를 모으게 하고, 그 병력으로 이이첨을 치는 것이옵니다.
광해군	그랬다가 서인들 또한 다른 뜻을 품으면?
수경	서인들이 원하는 대로 서궁의 유폐를 풀고, 대북의 손에 있던 권력을 나눠주면… 그들도 따르지 않겠사옵니까?
광해군	(중영에게) 서고에 가서, 고려의 역사서를 가져오너라.
중영	예, 전하.
광해군	(김개시에게) 화인이 거처할 곳은 준비해 두었느냐?
김개시	예, 전하.
광해군	누구도 화인이 궁 안에 있음을 알아서는 아니 될 것이다.
김개시	심려 마시옵소서, 전하.
광해군	(수경에게) 그만 가서 쉬거라.
수경	예, 아바마마.

바우를 일별하고 물러나는 수경. 김개시와 중영도 따라가고. 바우, 따라가고 싶지만 광해군의 명이 없어 눈치를 보는데. 바우 앞에 다가오는 광해군.

광해군	왜 화인에게 거짓으로 알렸느냐? 너에게 피하라고 알린 것은 내가 아니라 중영 아니더냐?
바우	…전하께서도 마음만은 그러셨을 거라 믿기 때문이옵니다.
광해군	(콧방귀 뀌며) 내가 아니라 화인이를 위해서 그리했겠지.
바우	!

광해군	화인이 마음이 상할까 두려워 거짓을 말한 거 아니더냐?
바우	망극하옵니다, 전하.
광해군	화인을 살리고 싶으면 무슨 수를 써서라도 이이첨의 역모를 막아라!
바우	반드시 그리하겠사옵니다.
광해군	(보는)
바우	만일 그자의 역모를 막을 수 없다면… 소인 그자의 목숨을 끊고, 자진 하겠사옵니다.
광해군	!

S#40   이이첨의 집 사랑채 사랑방
        생각에 잠겨있는 이이첨.

원엽	옹주가 서궁으로 들어가려다 잡힌 걸 보면, 김대석도 서궁에 숨어있을 가능성이 높습니다. 당장 확인해 볼까요?
이이첨	이미 늦었다. 옹주가 잡혀갔는데, 그놈이 서궁에 남아있겠느냐?

S#41   창덕궁 후원 영화당 앞
        중영과 함께 오는 바우.

중영	들어가 보거라.
바우	괜찮으시겠습니까?
중영	뭐가 말이냐?
바우	전하의 명을 어긴 게 들통났지 않습니까?
중영	이미 고하였다.
바우	!
중영	내 걱정은 접어두고, 니 걱정이나 하거라.
바우	영감께서는 진정한 충신이시군요.
중영	어울리지도 않는 아첨 따윈 치우거라.
바우	(미소로 보는)

중영	(미소 짓다, 헛기침하고는) 들어가 보거라. 기다리시겠다.

S#42 동 영화당 일실

들어오는 바우. 일어서서 그런 바우를 보고 있는 수경. 서로에게 다가가 와락 안는 바우와 수경. 다시 못 볼 줄 알았다가 보게 되자 감정이 북받치는 듯 눈물이 고이는 바우와 수경.

바우	어디 다친 곳은 없으시오?
수경	예. 서방님은요?
바우	나도 괜찮소. 헌데 어찌하여 주상 전하께 우리가 혼인했다는 것을 고하였소. 자칫하다가 노여움을 살 뻔하지 않았소.
수경	그리해야, 아바마마께서 서방님을 쉽게 내치지 못할 거 같아서 그리했습니다. 밉든 곱든 부마가 됐으니 보호해 주시겠지요.
바우	(수경이 너무도 사랑스러운 듯 다시 와락 안는)

S#43 경운궁 일실

초조한 얼굴로 서성거리고 있는 춘배와 조상궁. 서로 왔다 갔다 하다가, 돌아서다 쾅 부딪친다. 이마를 부여잡고 신음하는 조상궁.

춘배	(얼른 부축하며) 괜찮아?
조상궁	아이구 이 돌대가리…

말을 하다, 뭔가 느낀 듯 엉덩이 쪽을 보는 조상궁. 춘배의 손이 조상궁의 엉덩이에 와있다.

조상궁	(확 밀쳐내고) 야! 지금 이 지경에 딴생각이 나냐? 딴생각이 나?!!
춘배	아니야. 맹세코 내가 그런 게 아니야.
조상궁	(춘배 손을 잡아 흔들며) 그럼 이건 니 손이 아니라 남의 손이냐?
춘배	(얼른 빼서 자기 손을 치며) 이런 나쁜 놈. 지금 때가 어느 땐데 정신 차려

라, 이놈아.

조상궁   (기가 찬 듯 보는)

S#44   동 창덕궁 희정당 서실
         고려사절요를 보다 내려놓는 광해군. 서탁 위에 고려사가 놓여있다.

광해군   서인들을 이용해 친위 반정을 하자는 것에 대해, 어찌 생각하느냐?
김개시   나쁘지 않은 계책인 거 같사옵니다.
광해군   (잠시 생각하다) 김자점을 만나 의중을 타진해 보거라.
김개시   예, 전하.

S#45   동 창덕궁 김개시의 방
         김개시의 눈치를 살피는 김자점.

김개시   요즘, 서인들의 회동이 잦다고 들었습니다. 그것도 능양군 대감댁에서
         말이에요.
김자점   (내심 뜨끔하지만 아무렇지도 않은 척) 좌의정과 대북이 저리 날뛰니 대책
         마련을 위해 고심하는 중입니다.
김개시   그래요?
김자점   예, 하루라도 빨리 좌의정을 몰아내야, 주상 전하의 성려를 덜어드릴
         수 있지 않겠습니까?
김개시   (탐색으로) 설마 다른 생각을 하고 있는 건 아니겠지요?
김자점   그럴 리가 있겠습니까? 마마님의 은혜를 입은 제가 어찌 감히 다른 생
         각을 하겠습니까. 믿어주십시오.
김개시   …그 모임에 내가 사람 하나 끼워 넣어도 되겠습니까?
김자점   !?

S#46   김자점 집 사랑채 마당
         김자점과 함께 오다, 멈칫 놀라는 바우. 댓돌에 신발이 한가득이다.

김자점	뭘 그렇게 놀라나. 내 오늘 모임이 있다고 했지 않은가.
바우	…
김자점	들어가세.

S#47　　　동 사랑채 사랑방
능양군을 비롯해 김류, 이귀, 이괄, 최명길 등 서인들이 모여 앉아있다.
들어오는 김자점과 바우.

능양군	객들은 기다리게 하고, 주인이 이제야 오는 건가?
김자점	송구합니다. (바우에게) 인사 올리게. 능양군 대감이시네.
바우	(능양군이라는 소리에 굳어지며, E) 이쪽도 역모인가?
김자점	(능양군에게) 일전에 말씀드린 대비마마의 조카입니다.

놀란 얼굴로 바우를 보는 능양군과 일동.

바우	처음 뵙겠습니다. 김대석이라 합니다.
능양군	반갑네. 앉으시게.
바우	외람되오나, 급한 일이 있어 바로 가봐야 할 거 같습니다.
능양군	!
바우	오늘의 무례는 후일 갚도록 하겠습니다.

고개 숙여 보이고, 나가는 바우. 굳어지는 능양군. 기분 나쁜 듯 손가락
질을 하며 한마디씩 하는 서인들. 급히 따라 나가는 김자점.

S#48　　　동 사랑채 마당
나오는 바우.

김자점	(급히 따라 나오며) 이보게. 이리 가는 법이 어딨는가?
바우	능양군 대감께서 계신 줄은 몰랐습니다. 제가 있을 곳이 아닌 거 같습

니다. 전 이만…

능양군	(뒤에서) 이리 가면 내가 너무 서운하지 않은가?
바우	!
능양군	(다가와 바우 손을 덥석 잡으며) 도와주시게… 이이첨도 이이첨이지만… 금상도 자네와 대비마마의 원수 아닌가? 나처럼 말일세.
바우	!
능양군	정 뭣하면, 대비마마께 우리 뜻만이라도 좀 전해주시게.
바우	…

S#49   인서트
         애월루 전경.

S#50   동 애월루 일실
         홀로 술을 마시고 있는 대엽. 이미 꽤 마신 듯 빈병들이 보인다. 대엽,
         다시 술잔을 드는데. 들어오는 바우.

대엽	어찌 되었느냐?
바우	(다가와 앉으며, 술잔을 뺏고) 몸 상해.
대엽	어찌 되었냐고 묻지 않느냐?
바우	내가 이렇게 멀쩡한 거 보면 몰라?
대엽	(안도의 한숨 내쉬고는) 소상히 말해보거라.

S#51   동 영화당 일실
         소의 윤씨와 마주 앉아있는 수경.

윤씨	너무 서운하게 생각지 말거라. 아바마마께선 신원 복권을 취소하지 않으려고 마지막까지 애를 쓰셨다.
수경	예, 소녀도 잘 알고 있습니다.
윤씨	주상 전하께선… 네 아버지이기 전에 이 나라 온 백성의 아버지가 아니

시더냐. 너한테 못 할 짓을 하셔야만 했던 연유도 다…

수경   어마마마님… 소녀, 아바마마를 원망하지 않사옵니다.

윤씨   참으로 그리 생각하느냐?

수경   진심이옵니다. 오늘만 해도 아바마마가 아니었다면… 소녀, 어찌 어마마마님과 이리 마주 앉을 수가 있었겠사옵니까.

윤씨   (다가앉으며 수경의 얼굴을 어루만져보는) 내 딸은 얼굴도 이리 고운데… 마음씨는 더 곱구나… (손도 어루만져 보며) 손이 까칠하구나… 시집살이가 고된 것이냐?

수경   아, 아니옵니다. 조상궁이 있어서 소녀는 손에 물도 묻히지 않사옵니다.

윤씨   (미소로) 평생을 홀로 살아야 될 줄만 알았는데… 내가 너무 좋아서 해본 소리다. 그 사람은 잘해 주느냐?

수경   (자기도 모르게 미소 머금으며) 예, 어마마마님.

윤씨   그 사람 생각만 해도 절로 웃음이 나오는 모양이구나…

수경   망극하옵니다.

윤씨   아니다. 나도 처음 볼 때부터 왠지 믿음이 가더구나. 그래서 널 부탁했던 것이고… 다만… 혼례식을 제대로 치러주지 못한 것이 못내 걸리는구나. 초례청도… 원삼 족두리도 없이… (눈가 찍어내는)

수경   족두리 대신… 그 사람이 직접 꽃을 꺾어서 만든 화관을 씌워주었습니다. 세상에 하나밖에 없는… 그 어떤 족두리보다 더 고운 화관이었습니다.

윤씨   널 얼마나 아끼는지 알 것 같구나… 고맙다는 말을 꼭 하고 싶은데… 언제 얼굴이라도 볼 수 있을는지.

수경   보시게 될 것이옵니다. 그 사람도 어마마마님께… (했다가) 장모님께 인사드리는 게 원이오니… 곧 그런 날이 올 것입니다.

윤씨   그래. 넌 허언이라곤 못 하는 아이니… 내 한번 믿어보마.

모처럼 밝은 미소로 서로를 바라보는 수경과 소의 윤씨.

S#52　　애월루 일실
　　　　　답답한 듯 한숨을 내쉬는 대엽.

대엽　　서인들마저 딴생각을 품고 있다면, 역모를 막을 방도가 전혀 없는 거
　　　　아니냐.
바우　　(잠시 대엽을 보다가 갑자기 무릎을 꿇는)
대엽　　무슨 짓이냐?
바우　　도와다오. 도저히 나 혼자서는 니 아버지를 막을 방도를 찾을 수가 없다.
대엽　　!
바우　　옹주는 살리고 봐야 할 거 아니냐. 한 번만 도와다오.
대엽　　!

S#53　　이이첨의 집 내별당 마당
　　　　　이씨, 대엽 걱정에 수심 가득한 얼굴로 서성이고 있는데. 굳은 얼굴로
　　　　　오는 대엽. 이씨, 무사한 대엽 보고는 안도하며 가슴을 쓸어내리는데.

대엽　　(원망스러운) 꼭 그렇게까지 하셔야만 했습니까?
이씨　　?
대엽　　형수를 내 사람으로 만들기 위해서라도 왕이 되겠다는 제 말을 진심이
　　　　라 믿으신 겁니까? 그래서 막으려고 하신 겁니까?
이씨　　대체 지금 무슨 말을 하는 것이냐?
대엽　　형수가 하마터면 외숙한테 잡힐 뻔했습니다.
이씨　　내가 니 외숙한테 고자질이라도 했단 뜻이냐?
대엽　　그럼 아닙니까? 형수가 서궁으로 간 걸 아는 사람은…
이씨　　(O.L) 새벽까지 나와 함께 있었다. 니 외숙한테 알릴 생각이었으면…
　　　　내 방에 있을 때, 그때 바로 알렸겠지. 굳이 기다렸다가 서궁으로 보내
　　　　놓고 나서 알릴 이유가 없지 않느냐.
대엽　　!
이씨　　너 때문에… 니가 잘못될까 봐 질부를 원망한 적은 있어도… 질부가 잘

못되길 바란 적은 단 한 순간도 없었다.

서운한 듯 대엽을 일별해 주고는 방으로 들어가는 이씨. 대엽, 마음이 안좋은 듯 착잡해지는데. 약재 꾸러미를 들고 내별당으로 들어오는 태출.

태출   방으로 드시지요. 백급을 참기름에 갠 것인데… 환부에 붙여 메꿔주면 회복이 한결 빨라질 겁니다.

대엽   (조상궁 방 가리키며) 저 방에서 잠시 기다리게.

이씨 방으로 급히 가는 대엽. 또 무슨 일이 있나 싶어 걱정스럽게 보는 태출.

S#54   동 집 내별당 이씨의 방
              충격으로 대엽을 보는 이씨.

이씨   그럼 주상 전하께서 이미 다 알고 계신다는 것이냐?

대엽   예.

이씨   (기가 막힌) 다 아시면서도… 아들인 너한테 아비의 역모를 막으라고 명하셨다니… 참으로 모진 분이시구나.

대엽   …

이씨   (한숨 쉬고는) 넌 어찌할 생각이냐?

대엽   저도 모르겠습니다. 역모를 막지 못하면… 형수가 죽게 되고… 역모를 막으면… 외숙이나 형님은 물론이고… 어머니도 무사하지 못할 것입니다.

이씨   (안타까운) …

대엽   (괴로운) 생부는 아니지만… 절 키워주신 분입니다. 태어나서 지금까지 아버지로 알고 아버지로 모셔온 분입니다. 그런 분을 어찌 제 손으로…
             (말을 못 잇고 힘들어하는)

이씨   (생각이 많은 얼굴로 잠시 보다가) 난… 네가 보위에 오를 생각은 없다고

	믿는다. 내 생각이 맞느냐?
대엽	예, 맞습니다. 피할 수만 있다면 피하고 싶은 자리입니다.
이씨	그럼 됐다. 네가 끝내 거부한다면… 너 대신 보위에 올릴 이를 찾아낼 때까진… 니 외숙도 할 수 있는 것이 없을 것이다. 그럼 역모 계획도 자연히 무산되지 않겠느냐.
대엽	제가 외숙의 뜻에 따르지 않겠다고 하면… 어머니를 인질로 삼아 저를 겁박할 것입니다.
이씨	내 걱정은 하지 말거라. 최악의 경우를 대비해 남겨둔 마지막 수단이 있다.
대엽	!?

S#55   동 내별당 이씨의 방 앞
        우두커니 서서 듣고 있는 태출.

이씨	(E) 내가 돌아가신 네 아버지께 만들어 드렸던 손수건이다.
태출	!

S#56   동 내별당 이씨의 방
        열려진 자개함 속에 들어있는 손수건. 손수건을 꺼내 대엽 앞에 펼쳐 놓는 이씨.

이씨	네 아버지를 죽인 자가 누구인지를 알려주는 증좌이다.

손수건을 보는 대엽. 오래되어 색이 바랜 낡은 손수건. 한쪽 귀퉁이에는 '臨海'라고 수가 놓여있고. 손수건 중앙에는 피로 급히 휘갈겨 쓴 글씨 석 자 '이 이 ㅊ'. 이이첨이라고 쓰려다가 마지막 '첨'자를 미처 다 못 쓴. 손수건을 집어 들고 보는 대엽. 부들부들 떨리는 대엽의 손.

이씨	독으로 인해 피를 토하시고… 그 피로 자신을 죽이려고 한 자의 이름을

쓰려고 하시다가… 마지막 자를 미처 다 못 쓰고 돌아가셨다.

대엽 　…유배지에 계신 아버지께 누군가 자객을 보내 교살을 했다는 풍문은 들은 적이 있습니다만… 독…이었습니까?

이씨 　독을 먹이고도 부족했는지… 자객까지 보냈다.

대엽 　누구한테 들으신 겁니까?

이씨 　이 손수건을 챙겨 내게 전해준 이가 태출이 그 사람이다. 그 사람이 아니었으면… 네 아버지께서 얼마나 억울하게… 얼마나 참담하게 돌아가셨는지조차 몰랐을 거다.

대엽 　(손수건에 쓰인 핏빛 글씨만 노려보고 있는)

이씨 　(눈물을 흘리며) 네 아버지가 어떻게 돌아가셨는지… 죽을 때까지 그 사실을 잊지 않으려고… 내 당호도 네 아버지의 군호인 임해군의 바다 해 자를 써서 해인당이라고 정한 것이다.

대엽 　외숙은 도대체 왜 아버지를 죽인 것입니까?

이씨 　차기 왕위를 두고 네 아버지와 금상을 저울질하던 니 외숙은… 조정 여론이 금상 쪽으로 급격히 기울자… 네 아버지를 더이상 만나지 못하게 했고… 나중에라도 혹시 네 아버지가 나에 대해 입을 열까 두려워… 역모의 굴레를 씌웠다.

대엽 　!

이씨 　헌데 그렇게까지 했는데도 금상이 동복형인 네 아버지를 끝내 죽이려 하지 않자… 자객을 보내 죽인 것이다. 이것이 있는 그대로의 사실이고… 내가 알고 있는 진실이다.

대엽 　(눈물 차오르며) …어찌 그런 말씀을 이제야…

이씨 　너까지 이 지옥을 겪게 하고 싶진 않았다. 너만 지킬 수 있다면… 어떤 지옥이든 나 혼자 무덤까지 안고 갈 생각이었다.

대엽 　!!

이씨 　(자개함에 손수건을 집어넣고 닫는) 넌 따라오지 말고… 여기서 기다리거라. (자개함을 들고 일어서는)

S#57   동 내별당 이씨의 방 앞
            자개함을 들고 나오는 이씨.

대엽   (따라 나오며) 저도 같이 가겠습니다.
태출   (나서며) 안 됩니다.

            멈칫 보는 이씨, 대엽.

태출   (자개함 가리키며) 그건 절대 안 됩니다.
이씨   비키게. 이럴 때를 대비해 간직해 온 물건이고… 이제 이걸 써야만 할
            때가 된 것이네.
태출   그걸 대감마님이 보게 되는 순간… 마님도 도련님도… 다 죽습니다. 다
            죽이고 그 증좌도 없애버릴 겁니다.
대엽   !
태출   두 분이 지금껏 목숨을 부지하신 건… 마님께서 입을 다무셨기 때문입
            니다.
이씨   !
태출   어머니를 지키고 싶다면… 이 물건부터 없애버리십시오.

            자개함을 빼앗아 대엽에게 주고는 가버리는 태출. 대엽, 멍하니 자개함
            을 쳐다보는데. 무너지듯 주저앉으며 눈물을 흘리는 이씨. 아프게 바
            라보다 이씨를 부축해 일으키는 대엽.

대엽   죄송합니다, 어머니. 다 저 때문인데… 어머니는 저를 위해 그 지옥 같
            은 고통을 견디셨는데… 그것도 모르고… 죄송합니다, 어머니.

            대엽의 말에 눌러왔던 설움과 한이 한꺼번에 폭발해 버린 듯, 통곡이
            터져 나오는 이씨. 이씨를 안아주는 대엽. 대엽의 품에 안겨 오열하는
            이씨.

S#58   동 집 내별당 뒷마당(밤)
        모닥불이 피워져 있고. 자개함을 들고 그 앞에 서있는 대엽. 자개함을
        열어 손수건을 쳐다보다, 이내 손수건을 꺼내 불길 속에 던져버린다.

이씨   (급히 다가오며) 무슨 짓이냐!
대엽   어머니!
이씨   (자개함 보고) 설마…

        이씨, 모닥불을 보면 이미 재가 되어버린 손수건. 기가 막힌 듯 대엽을
        보는 이씨.

대엽   저한텐 돌아가신 아버지보다… 어머니가 더 소중합니다.
이씨   !

S#59   동 집 조상궁의 방(밤)
        대엽의 상처를 치료해 준 듯, 사용한 면포와 약재를 챙기고 있는 태출.

대엽   평생을 어머니만 바라보았다 들었네.
태출   !!
대엽   그 긴 세월을 어찌 감내한 것인가?
태출   …이리 길 줄은 소인도 몰랐습니다. 그저 세월이 지난 것입니다.
대엽   외숙의 뜻대로 내가 왕이 되면, 자네도 나도… 죽을 때까지 헤어나지
        못할 것이네. 도와주게.
태출   !

S#60   애월루 일실
        바우, 앉아있는데. 들어오는 대엽.

바우   어떻게 됐어? 뭐 좀 알아냈어?

대엽	(앉으며) 무기 숨긴 곳을 알아냈다.
바우	어딘지만 알려줘. 내가 알아서 하마.
대엽	너 혼자 무슨 수로. 나도 갈 것이다.
바우	화살 맞았다며? 칼이나 휘두를 수 있겠어? 그 몸으로 가봤자 방해만 되니까 넌 여기 있어.
대엽	내 비록 상처를 입었다만, 지금도 너 정도는 얼마든지 상대할 수 있다. 해볼 테냐?
바우	(말없이 보다) 웬만하면 빠지지? 그래도 니 아버진데…
대엽	!
바우	아무리 잘못해도 아버지는 아버지라며?
대엽	…이이첨은 나에게도 원수다.
바우	(멈칫했다) 뜬금없이 뭔 개소리야? 헛소리할 거면 난 갈란다. (일어나려는데)
대엽	이이첨은 내 아버지가 아니다… 난 임해군 대감의 아들이다.
바우	뭐!?
대엽	그자는 내 외숙이고… 내 아버지를 죽인 원수다.
바우	…그럼 너랑 옹주랑…
대엽	사촌간이지.
바우	(충격으로 말을 잇지 못하다, 갑자기 생각난) 그럼 너 그래서 옹주를 포기한 것이냐?
대엽	전혀 아니라고는 못하겠지만… 그것 때문만은 아니었다. 무엇보다 옹주 자가께서 너를 선택하였기 때문에 포기한 것이다.
바우	!!

S#61 이이첨의 집 사랑채 대청
       이이첨, 생각에 잠겨있는데.

원엽	(나오다가 보고) 왜 나와계십니까?
이이첨	거사가 코앞인데… 주상이 너무 조용한 것이 마음에 걸리는구나. 만전

의 태세를 갖추었는지 니가 직접 가서 꼼꼼히 살펴보거라.

원엽   예, 아버지.

S#62   산속 일각
조심스럽게 오다 급히 숨는 바우와 대엽. 바우의 등에 거적으로 감은
조총이 매어져 있다. 가병들이 지나간다. 서로 눈을 맞추고 고개를 끄
덕이고는 조심스럽게 가병들을 따라가는 바우와 대엽.

S#63   동 근처 일각
적당한 곳에 숨어서 주변을 살피고 있는 바우와 대엽. 대엽을 툭 치고,
한쪽을 가리키는 바우. 대엽 보면, 가병들이 지키고 서있는 움막과 무
술 연마를 위한 허수아비, 과녁 등이 보인다. 인적이 드문 산속에 위치
한 이이첨의 비밀기지다. 바우를 보며 고개 끄덕이는 대엽. 매고 있던
조총을 푸는 바우.

S#64   움막 앞
원엽과 태출이 움막에서 나오는데.
(E) 조총 소리가 메아리친다.

원엽   (놀라서 보며) 이게 무슨 소리냐? 천둥 소린가?

태출   아닙니다. 조총 소리 같습니다.

원엽   설마 우리 식솔들은 아니겠지?

태출   아닙니다. 관병들과 조우했을지도 모르니, 제가 수하들을 데리고 살펴
        보겠습니다.

원엽   아니다. 나도 같이 갈 것이다.

태출   예. 모두 따라오거라.

가병들을 데리고 달려가는 원엽, 태출.

S#65   동 근처 일각
        원엽과 태출, 가병들이 몰려오는 모습을 숨어서 지켜보고 있는 바우와
        대엽.

대엽   생각대로 움직여주는구나.
바우   가자.

        조심스럽게 몸을 일으켜 가는 바우와 대엽.

S#66   움막 앞
        가병1, 2가 경계를 서고 있는데. 양쪽에서 나타나 기습하는 바우와 대
        엽. 움막 안으로 들어간다.

S#67   동 움막
        조심스럽게 들어서다, 흠칫 보는 바우와 대엽. 텅 빈 움막이다.

대엽   (당황) 아니, 이럴 리…
바우   (손가락을 입에 가져다대 조용히 하라는 신호하고, 벽을 툭툭 치는)
대엽   (다가가, 낮게) 뭐 하는 것이냐?
바우   밖에서 보는 것보다 좁다는 생각 안 들어?
대엽   !
바우   (공명음이 들리는 듯 몇 번 더 쳐보고는) 여긴 거 같다.

        벽에 걸린 거적을 확 걷어내는 바우. 거적 뒤에 문이 있다. 문을 열고
        들어가는 바우와 대엽.

S#68   동 움막 안 창고
        궤짝들이 가득 놓여있고, 한쪽에는 대완구와 중완구가 놓여있다. 얼른
        다가가 궤짝을 열어보는 대엽. 궤짝 안에 조총이 가득 들어있다.

바우	이거 비격진천뢰지?

대엽, 얼른 가서 보면 궤짝 안에 비격진천뢰가 담겨있다.

대엽	맞다.
바우	이 정도 무기로 무장하면 절대로 못 막아. 다 박살 내버려야 해.
대엽	무슨 수로?
바우	화약 천지니 불 지르면 다 터지겠지.
대엽	터지겠지. 니 몸뚱아리까지.
바우	불붙이고 바로 도망가도 안 되나?
대엽	이 많은 화약이 터지면 주변은 모두 불덩어리가 되고 말 것이다.
바우	내가 화약을 터트려 봤어야 알지. 그럼 어쩔 건데? 그냥 두고 가자고?
대엽	기다려 보거라. (주변을 살피다, 궤짝을 열어보며) 진천뢰가 있으면, 중약선도 어디 있을 텐데…
바우	도화선 말이냐?
대엽	그래.
바우	진작 그렇게 말할 것이지. (합세해 찾기 시작하고, 심지가 감긴 목곡을 들어 보이며) 이거 아닌가?
대엽	목곡이로구나. 중약선은 안 보이더냐?
바우	(심지가 둘둘 말린 얼레 같은 것 들어 보이며) 이거?

S#69   동 움막 앞
나오다 흠칫 놀라는 바우와 대엽. 비가 쏟아지고 있다.

바우	이런 염병… 이 비에 되겠어?
대엽	일단 해보자.

S#70   동 움막 근처 일각
도화선을 깔며 오는 바우와 대엽.

바우	이쯤이면 되겠다.

고개 끄덕이는 대엽. 바우, 들고 있던 횃불로 심지에 불을 붙이고는 얼른 근처 구석진 바위 뒤로 숨는다. 타들어 가는 도화선. 꺼질 듯 꺼질 듯 이어가다, 결국 물웅덩이가 생긴 부분에서 꺼지고 만다. 원망스러운 듯 하늘을 쳐다보는 바우.

대엽	넌 가라.
바우	어쩌려고?
대엽	내가 들어가서 기름을 붓고 불을 지를 것이다.
바우	나보고 매번 미쳤니 어쩌니 하더니 니가 미쳤구나?
대엽	우릴 찾으러 간 자들이 언제 돌아올지도 모르는데, 다른 방도를 찾을 시간이 없다.
바우	직접 불을 지르면 피할 시간이 없다며. 니 입으로 한 말이야. 벌써 까먹었느냐?
대엽	어차피, 역모를 막으면 난 죽는다… 이이첨의 아들이라도 죽고, 임해군의 아들이라도 죽을 수밖에 없다.
바우	!!
대엽	알아들었으면 가거라.
바우	개소리 집어치워. 너 같으면 나 혼자 두고 가겠냐?

바우, 대엽을 확 밀어내고 움막 쪽으로 가려는데. 뒤에서 팔뚝으로 목을 조르는 대엽. 바우, 벗어나려 버둥거리는데.

대엽	반항하지 마라. 너에겐 반드시 지켜야 할 사람이 있지 않느냐?
바우	(기절한 듯 축 늘어지는)
대엽	(바우를 한쪽에 기대놓으며, 쓸쓸하게) 난 하고 싶어도 할 수 없는 일이다.

S#71	동 움막
	기름을 붓는 대엽. 불을 붙이고 얼른 밖으로 뛰어나간다.
S#72	동 움막 앞
	뛰쳐나오는 대엽. 폭발하는 움막. 몸을 날려 쓰러지는 대엽. 간신히 일어나려는데, 대엽을 향해 겨누어지는 칼들. 대엽, 보면. 원엽과 가병들이다.
S#73	동 근처 일각
	쏟아지는 비에 일순 정신을 차리는 바우. 고개를 흔들어 정신을 차리려 애쓴다. 조심스럽게 내다보면, 대엽을 포승줄에 묶어서 끌고 가는 원엽과 태출, 가병들.
S#74	이이첨의 집 사랑채 사랑방
	포박당한 대엽을 끌고 들어오는 원엽. 그대로 선 채 이이첨을 노려보는 대엽.

이이첨	풀어드려라.
원엽	(멈칫했다가 마지못해 대엽의 포박을 풀어주는)
이이첨	앉으시지요, 아기씨.
대엽	(앉는)
이이첨	어찌 그런 무모한 짓을 하신 겝니까? 이 모든 일이 다 아기씨를 위한 것이거늘… 아기씨께서 이리 나오시면…
대엽	죽이십시오!
이이첨	(흠칫 보는)
대엽	아버지의 한을 풀어드리지 못하고 가는 것은 억울하나… 원수와 뜻을 함께할 생각은 추호도 없으니 어서 죽이십시오!
원엽	이놈이 실성을 했나… 감히 어디서…
이이첨	(손 들어 원엽 말리고) 어디서 무슨 소리를 들으셨는지는 모르겠사오나…

대엽	외숙이 아버지에게 한 모든 일을 알고 있습니다.
이이첨	시중에 떠도는 풍문은 신도 들은 적이 있사옵니다. 허나 아시지 않사옵니까? 워낙에 적이 많은 신인지라… 모두 모함일 뿐이옵니다.
대엽	그만하십시오. 이제 외숙의 입에서 나오는 소리는 단 한 마디도 믿을 수 없습니다.
이이첨	믿으시든 믿지 않으시든… 신은 아기씨께 진실을 말씀드려야 할 의무가 있사오니… 끝까지 들어주시지요.
대엽	듣고 싶지 않습니다.
이이첨	본시 사람은 현실이 가혹할수록 외면하기가 쉬운 법입니다. 그리고 원망할 대상을 찾기 마련이지요. 누군가 신을 원망하다 보니… 이런저런 풍문들을 만들어내고… 그 풍문들이 세월이 지나면서 부풀려지고 사실처럼 굳어진 것뿐이옵니다.
대엽	말씀 다 끝나셨습니까? 그럼 이제 어서 죽이시지요!
이이첨	…안색이 좋지 않으십니다. 남은 얘기는 차차 하기로 하고… 건너가 좀 쉬시는 게 좋을 것 같사옵니다.
대엽	저는 절대로 외숙의 뜻에 따르지 않을 것입니다. 그래도 이대로 보내주시겠습니까?
원엽	아버지.
이이첨	시중에 떠도는 풍문 하나 막지 못한다면, 신이 어찌 감히 아기씨를 보필할 수 있겠사옵니까… 신의 결백을 증명할 방도를 찾아오겠사옵니다.
대엽	!

S#75   동 집 사랑채 마당
           나오는 대엽. 분기를 누르지 못한 채 사랑방 쪽을 노려보다가 간다.

S#76   동 사랑채 사랑방
           대엽이 있는 마당 쪽을 보는 이이첨.

원엽	아무래도 불안합니다. 저리 미친 것처럼 날뛰는 놈이, 용상에 앉혀 놓

	는다고 해서 아버지 뜻을 따르겠습니까?
이이첨	…
원엽	고모님을 데려가 겁박이라도 해볼까요?
이이첨	아서라. 니 고모는… 자기 때문에 대엽이가 힘들어하면 바로 자진할 사람이다.
원엽	그럼 어쩌지요?
이이첨	대엽이를 순한 양으로 만들 수 있는 방도가 하나 있지 않느냐?

S#77   창덕궁 후원 영화당 일실
                광해군과 바우에게 찻물을 따라주는 수경.

광해군	서인들 모임에 갔었다 들었다. 어떻드냐?
바우	확실하진 않지만, 능양군이 함께 있는 것으로 보아, 다른 생각이 있는지도 모르겠사옵니다.
수경	!
광해군	아마 널 통해서 서궁과 접촉하고 싶은 거겠지.
바우	예… 그런 듯 보였사옵니다.
광해군	이이첨을 처리하고 나면 그들도 정리해야 하니, 그들과 끈을 연결해 두거라.
바우	알겠사옵니다.
광해군	이이첨만 몰아내고 나면 서궁의 유폐를 풀고, 다시 신원 복권도 될 것이니, 걱정 말거라.
바우	성은이 망극하옵니다, 전하.
수경	(감격) 아바마마…
광해군	저놈을 부마로 인정한 것이 아니니 오해는 말거라. 원래부터 그리하려던 것이었다.
수경	아바마마, 이미 혼인을 했사온데 어찌 인정을 안 하신단 말씀이시옵니까?
광해군	그 일은 후일 다시 논한다고 하지 않았느냐?

수경	(원망) 아바마마!
바우	(얼른) 서인들을 쓸 수가 없으니, 이이첨은 어찌 처리하실 생각이시온 지…
광해군	서령부원군에게 도움을 청하였다. 무슨 일이 있어도 보름이 되기 전에 도착할 것이라는 답신도 받았고…
바우	!
수경	아무리 서령부원군이 대북의 전대 수장이라고는 하나, 이이첨 그자가 순순히 따를지 모르겠사옵니다.
광해군	그렇겠지. 허나 이이첨 말고 다른 이들은 다를 것이다. 분명히 누군가 배신을 해서 고변을 하거나 이이첨을 말리겠지.
바우	!
수경	!
광해군	조금만 버티면 되니, 기운 내거라.
수경	성은이 망극하옵니다.
중영	(E) 전하.
광해군	무슨 일이냐?
중영	(E) 좌의정이 알현을 청하옵니다.

흠칫 놀라 서로 보는 광해군, 수경, 바우.

S#78   동 창덕궁 희정당 서실
        서로 노려보고 있는 광해군과 이이첨.

이이첨	화인옹주가 궁 안에 있다 들었사옵니다.
광해군	…
이이첨	신과의 약조를 어길 생각이시옵니까?
광해군	…
이이첨	전하께옵서 약조를 어기시오면, 신 또한 약조를 어길 수밖에 없사옵 니다.

광해군	…
이이첨	옹주가 있는 곳을 알려주시옵소서.
광해군	그리 못 하겠다면?
이이첨	이 나라 조선에 불궤한 일이 일어날지도 모르겠사옵니다. 〈자막 ― 불궤(不軌): 반역이나 모반을 꾀함〉

굳어지는 광해군의 얼굴 위에.

바우	(E) 만일 그자의 역모를 막을 수 없다면… 소인 그자의 목숨을 끊고, 자진하겠사옵니다.
이이첨	(여유 있는 얼굴로 광해군을 보는)
광해군	생각할 말미를 주시오.
이이첨	…
광해군	왜 답이 없으시오. 생각할 말미를 달라고 하지 않았소!
이이첨	한 시진 후에 다시 찾아뵙겠나이다.
광해군	(안색 변하며) 결정을 하면 다시 부를 테니 물러가 명을 기다리시오.
이이첨	(고개 조아리고는) 한 시진 후에 찾아뵙겠나이다.

일어나 물러가는 이이첨. 끓어오르는 분기를 주체치 못하고 벌떡 일어나는 광해군. 차마 자존심상 이이첨을 잡지는 못하고 부들부들 떨다가 호흡곤란이 온 듯 가슴을 부여잡고 주저앉는 광해군.

광해군	밖에… 아무도… 없느냐? 개시야… 개시야!
김개시	(다급히 들어오며) 전하! 전하!

S#79	동 창덕궁 영화당 일실(밤)
	생각에 잠겨있는 바우의 얼굴에 스쳐가는 비전.
	- S#73의, 대엽을 포승줄에 묶어서 끌고 가는 원엽과 태출, 가병들.

수경	무슨 생각을 그리하십니까?
바우	(그제야 흠칫 보며) 뭐라고 했소?
수경	(지레짐작에) 어머님은 무탈하실 겁니다. 차돌이도 잘 지내고 있을 거구요.
김개시	(E) 자가, 김상궁이옵니다.
수경	들어오세요.

들어오는 김개시. 고개 숙여 보이는 바우.

김개시	(인사 받고, 수경에게) 거처를 옮기셔야 하옵니다, 자가.
바우	들킨 것입니까?
김개시	아닙니다. 이이첨이 전하를 알현하려는 것이 아무래도 수상하여 미리 대비하려는 것이니 너무 걱정하지 마세요.
바우	(일어나며) 가시지요.
김개시	여인네들만 거처하는 곳이라, 자가께서만 가셔야 합니다.
바우	!

S#80　　동 창덕궁 후원 일각(밤)
　　　　궁녀 차림으로 김개시를 따르고 있는 수경.

수경	(아무래도 이상한 듯, 멈춰 서며) 어디로 가는 것입니까?
김개시	(멈춰 돌아보며) 거의 다 왔습니다.
수경	(미심쩍은 듯 보는데)
김개시	저깁니다.

수경, 보면 가마가 하나 덩그렇게 놓여있다.

김개시	가시지요.

먼저 가는 김개시. 수경, 도리 없는 듯 따라가는데. 어둠 속에서 불쑥
나오는 이이첨과 원엽. 충격으로 굳어지는 수경.

이이첨	그간 강녕하셨사옵니까, 옹주 자가!
수경	(후딱 김개시를 보며) 아바마마의 뜻입니까?
김개시	주상 전하께서는 모르고 계시옵니다.
수경	설마? …좌의정과 내통한 것입니까?
김개시	예전에도 말씀드렸다시피, 오로지 주상 전하를 위한 결정이옵니다.
수경	!
김개시	(이이첨 보며) 옹주 자가를 넘겨드렸으니, 더 이상 다른 일은 벌이지 않겠다는 약조를 지킬 것으로 믿겠습니다.
이이첨	걱정 마시오.
김개시	(수경에게) 이 나라 조선과 주상 전하를 위해 어찌 처신해야 할지 아시리라 믿사옵니다. 소인은 이만…
수경	!
김개시	(고개 숙여 보이고 가는)
이이첨	어서 가마에 오르시지요, 옹주 자가!

굳은 얼굴로 이이첨을 노려보는 수경에서.

제20회

S#1	동 창덕궁 후원 일각(밤)
	어둠 속에서 불쑥 나오는 이이첨과 원엽. 충격으로 굳어지는 수경.

이이첨   그간 강녕하셨사옵니까, 옹주 자가!

수경   (후딱 김개시를 보며) 아바마마의 뜻입니까?

김개시   주상 전하께서는 모르고 계시옵니다.

수경   설마? …좌의정과 내통한 것입니까?

김개시   예전에도 말씀드렸다시피, 오로지 주상 전하를 위한 결정이옵니다.

수경   !

김개시   (이이첨 보며) 옹주 자가를 넘겨드렸으니, 더 이상 다른 일은 벌이지 않겠다는 약조를 지킬 것으로 믿겠습니다.

이이첨   걱정 마시오.

김개시   (수경에게) 이 나라 조선과 주상 전하를 위해 어찌 처신해야 할지 아시리라 믿사옵니다. 소인은 이만…

수경   !

김개시   (고개 숙여 보이고 가는)

이이첨   어서 가마에 오르시지요, 옹주 자가!

수경   (굳은 얼굴로 이이첨을 노려보는) 아바마마께서 아시면 절대 용서치 않을 것입니다.

이이첨   (가소롭다는 듯 보며) 주상 전하께서 정녕 모르셨다고 생각하십니까?

수경   김상궁이 거짓말을 했단 말입니까?

이이첨   김상궁이 왜 주상 전하의 총애를 받는지 아십니까? 주상 전하의 속내를 미리 헤아려, 말하지 않아도 알아서 움직이기 때문이지요.

수경   !

이이첨   (원엽에게) 모셔라.

수경   (원엽이 다가가자, 주춤 물러서는데)

이이첨   옹주 자가께서 도망치시면, 주상 전하와 소의마마님께서 무슨 변을 당하실지 모르는데, 그래도 괜찮으시겠습니까?

수경   (체념과 절망으로 멈춰 서는)

S#2   동 창덕궁 희정당 서실(밤)
             대노한 얼굴로 김개시를 보는 광해군.

광해군   죽고 싶은 것이냐? 어찌 감히 네 맘대로 화인을 넘겼느냐?
김개시   오로지 전하를 위한 결정이었사옵니다. 이이첨을 속여, 서인들이 친위
             반정을 일으킬 시간을 벌기 위함이었사옵니다.
광해군   닥쳐라!
김개시   신첩이 틀렸다고 생각되면 죽여주시옵소서. (광해군 앞에 부복하는)
광해군   그래, 죽여달라니 죽여주마.

             서탁에 놓여있는 커다란 벼루를 집어 들어 당장이라도 내려칠 것처럼
             쳐드는 광해군. 김개시를 노려보다, 벼루를 내려친다. 김개시의 몸을
             스치고, 바닥에 떨어져 나뒹구는 벼루. 쓰러지는 김개시. 그런 김개시
             를 지켜보며 거친 숨을 몰아쉬는 광해군.

바우   (E, 선행) 주상 전하의 뜻입니까?

S#3   동 창덕궁 영화당 일실
             굳은 얼굴로 중영을 보는 바우.

중영   아닐세. 김상궁이 독단으로 저지른 짓일세.
바우   (급히 나가려는데)
중영   (잡으며) 어디 가려고?
바우   주상 전하를 뵈어야지요. 옹주 자가를 구해 와야 할 거 아닙니까.
중영   가봐야 소용없네.
바우   ?

S#4   동 창덕궁 희정당 서실
             침통한 얼굴로 허공만 바라보고 있는 광해군. 그 앞에 부복한 채 눈치

만 보고 있는 김개시.

광해군	…어찌할 것 같으냐? 이이첨 그자 말이다.
김개시	화인옹주를 데려갔으니, 당장 역모를 일으키지는 않을 것 같사옵니다.
광해군	…
김개시	김대석은 어찌하는 것이 좋겠사옵니까?
광해군	중영에게 궁 밖으로 내보내라 명하였다.
김개시	그냥 내보내도 괜찮겠사옵니까. 어명이니 따르긴 하겠으나…
내관1	(E) 전하, 소의마마님 드…

문 벌컥 열고 들어오는 윤씨. 놀라서 보는 광해군과 김개시.

윤씨	(흥분해서, 금방이라도 달려들 듯) 어찌, 어찌 이러실 수가 있습니까?
광해군	…
윤씨	아비가 되어 어찌 딸을 팔아넘길 수가 있단 말입니까? …시전에 굴러 다니는 비렁뱅이도 그런 짓은 하지 않을 것입니다.
광해군	!
김개시	(얼른 나서며) 고정하십시오, 마마님.
윤씨	자넨 빠지게.
김개시	마마님, 옹주 자가 일은… 전하가 아니오라, 제가 한 일입니다.
윤씨	(후딱 김개시를 노려보는)
김개시	모두 주상 전하와 종묘사직을 위한…

김개시의 뺨을 세차게 올려붙이는 윤씨. 그 서슬에 나자빠지는 김개시. 아무런 반응도 보이지 않는 광해군.

윤씨	닥처라! 감히 너 따위가 어디서 전하와 종묘사직을 입에 담느냐!
광해군	(마치 못 본 것처럼 꿈쩍도 않는)
윤씨	정녕 전하께서 화인이를 보낼 생각이 없으셨다면, 당장 죽여도 시원치

	않을 이 계집이 어찌 멀쩡하게 여기서 입을 열고 있습니까? 전하께서도 말릴 마음이 없으셨으니 이 계집을 두고 보시는 것 아닙니까?
광해군	!
윤씨	왕위가 그리도 좋으십니까. 전하께는 그 자리만 보이시고 그 자리만 중하십니까. 정녕 딸자식까지 팔아서라도 그 자리를 지켜야만 하셨습니까.
김개시	(다시 나서며) 어전입니다, 마마님. 말씀을…
윤씨	(후딱 김개시를 노려보며) 네년이 정녕 죽고 싶은 것이냐? 닥치라 하지 않았느냐?

김개시, 안 말려주나 싶어서 광해군을 쳐다보지만, 여전히 입을 다문 채 미동도 않는 광해군.

윤씨	(눈물 쏟으며) 이 계집의 말대로 종묘사직을 지키기 위해서였습니까? 아니면… 이번에도 화인이를 위해… 그 아이의 안위를 위해 어쩔 수 없이 한 선택이라고 하시겠습니까.
광해군	…
윤씨	뭐라고 말씀을 좀 해보십시오. 어찌 아비가 딸자식을 사지로 몰아넣었는지… 변명이라도 좀 해보시란 말입니다.
광해군	…
윤씨	(이성을 잃은 듯, 폭풍 오열하며) 화인이는 전하께서 죽이신 겁니다. 전하께선 이제 지아비도 아니고… 아비도 아니십니다. 신첩, 죽어 저승에 가서도 전하의 그 냉정하고 잔인한 용안을 다시는 보지 않을 것입니다. 전하께서도 다시는 절 찾지 마십시오.
광해군	!

S#5   동 서실 앞 복도
바우와 중영이 무거운 얼굴로 서서 안에서 나는 소리를 듣고 있다.

S#6   동 서실
           윤씨의 처절한 비난을 고스란히 듣고만 있는 광해군.

윤씨   그 좋은 권력 천년만년 누리십시오. 암요. 자식까지 버리면서 얻으신
           권력인데… 두고두고 오래오래 누리셔야지요.
광해군   !
윤씨   하오나… 이제 전하 곁엔 아무도 없을 것입니다. 진심으로 전하를 생각
           하는 이는 하늘도 결코 허락지 않으실 것입니다.

           나가버리는 윤씨. 두통이 심하게 몰려오는 듯 이마를 고이는 광해군.

김개시   전하… 밖에 아무도 없느냐?
중영   (급히 들어서는데)
김개시   두통이 심하신 듯하니 환약부터…
광해군   필요 없으니… 다들 물러가라.
김개시   전하… 침전으로 드심이…
광해군   (낮으나 강하게) 다들 물러가라 하였다.

S#7   동 희정당 서고
           들어오는 소의 윤씨. 따라 들어오는 바우.

바우   괜찮으십니까?
윤씨   (망연자실한 얼굴로) 불쌍한 것… 왕의 딸로 태어난 죄밖에 없거늘… 어
           찌 그 아이에게 이리도 가혹할 수가 있단 말인가…
바우   옹주 자가는 무사할 것입니다. 제가 그리 만들 것입니다.
윤씨   (보는)
바우   제가 무슨 일이 있어도 반드시 구해내겠습니다. 저를 믿고 기다려주십
           시오, 마마님…

S#8 　　　동 희정당 서실
　　　　　텅 빈 희정당 안에 홀로 묵묵히 앉아있는 광해군의 처연한 얼굴 위에.

윤씨 　　　(E) 왕위가 그리도 좋으십니까. 전하께는 그 자리만 보이시고 그 자리
　　　　　만 중하십니까. 정녕 딸자식까지 팔아서라도 그 자리를 지켜야만 하셨
　　　　　습니까.

광해군 　　!

윤씨 　　　(E) 화인이는 전하께서 죽이신 겁니다. 전하께선 이제 지아비도 아니
　　　　　고… 아비도 아니십니다.

　　　　　참담함과 비통함에 눈가가 젖어드는 광해군.

S#9 　　　이이첨의 집 사랑채 사랑방
　　　　　원엽과 함께 들어오다 놀라는 대엽. 수경이 이이첨 앞에 앉아있다.

대엽 　　　(이이첨 보며) 어찌 된 일입니까?

이이첨 　　아기씨를 위한 신의 충정이옵니다. 그토록 원하시던 옹주 자가가 아닙
　　　　　니까? 이제는 아기씨 마음대로 품으셔도 됩니다.

대엽 　　　!

수경 　　　(분노) 그 더러운 입 닥치지 못할까! 내 죽으면 죽었지, 너의 수작에 놀
　　　　　아나지 않을 것이다.

이이첨 　　천한 것들과 어울리더니 입이 많이 거칠어지셨습니다.

수경 　　　천한 것은 그들이 아니라, 너의 그 더러운 탐욕과 배덕한 본성이다.

이이첨 　　(인상 꽉 굳히며) 한 번만 더 그 입을 놀리면… 주상께 소의마마님도 내
　　　　　놓으라 청할 것입니다. 그리해도 좋습니까?

수경 　　　(너무도 분한) …어찌 사대부란 자가…

　　　　　그만하라고 눈짓으로 말리는 대엽. 수경, 애써 분을 참는데.

이이첨	(원엽에게) 데리고 나가거라.
원엽	(수경을 데리고 나가는)
대엽	주상 전하를 겁박하여, 옹주 자가를 빼내온 것입니까?
이이첨	아기씨께서 제 말을 귀담아듣지 않으시니, 달리 방도가 없지 않사옵니까.
대엽	!
이이첨	무기 창고 하나 없앴다고 해서, 반정을 막았다고 생각하면 오산이시옵니다, 아기씨.
대엽	!
이이첨	아기씨께서 이 나라 조선의 왕이 되는 것은 피할 수 없는 운명이니 거부하지 마시옵소서.
대엽	!

S#10   동 사랑채 마당
태출, 마당에 서있는데. 수경을 끌고 나오는 원엽.

원엽	(수경을 넘기며) 허튼짓 못 하게 잘 감시하거라.

S#11   동 집 일각
수경을 데리고 오는 태출.

태출	(주변을 둘러보고는, 낮게) 도련님께서 반드시 구해줄 테니 믿고 기다리십시오.
수경	!

S#12   애월루 일실
바우, 심각한 얼굴로 앉아있는데. 들어오는 태출. 태출 보고, 벌떡 일어나 경계하는 바우.

태출	도련님의 부탁으로 온 것이니 앉아라.
바우	(긴가민가) !
태출	대감마님께서 옹주 자가를 데리고 오셨다. 알고 있느냐?
바우	(고개 끄덕이는)
태출	그 바람에 도련님에 대한 감시도 심해져서, 도련님의 말씀을 전하러 내가 대신 온 것이다.
바우	말해.
태출	도련님은 도련님대로 옹주 자가를 구할 방도를 찾아보겠지만, 실패할 경우를 대비해 너도 방도를 궁리하라 하셨다.
바우	…

S#13   동 경운궁 담 안
춘배, 쭈그리고 앉아 있는데. 개구멍에 돌이 들썩거린다. 얼른 쫓아가서 벽에 기대놓은 몽둥이를 집어 드는 춘배. 개구멍으로 고개를 들이미는 바우.

춘배	(몽둥이 내려놓고) 바우야! (뒤를 보며) 근데 옹주는?

S#14   동 경운궁 일실
가슴을 부여잡고 주저앉는 조상궁.

조상궁	(통곡하며) 아이구… 이 일을 어쩌면 좋아, 그래… 우리 귀하신 옹주 자가께서… 갖은 고초를 다 겪고… 이제야… 행복을 아셨는데… 하늘도 무심하시지… 아이구, 옹주 자가…
춘배	(착잡하게 바라보다 나가자고 바우를 잡아끄는)

S#15   동 일실 앞
걱정스럽게 바우를 보는 춘배.

춘배	괜찮아? …아니다 괜한 걸 물었네. 괜찮을 리가 없지.
바우	…
춘배	구할 방도는 있어?
바우	최후의 수를 써야지.

S#16　　　동 경운궁 석어당 서실
　　　　　인목대비와 정명공주 앞에 앉아있는 바우.

바우	금상과 이이첨, 대북을 몰아내기 위해, 대비마마께 도움을 청하옵니다.
정명	설마! 반정을 도모하는 겁니까?
바우	예.

　　　　　놀라 서로를 보는 인목과 정명.

정명	어마마마, 자칫하다가 광해와 이이첨이 알면…
바우	절대 두 분께는 해가 되지 않도록 하겠사오니, 저를 믿어주시옵소서.
인목	내가 어떻게 도와주면 되겠느냐?

S#17　　　김자점의 집 사랑방
　　　　　김자점 앞에 서신 봉투를 꺼내 놓는 바우.

바우	반정을 허락한다는 대비마마의 친필 서신입니다.
김자점	!
바우	이 서신만 있으면, 참여를 망설이는 훈련대장 이흥립 영감은 물론이고, 남인들까지 끌어들일 수 있는 명분이 되어줄 것입니다.

　　　　　김자점, 서신을 잡는데. 서신을 잡고 놓지 않는 바우.

바우	조건이 있습니다.

김자점	말해보게.
바우	소의마마님과 화인옹주 자가… 그리고 주상 전하의 목숨을 보장해 주십시오.
김자점	(멈칫했다) 능양군 대감께 말씀드려 보겠네.
바우	확답을 주십시오.
김자점	알겠네. 내 무슨 수를 쓰든 능양군 대감을 설득하겠네.
바우	(서신을 놓으며) 감사합니다.
김자점	(서신 챙기며) 옹주가 살아있으면 자네에게 해가 될 텐데?
바우	…거사일이 언젭니까?
김자점	이번 달 그믐일세.
바우	안 됩니다. 너무 늦습니다. 좌의정이 이달 보름에 역모를 일으킬 겁니다.
김자점	보름!?
바우	예. 그러니 무조건 보름 전에 거사를 도모해야 합니다.
김자점	!!

S#18   이이첨의 집 내별당 이씨의 방
       이씨 앞에 앉아있는 대엽.

이씨	지금 나더러 조선을 떠나라는 말이냐?
대엽	예. 소자도 곧 뒤따를 것이니… 먼저 떠나십시오.
이씨	너도 같이 가자. 나 혼자선 못 떠난다.
대엽	소자는 할 일이 있습니다. 그 일만 끝내놓고 곧바로 뒤따르겠습니다.
이씨	대엽아…
대엽	소자가 사라지면… 저들이 가만있겠습니까? 안 보이는 즉시 수단 방법을 가리지 않고 추적할 것입니다.
이씨	무슨 말인지는 알겠다만… 홀로 남아있다 어떤 일을 당할지 모르는데… 어찌 너만 두고 떠나란 말이냐? 그리는 못 한다. 어떻게 다시 찾은 자식인데… 널 다시 잃느니… 차라리 너와 함께 죽을 것이다.
대엽	저도 마찬가지입니다. 이제 겨우 어머니를 어머니라 부를 수 있게 되었

	는데… 소자, 어찌 다시 어머니를 잃고 살 수 있겠습니까?
이씨	!
대엽	소자도 그리는 못 합니다. 무슨 일이 있어도 어머니를 뒤따라 가, 어머니와 함께하며 어머니를 지킬 것입니다.
이씨	!
대엽	부디… 불효막심했던 지난날들을 만회할 수 있도록… 소자에게 기회를 주십시오, 어머니.
이씨	(눈물을 보이지 않으려 필사적으로 애를 쓰며 고개를 끄덕이는)
대엽	고맙습니다, 어머니…
이씨	(대엽의 손을 잡으며) 대신 약조하거라. 절대로 죽지 않겠다고… 무슨 일이 있어도 살아서 이 어밀 만나러 오겠다고…
대엽	예, 어머니.

젖은 눈으로 애써 미소를 지어 보이는 대엽. 눈물이 쏟아질 것 같은 듯, 말도 못 하고 대엽의 손만 내려다보는 이씨.

S#19   동 이씨의 방 앞
나오는 대엽. 차마 발길이 떨어지지 않는 듯 이씨 방을 쳐다보는.

S#20   동 이씨의 방
비로소 참았던 눈물을 하염없이 흘리는 이씨.

이씨	(E) 그 사람을 따라가지 못해 평생 가슴에 한이 맺혀서 산 내가… 누구보다 니 심정을 잘 아는 내가… 어찌 널 막겠느냐.

S#21   동 집 사랑채 사랑방
이이첨 앞에 와서 앉는 대엽.

대엽	외숙의 뜻에 따르겠습니다.

이이첨	진심이시옵니까?
대엽	예. 대신 옹주 자가와 함께 아버지 임해군 대감의 묘에 참배하게 해주십시오.

탐색으로 대엽을 보는 이이첨. 시선 피하지 않고, 담담하게 마주보는 대엽.

이이첨	알겠사옵니다. 능행을 준비하겠사옵니다.
대엽	감사합니다. (나가는)
원엽	(방문 쪽을 일별하고는, 낮게) 아버지, 저놈이 수작을 부릴 것이 분명한데 어찌 들어주신 것입니까?
이이첨	수작을 부리라고 들어준 것이다.
원엽	예?
이이첨	반드시 김대석이 나타나 옹주를 구하려 할 것이니… 그놈을 잡을 준비를 하거라.

S#22   애월루 일실
마주 앉아 의논 중인 바우와 대엽.

바우	순순히 허락한 게 걸려. 분명히 함정을 팔 거 같은데…
대엽	당연히 그러겠지. 허나 이번 능행이 유일한 기회다. 무슨 수를 쓰든 옹주 자가를 구해야 한다.
바우	당연하지. 헌데, 옹주를 구하면 그 뒤는 어쩔 것이냐? 니 외숙이 널 가만두지 않을 텐데…
대엽	옹주 자가만 구하면 난 어머니를 모시고 명나라로 떠날 것이다.
바우	!
대엽	이 땅에 내가 살 수 있는 곳은 더 이상 없다. 어머니를 보호하기 위해서라도 떠나는 수밖에…
바우	…

대엽	반드시 옹주 자가를 지켜라.
바우	약조하마.

S#23   산길 일각

수경이 탄 사인교를 십여 명의 가병들이 둘러싸고 이동하고 있다. 사인교 바로 옆에서 말을 타고 가고 있는 대엽. 뒤쪽에 말을 탄 이이첨 곁을 태출이 따르고 있다. 이이첨과 대엽의 말은 가병1, 2가 고삐를 쥐고 가고 있다.

이이첨	원엽이는 잘 따라오고 있겠지?
태출	걱정 마십시오. 조금 전에도 사람을 보내 확인했습니다.
이이첨	(고개 끄덕이고) 반드시 옹주를 구하려고 나타날 테니, 방심하지 말라 전하거라.

S#24   동 근처 일각

산비탈을 타며 이이첨 일행을 몰래 따르고 있는 원엽과 십여 명의 가병들. 시야가 트인 곳이 나타나자 손을 들어 가병들을 세우고는, 산 아래를 살펴보는 원엽. 이동 중인 이이첨 일행이 보인다.

원엽	(가병들에게) 잠시 휴식하거라.

제자리에 앉아 쉬는 가병들. 원엽도 가병이 주는 물주머니를 받아 물을 마시는데, 갑자기 나무 위에서 떨어져 내리며 가병들을 급습하는 바우와 복면의 중영. 원엽도 달려들었다가 바우에게 발차기 한 방 먹고, 얼른 뒤로 물러서서 잡으라고 소리만 지른다. 바우와 중영이 가병들을 상대하는 틈에, 원엽의 뒤쪽으로 기다시피해서 살금살금 다가가는 춘배. 원엽에게 거의 다가갔을 때 나뭇가지를 밟는 춘배. 후딱 돌아보는 원엽. 바닥의 흙을 원엽 눈에 확 뿌리는 춘배. 원엽, 정신을 못 차릴 때. 얼른 원엽을 잡고, 목에 칼을 대는 춘배.

춘배	(원엽을 인질로 잡고, 버럭) 동작 그만!
가병들	(놀라서 돌아보는)
춘배	(원엽을 위협하며) 칼침 맞기 싫으면, 니놈 부하들한테 항복하라고 하지?
원엽	어, 어서 칼을 내려놓아라.
가병들	(서로 눈치 보는)
춘배	부하들한테 신망이 없나 봐? 칼침 한 방 놓고 시작할까? (손가락으로 원엽의 옆구리를 쿡쿡 찌르는)
원엽	(기겁해서) 뭣들 하느냐? 당장 칼을 내려놓거라. 어서!
가병들	(칼을 내려놓는)
바우	전부 손 뒤로 하고, 바닥에 엎드려.
춘배	(원엽을 또다시 쿡 찌르는)
원엽	(경기하며) 당장 시키는 대로 하거라.

바닥에 엎드리는 가병들. 다가가 묶기 시작하는 바우와 중영.

S#25   산속 샘터

일행의 뒤를 따르며 주변을 살피는 이이첨. 사인교 옆 창을 열고, 대엽에게 뭔가 이야기하는 수경.

대엽	멈춰라!

멈춰 서는 사인교와 가병들. 말에서 내리는 대엽.

이이첨	무슨 일이냐?
대엽	(다가와) 볼일을 좀 보고 가야 할 거 같습니다.
이이첨	요항을 넣어 두었지 않느냐?
대엽	비워야 한답니다.
태출	마침 저기 샘도 있으니, 물도 보충할 겸 쉬었다 가시지요.
이이첨	(고개 끄덕이는)

태출	쉬었다 갈 것이다. 주변 경계를 철저히 하거라.
이이첨	(태출에게) 요항은 니가 가서 버리고 오너라.
태출	예.
대엽	!

사인교 쪽으로 가는 대엽과 태출을 보다가 가병1의 도움을 받아 말에서 내리는 이이첨.

가병1	이쪽으로 오십시오.

이이첨, 가병들이 마련해 둔 자리에 앉으려는데. 숲에서 튀어나와 가병들을 기습하는 바우와 복면의 중영. 둘의 기습에 이이첨을 보호하기 위해 몰려드는 가병들.

이이첨	난 됐으니, 저놈들을 막아라!

달려가 바우와 중영을 상대하는 가병들. 뭔가 생각난 듯 후딱 가마 쪽 돌아다보는 이이첨. 태출이 가마 앞을 막고 대엽의 목에 칼을 들이대고 있다.

태출	옹주는 소인이 지킬 테니 심려 마십시오.

고개 끄덕여주고 바우 쪽을 쳐다보는 이이첨. 적당히 싸우다 서로 눈 맞추고는 도망치는 바우와 중영. 뭔가 이상한 듯 다시 후딱 가마 쪽을 돌아보는 이이첨. 대엽과 태출이 안 보이고, 가마 문이 열려있다.

이이첨	당장 쫓아라.

가병1만 남고, 쫓아가는 가병들.

이이첨	(탄식) 천려일실이라더니, 기르던 개에게 발등을 물렸구나.

S#26　　　동 근처 일각
　　　　　바우, 중영 기다리고 있는데. 춘배를 따라 급히 오는 수경과 대엽, 태출.

바우	다들 별 탈 없지?
일동	(고개 끄덕이는)
수경	서방님…
바우	무사해서 다행이오. (대엽 일별하고는) 일단 빠져나갑시다.
수경	예.
바우	갑시다.
일동	(가려는데)
대엽	먼저 가거라. 난 마무리해야 할 일이 있다.
춘배	무슨 마무리? 잘못하면 잡혀.
바우	꼭 지금 해야 하는 일이냐?
대엽	지금밖에 할 수 없는 일이다.
태출	제가 같이 가겠습니다.
대엽	자넨 할 일이 있지 않은가. 옹주 자가를 빼앗겼으니… 외숙은 바로 집에 가서 어머니부터 구금하려 할 것이네. 어머니가 먼저네.
태출	!
대엽	금방 쫓아갈 테니 어서 가게.
중영	이러고 있을 때가 아니다. 어서 가야 한다.
바우	예. (대엽에게) 무슨 일인지 모르지만 몸조심하거라.
대엽	그래.
바우	(수경에게) 인사 나누시오. (나머지 일행들에게) 우린 쫓아오나 안 오나 좀 살펴봅시다.
춘배	지금 인사 나눌 새가…

　　　　　춘배의 입을 틀어막고 끌고 가는 바우. 얼른 따라가는 중영과 태출. 다

시는 수경을 못 볼지도 모른다고 생각하니 가슴이 먹먹한 듯 떨리는 눈
길로 수경을 바라보는 대엽.

수경	고모님과 함께 먼 곳으로 떠날 결심을 하신 모양이군요.
대엽	…예.
수경	도련님께는 항상 받기만 하고, 그 은혜를 하나도 갚질 못하였는데… 이리 떠나신다니 죄송한 마음뿐입니다.
대엽	아닙니다. 제 쓸데없는 미련 때문에… 자가를 힘들게 해드려서 송구할 따름입니다.
수경	…
대엽	…
수경	어디서든 늘 강녕하시길 빌겠습니다.
대엽	감사합니다. 옹주 자가께서도 강녕하시길 바라겠습니다.

인사하고, 돌아서 가는 대엽의 눈에 눈물이 맺힌다. 그런 대엽을 안타
깝게 바라보는 수경.

수경	(E) 바라고 바라옵건데… 부디 그곳에서 좋은 인연을 맺으시기를…

S#27	근처 산길 일각

급하게 오다 갈래 길이 나오자 멈춰 서는 바우 일행.

바우	우리가 남긴 흔적을 쫓아올 테니, 여기서부터 찢어집시다. (수경 보며) 난 이 사람과 갈 테니, (춘배에게) 형님은 영감님을 따라가시오. (태출 보며) 그쪽은…
태출	난 따로 가겠다.
바우	그러시오.

갈라져서 도망치는 바우 일행.

S#28 　　　 샘터 일각

이이첨이 사인교 근처에 서있고, 이이첨을 호위하고 있는 가병1. 달려와 가병1을 단숨에 쓰러뜨리고, 이이첨에게 칼을 겨누는 대엽.

이이첨　　(경악으로 굳어지며) 무슨 뜻이냐?

대엽　　작금에, 이 나라 조선의 혼돈과 파행은 모두 외숙 때문임을 부정하지는 못하실 겁니다.

이이첨　　그래서? 나만 없어지면 모든 것이 평안해질 것이다?

대엽　　예, 그렇습니다.

이이첨　　고작 계집 하나 때문에 아비의 원수도 잊고 금상에게 충성하기로 한 것이냐?

대엽　　제 아버지의 원수는 외숙입니다.

이이첨　　네 어미가 그러더냐? 태출이 그놈이 그리 말했다고?

대엽　　!

이이첨　　태출이 그놈은 감히 제 주제도 모르고, 네 어미를 탐했던 놈이다. 그놈의 등에 상처가 왜 났는지 아느냐? …내가 네 어미를 임해군과 맺어주려 하자… 네 어미를 겁간하려 들켜서 나에게 칼을 맞은 것이다.

대엽　　!

이이첨　　그놈이 니 아버지에 대해 한 말은… 네 어미와 함께 도망치고 싶어서, 네 어미와 나를 이간질하려는 거짓말이다.

대엽　　!!

이이첨　　이제 모든 진실을 알았으니, 칼을 버리고 내 뜻을 따르거라. 나와 함께 조선을…

대엽　　그만! 그만하십시오.

이이첨　　!

대엽　　도대체 얼마나 더 거짓을 말하고, 세상을 속이려 하십니까!

이이첨　　대엽아.

대엽　　제 이름을 부르지 마십시오. 당신은 그럴 자격이 없습니다.

이이첨　　!

대엽	(칼을 치켜들며) 당신을 죽여 제 아버지의 원수와 어머니의 한을 풀겠습니다.
이이첨	!!

비명 같은 고함을 지르며 이이첨에게 달려드는 대엽. 눈을 질끈 감는 이이첨. 그러나 차마 칼을 내려치지 못하는 대엽. 결국 칼을 바닥에 떨어뜨린다. 칼 떨어지는 소리에 흠칫 눈을 뜨는 이이첨.

대엽	이름도… 가문도… 핏줄도… 당신이 제게 주신 모든 것을 버릴 것입니다.
이이첨	!
대엽	당신도 그리하십시오. 역모 따윈 잊어버리고 숨어 사십시오. 그렇지 않으면 제가 당신을 용서치 않을 것입니다.
이이첨	!

대엽, 돌아서는데 바닥에 떨어진 대엽의 칼을 집어 들어 대엽에게 달려드는 이이첨. 대엽, 돌아보는데 대엽을 칼로 찌르는 이이첨.

대엽	(허탈한 듯 보며) 결국, 결국… 이리되는군요.
이이첨	다 네가 자초한 일이다. 날 원망하지 말거라.

칼을 뽑고, 물러서는 이이첨. 배를 부여잡고 바닥에 주저앉는 대엽. 이이첨, 차마 지켜보지는 못하겠는 듯 돌아서는데.

대엽	(E) 아버지!
이이첨	(흠칫 멈춰 서는)
대엽	(간절하게) 한 번이라도… 단 한 번이라도… 저를 자식으로 생각한 적이 있으셨습니까?
이이첨	(멈칫했다 그냥 가는)

| 대엽 | 대답해 주고 가십시오, 아버지!! |

가는 이이첨을 바라보며, 처연하게 눈물을 흘리는 대엽.

| S#29 | 산길 또 다른 일각 |
| | 오다가 우뚝 멈춰 서는 바우. |

수경	왜 그러십니까?
바우	아무래도 도령한테 가봐야 할 거 같소.
수경	예, 그러시지요.
바우	왜 가는지 묻지도 않소?
수경	저도 이상하게 마음이 불안하던 차였습니다.
바우	나도 그렇소. 여기서 잠시만 기다려주시오. 내 확인만…
수경	아닙니다. 저도 같이 가겠습니다. 살아도 같이 살고, 죽어도 함께 죽자 고 맹세하지 않았습니까?
바우	!

| S#30 | 샘터 일각 |
| | 급히 오는 바우와 수경. 저만치 주저앉아 있는 대엽이 보인다. 놀라 뛰 어가는 바우와 수경. 곧 숨이 넘어갈 듯 보이는 대엽. |

| 수경 | 도련님! |
| 대엽 | 형수님… 어찌 다시 오셨… |

기침을 하다 피를 울컥 토하는 대엽. 급히 상처를 살펴보는 바우. 피범 벅이 된 상처. 급히 치맛자락을 찢는 수경.

| 대엽 | 이미 늦었습니다. |
| 바우 | (수경의 치맛자락을 받아, 상처를 누르며) 입 닫아! 아직 안 늦었어. |

대엽	(힘겹게) 니… 그 꿈 말이다… 너와 내가 처남 매제 간이라고 했었지? 다음 생에서는 정말 그리되면 좋겠다…
바우	(짐짓 아무렇지도 않게) 다음 생은 지랄… 너와 저 사람이 사촌지간이니… 너와 난… 이미 처남 매제 간이다.
대엽	(큭큭거리며) 맞구나. 이미 처남 매제 간이었구나…
바우	(착잡하게 보다) 누가 이런 것이냐? 니 외숙이냐?
대엽	형수님을 위해… 외숙을 죽이려 하였다… 헌데… 차마… 차마… 칼을 쓸 수가 없었다… 그분은… 내… 내 아버지니까…
바우	!
수경	!
대엽	부디… 행복하십시오. 형수님… 어머니께 죄송하다고 전해… (숨을 거두는)
수경	도련님! (대엽을 안고 오열하는) 이리 가시면 안 됩니다. 눈 좀 떠보세요. 도련님… 도련님…

눈물을 참기 위해 이를 악무는 바우의 얼굴에서.

S#31   애월루 정자(회상)
            - 1회 S#14의,

대엽	(피식 웃고는, 술잔을 들어 마시고) 통성명이나 합시다. 재동 사는 이대엽이라 하오.
바우	천안 사는 김대석이라고 합니다.
대엽	연치는 어찌 되오?
바우	?
대엽	내 그대가 마음에 들어 벗을 맺고 싶어 그러오. 왜 싫소?
바우	(피식 웃으며) 벗을 맺는 데 나이 따위가 뭐가 중요하오.
대엽	(박장대소하며) 맞네, 맞아. 그대의 말이 맞아.

S#32	샘터 일각
	대엽을 부둥켜안고 오열하고 있는 수경. 대엽의 영혼이 보이기라도 하는 듯, 허공을 응시하는 바우의 눈에도 눈물이 흐르고.

S#33	이이첨의 집 사랑채 마당
	이이첨, 대청에 서있는데, 급히 오는 원엽.

이이첨	니 고모는?
원엽	아무 흔적도 찾을 수가 없었습니다. 태출이랑 같이 도망친 거 같습니다.
이이첨	상원사로 보낸 놈들은 아직 기별이 없느냐?

S#34	상원사 일각
	무심코 걸어오다 흠칫 놀라는 대원. 그 시선으로, 가병 서넛이 오고 있다.

S#35	동 상원사 요사채 일실
	한씨는 바느질을 하고 있고, 차돌은 명심보감을, 연옥은 오륜행실도를 보고 있는데.

대원	(문 벌컥 열며) 어서 나오거라. 이이첨이 보낸 자들이 왔다.
연옥	예?!
한씨	서두르자.

이미 준비해 놓은 듯 한쪽에 놓인 짐 보퉁이를 챙기는 한씨와 연옥, 차돌.

대원	애월루로 가게. 이런 일이 생기면 거기서 만나기로 했네.

S#36	이이첨의 집 사랑채 사랑방
	무거운 얼굴로 앉아있는 이이첨. 이이첨의 눈치만 살피고 있는 원엽. 생각이 많아 보이는 이이첨의 얼굴 위에.

대엽	(E) 한 번이라도… 단 한 번이라도… 저를 자식으로 생각한 적이 있으셨습니까?
이이첨	(생각을 떨쳐버리려는 듯 눈을 감는)
원엽	저… 아버지.
이이첨	(보지도 않고) 왜?
원엽	…대엽이가 죽어서, 마땅히 보위에 올릴 사람이 없으니… 거사를 미뤄야…
이이첨	(신경질적으로) 내 지난번에 미리 챙겨두라 일렀잖느냐?
원엽	송구합니다.
이이첨	(대엽과 비교가 돼 더 한심스러운 듯) 물러가거라.
원엽	(시무룩) 예.
가병1	(E) 대감마님!
이이첨	(들창으로 내다보며) 무슨 일이냐?
가병1	(마당에 서서) 내암 대감께서 오셨습니다.
이이첨	!

S#37   동 사랑채 마당
        정인홍을 맞이하는 이이첨과 원엽.

이이첨	연락도 없이 어인 걸음이십니까?
정인홍	(차갑게) 자네가 올라오게 만들었지 않은가.
이이첨	무슨 말씀이신지…
정인홍	내 이미 다 알고 온 것이니, 둘러댈 생각은 하지 말게.
이이첨	일단 안으로 드시지요.
정인홍	되었네. 오래 머물고 싶은 마음이 없으니 여기서 얘기함세.
이이첨	!
정인홍	당장 자네 뜻을 꺾고 주상 전하께 용서를 구하게.
이이첨	(멈칫했다) 그러기엔 이미 너무 멀리 온 듯합니다.
정인홍	아직 늦지 않았어. 자네와 나… 우리 손으로 옹립한 주상 전하가 아닌

	가. 자네만 마음을 바꾸면 주상 전하는 내가 설득하겠네.
이이첨	죄송합니다.
정인홍	정녕 자네가 뜻을 꺾지 않는다면, 내가 다시 복직할 것이네. 무슨 말인지 알겠나?
이이첨	!
정인홍	기로소에 있을 것이니, 마음이 바뀌면 하시라도 연락을 하게. 〈자막 − 기로소(耆老所): 조선시대 나이가 많은 문신들을 예우하기 위해 설치한 기구〉
이이첨	(원엽에게) 모시거라.
정인홍	따라 나올 거 없네. (못마땅한 듯 혀를 차고는 횡하니 돌아서 가는)
원엽	어쩌지요?
이이첨	(답답한) 뭘 어찌해? 내암 대감은 내가 설득해 볼 테니, 너는 다른 왕족들을 접촉해 보거라. 자칫하다간 모든 일이 수포로 돌아갈 수 있어.
원엽	예. 하온데 김대석 그놈을 잡아야 하지 않겠습니까? 서궁도 뒤져볼까요?

S#38   경운궁 석어당 복도
        몰려오는 원엽과 가병들. 방문을 열어 확인한다. 비명을 지르는 상궁
        과 궁녀들.

S#39   동 석어당 서재
        인목대비와 정명공주 불안한 얼굴로 앉아있는데. 들이닥치는 원엽과
        가병들.

정명	이 무슨 짓들이냐? 여기가 어디라고 감히.
원엽	얼마 전에 불측한 무리들이 이곳을 침범했다길래, 점검하는 것이니… 불편하더라도 잠시 참아주시지요. (가병들에게) 뒤져라!
가병들	(병풍을 쓰러트리는 등 방을 뒤지는데)
인목	(벼락같이) 네 이놈들! 썩 물러가지 못할까!
가병들	(인목대비의 서슬 퍼런 호령에 주춤거리며 원엽을 보는)

원엽	(코웃음 치고, 가병들에게) 방이 워낙 협소하여 숨을 곳도 없을 듯하니… 다른 곳을 뒤지거라. 샅샅이 뒤져야 한다!

나가는 원엽과 가병들.

인목	(한숨으로) 조카와 식솔들은 무사히 피했는지 모르겠구나.

S#40   애월루 일각
        조상궁을 데리고 오는 춘배.

조상궁	(신기한 듯 둘러보며) 기생집이 이렇게 생겼구나.

지나가다 춘배에게 생글거리며 눈인사를 던지는 기녀들.

조상궁	대체 행실을 어떻게 하고 다녔기에… 모르는 여자가 없구나.
춘배	(정색하며) 여자라니? 나한테 여자는 조상궁뿐이라니까.
조상궁	(흘겨주고) 옹주 자가부터 뵈어야겠다. 어디 계시냐?

S#41   동 애월루 행수의 방
        뭔가 할 말이 있는 듯 수경 눈치를 보는 바우.

수경	(눈치 채고) 서인들을 돕기로 한 것 때문에 그러십니까?
바우	(멈칫했다) 그대를 구하려다 보니… 다른 방도를 찾을 수가 없었소.
수경	잘하셨습니다.
바우	!
수경	제 생각에도… 지금 상황에서 이이첨 그자를 잡을 수 있는 길은 반정밖에 없습니다…
바우	…
수경	저 하나 때문에 또다시 서방님은 물론이고, 온 식구가 위험해지는 것은

원치 않습니다. 다시 감당해 낼 자신도 없습니다. 허니 저를 위해 하는 반정이라고 생각하세요.

바우   허나… 반정에 성공하면… 주상 전하께서… 폐위되실 텐데…

수경   무릇 왕은 백성들의 어버이라 했습니다… 허나 아바마마는 권력을 지키기 위해 딸인 저도 버린 분입니다… 그런 분이 백성들을 지키기 위해 무엇을 할 수 있겠습니까?

바우   !

수경   물은 낮은 곳으로 흐르고, 욕은 높은 곳으로 모인다고 했습니다… 그동안은 그분이 제 아바마마라는 이유로 귀를 막고 있었지만… 서방님과 함께하는 동안 도처에서 아바마마에 대한 원성을 들었습니다.

바우   (할 말이 없는) …

수경   잘못된 것은 바로잡아야 합니다. 잘못된 것을 알면서도 바로잡지 않는다면… 필시 반드시 후회할 날이 올 겁니다. 허니 서방님은 해야 할 일을 하십시오.

바우   …미안하오.

수경   그런 말씀 마십시오. 제가 서방님 마음을 모르겠습니까. 그러니 더는 저 때문에 힘들어하지 마십시오.

바우   고맙소… 무슨 일이 생겨도, 주상 전하와 소의마마님의 목숨만은 구할 것이오.

수경   !

일어서는 바우. 따라 일어서는 수경. 수경을 힘주어 끌어안는 바우.

바우   그럴 리는 없겠지만… 절대로 다른 생각은 마시오.

수경   (보는)

바우   난 끝까지 당신과 함께 갈 것이오. 하늘도 결코 우리를 갈라놓진 못할 것이오. 내 말 알겠소?

애써 미소로 끄덕여주는 수경. 그런 수경을 다시 안는 바우.

S#42   동 행수의 방 앞
            나오는 바우. 엿듣고 있다가 얼른 물러나는 춘배, 조상궁.

바우   다 들었지?
춘배   어.
조상궁   (옆구리 꽉 찌르며) 어이구, 이 화상아.
바우   어머니는?
춘배   오셨어. 차돌이랑 연옥이도…
바우   (조상궁에게) 난 어머니만 뵙고 바로 가야 할 것 같으니… 저 사람을 부
            탁하오.

S#43   동 애월루 일실
            춘배와 함께 들어오는 바우.

차돌   (쫓아가 와락 안기며) 아부지!
바우   (차돌 도닥여주고, 한씨 보며) 죄송합니다, 어머니.
한씨   (눈가 찍어내며) 무사하니… 됐다
바우   (한씨에게) 절부터 받으세요.
한씨   그럴 거 없다. 절은 나중에… 무사히 돌아오면… 그때 받으마.
바우   (춘배를 보는)
춘배   하도 걱정을 하셔서… 대충만 말씀드렸어.
한씨   화급을 다투는 일이라면서? 우리 걱정 말고 어서 가거라.
바우   (잠시 망설이다 차돌에게) 아부지가 없을 땐…
차돌   걱정 마. 할머니랑 고모는 내가 지켜드릴 테니까… 아부지만 다치지 말
            고 빨랑 돌아와. 알았지?
바우   (차돌 볼을 만져주고는 한씨에게) 그럼 다녀와서 다시 인사드리겠습니다.

S#44   동 애월루 행수의 방
            담담한 얼굴로 조상궁을 보는 수경. 울고 있는 조상궁.

수경	그만하게.
조상궁	(울며) 차라리 눈물이라도 흘리십시오. 반정이 성공을 하든 실패를 하든… 앞으로 벌어질 일은 이미 다 정해져 있는데… 어찌 그리 아무 일도 없다는 듯… 애를 쓰십니까…
수경	(쓸쓸하게) 춘배 그 사람이 있으니… 자네 걱정은 안 할 걸세.
조상궁	자가…
수경	서방님을 부탁하네. 차돌이도…
조상궁	자가… 어쩌시려구요?
수경	방금 자네 입으로도 얘기하지 않았는가? 앞으로 벌어질 일은 이미 다 정해져 있다고…
조상궁	자가, 그건…
수경	물론 난 서방님이 반드시 성공하실 거라고 믿네. 허니 난 이제 그분 곁에 있을 수가 없을 것이네.
조상궁	언젠 곁에 계실 수 있어서 계셨습니까? 찾아보면 무슨 방도가 있을 것입니다.
수경	세상에 폐주의 딸과 대비마마의 조카가 부부로 함께할 방도 따윈 없네.
조상궁	자가…
수경	(일어나는)
조상궁	(얼결에 따라 일어나며) 자가.
수경	(일어나) 앉게.
조상궁	?
수경	아직은 옹주이고 자네 상전일세. 마지막 명일 수도 있으니 따라주게.

마지못해 앉는 조상궁. 조상궁에게 절을 하는 수경.

조상궁	(기함해서 맞절하며) 자가!
수경	(고개 들고, 조상궁의 손을 잡으며) 그동안 고마웠네. 못난 날 키워주고 보살펴주어… (눈물 애써 참으며) …그 고마움… 평생 잊지 않겠네.
조상궁	(울음 터지는) 자가…

수경	(조상궁을 안고 다독이며) 미안하네. 마지막까지 자네를 힘들게 해서 정말 미안하네…
조상궁	(E) 아닙니다, 자가… 자가께서 어디 계시든… 뭘 하시든… 자가 곁엔 제가 있을 겁니다. 결코 자가 홀로 외로이 두지 않을 것입니다.

S#45   **김자점의 집 사랑방**
　　　　　　김자점을 보는 바우.

바우	어찌 되었습니까?
김자점	십이일 밤으로 거사 일을 잡았네.
바우	훈련대장 영감은 설득했습니까? 도감군이 움직이면 필패입니다.
김자점	자네가 준… 대비마마의 서신 덕분에 합류하기로 했네.
바우	주상 전하와 화인옹주, 소의마마님을 살려둔다는 약조를 잊지 마십시오.
김자점	알겠네. 그보다… 거사 당일 김상궁을 움직여, 후원에서 연회를 열 것이네. 그때, 자네가 거기서 주상 전하를 잡아야 하네. 할 수 있겠나?
바우	!

S#46   **창덕궁 후원 어수당**
　　　　　　연회가 열리고 있다. 광해군, 김개시와 함께 술을 마시고 있는데.

중영	전하, 영의정이 알현을 청하옵니다.
광해군	(잠시 망설이다) 오라 하라.

　　　　　　중영 물러나고. 급히 와 읍하는 영의정 박승종.

광해군	영상도 이리 와서 술 한잔 받으시오.
영의정	전하, 아뢰옵기 망극하옵게도 훈련대장 이흥립이 서인들과 역모를 꾸미고 있다는 고변이 들어왔사옵니다.

광해군	역모라… 고변자가 누구요?
영의정	이유홍의 아들 이이반이 신에게 찾아와 고변하였사옵니다.
광해군	이유홍이면, 대북에게 탄핵을 받았던 걸로 기억하는데… 아비의 일을 생각해 보면, 이이반이란 놈이 서인들과 손을 잡으면 모를까, 서인들을 고변할 이유가 없지 않소?
영의정	참이라는 증좌가 있사옵니다.
광해군	?
영희정	이이반이란 자가… 그 사실을… 화인옹주의 유모였던 조상궁에게 들었다 하옵니다.
광해군	!

S#47   애월루 일실
               믿어지지 않는다는 듯 조상궁을 보는 춘배.

춘배	참말이야? 아니지? …아니라고 말해주라, 어?
조상궁	맞다. 내가 고변했다.
춘배	미치겠네. 도대체 뭘 잘했다고, 왜 이렇게 당당한데?
조상궁	그럼 역모를 두고 보란 말이냐?
춘배	옹주 자가를 구하려고 그랬다고 했잖아.
조상궁	옹주 자가는 이미 구했으니 당연히 고변해야지.
춘배	그럼 이이첨 그자는? 언제까지 도망 다닐 건데!
조상궁	빈대 잡자고 초가삼간 태울 것이냐? 주상 전하가 누구시냐? 옹주 자가 아버지셔.
춘배	아버지면 뭘 해. 딸내미 팔아먹는 사람인데.
조상궁	말 조심하거라. 어디 감히 주상 전하께… 죽고 싶은 게냐?
춘배	너나 말조심해. 마님께서 아셨다간 맞아 죽어.
조상궁	꼴도 보기 싫으니까 나가!
춘배	나가긴 내가 왜 나가! 니가 나가!
조상궁	오냐. 나간다, 나가. 주인이고 종놈이고 옹주 자가 생각은 눈곱만큼도

안 하지. 옹주 자가께서 얼마나 힘들고 괴로우실지는 요만큼도 관심이
없지?

수경	(불쑥 들어오며) 내가 허락한 일일세.
조상궁	자가!
수경	서방님께서 덮으시려 하는 것을 내가 등 떠민 일이란 말일세.
조상궁	!
춘배	야! 이제 어쩔 거야! 자칫하다간 바우 목이 잘리게 생겼잖아. 아니지 역
	모죄면 차돌이며 마님까지 죄 죽을지도 몰라. 이 정신 나간 여편네야!
조상궁	!!

S#48 창덕궁 후원 어수당
    생각에 잠겨있는 광해군.

영의정	전하. 당장 훈련대장 이흥립부터 잡아들이고, 군사를 풀어 능양군과 서
	인들을 모조리 잡아들여야 하옵니다.
광해군	(잠시 생각하다) 금부당상과 병조판서, 포도대장들을 은밀히 불러 훈련
	대장을 문초하시오.
영희정	좌의정은 어찌하옵니까?
광해군	그가 오면 일이 커지니, 부르지 마시오.
영의정	예, 전하. (급히 가는)
광해군	(김개시에게) 김대석과 김자점을 부르거라.

S#49 능양군의 집 사랑방
    심각한 얼굴로 앉아있는 바우, 김자점, 능양군과 서인들.

능양군	훈련대장이 잡혀갔다 들었네. 이대로 있다간 다 죽는 거 아닌가 모르
	겠네.
김자점	주상이 찾는다 하니 일단 궁으로 가서 동향을 살펴보고 오겠습니다.
능양군	궁으로 불러들여 죽이려는 수작일 수도 있네.

바우	그랬다면 저희 둘만 부르지는 않았을 것입니다.
능양군	!
서인1	말씀 중에 죄송한데… 집에 급한 일이 있어서 시생은 이만… (나가는)
서인2	시생도 몸이 불편하여 이만…

눈치 보며 따라 나가는 몇 명의 서인들. 혀를 차거나 탄식하는 서인들.

능양군	(김자점을 보며) 방도가 없겠는가?
김자점	김상궁을 만나보겠습니다.

S#50　　창경궁 영춘헌 김개시의 방
　　　　탐색으로 바우와 김자점을 보는 김개시.

김개시	역모를 꾸미셨소?
김자점	천부당만부당한 말씀이십니다. 역모라니요. 역신 이이첨을 잡기 위해 군사를 모은 것뿐입니다… 생각해 보십시오. (바우 일별하며) 부마나 다름없는 이 사람이 역모에 함께할 리가 있겠습니까?
김개시	!
김자점	한 치의 거짓도 없으니 믿어주십시오, 마마님.
김개시	(긴가민가 싶은 듯 바우에게) 믿어도 되겠습니까?
바우	예, 믿으셔도 됩니다.
김개시	다른 이도 아니고, 그대의 말이니 내 믿어보지요.
김자점	(내심 안도하는데)
김개시	대신, 그대들이 정권을 잡더라도 나의 허물은 덮어주기로 약조한 것을 잊지 마세요. 알겠습니까?
김자점	물론입니다. (자신 있게) 사내가 어찌 한 입으로 두 말을 입에 담겠습니까.

그런 김자점을 보는 바우.

S#51   창덕궁 후원 어수당
            광해군 앞에 시립해 있는 바우와 김자점. 중영이 당장이라도 명을 내리
            면 베어버릴 것처럼 칼자루를 잡고 옆에 서있다.

김개시   김자점은 절대 역모를 꾸밀 사람이 아니옵니다. 김자점은 충신이옵니
            다, 전하.

            김개시와 김자점을 지그시 보는 광해군. 긴장되는 듯 마른 침을 삼키는
            김자점.

광해군   (바우에게) 개시의 말이 맞느냐?

            선뜻 대답을 않는 바우. 김개시도 긴장이 되는 듯 바우를 곁눈질하는
            눈가가 파르르 떨리고. 중영은 칼을 슬쩍 뽑는데.

영의정   (급히 오며) 전하, 국청의 준비가…
광해군   (손을 들어 막고, 바우를 직시하며) 개시의 말이 맞느냐? 역모냐, 아니냐!
바우   …김상궁의 말이 맞사옵니다. 무고이옵니다.
광해군   !

            몰래 안도하는 김개시, 김자점. 칼자루에서 손을 떼는 중영.

영의정   전하… 화급을 다투는 일이옵니다.
광해군   국청을 파하고, 모두 방면하시오.
영희정   전하!
광해군   못 들었소? 풀어주라 하였소.
영의정   !
광해군   이제 역모라면 지긋지긋하오. 모두 방면하시오.
바우   !

광해군	흥이 식었다. 모두 물러가거라.

S#52 동 창덕궁 숙장문 앞
국청이 준비된 장소다. 의자에 묶여있는 훈련대장 이흥립을 원엽이 심문하고 있다.

원엽	이미 다 알고 있으니, 하나도 빠짐없이 토설하시오.
이흥립	난 모르는 일이라 하지 않았느냐.
원엽	말로 해선 안 되겠군. 인두를 가져오너라.

불에 달군 인두를 가져오는 종사관1. 원엽, 막 인두를 가져다 대려는데.

중영	(다가오며) 멈추어라. (영의정과 함께 오는)
영의정	주상 전하의 명이시네. 풀어주게.
원엽	안 됩니다. 막 역모에 대해 토설하려던 참이었습니다.
중영	어명이라 하였다. 감히 어명을 어길 참이냐?

칼자루를 잡는 중영. 심통이 나는 듯 인두를 집어던져 버리고 가는 원엽.

S#53 동 창덕궁 후원 어수당
주변을 물렸는지 둘만 있는 광해군과 바우.

광해군	화인이는 잘 있느냐?
바우	예, 전하.
광해군	난 내 안위를 위해 화인이를 외면하고… 니놈은 니 안위를 무시하고 화인이를 구하는구나.
바우	…
광해군	넌 오늘 내게 거짓을 고하였다.
바우	망극하옵니다, 전하.

광해군	망극 따위 집어치워라. 망극한 놈이 내게 거짓을 고해?
바우	!
광해군	하긴, 네놈만 나를 속인 게 아니지. 개시는 저 살자고 김자점과 붙어서 나를 속이고… 중영이 이놈마저 나를 속이고 너를 돕고 있으니… 세상 천지에 아무도 믿을 자가 없구나.
바우	…
광해군	(이하 독백처럼) 지쳤다. 속고 속이고, 의심하고 또 의심하는 이런 일들에 이제는 넌더리가 나는구나.
바우	!
광해군	모두가 내가 틀렸다고 생각하는 것이겠지. 수족 같은 신하들도, 백성들도, 부인도, 딸도… 모두가 날 원망하고 나를 저버렸다.
바우	!!
광해군	지난날, 백성들을 이끌고… 함께 싸우며 느끼고 꿈꿔왔던 모든 것들이… 이제는 다 허무하게 되고 말았다.
바우	!
광해군	절대로 아바마마처럼은 되지 말아야지… 다짐하고 또 다짐했건만… 돌이켜보니, 나는 아바마마보다 더한 괴물이 되고 말았구나.
바우	!!
광해군	하나뿐인 딸자식까지 버려가며 내가 지키려 했던 것이 무엇인지, 이젠 기억도 잘 나질 않는구나… 참으로 지랄 같은 일이지. 그렇지 않느냐?
바우	(안타까운 듯 보며) 전하…
광해군	(일순, 정색하며) 그러나 아직은 내가 너의 주군이니… 내 마지막으로 너에게 명을 내리겠다.
바우	(자세 단정히 하며) 하명하시옵소서.
광해군	이이첨을 막아라.
바우	!
광해군	그자의 아들이든, 왕실의 누구든… 그자가 옹립하는 자가 왕이 되면… 이이첨 그자는 상왕이 되어 모든 것을 자기 멋대로 할 것이다… 이이첨만 아니라면 아무라도 좋으니… 그자만은 반드시 막아야 한다. 알겠느

	냐!
바우	예, 전하. 기필코 전하의 명을 완수하겠나이다.
광해군	(술을 따라 술잔을 바우에게 주며) 받아라… 화인의 아비로서 부마에게 주는 술이다.
바우	!!!
광해군	뭐 하느냐?
바우	(얼른 술잔을 받아서 마시는)
광해군	화인이… 아니 수경이를 부탁한다. 난 못 했지만 넌 수경이를 지켜주거라. 이건, 명이 아니라 부탁이다.
바우	(멈칫했다, 갑자기 일어나는)
광해군	?
바우	절 받으십시오.
광해군	갑자기 절은 왜?
바우	부마로서 장인어른께 드리는 처음이자 마지막 절이옵니다.
광해군	!

광해군에게 절을 하는 바우. 그런 바우를 착잡하게 바라보는 광해군.

S#54   동 창덕궁 후원 일각
바우, 생각이 많은 얼굴로 걸어오는데. 기다리고 서있는 김자점.

김자점	주상 전하께서 뭐라 하시던가?
바우	옹주 자가에 대해 물으셨습니다.
김자점	그렇군.
바우	헌데 왜 여기 계십니까? 훈련대장 영감을 만나겠다고 하지 않았습니까?
김자점	훈련대장이 보이질 않네.
바우	예?
김자점	은밀히 알아보니 좌포도대장이 억류하고 있는 것 같네.

S#55   동 창덕궁 내병조 복도
         고개를 내밀어 살피는 바우. 종사관1이 방문 앞을 지키고 서 있다. 엽전
         하나를 빼서 반대편 벽을 향해 던지는 바우. 엽전 부딪치는 소리에 고
         개를 돌리는 종사관1. 달려들어 종사관1을 기절시키는 바우. 문에 귀
         를 가져다 대고 안쪽의 동정을 살피는 바우.

S#56   동 내병조 일실
         훈련대장이 의자에 묶인 채 앉아있고. 훈련대장을 후려 패는 원엽.

원엽   버텨봐야 몸만 상할 텐데… 고신에 장사 없다는 것 모르오?
훈련대장   (원엽에게 침을 뱉는)
원엽   이 늙은이가…

         원엽의 치켜든 주먹을 뒤에서 잡는 바우. 기겁해서 돌아보는 원엽을 후
         려갈기는 바우. 맥없이 기절하는 원엽. 품속의 비수를 꺼내 훈련대장
         의 포승줄을 풀어주는 바우.

훈련대장   고맙네.
바우   (부축해 일어나며) 일단 궁 밖으로 나가서서 도감군을…

         놀라 멈춰 서는 바우와 훈련대장. 중영이 문 앞에 서 있다.

바우   영감!

         훈련대장도 난감한 듯 바우 보는데. 지나가라는 듯 옆으로 비켜서는
         중영.

바우   먼저 가십시오.
훈련대장   (중영 일별하고) 괜찮겠나?

바우	예, 가서 계획한 대로 하시면 됩니다.
훈련대장	(중영이 잡기라도 할까 봐 급히 나가는)
바우	어찌 알고 오셨습니까?
중영	(원엽 힐끗 보고는) 저놈이, 훈련대장을 방면하라는 어명을 어기는 거 같아서 버릇을 고쳐주려고 왔는데… 한발 늦었군.
바우	이제라도 서인들에게 합류하시는 건 어떻습니까?
중영	농인가?
바우	(안타까운) 영감… 한 번만 진지하게 생각을 해보심이…
중영	그만!
바우	!
중영	주상께서 눈감으시지 않았으면, 자네는 지금 내 손에 죽었을 것이네.
바우	!!
중영	사내는 자신을 알아주는 이를 위해 죽는다고 배웠네. 내 비록 예양은 아니라 하나, 내게 주군은 한 분뿐일세.
바우	!
중영	오늘 밤은 길 듯하니, 몸조심하게나.
바우	… 영감께서도 보중하십시오.

가는 중영. 깊숙이 고개 숙이는 바우.

S#57   이이첨의 집 사랑채 사랑방
            생각이 많은 얼굴로 앉아있는 이이첨.

김씨	(불안한) 추국청이 열렸으면, 지금쯤 무슨 기별이 있어야 되는 거 아닙니까?
이이첨	역모가 맞다면 원엽이가 바로 기별을 하기로 했으니 조금만 기다려 봅시다.
가병1	(E) 대감마님, 서방님께서 서신을 보내왔습니다.
이이첨	어서 가져오너라.

급히 들어와 서신을 전하는 가병1. 서신을 펼쳐보는 이이첨.

이이첨	무고라…
김씨	무고면 거짓된 고변이었단 말입니까?
이이첨	(고개 끄덕이고는) 무고였다 이 말이지.
원엽	(E, 선행) 서신도 쓰고, 시키는 대로 다 했으니 살려다오.

S#58   창덕궁 내병조 일실(밤)
        의자에 묶여있는 원엽과 종사관1. 탁자 위에 칼을 놓고, 지켜보고 있는
        바우.

바우	살려주지.
원엽	고맙다.
바우	고마울 거 없어. 니 애비를 잡을 때까지만이니까.
원엽	뭐?
바우	내 매제가 살려달라고 했을 때 넌 살려줬나?
원엽	그, 그건…
바우	내가 그랬지. 반드시 돌려줄 거라고.
원엽	(버둥거리며) 살려다오… 아니 살려주십시오… 살려만 주시면… 돈이든 뭐든 원하는 건 모두 드리겠습니다… 한 번만…

        칼자루로 원엽을 후려치는 바우. 쓰러지는 원엽.

바우	이건 칠성이 몫이다. (원엽의 얼굴을 걷어차는)

S#59   세검정(밤)
        무복과 칼을 차고 모여앉은 김자점, 능양군과 서인들.

능양군	군사들이 총 몇인가?

김자점	천이백이옵니다.

병사가 너무 적다고 술렁이는 서인들.

능양군	고작 천이백인가?
김자점	고변 때문에 빠진 자들이 꽤 되어서… 송구합니다.
능양군	이미 화살은 쏘아졌소. 이제와 후회한들 무엇 하리오. 반드시 무도한 광해군과 이이첨을 몰아내고, 종묘와 사직을 바로 세웁시다.

S#60	동 창덕궁 돈화문 앞(밤)

이홍립이 서있고, 그 뒤로 부장들이 정렬해 있다. 저만치서 다가오는 무장을 한 서인들. 칼을 빼드는 부장들.

이홍립	적이 아니니, 모두 칼을 집어넣어라. 명을 어긴 자는 군율에 따라 참수할 것이다.

칼을 집어넣는 부장들.

이홍립	(나서서) 능양군 대감께서는 어디 계십니까?
이괄	단봉문으로 가셨소.

S#61	동 창덕궁 단봉문 안쪽(밤)

밖에서 밀고 있는 듯 문이 출렁이고 있고. 불안한 얼굴로 문 쪽을 향해 창을 겨누고 있는 십여 명의 군졸들.

바우	(화면 밖에서) 모두 물러서라!

군졸들 돌아보면, 바우가 칼을 빼들고 서있다.

바우	어차피 막지 못한다. 여기서 죽어봐야 누가 알아줄 거 같으냐. 개죽음
	당하지 말고 도망쳐라. (칼로 위협하며) 어서!

눈치 보다 창을 버리고 도망가는 군졸들.

바우	(밖을 향해, 크게) 문을 열 것이니 물러서시오!

출렁이던 문이 잠잠해진다. 빗장을 빼고, 단봉문을 열어젖히는 바우.
함성을 지르며 달려가는 반정군들. 능양군을 호위하며 들어오는 김자
점과 서인들. 능양군에게 고개 숙여 보이는 바우. 다가와 바우의 어깨
를 두드려 주는 능양군.

김자점	돈화문은 어찌 되었나?
바우	이미 열렸습니다.
김자점	광해군만 잡으면 되겠군. 같이 갈 텐가?
바우	전, 이이첨을 잡으러 가겠습니다.

S#62	동 창덕궁 후원 어수당 (밤)
	광해군, 술을 마시고 있는데.
	(E) 멀리서 군사들의 함성 소리가 들리기 시작한다.
	옆에 서있다, 놀라서 쳐다보는 김개시.

김개시	전하, 아무래도 무슨 변고가 생긴 듯하옵니다.
광해군	(무시하고 술만 마시는)
김개시	전하…

급히 달려오는 중영.

중영	전하, 역모이옵니다.

김개시	전하!
광해군	이이첨인가?
중영	이이첨은 아닌 듯하옵니다.
광해군	그럼 서인들이로군.
중영	속히 피하셔야 하옵니다.

대꾸 없이 술을 마시는 광해군. 눈치 보다 슬며시 뒤로 물러나는 김개시.

중영	전하!
광해군	(도망치는 김개시 일별하고는) 되었다. 가서 이이첨을 잡거라. 그자를 놓치면 모든 것이 허사가 된다.
중영	가지 않겠사옵니다.
광해군	어명이다.
중영	…
광해군	이제 내 말 따윈 듣지 않겠다는 것이냐?
중영	무례를 범하겠사옵니다.

번개같이 광해군의 뒷목을 내려쳐 기절시키는 중영.

S#63 창경궁 영춘헌 김개시의 방(밤)
김개시, 급히 패물들 챙기고 있는데, 문 벌컥 열고 들어서는 김자점. 김개시, 화들짝 놀라서 돌아보다 안도하는데.

김자점	(비웃고는, 뒤를 돌아보며) 저 계집을 당장 끌고 가라…

방으로 들어오는 반정군1, 2.

김개시	배신입니까?
김자점	(콧방귀 뀌며) 내가 지금까지 너의 발끝을 핥는 굴욕을 감내한 건 모두

오늘을 위한 것이었다.

김개시	!
김자점	저년을 끌고 가 가두고… 폐주의 처첩들인 중전과 후궁들도 모두 찾아 내 추포하라!
반정군1	예.
반정군1,2	(김개시에게 달려드는)
김개시	놔라, 이놈들아.
반정군1,2	(김개시를 거칠게 끌고 나가는)
김자점	소의 윤씨의 처소가 어디더라?

S#64   동 창경궁 집복헌 윤씨의 방(밤)
속곳 차림의 윤씨가 옷을 입는 걸 돕고 있는 조상궁.

춘배	(밖에서 고개 쑥 집어넣으며) 뭐 해! 빨리 안 나오고? 벌써 반정군들이 뒤지기 시작했어.
조상궁	속히 가셔야 하옵니다.
윤씨	주상 전하는? 주상 전하는 어찌 되셨는가?

S#65   애월루 일각(밤)
광해군을 데리고 오는 중영.

S#66   동 애월루 일실(밤)
들어오다 놀라는 광해. 광해군에게 고개 숙여 인사하는 수경.

광해군	너였더냐? 네가 날 중영에게 이리 데려오라 한 것이냐?
수경	소녀가 어찌 감히 아바마마의 거취를 정하겠사옵니까.
광해군	그럼… 그놈이냐…

대꾸 않는 수경. 보다가 털썩 앉는 광해군. 따라 앉는 수경.

수경	옥체는 어디 상한 데 없으시옵니까?
광해군	…
수경	잠시만 기다려주시면… 채비를 마치는 대로 소녀가 모시겠습니다.
광해군	무슨 소리냐?
수경	여긴 오래 머무르실 만한 곳이 못 되오니… 소녀가 아바마마를 모시겠다 하였습니다.
광해군	지금 나와 함께 움직이는 것이 얼마나 위험한 일인지 알고나 하는 소리더냐?
수경	소녀 이미 폐주의 딸이온데… 혼자 움직인다 하여 안전하겠사옵니까.
광해군	!
수경	(일어나려는데)
광해군	너는 이 아비가 밉지도 않으냐?
수경	밉사옵니다. 하오나 아무리 미워도 아바마마께선 세상에 하나뿐인 제 아버지시옵니다.
광해군	날 용서한다는 뜻이냐?
수경	…

대답 없는 수경을 물끄러미 바라보다가 큭큭 웃기 시작하는 광해군. 멈칫 보다가 의식하는 수경. 실성한 이처럼 웃는 광해군의 눈에서 흘러내리는 눈물.

수경	아바마마…
광해군	내가 이리 향했음을 서인들도 곧 알게 될 것이니… 어서 여길 떠나거라.
수경	그럴 수 없사옵니다. 소녀, 아바마마를 모시고 함께 갈 것이옵니다.
광해군	네 말대로 넌 이미 폐주의 딸이다. 그들이 널 그냥 둘 것 같으냐?
수경	상관없사옵니다… 소녀… 아바마마를 이리 두고는 가지 않을 것이옵니다.
광해군	내가 잡히지 않으면, 조선은 내란으로 크나큰 혼란을 겪을 것이다. 피바람이 불고 무고한 이들이 수없이 죽어 나갈 것이다. 그리돼도 상관없

느냐?

수경	!
광해군	나 때문에 일어난 일이니, 내 손으로 끝을 내야 하지 않겠느냐?
수경	…
광해군	(잠시 보다가) 너는 어려서부터 하늘을 나는 새들만 보면 부러워했었지… 어디든 날아갈 수 있으니 참으로 좋겠다고…
수경	!
광해군	이제 너도 새들처럼 자유롭게… 왕의 딸이라서… 옹주라서… 못 했던 것들… 할 수 없었던 것들… 뭐든 다 원 없이 해보면서… 화인이 아닌 수경으로 살아가거라.
수경	아바마마…

젖은 눈으로 광해군을 바라보는 수경. 모든 걸 내려놓은 듯, 오히려 편안해진 얼굴로 수경을 마주 바라보는 광해군.

S#67   의원 안국신의 집 마당(밤)
반정군들을 데리고 쳐들어오는 김자점. 마당 가운데 칼을 들고 서있는 중영.

김자점	이미 세가 기울었습니다. 순순히 오라를 받으시지요, 영감.
중영	(대꾸 없이 칼을 뽑아 드는)
김자점	(화들짝 놀라 물러나며) 쳐라!

반정군들과 결투를 벌이는 중영. 중영의 칼솜씨에 쓰러지는 반정군들.

김자점	뭣들 하느냐? 활을 쏴라!
중영	(활에 맞고도 미친 듯이 날뛰는)
광해군	(나오며) 멈추어라.
김자점	쏴라!

조총을 쏘는 반정군. 조총을 맞고 무너지듯 주저앉는 중영.

광해군	(달려가 부축하며) 중영아!
중영	(칼로 간신히 몸을 지탱하며) 끝까지 전하를 모시지 못하는 신의 불충을 용서… (눈을 뜨고 숨을 거두는)
광해군	내세란 게 있다면… 그때는 내가 너를 보필하마… 편히 쉬거라.

중영의 눈을 감겨주는 광해군의 눈이 젖어든다.

김자점	어서 가시지요.
광해군	(노려보는)
김자점	(찔끔하는) !
광해군	이이첨은 잡았느냐?
김자점	김대석이 잡으러 갔으니, 곧 추포할 것이옵니다.
광해군	!

S#68　　　이이첨의 집 행랑채 마당(밤)
　　　　　쏟아져 들어오는 바우와 반정군들. 막아서는 가병. 한바탕 싸움이
　　　　　벌어지고.

S#69　　　동 집 사랑채 마당(밤)
　　　　　바우와 반정군들이 가병들을 몰아붙이며 들어온다. 실력과 숫자에 밀
　　　　　려 도망치는 가병들. 쫓아가는 반정군들. 대청으로 올라가는 바우. 뭔
　　　　　가 예감이 드는 듯 사랑방을 본다.

S#70　　　동 사랑채 사랑방(밤)
　　　　　문을 열고 들어오는 바우. 꼿꼿하게 앉아있는 이이첨.

바우	(의외인 듯 보며) 도망친 줄 알았더니…

이이첨	원엽이는 어찌 되었느냐?
바우	내 손에 잡혔소.
이이첨	죽였느냐?
바우	아직은 살아있소. 어차피 곧 죽겠지만…
이이첨	내가 한 모든 결정은 이 나라 조선을 위한 결정이었다.
바우	(코웃음 치며) 당신을 위한 조선이겠지.
이이첨	…
바우	할아버지와 아버지, 숙부들의 원한을 생각하면 당장 숨통을 끊어놓고 싶지만, 그래도 내 벗이 아비라고 생각하는 인간이라 참는 줄만 아시오.
이이첨	!
바우	나오시오. (나가는데)
이이첨	대엽이! 대엽이 시신은 어떻게 했느냐?
바우	(돌아서지 않고) 양지바른 곳에 잘 묻어주었소.
이이첨	고맙다.
바우	(멈칫했다 나가는)

S#71　경운궁 즉조당 앞

인목대비 옆에 광해군과 이이첨, 원엽 등이 무릎 꿇려져 있고, 광해군 뒤에 바우가 서있다. 인목대비 맞은편에 능양군이 고개를 숙이고 서있고, 능양군 뒤로 고개 숙이고 있는 서인들. 김자점이 교지를 읽고 있다.

김자점　폐주 광해는, 천리를 거역하고 인륜을 무너뜨려 위로는 종묘사직에 죄를 짓고, 아래로는 백성들에게 원한을 샀다. 이러한 죄악을 저지른 자가 어떻게 나라의 임금으로서 백성의 부모가 될 수 있으며, 조종조의 천위를 누리고 종묘사직의 신령을 받들 수 있겠는가. 이에 광해를 폐위하노라.

담담한 얼굴로 듣고 있다, 폐위라는 말에 눈을 질끈 감는 광해군. 만감이 교차하는 듯 광해군과 인목대비, 김자점, 능양군 등을 찬찬히 보는 바우의 얼굴 위에.

김자점	㉤ 능양군이 혼암한 자를 토평하여, 윤리와 기강이 바로 서고 종묘사
	직이 다시 안정되었다. 공덕이 매우 성대하여 신명과 인민이 모두 그에
	게 귀의하고 있으니, 대위에 나아가 선조대왕의 후사를 잇게 하노라.
인목	전국보와 계자를 가져오라. 〈자막 ─ 전국보(傳國寶): 옥새, 왕의 인장〉

전국보와 계자를 받들고 있다가 인목대비에게 건네는 도승지.

인목	(받아서 능양군에게 주며) 이 나라 조선을 부탁하네.
능양군	(받으며) 각골명심하겠나이다, 마마.

전국보와 계자를 다시 도승지에게 주는 능양군.

능양군	(서인들을 향해 돌아서) 여는 그동안의 잘못된 것들을 바로잡고, 그대들
	과 자전의 뜻을 받들어, 반드시 경시의 교화를 펼 것을 하늘에 맹세하
	노라.
일동	주상 전하, 천세! 천세! 천세!
능양군	무신년 이래 날조된 옥사이거나 연좌된 죄수 및 바른 말을 하다가 득죄
	한 자는 모두 사면한다… 영창대군 이의, 임해군 이진, 능창군 이전, 진
	릉군 이태경… 그리고 연흥부원군 김제남의 관직을 회복시키라.
바우	!

S#72   동 경운궁 일각
       광해군을 데리고 가는 도승지와 내관들. 그 모습을 씁쓸하게 지켜보고
       있는 바우.

김자점	소의 윤씨가 안 보이던데… 자네가 빼돌렸나?
바우	무슨 말씀이신지…

김자점	옹주나 윤씨를 숨기고 있다면 당장 내놓게.
바우	전 모르는 일입니다.
김자점	자네를 생각해서 하는 말이야. 자네가 그들과 함께 있으면 폐주와 한패
	라고 의심을 살 수 있다는 것을 모르는가?
바우	모르는 일이라 말씀드렸습니다만.
김자점	나중에 후회할 짓은 하지 말게. 내 지켜볼 것이야!
바우	…

S#73   상원사 대웅전

나란히 앉아서 기도를 드리고 있는 수경과 소의 윤씨. 측은지심으로 바라보다가 나지막이 불경을 외우는 대원.

S#74   바우 본가 안방

한씨 앞에 앉아있는 바우, 차돌, 연옥.

차돌	(눈물 줄줄 흘리며) 아부지… 참말로 안 돼? 전에도 몰래 숨어서 살았잖
	아. 또 그렇게 숨어서 같이 살면 되잖아.
한씨	뚝 그치지 못해! 그만큼 얘길 했으면 알아들어야지. 사내 녀석이 어찌
	이리 눈물이 흔해?

벌떡 일어나 나가버리는 차돌. 바우, 일어나 따라 나가려는데.

한씨	대왕대비마마께서도 걱정하고 계시네.
바우	(멈칫했다) 어머니께서 말씀드렸습니까?
한씨	김자점인가 하는 자가 이미 고하였다더구나.
바우	!
한씨	어차피 함께할 수 없는 인연이라면… 차돌이를 위해서라도 자네가 먼
	저 끊어야 하네. 알겠는가?
바우	(대답 않고 그냥 나가는)

연옥	너무 재촉하지 말고 시간을 좀 주셔. 내 마음이 이런데 오라버니야 오죽하겠어?
한씨	(벌컥) 나라고 마음이 편해서 이러는 거 같냐?

S#75   상원사 요사채 일실(밤)
        놀란 얼굴로 수경을 보는 윤씨.

윤씨	방금 뭐라 했느냐? 뭐가 되겠다고?
수경	어마마마님…
윤씨	안 된다. 어미 앞에서 입에 담을 소리가 따로 있지… 난 절대 그 꼴 못 보니, 꿈도 꾸지 말거라.
수경	소녀 이미 마음을 정했습니다. 허락해 주십시오.
윤씨	니 마음속에 아직 그 사람이 살아있는데… 어찌 부처님께 귀의할 생각을 한단 말이냐…
수경	저도 압니다. 알기에… 이렇게라도 그 미련을… 인연을 끊고자 하는 것입니다.

        가슴이 무너지는 윤씨. 소리 없이 눈물만 흘리는 수경.

S#76   바우 본가 사랑방(밤)
        자고 있는 차돌. 그 옆에 앉아 물끄러미 차돌을 바라보고 있는 바우.

한씨	(E) 어차피 함께할 수 없는 인연이라면… 차돌이를 위해서라도 자네가 먼저 끊어야 하네. 알겠는가?

S#77   상원사 요사채 일실(밤)
        윤씨는 자고 있고, 혼자 앉아 생각에 잠겨있는 수경.

S#78   바우 본가 사랑방(새벽)
바우, 뜬눈으로 꼬박 밤을 새운 듯. 밝아오는 창밖 의식하며 마른세수
를 한다.

S#79   동 본가 안방
큰 상에 둘러앉아 밥을 먹고 있는 바우, 춘배, 조상궁, 차돌, 한씨, 연옥.
밥을 열심히 먹는 바우. 다들 이상한 듯 바우를 보는데.

바우   (무시하고, 차돌에게) 꽉꽉 먹어. 사내놈이 먹는 게 그게 뭐야? 아부지처
        럼 꽉꽉 퍼 먹어. 얼른!
차돌   (시무룩하게) 예.
바우   (사람들의 시선도 아랑곳하지 않고, 밥을 꽉꽉 먹는)

S#80   상원사 요사채 일실
마주 앉은 수경, 윤씨, 대원.

수경   구족계를 받기를 청합니다. 〈자막 − 구족계(具足戒): 스님들이 지켜야
        할 계율〉
대원   한번 수계를 받으면, 절대로 되돌릴 수 없습니다. 후회하지 않겠습니까?
수경   예.
윤씨   (손으로 입을 막고 울음을 삼키는)
대원   먼저 삭발을 해야 하니… 대웅전에 가서 백팔배를 올리며 마음속에 남
        은 모든 미련을 씻어내고 오십시오.
수경   예.

        나가는 수경. 그런 수경의 뒷모습을 보며 눈물을 흘리는 윤씨.

S#81   동 상원사 대웅전
부처님께 절을 하다, 엎드린 채 일어나지 못하는 수경. 오열하느라 수

경의 어깨가 흔들린다.

S#82   동 상원사 요사채 일실
        쪽머리를 풀고 앉아있는 수경. 수경 옆에 머리카락을 놓을 한지가 펼쳐
        져 있고, 그 위에 칼이 놓여있다.

대원   마지막으로 다시 한번 묻겠습니다. 후회하지 않겠습니까?
수경   예.
대원   삭발을 봉행하겠습니다

        칼을 수경의 이마에 가져다 대는 대원. 그 느낌에 자기도 모르게 눈을
        감는 수경의 얼굴을 타고 흐르는 눈물.

대원   (잠시 바라보다) 날이 상한 거 같으니, 칼을 바꿔 와야겠습니다. 눈을 감
        고 반야심경을 외우고 계십시오.
수경   예.

        나가는 대원. 조용히 반야심경을 읊조리는 수경.

수경   관자재보살 행심반야바라밀다시 조견 오온개공 도 일체고액… 사리자
        색불이공 공불이색 색즉시공 공즉시색 수상행식 역부여시… 사리자
        시제법공상 불생불멸 불구부정…

        조용히 열리는 문. 복면을 한 채 살금살금 오는 바우. 인기척에 놀라 눈
        을 뜨는 수경.

수경   누구냐!?

        보쌈 주머니를 확 뒤집어씌우는 바우.

S#83   동 일실 앞
            차돌이 망을 보고 있는데. 수경을 울러 매고 나오는 바우.

차돌   아부지, 빨리빨리…

            급히 도망치는 바우와 차돌. 뒤쪽에서 나오는 대원과 윤씨. 바우를 향
            해 합장하며 고개 숙이는 대원.

윤씨   부디 행복하게 잘 살거라. 수경아…

S#84   상원사 근처 일각
            수경의 손을 양쪽에서 잡고, 신이 나서 가는 바우와 차돌. 두 사람에게
            끌려가는 수경의 얼굴에도 미소가 번지고. 세상 걱정 없이 행복해 보이
            는 세 식구의 모습에서.

보쌈 운명을 훔치다 2

펴낸날 2021년 10월 8일
지은이 김지수 박철
펴낸이 한재현
펴낸곳 (주)리한컴퍼니

출판등록 제2018-000123호
주소 경기도 고양시 일산동구 호수로 646-30 신풍플로스타 802-1호
전화 031-932-7016
팩스 031-932-7017
ISBN 979-11-964582-9-4 (04810) | 979-11-964582-7-0(세트)

· 값은 뒤표지에 있습니다.
· 잘못 만들어진 책은 구입처에서 교환해드립니다.